Günther Zäuner

Die Rache des Rembetiko

Ein Kokoschansky-Krimi

Günther Zäuner

Geboren 1957 in Wien; Studium der Klassischen Philologie, Geschichte und Zeitgeschichte, musikalische Ausbildung. Freier Schriftsteller, Sach-, Drehbuch- und Theaterautor, Dokumentarfilmer, Journalist, Autor der erfolgreichen »Kokoschansky«-Thriller; Kurzkrimis in ver-schiedenen Anthologien; Verfasser zahlreicher Artikel, Gestalter von TV-Beiträgen und Dokumentationen; spezialisiert auf Organisierte Kriminalität, Drogen, Sektenunwesen, Rechtsextremismus, Terrorismus und Politik.

www.guenther-zaeuner.at
www.kokoschansky.at

Die Kokoschansky-Krimi-Reihe:

Dunkle Schatten
Tödliche Jeans
Killerdiplomat
Allahs Internet

Günther Zäuner

Die Rache des Rembetiko

Ein Kokoschansky-Krimi

www.federfrei.at

Dieser Thriller ist reine Fiktion. Namen und Personen, verschiedene Ereignisse, Orte und Zeiten sind teilweise real, teilweise erfunden. Manche Menschen existieren, andere sind fiktiv. Ähnlichkeiten der erfundenen Figuren mit lebenden oder verstorbenen Personen sind rein zufällig.

Für jene, die auf der Flucht vor dem Krieg für ein friedliches und besseres Leben im Mittelmeer und in der Ägäis ertranken und weiterhin untergehen werden.
Für jene, die in Lagern, Asylanten- und Flüchtlingsheimen ihre Träume vergeblich träumen, weil sie für eine verlogene, machtbesessene, profitorientierte, europäische und internationale Politik zum Spielball geworden sind.
Derzeit sind beispielsweise zwei Millionen syrische Kinder auf der Flucht.

Marchtrenk, 2015
www.federfrei.at

Umschlagabbildung: © Stockninja - Fotolia.com
Autorenportrait: © Manfred Burger
Lektorat: S. Bähr
Satz und Layout: Verlag federfrei
Druck und Bindung: Finidr s.r.o.
ISBN 978-3-903092-50-1

»Wann immer ein Grieche von Europa spricht, schließt er automatisch Griechenland aus. Wenn ein Ausländer von Europa spricht, ist es undenkbar für uns, dass er Griechenland nicht miteinschließt.«
Nikos Dimou (* 1935 in Athen, griechischer Philosoph)

»Tatsache ist, dass wir uns – was immer wir sagen – nicht als Europäer fühlen. Wir fühlen uns als Außenseiter. Und das Schlimmste ist, dass es uns dermaßen zwickt und ärgert, wenn man uns das sagt …«
Nikos Dimou

»Wir sind ein Volk ohne Gesicht. Ohne Identität. Nicht, weil wir kein Gesicht hätten. Sondern weil wir es nicht wagen, uns im Spiegel zu betrachten. Weil man uns dazu gebracht hat, uns für unser wahres Gesicht zu schämen. So sehr, dass wir uns davor fürchten, uns selbst zu erkennen. Und so kam es, dass wir lernten, verschiedene Rollen zu spielen: mal den ›Antiken‹, mal den ›Europäer‹.«
Nikos Dimou

»Und verfolgt mich ein Gott im dunklen Meere, so will ich's dulden;
mein Herz im Busen ist längst zum Leiden gehärtet!
Denn ich habe schon vieles erlebt, schon vieles erduldet, Schrecken des Meers und des Kriegs; so mag auch dieses geschehen!«
Homer, Odyssee, V. Gesang

PROLOG – Mai 2016

»War doch echt nett«, meint Heinz Kokoschansky zu Lena. »Zwar noch ein bisschen unbeholfen, aber der Wille geht vors Werk. Nächstes Jahr, wenn sie wieder so ein Nachbarschaftsfest organisieren, wird es bestimmt um einiges besser laufen.«
»Die ganze Aufregung war umsonst«, meint die Lebensgefährtin des Fernsehjournalisten. »Zumindest werden jetzt die jahrelang leer stehenden Gebäude auf dem Siemens-Gelände sinnvoll genutzt. Bisher ist rund um dieses Flüchtlingsheim noch nichts vorgefallen. Viel Lärm um nichts. Genauso wie in Liesing[1]. Zuerst lautes Protestgeschrei, aber es ist friedlich geblieben.«
»Hoffentlich bleibt es auch so«, bleibt der Hüne skeptisch. »Noch brennen bei uns keine Flüchtlingsunterkünfte, und der Mob attackiert keine Flüchtlingsbusse. Auch in Deutschland hat es einmal angefangen. Bei uns trifft vieles erst mit einiger Verzögerung ein. Tatsache bleibt, die anfängliche Willkommenseuphorie ist längst der Angst gewichen. Und genau diese Furcht weiß der Islamische Staat bestens zu schüren. Der Zulauf ist ungebrochen, um für den Dschihad zu kämpfen und zu sterben. Ebenso wenig reißen die Flüchtlingsströme ab. Das ist der Anfang. Abwarten, was noch in den nächsten Jahren auf uns zukommen wird. Diese verblendeten, selbst ernannten Gotteskrieger geben nicht auf. Das hätte die internationale Staatengemeinschaft früher in den Griff bekommen müssen. Doch jeder kocht sein eigenes Süppchen im Sinn der eigenen Interessen. Eine Seite hat es schlichtweg unterschätzt, die andere sämtliche Konsequenzen billigend in Kauf genommen. Jetzt ist es zu spät.
Die Gebietsverluste in Syrien und im Irak scheren den IS wenig. Europa ist ein lohnendes Ziel, und das haben uns die schwarz vermummten Killer deutlich in Paris und Brüssel gezeigt. Wie können potenzielle Attentäter aus den Flüchtlingstrecks herausgefiltert werden? Nichts leichter, als in der Masse unterzutauchen. Die Schläfer des IS sind überall, sie warten nur auf ihre Einsatzbefehle. Zum Glück sind unsere heimischen Politiker noch so besonnen und halten sich zurück, geben keine gefährlichen Kommentare

ab, die diese Islamisten provozieren könnten. Sonst wären bei uns ebenfalls schon die Sprengsätze hochgegangen. Die überwiegende Mehrheit dieser Flüchtlinge, die sich bei uns aufhält, ist froh, mit dem nackten Leben davongekommen zu sein. Ich habe diese Gesichter gesehen, in diese Augen in Idomeni geblickt. Idioten, Verrückte und Verbrecher gibt es doch in jeder Nation und in jedem Volk, aber das wollen diese Ewiggestrigen nicht kapieren, weil sie gar nicht gewillt sind, über den Tellerrand zu gucken, und alles blind schlucken, was ihnen die Medien vorsetzen. Dafür gingen sie im Bezirk auch auf die Straße und veranstalteten eine Riesendemo vor dem S-Bahnhof in Floridsdorf und in Liesing, sorgten für ein entsprechendes Polizeiaufgebot. Ich freue mich jedes Mal, wenn ich bei uns oben am Perron der S-Bahn stehe und in das Areal schaue, die Kinder gefahrlos spielen sehe. Ich denke mir, hier seid ihr sicher. Hier tretet ihr auf keine Mine oder tappt in keine Sprengfalle. Hier ist das Leben für euch zwar auch kein Honiglecken, aber nicht vergleichbar mit dem, was ihr bisher erleben musstet.«

»Ich habe ein arabisches Wort gelernt«, verkündet Günther an der Hand seines Vaters stolz, »*shokran*. Wisst ihr, was das heißt?«

»Keine Ahnung«, lächelt Kokoschansky, »aber du wirst es uns doch verraten?«

»Das heißt *Danke*«, protzt der Knirps.

»Wer hat dir das denn beigebracht?«, möchte Lena wissen.

»Das weiß ich von Aaliyah. Sie kommt aus Aleppo in Syrien. Sie ist neu in meiner Klasse, ist erst vor Kurzem zu uns gekommen. Die mit den langen schwarzen Haaren, das ist Aaliyah. Schade, dass sie ein Mädchen ist.«

»Wieso?«

Kokoschansky wundert sich sehr über seinen Jungen. Sonst ist der kleine Kerl doch am anderen Geschlecht extrem interessiert. Manchmal viel zu sehr für Kokoschanskys Verständnis, zumindest in diesem Alter.

»Na ja, sie kann doch nicht Bubensachen tragen«, klärt Günther das Missverständnis auf, »und ich habe doch so viel zum Anziehen. Auch meine Spielsachen werden sie nicht interessieren.«

Der Journalist streicht seinem Sohn über den Kopf und wechselt einen vielsagenden Blick mit Lena. Kinder an die Macht, denkt er.

»Ich werde eine Sammlung in meiner Klasse organisieren«, sagt Günther.

»Alle müssen etwas für die Kinder in diesem Heim mitbringen. Da wird sicher auch einiges für Aaliyah dabei sein, was sie brauchen kann. Helft ihr mir dabei, die Sachen dann ins Heim zu transportieren?«

»Selbstverständlich«, Lena nimmt Günther an der Hand und meint, jetzt wäre die richtige Zeit für Eis essen, und natürlich widerspricht ihr keiner ihrer Männer. »Dann gehen wir doch gleich durch die Schrebergartenanlage und besuchen den *Welser*.«

Eine beliebte Café-Konditorei im Grätzel[2], an der Ecke Brünner Straße / Frauenstiftgasse, nicht weit von ihrer Wohnung, wo es auch vorzügliches Eis gibt. Bei der Bushaltestelle fallen Kokoschansky zwei Typen auf, die ihn und seine Familie auffällig mustern. Beide zwischen zwanzig und fünfundzwanzig Jahre alt, gepflegt, aber äußerst unsympathisch, und ihre Blicke sind extrem feindselig, dem Aussehen nach Inländer. Der Journalist erinnert sich, die zwei bereits auf dem Nachbarschaftsfest gesehen zu haben. Dort lungerten sie herum, tranken ihr Bier und beobachteten die Leute, fielen aber nicht weiter auf. Außer, dass sie sich mit niemandem unterhielten.

Jetzt hängen sie in der Station herum und lassen die kleine Familie nicht aus den Augen. Kokoschansky fällt der Sweater des Größeren auf. Auf der Brust prangt in großen Zahlen die Kombination *19/8*. Ein verdeckter Code, den nur Eingeweihte entschlüsseln können. So einfach und gleichzeitig undurchsichtig für Nichtwissende. *19/8* bedeutet nichts anderes als *Sieg Heil* und setzt sich aus dem neunzehnten Buchstaben des Alphabets für *S* und dem achten für *H* zusammen. Schwer zu sagen, ob dieser bullige junge Mann tatsächlich ein Neonazi, ein Sympathisant, ein dummer Wichtigtuer ist oder einer, der gar nicht weiß, was die Zahlen auf seinem Sweater tatsächlich bedeuten.

Eines der Sachgebiete Kokoschanskys ist die Auseinandersetzung mit dem Nationalsozialismus, und darum kennt er sich bestens in dieser geheimen Kürzelsprache aus. Doch ein weiterer Blick reicht, um zu sehen, dass der Zweite ebenfalls nicht ganz ohne zu sein scheint. Er trägt auf seiner Jeansjacke einen Sticker mit dem *Lambda*-Symbol, dem Erkennungszeichen der *Identitären Bewegung*. Dem Journalisten sind diese beiden Burschen völlig unbekannt, in der Siedlung sind sie ihm bislang noch nie begegnet.

»Jetzt kriechen diese rechtsextremen Arschlöcher auch bei uns wieder aus

ihren Löchern«, murmelt Kokoschansky.
»Was ist?«, fragt Lena.
»Vergiss es, nicht so wichtig. Nichts von Bedeutung.«

Am gleichen Abend

In keinem Reisekatalog ist das »Sophokles« zu finden, kein einschlägiges Internetportal kennt dieses Lokal, selbst Google muss passen. Diese kleine Taverne, versteckt im Haupthafen von Piräus in der Akti Miaouli, ist ein Insidertipp, und daran soll sich auch nichts ändern. Selten verirrt sich ein fremdes Gesicht herein, das nicht hierher gehört.
Im »Sophokles« will man unter sich bleiben, lebt in der Vergangenheit und träumt von angeblich besseren Zeiten, bevor sich nach Meinung der Gäste die EU, allen voran Deutschland, als neuer Herrscher über Griechenland aufzuspielen begann.
In dem schlicht eingerichteten Lokal mit einfachen Holztischen und den typischen blauen Stühlen gehen oft die Wogen hoch. Ein Teil schwört auf *Syriza*[3], die *Koalition der Radikalen Linken*, mit Alexis Tsipras an der Spitze und schwärmt von Yanis Varoufakis, der sich von Brüssel nicht einschüchtern ließ. Andere verdammen die bisherige griechische Politik und sämtliche Parteien in Grund und Boden, geben ihnen allen die Schuld, dass Griechenland schwer angeschlagen in den Seilen hängt.
Einige sind auch darunter, die offen mit *Chrysi Avgi*, der *Goldenen Morgenröte*, sympathisieren, in Nikolaos Michaloliakos, einem deklarierten Neonazi, den neuen Messias sehen und in den Flüchtlingsströmen das Übel für Griechenlands Probleme.
Im »Sophokles« sitzen die wahren Hellenen. Urwüchsig und stolz. Nicht die nach *Alexis Sorbas* Sirtaki tanzenden und Teller werfenden Griechen für die Touristen. Alte Fischer mit tiefen Runzeln in den von Wind und Sonne gegerbten Gesichtern und die auf hoher See jedem Sturm trotzen.

Junge Männer mit diesen feurigen Augen, in die sich so gerne allein reisende Frauen nahezu jeden Alters für einen Urlaub lang vergucken. Und dennoch liegt über diesen Glutaugen ein Schleier voller Melancholie. Viele junge Frauen sitzen in dieser Taverne, herausgeputzt und lebenshungrig,

nicht wissend, was die Zukunft für sie vorgesehen hat. Aber das ist egal. Nur das Heute zählt an Abenden wie diesen. Wer denkt schon an morgen? Eine neuzeitliche Antigone-Tragödie, wie der Namensgeber für diese Taverne sie einst geschrieben hatte.
Dicke Rauchschwaden hängen im Raum, machen die Luft stickig, wirken wie Nebel. Wen schert das EU-Rauchverbot? In Brüssel und in Berlin sitzen die Feinde, und die können sie kreuzweise.
Der Lärmpegel ist enorm. Rhythmisches Klatschen und auffordernde Rufe lassen Spyridon Evangelistos gar keine andere Wahl, er muss auf die kleine Bretterbühne steigen und nach seiner Bouzouki greifen. Ein Virtuose auf diesem Saiteninstrument und in Piräus der Lokalmatador, führt er doch die Tradition des *Rembetiko*, des griechischen Blues, bravourös fort.
Piräus, Thessaloniki und Athen gelten als die Hochburgen dieser besonderen Stilrichtung, die einst jene Menschen nach Griechenland mitbrachten, als sie aus Smyrna, dem heutigen türkischen Izmir in Kleinasien, vertrieben worden waren.
Ausschlaggebend war der Griechisch-Türkische Krieg von 1919 bis 1922 zwischen dem Königreich Griechenland und dem anatolischen Teil des zerschlagenen Osmanischen Reiches. Seit 1917, mitten im Ersten Weltkrieg, kämpfte Griechenland an der Seite der Entente[4] gegen die Türken. 1914, als der Krieg ausbrach, kämpfte das Osmanische Reich an der Seite Deutschlands und Österreich-Ungarns. Bereits ein Jahr später begannen die Türken mit dem Genozid an den Armeniern.
Bis heute weigert die Türkei sich, diesen Völkermord einzugestehen, allen voran der türkische Präsident Recep Tayyip Erdoğan. Diese Verleugnung führt nun zu einer massiven Verstimmung zwischen Ankara und Berlin, da Deutschland und viele andere Länder endlich ein Schuldeingeständnis fordern.
Der Griechisch-Türkische Krieg brach am 19. Mai 1919 aus, die Kampfhandlungen begannen erst mit der Unterzeichnung des Friedensvertrages von Sèvres. Damit sollte nach dem Ende des Ersten Weltkriegs eine Regelung der Gebiete, die vom Zerfall des Osmanischen Reiches übrig geblieben waren, getroffen werden.
Griechenland wurde laut diesem Vertrag das Recht zugestanden, diese Gebiete zu verwalten und nach fünfjähriger Übergangszeit per Volks-

entscheid die Bevölkerung in diesen Landstrichen frei entscheiden zu lassen, in welchem Staat sie künftig leben möchten. Der Haken bei diesem Friedensvertrag war, dass diese Gebiete während dieser Frist völkerrechtlich der Türkei gehörten. Die Griechen sahen nun den Zeitpunkt gekommen, *Megali Idea*, die »große Idee«, in die Tat umzusetzen.
Dahinter steckte die Absicht, Gebiete in Kleinasien, in denen Griechen lebten, und auf europäischer Seite Teile der Türkei, in den ebenfalls Griechen sesshaft waren, sowie Istanbul mit militärischer Macht zu erobern. Griechische Truppen besetzten Izmir. Mustafa Kemal Atatürk ignorierte den Vertrag von Sèvres. Dafür entwickelte sich eine rege Partisanentätigkeit durch *Kuvayı Milliye*, der »Nationalen Kräfte«, die hohen Blutzoll unter Unbeteiligten und Zivilisten forderte.
Schließlich verlor Griechenland diesen Krieg und bezeichnet diese Niederlage bis heute als »Kleinasiatische Katastrophe«, während die Türken die Auseinandersetzung als Sieg im Türkischen Befreiungskrieg sehen.
Am 24. Juli 1923 wurde der Vertrag von Lausanne unterzeichnet, wodurch Sèvres ungültig wurde und aus dem die Türkei als souveräner Staat mit bis heute gültigen Grenzen hervorgegangen ist. Am 29. Oktober folgte die Ausrufung der Republik mit ihrem ersten Präsidenten Atatürk.
Lange galt der Rembetiko als verpönt, »eine Musik und ein Tanz der Hoffnungslosigkeit« war eng mit Kriminalität verbunden. Die Texte erzählten Geschichten über Gauner, Zuhälter und Huren. Auch Griechenlands traditionelles Instrument, die Bouzouki, war mit diesem Makel behaftet und deren Spieler grundsätzlich als kriminell stigmatisiert.
An der Bühnenhinterwand im »Sophokles« hängen die Porträts der Rembetiko-Komponisten und ihrer Interpreten: Kaldaras, Koujioumtzis, Markopoulos, Loïzos, Xarchakos; die Ikonen Giorgos Dalaras aus Piräus, Mikis Theodorakis[5], Markos Vamvakaris, Vorbild für alle Bouzouki-Spieler; Vasilis Tsitsanis; die Sängerinnen Marika Ninou, Sotiria Bellou, Melina Mercouri[6], Maria Farantouri und Roza Eskenazy; der Sänger Grigoris Bithikotsis; Michalis Genitsaris, der wichtigste Rembetiko-Vertreter; Hiotis, Mathesis, Bambakaris, Papaioannou und der »König von Piräus«, Giorgios Batis.
Diese Künstler sind Spyridon Evangelistos' Idole, ihnen versucht er nachzueifern. Seine Fangemeinde ist riesig, er wird als würdiger Vertreter

dieses Genres anerkannt. Spyridon spielt den Rembetiko, wie sein Vater Angelos es ihn gelehrt hat, dem diese Kunst wiederum von seinem Vater beigebracht wurde.

Heute hat der Sohn seinen Lehrer längst übertrumpft, was der Vater neidlos, aber umso stolzer anerkennt. Noch vor einem Jahr traten sie gemeinsam im »Sophokles« auf, bevor das Schicksal grausam zuschlug.

Mutter Eftychia erkrankte unheilbar an Leukämie. Weder in Griechenland noch im Ausland findet sich die geeignete Knochenmarkspende. Wahrscheinlich wäre es möglich, doch scheitert es an *Fakelaki*. Eine griechische Unart mit oft schwerwiegenden Folgen; eine besondere Form der Bestechung, des Schmierens und der Korruption. Je nach Anlass und Begehren eine gewisse Summe, diskret im Umschlag dezent übergeben, regelt alles. Ohne Fakelaki rühren Entscheidungsträger, egal, in welchen Positionen, keinen Finger.

Sofern man es sich leisten kann. Leider gehören die Evangelistos nicht dazu. Sämtliche Ersparnisse sind bereits aufgebraucht. Aufopfernd pflegt der Vater seine geliebte Frau. Der alte Mann ist gezwungen, jeden noch so mies bezahlten Gelegenheitsjob anzunehmen. Die letzte Rentenauszahlung liegt Monate zurück. Trotz aller Anstrengungen ist er nicht mehr in der Lage, die sündteuren Medikamente zu bezahlen, sofern sie überhaupt aufzutreiben sind, die Eftychias Leid halbwegs lindern könnten.

Spyridon unterstützt die Eltern mit seiner Musik, so gut er kann. Im »Sophokles« wissen alle über diese Familie Bescheid, spenden, soweit es ihre ebenso bescheidenen Möglichkeiten erlauben, bieten Unterstützung an. Der Lokalinhaber kann sich keine Gagen mehr leisten. Früher war das noch anders, heute muss er selbst trachten, halbwegs über die Runden zu kommen. Daher macht jeden Abend ein Hut im »Sophokles« die Runde. Wenn es von den Leuten auch von Herzen kommt – zum Leben zu wenig, zum Sterben zu viel.

Längst hat Spyridon Evangelistos seinen Traum, eine eigene CD zu produzieren, begraben müssen. Die Label-Bosse investieren, wenn überhaupt noch, nur mehr in absolute Stars. Eine Eigenproduktion ist illusorisch, die Studiokosten sind unerschwinglich.

Die Wirtschaftskrise und der andauernde, wie ein Damoklesschwert über Griechenland schwebende Staatsbankrott sorgen auch in Spyridon

Evangelistos' Familie für Tragödien. Ein Neffe und ein Onkel haben sich nach Job- und Wohnungsverlust in Piräus das Leben genommen, nachdem sie ihre Familien nicht mehr ernähren konnten.
Auch Spyridon, ein gelernter Buchdrucker, ist seit langer Zeit arbeitslos und ohne Chance, in absehbarer Zeit wieder Fuß fassen zu können. Wem das Wasser bis zum Hals steht und wer nicht mehr weiß, wie er seine Leute durchfüttern soll, hat auch kein Geld für Bücher.
Seine Frau verließ ihn mit den beiden gemeinsamen Kindern, brannte mit einem Wiener Touristen durch, weil sie sich in Österreich eine bessere Zukunft erhoffte. Spyridon legte ihr keine Steine in den Weg. Wie auch? Gegen das fette Bankkonto, die gesicherte berufliche Position in gehobener Stellung, das schicke Haus und den dicken Schlitten konnte er nur verlieren.
Zu Hause hätte Spyridon seiner Familie nur ein ungewisses Leben in Armut bieten können, und für einen langwierigen Rechtsstreit um das Sorgerecht für die Kinder fehlen ihm die finanziellen Mittel.
Das fordernde und gleichzeitig aufmunternde Klatschen seines Publikums verscheucht seine trüben Gedanken. Der schlaksige, noch immer jugendlich wirkende, zweiundfünfzigjährige Mann wirft seine schulterlangen, grau melierten, ehemals schwarzen Locken in den Nacken, steigt auf die Bühne, in der Hand seinen wertvollsten Besitz. Seine *Matsikas*-Bouzouki mit den wunderschönen Einlegearbeiten im Walnuss-Korpus und dem Ebenholz-Griffbrett, vom großen, legendären Mikis Theodorakis persönlich signiert. Wenn Spyridon Evangelistos in die acht Saiten greifen und sie zupfen kann, ist er glücklich. Mit jedem Ton verschwinden sämtliche Sorgen und Probleme, lösen sich in Nebel auf, und ein Schimmer Hoffnung kehrt zurück.
Tsipouro, der Arme-Leute-Schnaps; *Ouzo*, *Raki*, *Metaxa*, *Samos*, *Retsina*, *Mavrodaphne*, *Agioritikos*, *Kretikos* und *Entechnos* fließen in Strömen.
Spyridon Evangelistos setzt sich, richtet sein Mikrofon. Seine Kollegen haben bereits Platz genommen, warten auf ihren Einsatz.
»Éna, *dýo*, *tría*, *téssara«*, zählt Spyridon leise ein und stimmt die ersten Akkorde von *Synne Fiasmenti Kyriaki*, dem »Trüben Sonntag«, an. Eine weitere Bouzouki steigt ein, und zwei *Baglamas*, die kleinere Version der Bouzouki, sorgen für den Rhythmus. Stimmgewaltig unterstützt der Chor

der Gäste die Musiker.

Bei *Hartina to Fengaraki*, dem »Papiermond«, erheben sich einige Zuhörer und beginnen, den *Tsifteteli* zu tanzen. Eigentlich ein Frauentanz, der sich vom türkischen *çifte telli* ableitet. Ein Einzeltanz ohne vorgegebene Choreographie und Schrittfolgen, aber mit besonderen erotischen, lasziven, sinnlichen Bewegungen. Mit dem Zerfall des Osmanischen Reiches verbreitete sich der Tsifteteli um 1900 und nach 1922 auf dem gesamten Balkan.

Das rhythmische, immer stärker werdende Händeklatschen stachelt die Tänzer auf, *Jiá su-* und *Jamas*-Rufe feuern sie an. Spyridon und seine Freunde holen alles aus ihren Instrumenten heraus, legen alle ihre Gefühle in den Gesang.

Dann, wie jeden Abend, der absolute Höhepunkt, *O Saltadoros*.

Bis heute die heimliche Hymne der Griechen im Widerstand, komponiert während der deutschen Besetzung im Zweiten Weltkrieg von Michalis Genitsaris und Giorgos Katsaros. Es handelt von einem Lastwagendieb, der den Nazis Ersatzteile und Benzin stiehlt. In der Zeit der Militärdiktatur von 1967 bis 1974 war dieser Rembetiko wie viele andere verboten.

Ich werde springen, ich werde springen, ich werde ihnen die Reserven nehmen
Aber ich schaffe es immer, weil ich springe
Auf irgendeinen deutschen Laster und krieg es immer hin
Ich werde springen, ich werde springen, ich werde ihnen die Reserve nehmen
Benzin und Öl stehlen wir
Weil sie teuer sind und es geht uns prima
Ich werde springen, ich werde springen, ich werde ihnen die Reserven nehmen
Die Deutschen verfolgen uns, aber wir gehorchen ihnen nicht
Wir werden springen, bis wir sterben
Ich werde springen, ich werde springen, ich werde ihnen die Reserven nehmen

Die Stimmung ist auf dem Siedepunkt angelangt. Die Menschen strecken die Fäuste in die Luft, singen lautstark mit, kennen selbstverständlich jeden Ton und jedes Wort auswendig. Schmährufe gegen die EU, gegen Angela Merkel ertönen. Auch die eigene Regierung bleibt nicht verschont, und Tsipras müsste sich einiges anhören, wäre er jetzt hier. Die alte Parole aus

Junta-Zeiten »Die Faust des Volkes bringt die Freiheit!« dröhnt hinaus in die Nacht.
Nachdem der letzte Schlussakkord verklungen ist, streicht Spyridon Evangelistos wie immer sanft über sein geliebtes Instrument, bevor er es im Koffer verpackt. Noch ein letzter Kaffee, die Gratulationen für sein fantastisches Spiel und für sein kleines Ensemble entgegennehmen, bevor es nach Hause geht. Ein Musikerfreund nimmt ihn in seinem klapprigen Fiat mit.
Zu Hause, das war einmal.
Nachdem Spyridon seine Arbeit verlor und seine Familie ihn verlassen hatte, er auch seine Wohnung nicht mehr bezahlen konnte, blieb ihm nichts anderes übrig, er musste wieder in sein Elternhaus zurück. Es ist ein bescheidenes Häuschen im Stadtteil Kastélla, an den Hängen des Profitis Illias, der den kleinen Hafen Mikrolimano überragt. Noch ist es im Besitz der Familie. Doch es ist nur eine Frage der Zeit, bis es unter den Hammer kommen wird.
Gestern kehrte Spyridon Evangelistos erst nach Piräus zurück. Es fiel ihm schwer, seine betagten Eltern und vor allem die schwerkranke Mutter zurückzulassen, doch beide bestärkten ihn in seinem Vorhaben. Daher schloss er sich für einige Wochen *Sea Watch*, einer unabhängigen Freiwilligenorganisation an, die es sich zur Aufgabe macht, Flüchtlinge aus dem Mittelmeer zu retten. Rembetiko zu spielen, bestimmt sein Leben. Die Musik ist das Einzige, was ihm noch geblieben ist. Doch was nützt es denen da draußen, wenn er im »Sophokles« auf der Bühne sitzt und in die Saiten seiner Bouzouki greift? Immer wieder zieht es ihn hinaus aufs Meer.
Er wollte nur helfen. Den Menschen, denen es noch dreckiger als ihm ergeht, seinen Eltern und vielen seiner Landsleute ergeht. Er packte mit an, wo immer er gebraucht wurde. Er zog Junge, Kinder, Babys, Alte, Kranke, Behinderte, Gebrechliche aus den Fluten, die mit löchrigen Schlauchbooten, untauglichen Schwimmwesten – sofern sie überhaupt welche besaßen – die Flucht vor dem IS, vor Assad, den Fassbomben, den sich untereinander bekriegenden Milizen und Freischärlern, vor den fürchterlichen Zuständen in diesen Kriegsgebieten ins vermeintliche, gelobte Europa angetreten hatten.
Viele, viel zu viele schafften es nicht. Er sah ihre Leichen auf den Wellen

treiben, hörte vor dem Untergang deren verzweifelte Hilfeschreie und musste oft tatenlos zusehen, wie sie vom Wasser verschlungen wurden, weil das Rettungsschiff zu weit entfernt war. Das Mittelmeer und die Ägäis sind zu Massengräbern geworden. Spyridon Evangelistos kann nicht verstehen, wie Urlauber fröhlich und unbeschwert in diesen Fluten schwimmen können, wenn unter ihren Füßen ein riesiger, nasser Friedhof ist.

Rasch merken die Überlebenden, dass sie auf einem Kontinent gestrandet sind, auf dem sie nicht willkommen sind. Alles, was sie bisher über Europa hörten, erweist sich in vielem als leere Versprechungen und Lügenmärchen der Schlepperorganisationen, die nur auf das schnelle Geld aus sind, was sie ihnen abnahmen, bevor sie die armen Teufel auf irgendwelche Seelenverkäufer verfrachteten, zusammenpferchten und auf eine ungewisse Reise schickten.

In Athen eine unfähige, überforderte Regierung und eine uneinige, streitende EU sind nicht die besten Voraussetzungen für eine bessere Zukunft, für ein normales Leben, was sich alle so inständig erhoffen. Zumindest explodieren keine Fassbomben mehr, und keine Granaten detonieren. Hier wird niemand gefoltert, gekreuzigt und geköpft.

Es sind diese Bilder der Verzweiflung, des Elends, aber auch der Hoffnung, die Spyridon Evangelistos bis an sein Lebensende nicht mehr vergessen wird. Er sah den kleinen dreijährigen Aylan Kurdi, angeschwemmt in seinem roten T-Shirt und den blauen kurzen Hosen bäuchlings tot am Strand vom türkischen Ferienort Bodrum liegen, bevor das Foto des Kleinen um die Welt ging und für Schlagzeilen sorgte.

Vor dem Fernsehschirm ist es zwar erschütternd und bedrückend, doch hält diese Betroffenheit nur bis zum Ende des Beitrags an, bevor man wieder zur Tagesordnung übergeht. In der Realität vor Ort gibt es kein Abschalten und Verdrängen. Jammer, Leid und Elend sind allgegenwärtig, ständige Wegbegleiter und verfolgen einen bis in den Schlaf, sofern man dazu überhaupt Ruhe findet.

Dann sah Spyridon Evangelistos diesen Mann in den hohen Wellen treiben, der verzweifelt winkte und um Hilfe schrie. Ohne lange nachzudenken, stürzte er sich in die raue See und schaffte es tatsächlich, den älteren Mann an Land zu ziehen. Unterkühlt und zitternd saß der Alte

am Strand, eingehüllt in eine goldfarbene Aludecke.
Plötzlich kamen einige Männer zu ihm und brüllten auf Arabisch und radebrechendem Englisch auf ihn ein, erkannten ihn als Schlepper, der von seinem eigenen Boot ins Meer gestürzt war. Doch der Türke, wie sich bald herausstellte, stritt alles ab, beteuerte, nur ein einfacher Fischer zu sein, mehr nicht und er wisse von nichts. Einer riss ihm die um den Bauch gebundene Tasche herunter, öffnete sie und leerte den Inhalt aus. Goldschmuck und Armbanduhren lagen im Sand. Eigentum, das der Schlepper den Flüchtlingen abgenommen hatte.
»This is a fish?«, schrie einer der Umstehenden und wedelte mit einer Kette vor der Nase des Verbrechers herum.
»Is this a fish?«
Im gleichen Augenblick schlug er zu. Blut floss aus Mund und Nase dieses miesen Charakters. Ein Tumult brach aus, und nur mit Mühe konnten einige beherzte Leute, die dazwischengingen, den Schlepper vor der Lynchjustiz retten. Selbst Poseidon war dieser skrupellose Mensch zuwider gewesen und spie ihn wieder aus. Der Türke war sichtlich froh, als die Polizei ihn in Gewahrsam nahm, obwohl er in Griechenland mit einer langjährigen Haftstrafe rechnen muss.
Spyridon Evangelistos zog nach Idomeni weiter. Auch hier das gleiche Bild. Verzweiflung, Hoffnungslosigkeit, Resignation, Dreck und Gestank; alle Träume in knöcheltiefem Matsch versunken. Grenzen dicht; verzweifelte Ausbruchsversuche. Nur wenige kommen durch, verlassen diese Hölle, um erneut woanders in der Ungewissheit zu stranden.
Dazu noch Merkels mehr als fragwürdiger Deal mit Ankara, das sich ins Fäustchen lacht, und dass Erdoğan unverschämt die andere Hand aufhält. Was haben die Griechen davon? Wieder einmal nichts.
Evangelistos erging es wie allen anderen. Zu Hause vor dem Fernsehgerät sind diese Bilder bereits schwer zu ertragen, doch tatsächlich real mit diesen Menschen konfrontiert zu sein, ist eine ganz andere Geschichte. Für ihn war es zu viel.
Er ist Musiker, ein Künstler, niemand anderer. Ein Bouzouki-Spieler, der es als seine Pflicht angesehen hatte zu helfen, dafür bis an seine Grenzen gegangen war. In Idomeni konnte er nicht mehr. Obwohl er sich vor sich selbst schämte, gab er auf und kehrte nach Piräus zurück.

Leise sperrt Spyridon Evangelistos die Haustüre auf. Sein erster Weg führt ihn zuerst ins Zimmer der Mutter. Es ist weit nach Mitternacht, und der Lichtschein, der unter dem Türspalt durchdringt, irritiert ihn. Vorsichtig öffnet er die Türe und prallt entsetzt zurück. Eftychias Gesicht ist mit einem Polster bedeckt, auf dem Nachttisch flackert eine Kerze. Spyridons Nackenhaare sträuben sich, Gänsehaut kriecht über Arme und Rücken. Zitternd zieht er den Polster beiseite und blickt in das verzerrte, aber selbst im Tod noch immer hübsche Gesicht mit den geschlossenen Augen. Ein Rosenkranz liegt in ihren gefalteten Händen. Tränen rinnen über Spyridon Evangelistos' Gesicht.

»Papa!«, gellt sein markerschütternder Schrei durch das Häuschen. Er muss nicht nachdenken, weiß, dass auch sein Vater tot ist. Die Bestätigung erhält er in der Küche. Angelos, mit einem Strick um den Hals, hängt an einem Balken. Auf dem Tisch liegt ein Zettel.

Me synchoreite, sagapo … Tut mir leid, ich liebe dich.

Mit letzter Kraft schafft der Musiker es, seinen Vater abzuschneiden und auf den schäbigen Diwan zu betten, bevor er zusammenbricht, den Abschiedswisch in Händen haltend, der binnen weniger Minuten tränendurchtränkt ist.

Angelos erstickte seine geliebte Eftychia, weil er ihr nicht mehr helfen und die kostspielige Behandlung bezahlen konnte. Ohne seine Frau wollte auch er nicht mehr leben und wählte den Freitod. Nein, sein Vater ist kein Mörder! Brüssel hat Spyridons Eltern auf dem Gewissen!

Das Verbrecherkartell heißt Troika, sagte sein Vater stets, und besteht aus der EU, der EZB[7] und dem IWF[8]. Sie bringen nur Unglück und Armut für Griechenland, und wir sind erst der Anfang. Genau das waren seine Worte. Doch was kümmert das eine Merkel, einen Schäuble oder einen Mario Draghi? Sie drängen auf Einsparungen, egal, wie. Doch wie das die Menschen bewältigen sollen, wenn sie über Nacht plötzlich auf der Straße stehen, weil sie arbeitslos geworden sind oder ihre Löhne nicht mehr bezahlt werden können, mit Knebelverträgen zu Dumpingpreisen arbeiten sollen, das interessiert diese Herrschaften überhaupt nicht.

Spyridon Evangelistos muss nur an die exorbitant erhöhte Immobiliensteuer für dieses Häuschen denken. Jetzt, wo seine Eltern tot sind, ist die Lage noch auswegloser geworden. Diese Steuer wird zusammen mit der Stromrechnung verrechnet. Wer zweimal im Rückstand ist, sitzt sofort im Dunkeln. Der Strom wird rigoros abgedreht. Es trifft alle, und niemand schert sich darum. Am allerwenigsten jene in Brüssel und Berlin, wenn Rentnern der Stecker herausgezogen oder Schwerkranken, deren restliches Leben an Beatmungsgeräten hängt, der Saft abgestellt wird.

Doch in der größten Not wachsen einige Menschen über sich hinaus. Der Elektriker Vangelis Starnoulis konnte nicht länger zusehen, wie rücksichts- und skrupellos mit Menschen umgegangen wurde. Illegal zapfte er Strom für die Ärmsten der Armen ab. Doch irgendein Schweinehund verpfiff ihn, und ihm drohten mehrere Jahre Haft. Das ertrug er nicht, und im Jänner 2013 schied er freiwillig aus dem Leben.[9]

Eftychia und Angelos Evangelistos könnten noch leben, die Tragödie wäre zu verhindern gewesen. Doch die massiven Eingriffe in das Gesundheitssystem verhindern es. Ob im Evangelismos- oder Attikon-Krankenhaus in Athen oder in anderen Spitälern, überall die gleiche menschenunwürdige und gegen jegliche Ethik verstoßende, grausame Situation. Wer über Geld verfügt, seine eigenen Medikamente mitbringt und für seine Verpflegung sorgt, hat die Chance auf Behandlung. Die überwiegende Mehrheit wird nach Hause geschickt. Eine Maßnahme, die dem ehemaligen rechtsgerichteten Gesundheitsminister Spyridon-Adonis Georgiadis im Kabinett von Andonis Samaras der *LAOS*-Partei[10] auf die Kappe fällt, der Ärzten und Pflegern die Gehälter beinhart halbierte. Doch das fällt für den Karrieristen unter Kollateralschäden. Inzwischen wechselte er die Partei und ist Abgeordneter der ND, der *Nea Dimokratia*.

Jetzt ist von den Evangelistos nur mehr Spyridon übrig geblieben. Seine Großeltern kamen damals aus Smyrna nach Piräus, bauten sich eine bescheidene Existenz als Fischer auf und brachten den Rembetiko mit. Der Opa gab sein musikalisches Können an Angelos weiter und der wiederum an seinen Sohn Spyridon. Keiner der drei hatte jemals Noten lesen gelernt. Wozu auch? Gespür und Gefühl müssen im Blut liegen. Das lässt sich nicht lernen. Dafür braucht es keine schwarzen Punkte auf fünf Linien.

Vor Spyridon Evangelistos' geistigem Auge tauchen Bilder der Vergangenheit auf. Erinnerungen an eine arme, aber glückliche Kindheit, bevor am 21. April 1967 die Militärs putschten. Angeführt vom Armeeoffizier Georgios Papadopoulos[11], stürzten Stylianos Pattakos[12],

Nikolaos Makarezos[13] und Georgios Zoitakis[14] die Regierung Georgios Papandreou[15], trieben König Konstantin II.[16] ins Exil. Zuerst nach Rom und später nach London. Wieder einmal mischten bei diesem Putsch tatkräftig im Hintergrund die USA mithilfe der CIA und NATO mit.
Der Plan »Prometheus« für den Ernstfall lag bereits seit 1950 in den Schubladen der Generalität und war zusammen mit der NATO aus Furcht vor einer kommunistischen Machtübernahme ausgearbeitet worden.
Eine siebenjährige Schreckensherrschaft der Obristen mit Massenverhaftungen, Folter und Haft folgten. Mit dem Armeebefehl Nr. 13 vom Juni 1967 wurde der Rembetiko verboten, selbst der Besitz von Schallplatten stand unter schwerer Strafe. Tausende und Abertausende verreckten in den Zellen von Averoff, auf Gyaros, kamen in die Verbannung nach Zatouna und Ikaria, wurden auf die Kykladeninsel Ios deportiert, krepierten im KZ Yaros oder starben wie Spyridons Großvater im Konzentrationslager Oropos, dessen prominentester Häftling Mikis Theodorakis war.
Folterzentren waren in Athen, Saloniki, Piräus, Patras und auf Kreta. Besonders in Athen, in der Bouboulinas Straße 21, unweit des Archäologischen Museums, tobten sich die Kräfte der *Asfalia*, der Sicherheitspolizei und die Militärs aus.
Bereits unter der Herrschaft des Generals und Diktators Ioannis Metaxas[17] litten die Griechen, vor allem die *Rembetes*, also die Musiker, die sich dem Rembetiko verschrieben hatten.
Auch Spyridons Vater Angelos musste einige Jahre in diesem KZ verbringen, weil er dem Rembetiko treu geblieben war. Nach siebenjähriger Schreckensherrschaft, 1974, endete dieses Terrorregime, und welche Ironie der Geschichte, Griechenland – die Wiege der Demokratie – war endlich frei.
Nach seiner Freilassung war Angelos Evangelistos nicht mehr die Alte. Verbittert und wortkarg kehrte er zurück. Nur im »Sophokles« und mit seiner Bouzouki in Händen blühte er kurzfristig auf.
Spyridon erinnert sich noch genau, wie er als Zehnjähriger an Vaters Seite unter den fünfzigtausend im überfüllten Karaiskakis-Stadion von Athen beim ersten Volkskonzert am 10. Oktober 1974 von Mikis Theodorakis in der Masse stand und der, trotz Haft, Folter und dem Exil in Frankreich,

ungebrochen und ungebeugt, sein Orchester mit schwarzer, wallender Lockenmähne dirigierte.
Der kleine Spyridon schrie die Parolen mit und verstand auch, was sie bedeuteten.

»Übergebt die Junta dem Volk!« und er lauschte den »Liedern des Kampfes«.
»Und du, gequältes Volk, vergiss nicht Oropos;
Und du, gequältes Volk, vergiss nicht Faschismus.
Der Vater im Exil und das Haus verwaist;
Leben wie in Tyrannei, in tiefer Dunkelheit ...«

Angelos schaffte es, bis zu Theodorakis vorzudringen, der ihm gerne seine Bouzouki signierte. Nach Eftychias Erkrankung übergab der Vater das Instrument an den Sohn.
Die Verzweiflung und der Schmerz treiben Spyridon Evangelistos in die sternenklare Nacht hinaus. Er läuft die paar hundert Meter zum Haus seines alten Schulfreundes Yannis Tsakitaris und läutet ihn aus dem Bett.
»Die EU ist der Mörder!«, schreit er, als Yannis ihm schlaftrunken öffnet.
»Was ist los?«, reibt sich der die Augen.
In knappen, abgehackten Sätzen schildert Spyridon ihm das Unfassbare, bevor er dem Freund in die Arme sinkt. Die Verzweiflungstat von Angelos Evangelistos bringt das Fass endgültig zum Überlaufen. Yannis weiß, was er nun zu tun hat.
Griechenlands Geschichte ist eine Aneinanderreihung von Tragödien, die guten Jahre lassen sich beinahe an einer Hand abzählen. Wohin soll das führen? Wann endet es und, vor allem, wie? Yannis Tsakitaris plagen schon seit geraumer Zeit dunkle Ahnungen. Er muss sich nur in seiner Heimatstadt Piräus umsehen.
Für die Dauer der Olympiade 2004 wurde Piräus auf Hochglanz gebracht. Und nach den Olympischen Spielen? Was nützt es, dass hier der größte europäische Passagierhafen betrieben wird? Wer profitiert davon, dass Piräus zu den ersten zehn der europäischen Containerhäfen zählt?
Die enorme Staatsverschuldung zwang die Regierung, die Hälfte des Containerhafens an die chinesische COSCO[18] für fünfunddreißig Jahre zu verpachten. Seine Kritik an diesem Deal und die unverhohlene Frage, ob

die *Triaden*, die chinesische Mafia, mitmischen, kostete den angesehenen Journalisten seinen Job bei einer renommierten Athener Zeitung. Somit gliedert er sich in das Heer der Arbeitslosen ein. An die viertausend Menschen aus der Medienbranche sind inzwischen arbeitslos geworden.

Doch Yannis Tsakitaris denkt nicht daran aufzugeben. Im Strom mitschwimmen ist nie seine Sache gewesen, durchaus eine Parallele zu Kokoschansky. Gewisse griechische Medien dulden keine kritische Berichterstattung. Zu eng sind die Verflechtungen und Beziehungen mit Politikern, Tycoons und den wirklichen großen Deals. Der ehemalige Minister Theodoros Rousopoulos bezeichnet einige Medien als »Pressebüros großer Unternehmen«[19]. Meinungsfreiheit und kritischer Journalismus sind inzwischen verpönt und unerwünscht.

Wenn Ministerpräsident Samaras die Berichterstattung nicht passt, dreht er kurzerhand dem betreffenden Sender den Hahn zu. So geschehen am 11. Juni 2013, als er dem öffentlich-rechtlichen Staatssender ERT[20] von jetzt auf sofort den Garaus machte. Von einer Sekunde auf die andere blieben die Radios stumm und die Bildschirme finster.

Knapp zweitausendsiebenhundert Angestellte verloren ihre Jobs. Die linksliberale Athener Zeitung *Eleftherotypia* schrieb von einer »Hinrichtung des ERT wegen der Troika«[21].

Als ein kleiner, unabhängiger Fernsehsender darüber berichtete, war die Sendelizenz sofort weg.

Die entlassenen ERT-Journalisten ließen sich nichts gefallen, besetzten ihre ehemalige Arbeitsstätte und erhielten Unterstützung durch Tausende Griechen, sodass die zur Räumung des Gebäudes abgerückte Polizei wieder abziehen musste. Doch es nützte nichts, ERT existiert nicht mehr.

Schwerreiche Oligarchen halten sich ihre eigenen privaten TV-Stationen, sehen und hören nur das, was sie anordnen, besitzen ihre eigenen PR- und Propagandainstrumentarien. Einer von ihnen sponsert offen die Neonazis von *Chrysi Avgi*, der *Goldenen Morgenröte*.

Die größten griechischen Medienverbände sind in den Händen von einflussreichen Baukonzernen.

Aus ERT wurde inzwischen EDT, *Elliniki Dimosia Tileorasi*, mit einem beschissenen Programm und selbstverständlich regierungsfreundlich. Kein Wunder, sind doch für die Berichterstattung durchwegs die ND, die *Neue*

Demokratie, und PASOK, die *Panhellenische Sozialistische Bewegung*, verantwortlich. Oppositionelle Meinungen und Kritik sind ausgelöscht.[22] Jetzt schlägt sich Yannis Tsakitaris als ebenso erfolgreicher wie unbequemer Blogger durch. Allerdings mit dem unbezahlbaren Vorteil, dass niemand ihn im Internet zurückpfeifen kann, obwohl es ständig Versuche gibt, seinen Blog lahmzulegen.

Einen Tag später

Die Spannung in der 3 C der Volksschule Berzeliusgasse im 21. Wiener Gemeindebezirk ist groß. Der nahende Schulschluss, das Zeugnis und anschließend zwei Monate Ferien sind jedoch nicht der Grund. Günther erregt die Aufmerksamkeit, als er vom vergangenen Nachbarschaftsfest erzählt.

Bevor er sich zu Wort meldete, weihte er noch die Lehrerin in seine Idee ein. Jetzt ist der große Augenblick gekommen. Selbst die Direktorin lässt es sich nicht nehmen und besucht die Klasse. Mit einem aufmunternden Lächeln ermutigt sie Günther, sein Anliegen vorzutragen. Jetzt ist der Junge, obwohl sonst weder schüchtern noch verschreckt, doch etwas verlegen, als er vor die Tafel tritt und in die gespannten Gesichter blickt. Es bedarf eines weiteren auffordernden Lächelns von Lehrerin und Direktorin, bevor Günther zu sprechen beginnt.

»Nun ja«, beginnt er stockend, »ihr habt ja gehört, was ich euch vorhin erzählte. Dort waren einige Leute aus fremden Ländern, die bei uns Schutz suchen, weil sie ihr Zuhause verloren haben. Aaliyah musste ja auch weg, weil in ihrem Land ein böser Präsident alles kaputt macht und zusammenschießen lässt.«

Bei dem Namen Aaliyah zuckt Annette zusammen, und ihr Gesicht zeigt deutlich, was sie von dem syrischen Mädchen in der Klasse hält. Schließlich ist Günther *ihr* Freund und das bereits vom ersten Tag an in der ersten Klasse. Es ist pure Eifersucht. Seit die kleine Syrerin hier ist, wird Annette von Günther meist links liegen gelassen. Das muss sich rasch ändern.

»Ich habe auch einen anderen Buben kennengelernt. Er ist ein schwarzer Bub, heißt Samuel, geht aber nicht in unsere Schule. Den Namen des

Landes, wo er herkommt, habe ich leider vergessen. Samuel hat mich gefragt, ob er eine Runde mit meinem Tretroller drehen darf. Danach erzählte er mir, dass er zu Hause, bevor er mit seiner Mutter flüchten musste, ein altes, klappriges Kinderrad hatte. Aber ein Soldat hat es ihm weggenommen, einfach so. Es war aber nicht gestohlen. Als Samuels Vater sich einmischte und fragte, warum dieses Rad plötzlich so wichtig wäre, hat der Soldat nur gelacht und ihn erschossen. Zumindest habe ich das so verstanden. Leider kann Samuel noch nicht so gut Deutsch sprechen.«

Die Kinder hängen gebannt an Günthers Lippen. Auch die Lehrerin und die Direktorin müssen schlucken. Nur Annette fixiert feindselig ihre Intimfeindin Aaliyah.

»Als ich das gehört hatte, ist mir diese Idee gekommen. Wir haben doch alle so viele Spielsachen. Das macht doch nichts, wenn wir denen, die gar nichts haben, etwas geben. Ich habe zum Beispiel auch noch einiges an Hosen und Shirts, die mir nicht mehr passen, aber noch völlig in Ordnung sind. Ihr habt sicherlich auch etliches zu Hause in euren Kinderzimmern. Oder von unseren Schulsachen. Wir haben doch wirklich alle so viel davon. Samuels Geschichte geht mir nicht mehr aus dem Kopf. Ich kann mir gar nicht vorstellen, dass mein Papa oder meine Mama eines Tages nicht mehr bei mir sind oder wir aus unserer Wohnung flüchten müssen. Wenn wir in unserer Klasse zu sammeln beginnen, jeder bringt morgen schon etwas mit, dann machen vielleicht auch andere Klassen oder gleich die gesamte Schule mit.«

Wieder müssen die Lehrerin und ihre Chefin ziemlich heftig schlucken und ihre Emotionen unterdrücken. Da steht dieser neunjährige Dreikäsehoch und spricht über etwas, das für ihn selbstverständlich ist. Darüber braucht er gar nicht nachzudenken. Und nur ein paar Flugstunden entfernt hocken unzählige Knirpse wie diese im Dreck, sind nicht einmal satt, von einem Schulunterricht ganz zu schweigen. Günther macht das nicht, weil er sich bei der Lehrerin beliebt machen will oder knapp vor der Zeugnisverteilung auf diese Art noch bessere Noten erschleichen will. Das hat der Junge nicht nötig, er ist ein guter Schüler. Zwar öfters verträumt und ein bisschen faul, doch wenn es darauf ankommt, setzt er sich auf seinen Hosenboden und bringt spielend die geforderten Leistungen.

Jubel bricht aus, alle klatschen begeistert Beifall. Die Kinder stehen auf, *standing ovations* für ihren Mitschüler, dem das überhaupt nicht recht ist und deshalb betreten zu Boden blickt. Dabei verschweigt er bewusst, dass er seinen Tretroller, an dem er sehr hing und der ein Geschenk seines Vaters war, kurzerhand diesen ihm völlig unbekannten Samuel schenkte, als der ihm nach der Runde das Gefährt wieder zurückgab.
Günther glaubte zwar, dass Lena und besonders sein Vater ihn ausschimpfen würden, doch das Gegenteil war der Fall. Kokoschansky sagte nur leise, dass er sehr stolz wäre, und Lena drehte den Kopf beiseite.
Die Direktorin erhebt sich von ihrem Platz, deutet an, dass es nun wieder an der Zeit für Ruhe ist, geht auf Günther zu, legt ihm den Arm um die Schulter.
»Es ist sehr schön, so einen wie dich an dieser Schule zu haben«, meint sie. »Das ist eine wunderbare Idee, und ich werde das unterstützen. Wir, unsere gesamte Schule, werden mitmachen. Wir wollen ein Zeichen setzen, was Kinder auf die Beine zu stellen vermögen, wenn nur der richtige Anstoß gegeben wird. Ich werde gleich anschließend ein Schreiben an eure Eltern verfassen, das ihr ihnen gebt, mit der Bitte, euch bei unserer Aktion tatkräftig zu unterstützen. Die gesammelten Sachen lagern wir in der Aula, und wir können das bis zum Schulschluss durchziehen. Ich schlage vor, dass wir mit einer karitativen Organisation zusammenarbeiten, damit es auch gerecht verteilt wird und alle etwas bekommen. Wenn ihr einverstanden seid, werde ich mich darum kümmern.«
Wieder Beifall und Annette hebt die Hand.
»Ich möchte nur sagen, dass ich sehr stolz auf Günther, meinen Freund, bin.«
Der Blick, den sie danach auf Aaliyah wirft, spricht Bände, und die kleine Syrerin versteht gar nicht, weshalb dieses Mädchen plötzlich so böse auf sie ist.

*

Die rasch abgeschlossenen Ermittlungen bei den Evangelistos ergeben, wie nicht anders erwartet, eindeutig Mord und Selbstmord. Nachdem die Toten ins Leichenschauhaus überführt worden sind und Spyridon

Evangelistos endlich erschöpft in einen unruhigen Schlaf gefallen ist, schreitet Yannis Tsakitaris zur Tat.

Am frühen Morgen ruft er in seinem Blog, über Facebook und Twitter zu landesweiten Demonstrationen auf, verwendet als Slogan dabei Spyridons Worte »Die EU ist der Mörder!«. Kaum eine Stunde später formieren sich erste Gruppen in verschiedenen Stadtteilen, protestieren lautstark, sind wütend, aber verhalten sich friedlich.

Als Zeichen ihrer Trauer und in Solidarität mit Spyridon Evangelistos und seinen toten Eltern singt die Menge *O Saltadoros*. Das massiv auftretende Polizeiaufgebot steht in keinem Verhältnis zu den friedlichen Demonstranten. Die Regierung fürchtet einen Flächenbrand, der nicht mehr zu stoppen ist, will die Kundgebungen bereits im Keim ersticken und ordnet rigoroses Vorgehen an. Schlagstöcke dreschen auf alle ein, die keine Polizeiuniformen tragen, machen keinerlei Unterschiede zwischen Frau und Mann, alt oder jung. Das Blut fließt in Strömen. Tränen-gaswolken hängen in der Luft, erschweren das Atmen; Pfeffer-sprayfontänen verätzen Augen.

Nun ist es mit dem friedlichen Protest vorbei, die Demonstranten schlagen ebenfalls eine härtere Gangart ein, kennen ihrerseits kein Pardon mehr. Eilig gebastelte Molotowcocktails setzen Autos, Busse, Geschäfte und Banken in Brand, Barrikaden werden errichtet. Es kommt zu ersten Plünderungen.

Die Polizeiführung überlegt ernsthaft den Einsatz von Gummigeschossen. Die Menschen in den Straßen und auf den Plätzen schreien ihre Wut, Verzweiflung und Enttäuschung heraus, skandieren die alte Parole »Die Faust des Volkes bringt die Freiheit!«.

Polizeistiefel treten in Gesichter und Körper; die Menge setzt sich mit Steinen, Latten und Stangen zur Wehr, die Helme und Schilde treffen. Absperrgitter werden umgerannt und auf die Polizeiketten geschleudert. Nahezu in Echtzeit werden die schrecklichen Bilder über Facebook und YouTube veröffentlicht, die von den Demonstranten und Journalisten gedreht werden, und gehen um die Welt. Griechenland rückt einmal mehr in den Fokus der Weltöffentlichkeit.

Blutüberströmte Menschen bringen sich in Sicherheit, sind sie selbst nicht mehr dazu in der Lage, werden sie von Mitstreitern aus den Gefahrenzonen gezogen. Ohrenbetäubendes Sirenengeheul kämpft gegen die Sprechchöre an. Brandgeruch, Rauch und beißender Tränengasqualm rauben die Atemluft. Viele schützen sich notdürftig, indem sie sich Tücher vor Mund und Nase binden. Tränengasgranaten werden zurück in die Polizeikordons gekickt. Wasserwerfer gehen in Stellung, die scharfen Strahlen fegen Leute von den Beinen, lassen sie unkontrolliert über das Straßenpflaster schlittern. Immer mehr Polizeikräfte werden zusammengezogen, Hundertschaften versuchen, neuralgische Punkte abzuriegeln. Doch die Gegenseite erhält ebenfalls mehr und mehr Unterstützung. Athen, ganz Griechenland ist im Aufruhr und brennt. Der befürchtete Flächenbrand ist nicht mehr zu stoppen, greift binnen Stunden auf andere Städte über.

Krisenstäbe bilden sich, versuchen, das ausufernde Chaos in den Griff zu bekommen, und scheitern kläglich. Der außer Rand und Band geratene Mob fordert lautstark am Syntagma-Platz in Athen, dem Sitz des griechischen Parlaments, den Rücktritt der Regierung und Neuwahlen.

Die Staatsführung überlegt die Ausrufung des Ausnahmezustandes und diskutiert über die Verhängung des Kriegsrechts. Für Athen ist Yannis Tsakitaris der Rädelsführer dieser gewaltigen Unruhen. Er soll dafür büßen und zum Sündenbock gestempelt werden. Das »Sophokles« wird zum Headquarter der Demonstranten in Piräus, das Lokal ist von der Polizei umstellt, jetzt ist keine Zeit für den Rembetiko. Tsakitaris, zur Fahndung ausgeschrieben, bleibt unauffindbar. Er ist untergetaucht.

Athen fürchtet sich vor dem Begräbnis der Evangelistos, rechnet damit, dass die Trauerfeierlichkeiten erneuter Anlass für Ausschreitungen werden. Spyridon Evangelistos hat sich in seinem Elternhaus verkrochen, ist zu keiner vernünftigen Handlung fähig. Zwar verfolgt er im Fernsehen die Demonstrationen, sieht die Bilder, doch sie berühren ihn nicht, und noch weniger interessieren sie ihn.

Den Tod seiner Eltern hat Brüssel zu verantworten, die EU trägt die alleinige Schuld. Das ist seine feste Überzeugung, und daran gibt es nichts zu rütteln. Er hat das Telefon ausgestellt, schaltet seinen Computer nicht ein, will keine Mails lesen, nur alleine mit seiner Trauer sein und in Ruhe gelassen werden. Er ist sich nicht sicher, ob er jemals wieder seine Bouzouki in die Hand nehmen kann, um den Rembetiko zu spielen.

Kurzfristig überlegte er, ob er nicht öffentlich das Wort ergreifen und die wütende Menge mit seiner Stimme besänftigen soll. Wem nützen diese Demonstrationen? Seine Eltern werden nicht mehr lebendig. Schließlich nimmt er Abstand von diesem Vorhaben. Es würde nichts nützen, die Menschen sind viel zu sehr aufgeheizt.
Energisches Klopfen an der Haustüre reißt ihn aus seiner Lethargie. Yannis kann es nicht sein, der ist verschwunden. Zweimal war die Polizei bereits bei Spyridon Evangelistos und hat nach ihm gefragt, weil irgendwer seinen Mund nicht halten konnte und denen erzählte, dass er und Tsakitaris eng befreundet sind.
Nicht schon wieder die verdammten Bullen!
Spyridon zieht den Vorhang beiseite, sieht einen dunklen Geländewagen. Das Klopfen wird noch eine Nuance stärker.
»Palianthropos[23]*«*, flucht er und öffnet die Türe.
Vor ihm stehen zwei Typen mittleren Alters in luftigen, leichten Sommeranzügen mit offen stehenden Hemdkrägen und verspiegelten Sonnenbrillen. Kriminalpolizei? Schwer zu sagen. Die Ermittlungen rund um den Tod seiner Eltern sind abgeschlossen, und dass er den momentanen Aufenthalt von Yannis Tsakitaris nicht kennt, wissen die Bullen inzwischen. Was haben sie hier noch zu suchen?
»Ja, was ist?«, fragt er ungehalten und lässt keinen Zweifel offen, was er von seinen unerwarteten und ungebetenen Besuchern hält.
»Spyridon Evangelistos?«, fragt der Ältere, während der andere mit unbeweglichem Gesichtsausdruck den Musiker hinter seiner Brille fixiert.
»Ja. Und ihr?«
»Wir kommen direkt aus Athen, vom Ministerium für Bürgerschutz.«
Das muss reichen. Keine Namen, keine Ausweise. Spyridon Evangelistos mag zwar ein einfacher Mann sein, der über keine höhere Bildung verfügt, aber deswegen ist er nicht dumm. Er kann sich denken, wer vor ihm steht, und hat auch keinerlei Scheu, es auszusprechen.
»Wenn ihr keine Bullen seid, dann habe ich es wohl mit dem *EYP*[24] zu tun.«
Die beiden Geheimdienstmänner lassen sich nicht anmerken, ob Spyridon Evangelistos mit seiner Vermutung ins Schwarze getroffen hat oder völlig falschliegt.

»Die Regierung ersucht Sie, Ihre Eltern heimlich und ohne Aufsehen zu beerdigen«, sagt wieder der Ältere, offensichtlich der Ranghöhere, und deutet auf den eingeschalteten Fernseher. »Sie sehen doch, was draußen los ist.«

»Meine Schuld?« Spyridon Evangelistos ist wegen dieser Ungeheuerlichkeit nahezu sprachlos und ringt nach Fassung. »Wer hat denn meine Eltern in den Tod getrieben?«

»Selbstverständlich wird die Regierung für sämtliche Kosten aufkommen und sich für Ihr Entgegenkommen und Verständnis entsprechend revanchieren.«

»Jetzt hört mir genau zu, ihr beiden Witzfiguren«, der Musiker greift sich an den Kopf, will nicht glauben, was er soeben hörte. »Athen will mich kaufen? Habe ich das richtig verstanden? Wer bezahlt das Begräbnis? Der griechische Staat? Oder gar Tsipras?[25] Seine *Syriza*? Oder vielleicht Pavlopoulos[26]? Die EU? Oder muss Athen dafür bei Merkel um ein neuerliches Darlehen betteln? Nachdem meine Eltern tot sind, ist plötzlich Geld vorhanden! Das ist doch ein geschmackloser Scherz! Als meine Mutter noch leiden musste, gab es in diesem Staat jedoch nirgends für sie Unterstützung, weder finanziell, noch reichte die medizinische Versorgung für die Bekämpfung ihrer Leukämie. Was geht das mich da draußen an?«

»Ihr Freund Yannis Tsakitaris hat diesen Aufstand angezettelt«, behauptet der ältere Agent.

»Ah, woher wollt ihr denn das wissen? Habt ihr dafür Beweise? Die Leute haben genug von der Regierung, von euch, von der EU. Die Griechen wollen sich nicht länger gängeln lassen. Das wird Brüssel akzeptieren müssen. Oder fahren bald wieder wie 1967 die Panzer auf? Das wird heute nicht mehr klappen. Und jetzt schert euch raus! Ich kann euch nicht mehr sehen!«

»Das ist ein schwerer Fehler, Spyridon.«

»Wollt ihr mich festnehmen, verhaften? Oropos und Yaros existieren nicht mehr. Raus!«

Am nächsten Tag

Die Kinder sind mit Feuereifer bei der Sache, Plakate werden gemalt und Flyer angefertigt. Rasend schnell ist Günthers Idee Realität geworden, die Direktorin und die Lehrerinnen stehen mit Rat und Tat zur Seite. Die Aula verwandelt sich mehr und mehr zu einem Warenlager. Während der Unterrichtsstunden schauen immer wieder Eltern vorbei und geben Sachen beim Schulwart ab. Auch in der Berzeliusgasse ist der Ausländeranteil in den Klassen hoch, und es bewahrheitet sich wieder, dass gerade diejenigen, die am wenigsten haben, sich mächtig ins Zeug legen und am meisten spenden.

Natürlich sind viele Muslime unter den Schülern, doch Religion ist unter den Kindern kein Thema. Ob wer zu den Sunniten oder Schiiten gehört, zu den Christen zählt, einer anderen Religion angehört, ist zweitrangig. Leider wird es eine trügerische Hoffnung bleiben, wenn die Kinder älter werden und manche Elternhäuser ihren Teil dazu beitragen, ihre Kinder in einen falsch verstandenen Glauben zu treiben.

Die spontane Hilfsaktion spricht sich wie ein Lauffeuer im Bezirk herum, ist bald in ganz Wien bekannt, nicht zuletzt mithilfe der rasanten Verbreitung über soziale Netzwerke. So bleibt es nicht aus, dass die Medien aufmerksam werden, der ORF sich meldet.

Nun sind im Schulgebäude Kamerateam und Redakteurin unterwegs, drehen zahlreiche Interviews, selbstverständlich auch mit Günther. Schließlich ist er der Protagonist des Beitrags.

Kokoschansky ist mächtig stolz auf seinen Jungen. Sicherlich hat er dieses hohe Maß an Empathie seinem Sohn weitergegeben. Soziales Engagement und Verständnis für ein Miteinander spielen eine wichtige Rolle in der Erziehung. Darauf hatten schon Kokoschanskys Eltern Wert gelegt. Aufgewachsen als einziges Kind eines Straßenbahnschaffners und einer Hausfrau, sehr liberal erzogen, jedoch mit fixen Regeln.

Der Journalist hegt große Sympathien für *underdogs*, für Menschen am Rande der Gesellschaft, für die Ausgestoßenen, die kaum in der Lage sind, sich zu wehren, und selten auf die Butterseite fallen. Sicherlich hat Günther auch vieles von Lena, Kokoschanskys Lebensgefährtin, mitbekommen, obwohl sie nicht seine leibliche Mutter ist.

Sie war einmal Polizistin, doch merkte sie bald, dass Verbrecher oft mehr Rechte haben als der Bürger, der sich an Gesetze hält. Je höher die berufliche und gesellschaftliche Position, umso ärger. Dazu noch politische Befindlichkeiten, die von karrieregeilen Vorgesetzten in die Waagschale geworfen oder von höchsten Stellen hineininterveniert werden.
In diesem Land lässt sich vieles unter der Hand regeln, ohne dass die Öffentlichkeit es erfährt. Leider ist inzwischen die Tendenz steigend, manches so durchsichtig durchzuziehen, dass es bereits die Spatzen von den Dächern pfeifen und selbst der Dümmste kapiert, was tatsächlich gespielt wird. Doch das interessiert in den oberen Chargen niemand, da Präpotenz und Arroganz sich durch sämtliche politische Lager ziehen. Der Nimbus der Unantastbarkeit, der Unverletzlichen, gepaart mit den richtigen Netzwerken und der passenden Parteizugehörigkeit bilden einen hervorragenden Schutzpanzer, der leider nur viel zu selten aufgebrochen wird.
Wer von denen hat tatsächlich Interesse an den Sorgen und Nöten des Volkes? Platte Attitüden, Sprechblasen und heiße Luft strömen aus dem Parlament. Die Koalition ist mehr beschäftigt, sich gegenseitig ein Bein zu stellen, als tatsächlich vernünftig ihrem Job, nämlich dem Regieren, nachzukommen. Das Volk wird nur in Wahlkämpfen umgarnt.
Ab und zu fliegt doch etwas auf. Mitunter weniger der Gerechtigkeit wegen und um dem Gesetz Genüge zu tun, eher, um die Bevölkerung zu besänftigen und zu demonstrieren, dass wir doch ein sauberes Land sind. Meist ist das dann der Fall, wenn eine Partie zu sehr den Bogen überspannt, bis der bricht. Wie im Fall eines ehemaligen Finanzministers und seiner Getreuen, der sich zu sicher fühlte und jetzt nach jahrelangen Ermittlungen und Erhebungen, die Unsummen an Steuergeldern verschlangen, endlich in absehbarer Zeit vor den Kadi zitiert wird. Der eigentliche Drahtzieher, der ein gesamtes österreichisches Bundesland an den Rand des Ruins brachte, kann nicht mehr zur Verantwortung gezogen werden. Vor einigen Jahren hat er sich mit seinem Auto in den Tod katapultiert.
Zwar ist es nicht tröstlich, doch im internationalen Vergleich schneidet Österreich dennoch passabel ab. Kontinuierlich wiederholt die Geschichte sich. Daran hat und wird sich künftig nichts ändern. Heute verbreiten sich

nur die Vorzeichen aufgrund der Kommunikationstechnologien rasend schnell rund um den Globus, und dementsprechend rasant erreichen sie die Menschen.
Das Nachsehen haben die Gesetzeshüter. Auf der Strecke bleibt der kleine Polizeibeamte, dem täglich weniger Respekt entgegengebracht wird, während die Gesellschaft von ihm Schutz und die Aufrechterhaltung der Ordnung erwartet, wofür allerdings die finanziellen und personellen Ressourcen fehlen.
Hinzu kommt noch eine Menge Reformen innerhalb des Polizeiapparates, manche durchaus sinnvoll, andere wiederum das genaue Gegenteil bewirkend. Im Fall vom Lena Fautner kommt noch der Umstand hinzu, dass sie mit einem bekannten, unbestechlichen Journalisten zusammenlebt, was gewissen Vorgesetzten extrem sauer aufstieß. Mobbing war vorprogrammiert. Bis es ihr reichte, sie den Dienst quittierte und diesen Schritt nie bereute. Heute arbeitet Lena Fautner in einer florierenden Wirtschaftsdetektei, die sich nur mit großen internationalen Fällen befasst.
Natürlich versteht Günther gewisse Zusammenhänge noch nicht, aber er sieht und hört vieles, kann sich einiges zusammenreimen. Schließlich ist er ein aufgeweckter und intelligenter Junge. Trotz seines kindlichen Alters ist ihm bereits einiges Schlimmes widerfahren, und glücklicherweise färbte das nicht auf seine weitere Entwicklung ab, hinterließ keinerlei Traumata.
Günther stammt aus einer Verbindung mit einer Krankenschwester, nachdem Kokoschanskys erste Ehe in die Brüche gegangen war. Eigentlich wollte er bei seinem unsteten Lebenswandel gar kein Kind, doch als es passierte, war er glücklich, und dabei ist es geblieben. Zwar ist er ein später Vater, immerhin geht er unaufhaltsam auf die sechzig zu, doch das schert ihn heute überhaupt nicht mehr. Dafür ist er umso liebevoller, reißt sich für seinen Jungen ein Bein aus.
In Günthers ersten Jahren nagte es schon sehr an ihm, wenn er für den Opa gehalten wurde. Oder aufgrund des Altersunterschieds zu Lena, ob diese wunderschöne Frau seine Tochter ist. Inzwischen steht er darüber und freut sich über die dämlichen Gesichter, wenn er den wahren Sachverhalt aufklärt. Nachdem Kokoschansky seine erste Ehe größtenteils aus Eigenverschulden, nicht zuletzt durch seinen beruflichen Einsatz in den Sand gesetzt hatte, kam für ihn ein neuerlicher Gang vor den Traualtar

nicht mehr infrage.
Anfänglich lief es mit Sonja problemlos, trotz des bereits in dieser Beziehung bestehenden erheblichen Altersunterschieds, wenn auch nicht so groß wie mit Lena. Leider beging Sonja einen schweren Fehler, indem sie versuchte, Kokoschansky nach und nach an die Kette zu legen, woran schon seine erste Frau scheiterte. Zumindest drängte Sonja nicht auf Heirat. Im Gegensatz zu Marianne, Kokoschanskys erster Frau, verstand und akzeptierte sie als Krankenschwester, was es bedeutet, zu unmöglichen Zeiten zu arbeiten, die Nacht zum Tag machen zu müssen.
Kokoschansky kann zwar mit einer langen Leine gut leben, aber eine Kette erträgt er nicht. Und jede Frau, die versuchte, ihn sukzessive umzuerziehen, erlitt kläglich Schiffbruch. Genau wie im Beruf polarisiert er auch im Privatleben. Kokoschansky nimmt sich kein Blatt vor den Mund, hält selten mit seiner Meinung hinter dem Busch. Das mag man oder lehnt es konsequent ab, ein Dazwischen gibt es nicht. Genau das behagt ihm. Nichts ist Kokoschansky mehr verhasst als Mainstream, Kleinkrämerseelen, Jasager, Duckmäuser, die nach oben Arschkriechenden und nach unten Tretenden, Mitläufer und Angepasste, alle, die mit dem Strom schwimmen und stets bedacht sind, nur keine Wellen zu schlagen, aber oft auf Kosten anderer Vorteile für sich herauszuschlagen.
Leben und leben lassen, aber steigst du mir auf die Zehen, wird sich die Gelegenheit bieten, und ich trete dir gegen das Schienbein – mit diesem Lebensmotto ist er bisher sehr gut gefahren.
Leider tappte Kokoschansky in Sonjas Venusfalle, und als er es merkte, war es zu spät. Für ihn ein Wunschkind, für sie war es Mittel zum Zweck, mit der Absicht, ihn fix an sich binden zu können. Da spielte Kokoschansky nicht mit. Es kam, wie es kommen musste, sie trennten sich. Günther blieb bei Sonja, was dem Vater wiederum zusetzte und ihn, der sich stets für so stark hielt, in einen Abgrund aus Suff und Drogen zog.
Völlig am Boden, kurz vor der totalen Selbstaufgabe und dem endgültigen Untergang trat Lena wie ein rettender Engel in sein Leben und schaffte das Unmögliche. Kokoschansky riss sich zusammen und kam wieder auf die Beine. Lena hatte volles Verständnis für die Situation dieses älteren Typen, stammt sie doch selbst aus schwierigen Verhältnissen. Es dauerte seine

Zeit, bis sich tatsächlich Liebe entwickelte, da Kokoschansky sich als Hemmschuh entpuppte. Schließlich war er nach zwei gescheiterten Beziehungen ein gebranntes Kind, und jetzt hatte er noch Verantwortung als Vater. Seinen Sohn durfte er nur sporadisch sehen, obwohl der Junge sich viel lieber beim Vater als bei der Mutter aufhielt.
Selbstverständlich blieb Kokoschanskys neue Liebe nicht vor Sonja verborgen, und sie versuchte, ihn mit allen Mitteln zurückzugewinnen. Erfolglos und deshalb drehte sie komplett durch. Als letzte Konsequenz drohte sie mit Selbstmord und wollte auch Günther mit in den Tod nehmen. In letzter Sekunde konnte der Bub von Kokoschansky gerettet werden. Sonja landete wegen ihrer schweren psychischen Probleme in der Psychiatrie, die sie bis an ihr Lebensende nicht mehr verlassen wird. Nach etlichen bürokratischen und juristischen Hürden wurde der Junge dem Vater zugesprochen. Lena und Günther verstanden sich von Beginn an prächtig. Sie akzeptiert ihn als ihren Sohn und er sie als seine Mama.
Als dieser schreckliche Vorfall passierte, war Günther noch viel zu klein, um die Dimensionen zu verstehen, und trug glücklicherweise keine Folgeschäden davon. Zwar fragte er noch öfters nach seiner richtigen Mutter, doch im Laufe der Jahre scheint er sie nun endgültig aus seinem Gedächtnis gestrichen zu haben. Sonja verfällt immer mehr, wurde zuerst noch regelmäßig von Kokoschansky besucht, aber von Mal zu Mal wurde es sinnloser. Sie lebt in ihrer eigenen Welt.
Zuerst machte Kokoschansky sich schwere Vorwürfe. Doch Lena bestärkte ihn, dass er an Sonjas geistigem Verfall keinerlei Schuld trägt. Zwar spricht er nicht darüber, aber insgeheim ist ihm sehr wohl klar, dass er für viel zerbrochenes Porzellan in dieser Beziehung wie auch bereits in seiner ersten Ehe gesorgt hatte. Irgendwann war es fürs Kitten zu spät.
Er kann und will nicht aus seiner Haut heraus. Lena versteht ihn, weiß als ehemalige Polizistin und nunmehrige Detektivin genau, wie zeitaufwändig und gefährlich Geschichten werden können, wenn man intensiv ermittelt und in die Tiefen vordringt. Ob nun ein Kiberer[27] seiner Arbeit nachgeht oder ein Journalist recherchiert – in beiden Berufen gibt es unzählige Schnittstellen und Parallelen, besonders im investigativen Journalismus, dem Kokoschansky sich verschrieben hat.
Einerseits will er längst kürzertreten, schon aus Rücksicht auf seine kleine

Familie, und obwohl es ihm gar nicht gefällt, muss er seinem Alter Tribut zollen – andererseits ist dieser Biss noch immer vorhanden. Mangelnder Geltungsdrang ist es bestimmt nicht, seinen guten Namen hat er sich längst geschaffen und hält ihn seit Jahrzehnten.

Eher sind sein ausgeprägtes Rechtsempfinden und Unrechtsbewusstsein maßgeblich schuld, dass er nicht die Finger von heißen Themen lassen kann. Gerade in diesen unruhigen Zeiten, in denen es an allen Ecken und Enden gärt, der Terror jederzeit und überall zuschlagen kann, liegen die Storys auf der Straße. Man muss sie bloß aufheben.

Doch vielfach sitzen in den Redaktionen und Fernsehstudios nur mehr Angsthasen, denen die eigene Karriere näher ist, als die Möglichkeiten, die ein Journalist besitzt, sinnvoll zu nutzen und öffentlich Radau zu schlagen. Wichtiger sind Zweckfreundschaften mit Politikern, um später die Früchte dieser Mastdarmakrobatik zu ernten, wenn lukrative Führungspositionen zu besetzen sind. Das ist Selbstverleugnung doch allemal wert.

Natürlich gibt es sie noch, die Unerschrockenen. Aber wenn sie loslegen wollen, werden sie meist zurückgepfiffen und in ihre Schranken gewiesen. Kaum jemand im Berufsleben, und besonders im Journalismus, kann sich heute mehr Rebellion leisten, wenn er nicht seine Existenz aufs Spiel setzen will.

Deshalb schmiss Kokoschansky vor vielen Jahren alles hin, verlegte sich erfolgreich auf das Bücherschreiben und gründete sein eigenes, unabhängiges, äußerst erfolgreiches Internet-Nachrichtenportal.

»Ich muss dir etwas zeigen, Papa«, sagt Günther aufgeregt, als er von der Schule nach Hause kommt und dabei sein Handy fest in der Hand hält. »Ich verstehe das nicht. Was ist daran falsch, wenn wir sammeln? Wir wären doch auch froh, wenn uns geholfen wird, weil wir flüchten mussten.«

»Hallo, mein Großer«, begrüßt Kokoschansky ihn. »Günther, wie oft haben Lena und ich dir schon gesagt, du sollst dein Handy nicht so offen herumtragen. Es laufen doch genug Gfraster[28] herum, die kleinen Jungen ihre Handys wegnehmen.«

»Ich bin nicht klein«, kommt es augenblicklich patzig zurück, »außerdem habe ich es erst knapp vor zu Hause aus der Tasche gezogen.«

Stimmt, für sein Alter ist Günther ein ziemlicher Riegel[29]. Nun, bei einem

Zwei-Meter-Vater auch nicht verwunderlich.
»Ich habe es auch nur herausgenommen«, rechtfertigt Günther sich, »weil ich eine SMS von einem Kumpel bekommen habe. Da werden wir beide, du und ich, im Internet ziemlich beschimpft.«
»Also ein Shitstorm« meint Kokoschansky und geht in sein Arbeitszimmer, gefolgt von seinem Sohn. Facebook und Twitter können es nicht sein, denn weder der Vater noch Günther scheinen in beiden Foren auf. Somit kann es nur über *FNews* laufen, seiner Nachrichtenplattform, die er seit einigen Jahren mit einigen ausgewählten Profis und IT-Spezialisten betreibt.
Kurzerhand ruft er in der Redaktion an und verlangt nach Freitag, seinem Partner, dessen Idee damals *FNews* war und in Kokoschansky einen kongenialen Mitstreiter gefunden hat. Vor einigen Jahren musste der gebürtige Nigerianer mit seiner Familie flüchten, weil der Journalist mit seinen kritischen Artikeln dem Regime ein gewaltiger Dorn im Auge war und er auf einer Todesliste stand.
In Wien schlug er sich eine Zeit lang als Taxifahrer durch, bis sich seine und Kokoschanskys Wege kreuzten. Der Beginn einer wunderbaren Freundschaft und fruchtbaren Zusammenarbeit, beide konnten nun ihre Träume von völlig unabhängiger Berichterstattung realisieren. Das *F* bei *FNews* steht als kleine Hommage für Freitag, immerhin war es seine Idee.

Freitag ist um einiges jünger als Kokoschansky, ein stets fröhlicher Mann, den nichts so leicht aus der Ruhe bringt. Seinen Spitznamen »Freitag« verpasste er sich selbst, da der Nigerianer der Meinung ist, dass die Leute hier seinen richtigen Namen ohnehin nie korrekt aussprechen können. Daher muss die Figur Freitag aus Daniel Defoes »Robinson Crusoe« herhalten.
»Hast du schon mitbekommen«, fragt Kokoschansky seinen Partner, »dass gegen uns etwas im Busch ist? Konkret gegen Günther und mich wegen der Sammelaktion in seiner Schule.«
»Ja, weiß ich«, sagt Freitag, »hat sich nur überschnitten. Ich hätte dich gleich angerufen. Schau mal auf unsere Seite, da ist einiges los. Der übliche Schwachsinn gegenüber Flüchtlingen und Ausländer im Allgemeinen. Einer dieser Idioten setzt sich besonders in Szene, nennt sich *Tiuz*.

Inzwischen haben wir herausgefunden, was dieser Nickname bedeutet. Tiuz[30] war eine uralte germanische Gottheit, bis sie von Wotan abgelöst wurde. Damit ist wohl klar, aus welcher Ecke diese Hass-Postings stammen. Unsere Hackerpartie versucht herauszufinden, wer sich hinter Tiuz verbirgt. Es sieht aber sehr gut aus. Ich melde mich, wenn ich dir Genaueres sagen kann.«
Beim Durchlesen der Kommentare schlägt Kokoschansky der geballte Hass entgegen. Selbst vor unverhohlenen Morddrohungen, die sich tatsächlich gegen Günther und seine Mitschüler richten, schreckt »Tiuz« nicht zurück. Vielleicht steckt auch eine Gruppe dahinter? Kokoschansky wartet nur ab, ob seine Hacker den Account knacken können. Danach wird er sich die Typen kaufen, und dafür braucht er keine Polizei. Das dauert viel zu lange. Diese Dreckskerle gehören sofort aus dem Verkehr gezogen. Selbstverständlich sieht Kokoschansky wie jeder andere Vater rot, wenn es gegen sein Kind geht. Er hat größtes Vertrauen zu seinen Hackern. Spitzenleute, die zwar eine Stange Geld kosten, jedoch jeden Cent wert sind.

*

Es ist ein strahlend schöner Tag, überhaupt nicht passend zu dem bedrückenden Anlass. Heute werden Spyridon Evangelistos' Eltern in Piräus beigesetzt. Es sind noch einige Stunden, bevor das traurigste Ereignis in seinem bisherigen Leben stattfinden wird.
Zu Hause hält es der Musiker nicht aus, er muss raus. Wenn ihm etwas schwer auf der Seele lastet, geht er zum Haupthafen hinunter und setzt sich auf einen der Poller, sieht auf das Meer hinaus, oder er spielt auf seiner Bouzouki. Seit dem tragischen Tod der Eltern hat er allerdings das Instrument nicht mehr angefasst.
Er hört weder das Wellenrauschen noch das Gekreische der Möwen, sieht nicht die Schiffe, die imposanten Containerstapel, sein Blick verliert sich irgendwo am Horizont. Vor seinem geistigen Auge legt der Vater mit seinem kleinen Fischerboot an, der Fang ist mehr als dürftig. Spyridon Evangelistos sieht sich selbst, wie er als kleiner Junge beim Ausladen und Netzeflicken hilft, seine Mutter die Fische gleich am Hafen in dem kleinen

Stand der Familie verkauft.
Tränen fließen über Spyridons Gesicht, er fürchtet sich vor dem Begräbnis und kann noch immer nicht diese Pietätlosigkeit fassen, dass der Geheimdienst ihn aufgesucht hat, damit er den letzten Weg seiner Eltern heimlich begeht. Wütend schnippt er seine Zigarettenkippe in das Hafenbecken und stutzt. Natürlich ist Hafenwasser niemals sauber, selbstverständlich bedecken Ölschlieren in schillernden Farben die Oberfläche, und unterschiedlicher Dreck schwimmt herum. Doch dieses Öl ist zu sehr mit Rot vermischt. Spyridon Evangelistos tritt an den Rand des Beckens und erstarrt. Die Wellen haben eine Leiche angespült, die bäuchlings mit ausgebreiteten Armen auf dem Wasser hin- und herschaukelt. Er muss nicht lange nachdenken, weiß sofort, um wen es sich bei diesem Mann handelt.

*

»Unsere Jungs waren ziemlich fix«, strahlt Freitag übers ganze Gesicht, als Kokoschansky in der *FNews*-Redaktion eintrifft. »Sie konnten *Tiuz* ausfindig machen. Ihrer Meinung nach absolut keine Koryphäe am Computer, der Typ war leicht zu knacken.«
Auf die *Mitnick*-Gang ist eben Verlass. Die drei Burschen nennen sich nach dem Guru aller Hacker, Kevin Mitnick, einem Amerikaner. Unter dem Decknamen »Condor« und als Mitglied der Hackergruppierung »Roscoe-Gang« gelang es ihm mehr als hundert Mal, in die Datenbanken des amerikanischen Verteidigungsministeriums und der NSA einzubrechen. Nachdem er gefasst worden war, wanderte er für mehrere Jahre ins Gefängnis. Doch international halten die Hacker eisern zusammen. Es formierte sich die »Free Kevin«-Bewegung, und tatsächlich wurde Mitnick ein Teil seiner Strafe erlassen, jedoch durfte er drei Jahre lang nicht in die Nähe eines Computers. Dass die Amis in diesem Mann tatsächlich ein Sicherheitsrisiko sahen, verdeutlichte der Ausspruch eines Staatsanwalts: »Mitnick kann einen Nuklearkrieg auslösen, sobald er nur zum Telefonhörer greift.« Heute betreibt Mitnick eine Sicherheitsberatungsfirma und schrieb einige Bücher über IT-Sicherheit.
Bei *FNews* bilden drei Informatikstudenten im letzten Studienabschnitt –

ein Deutscher, ein Steirer und ein Wiener – die Mitnick-Gang und finanzieren sich auf diese Weise ihr Studium. Mitunter ist es lebensgefährlich, für dieses Nachrichtenportal zu arbeiten. In den Anfängen war bereits ein begnadeter Hacker am Werken, der sich ebenfalls nach seinem großen Idol Mitnick nannte. Leider ging er in einer besonders heiklen Geschichte einen Schritt zu weit und wurde umgebracht. Davon wissen die drei, aber lassen sich deshalb nicht davon abschrecken. Innerhalb des *FNews*-Teams gelten sie als risikofreudiges, abenteuerlustiges Trio, doch klug genug, um zu wissen, wann der Rubikon nicht überschritten werden darf.

Natürlich bedankt Kokoschansky sich sofort persönlich bei den dreien, als er die Ausdrucke in Händen hält. Wirklich eine Meisterleistung, sie haben sogar ein Foto von diesem »Tiuz«, seinen Klarnamen und eine Wiener Adresse entdeckt.

»Moment!«, sagt Kokoschansky, nachdem er das Bild eingehend betrachtet hat. »Diese unsympathische Visage kenne ich doch!« Er schabt sich übers unrasierte Kinn, denkt angestrengt nach. »Klar doch! Da gibt es noch so eine zweite Figur. Beide sind mir bei diesem Nachbarschaftsfest aufgefallen. Als wir gegangen sind, haben sie bei der Busstation gestanden und uns beobachtet. Und bei ihm«, der Journalist deutet auf das Foto, »habe ich das Abzeichen dieser Identitären gesehen.«

»Ist das nicht diese neue extrem rechtslastige Bewegung?«, fragt Freitag.

»Genau. Die sind ausgezeichnet mit Pegida[31] und der AfD vernetzt.«

»Da haben sich ja die Richtigen zusammengefunden«, bemerkt Freitag, »aber jetzt auch gegen Kinder hetzen, die in der Schule sammeln, und sie offen bedrohen, das ist der Gipfel. Das Material reicht allemal für eine Anzeige, Koko.«

»Sag mal«, wundert Kokoschansky sich, »wie lange lebst du jetzt in Österreich, Freitag? Klar, kann ich diese Idioten anzeigen, klagen. Was bringt das? Unsere Justiz ist nicht unbedingt schnell, und über eventuelle Strafen lachen diese Leute doch nur. Nein, das machen wir auf unsere Art.«

»Ja, aber den Verfassungsschutz sollten wir auf jeden Fall informieren.«

»Was denkst du, was ich gleich machen werde, Freitag?«

»Diese Identitären treten äußerst geschickt auf, finde ich«, meint Ko-

koschanskys Partner, »obwohl ihre Gesinnung sonnenklar ist. Die verstehen es, zu tarnen und zu täuschen, sind anscheinend in dieser Hinsicht nicht solche Dumpfbacken wie Skinheads, Hooligans und dieses Neonazi-Gesindel.«
»Und dementsprechend gefährlicher«, ergänzt Kokoschansky, »weil sie so aussehen wie wir, abgesehen von ihren Abzeichen und Stickers. Ich muss mich jetzt wohl näher mit denen auseinandersetzen. Ich weiß viel zu wenig über sie.«

*

Nachdem Spyridon Evangelistos die Polizei verständigt hat und die Leiche aus dem Wasser geborgen ist, bestätigt die anfängliche Vermutung des Musikers sich. Das T-Shirt von *Panathinaikos Athen* verrät die traurige Wahrheit, Yannis Tsakitaris war ein glühender Fan des Fußballvereins, verpasste kaum ein Spiel seiner Lieblingsmannschaft.
Jetzt liegt der Leichnam des bekannten Bloggers mit eingeschlagenem Schädel, zugedeckt mit einer Plane, auf der Mole. Daneben steht der Leichenwagen mit offener Heckklappe. Zwei Männer ziehen den Blechsarg aus dem Fahrzeug.
Spyridon Evangelistos hat genug gesehen. Nach einer kurzen Einvernahme durch zwei Kriminalbeamte darf er gehen. Er schlägt das Kreuzzeichen, verabschiedet sich stumm von seinem Freund. Danach sucht er das »Sophokles« auf. Er will nicht, dass Tsakitaris' große Liebe Veroniki von der Polizei oder sonst wem erfährt, was geschehen ist, will es ihr persönlich sagen.
Tsakitaris ist tot, und plötzlich ziehen auch die Sicherheitskräfte rund um das »Sophokles« ab. Offensichtlicher geht es nicht, und für Spyridon Evangelistos ein Zeichen, dass in die Ermordung seines Freundes der Staat verwickelt sein muss.
Das Lokal ist heute aus Respekt wegen dem Begräbnis von Evangelistos' Eltern geschlossen. Veroniki, die als Köchin im »Sophokles« arbeitet, lebt in einer kleinen Wohnung in unmittelbarer Nähe. Sobald Yannis wieder halbwegs auf die Beine gekommen wäre und Geld verdient hätte, wollten sie heiraten. Veronikis karger Lohn und seine unregelmäßigen Einkünfte,

wenn überhaupt, hätten niemals für beide gereicht. Spyridon Evangelistos läutet an ihrer Türe.
»Es ist offen!«, ertönt ihre glockenhelle Stimme.
Er atmet tief durch, drückt die Klinke nieder, tritt ein. Veroniki umarmt ihn, küsst ihn links und rechts auf die Wangen.
»Das ist gut, Spyridon«, sagt die hübsche, zierliche Frau in den Dreißigern mit den pechschwarzen Haaren, »dass du gekommen ist. Du darfst jetzt nicht alleine sein. Nicht an so einem Tag. Ich war gerade auf dem Weg zu dir. Wir trauern mit dir. Das gesamte ›Sophokles‹ wird heute dabei sein. Das sind wir Angelos und Eftychia schuldig.«
Sie weiß es noch nicht, denkt Spyridon Evangelistos, sie hat keine Ahnung. Er geht zur Kommode, auf der ein Radio steht, und dreht es ab. Sicher ist sicher. Veroniki versucht, *ihn* zu trösten, dabei ist er der Todesbote.
»Selbstverständlich wird auch Yannis dabei sein, obwohl der Kerl sich seit zwei Tagen nicht mehr bei mir gerührt hat. Hast du eine Ahnung, wo er sich herumtreibt? Der kann etwas erleben.«
»Veroniki«, Spyridon Evangelistos flüstert nahezu und nimmt sie an der Hand, »setzen wir uns …«
Nachdem das Furchtbare ausgesprochen ist, sieht sie ihn mit ihren Kohleaugen durchdringend an, nickt nur unentwegt und monoton.
»Ich wusste es … ich wusste es. Eines Tages werden sie ihn umbringen. Er hat sich zu weit aus dem Fenster gelehnt, und nun haben sie ihm die Rechnung präsentiert.«
»Wie meinst du das, Veroniki?«, tastet Spyridon Evangelistos sich vorsichtig vor.
Statt zu antworten, steht sie wortlos auf, geht in ein anderes Zimmer und kehrt mit einem Umschlag zurück.
»Das soll ich dir von Yannis geben«, dabei drückt sie ihm das Kuvert in die Hand.
»Was ist das?«
»Ich weiß es nicht. Er sagte nur vor einiger Zeit, es ist äußerst wichtig und bei dir in den besten Händen, wenn ihm etwas zustoßen sollte. In letzter Zeit machte er öfters düstere Andeutungen, ohne konkreter zu werden. Meine Fragen blockte er nur ab und wich mir aus.«
Spyridon Evangelistos reißt den Umschlag auf, zündet sich eine Santé-

Zigarette an. Ein USB-Stick und ein zusammengefaltetes Papier fallen heraus.

Lieber Spyridon!
Ich hoffe sehr, dass du niemals diesen Brief lesen musst. Doch sicher bin ich mir nicht. Sie haben es auf mich abgesehen, und daher glaube ich, dass ich nicht mehr lange lebe. Sie werden mich erwischen. Auf dem USB-Stick sind einige brisante Dateien, die das wahre Gesicht dieser EU und ihre tatsächlichen Absichten ans Tageslicht bringen werden.
Bisher war ich zu feige, dieses Material in meinem Blog zu veröffentlichen. Nun ist jedoch der Zeitpunkt gekommen, nachdem deine Eltern tot sind. Unsere Staatsverschuldung hat bereits viel zu viele Menschen in den Tod getrieben. Griechenland war immer nur Spielball der Politik. Ich erwähne nur die jüngeren Beispiele der Zeitgeschichte: Nazis, Junta, NATO, EU, Flüchtlingsfrage …
Daher muss die Welt endlich wissen, was tatsächlich Sache ist.
Allerdings befürchte ich, dass ich dazu nicht mehr komme, weil sie es nicht zulassen. Wer mir diese Unterlagen zugespielt hat, ist unerheblich. Wichtig ist, dass sie existieren. Und sie sind wasserdicht. Das Password für den Stick lautet: ROR Revenge Of Rembetiko 2141967, ohne Abstände zusammengeschrieben. Mein alter Laptop ist sicher bei Veroniki versteckt, da ich jeden Tag mit einer Hausdurchsuchung und mit meiner Verhaftung rechne. Deswegen mache ich Athen keinen Vorwurf, es handelt auf Druck der EU, da ich inzwischen sehr viel weiß. Zu viel. Athen wäre es sicherlich recht, wenn es mein Material veröffentlichen könnte, aber das wäre dann wohl der endgültige Todesstoß für Griechenland, vielleicht der Ausschluss aus der EU, und das würde den unvermeidlichen Staatsbankrott zur Folge haben. Allerdings kann die EU sich das auch nicht leisten. Dann käme der gesamte Dreck an die Oberfläche.
Die Folge wäre ein Dominoeffekt. Außerdem traue ich unseren eigenen Leuten nicht. Da stehen genug auf der Payroll der EU. Das Wichtigste ist auf dem Stick, aber es finden sich noch einige andere Dokumente auf meinem Laptop.
Sollte ich eines gewaltsamen Todes sterben, dann ist Brüssel der Auftraggeber und die griechische Regierung das ausführende Organ.
Mir ist klar, dass du damit wenig anfangen kannst, und das meine ich nicht abwertend. Du bist ein exzellenter Musiker, und so soll es auch bleiben. Leider bin ich zu untalentiert, sonst hätte ich besser auch diesen Beruf ergriffen, und mir wäre

vieles erspart geblieben.
Du wirst über dieses Material keine Silbe im Internet finden, es ist zu ungeheuerlich und streng geheim. Doch es gibt eine undichte Stelle, sonst könnte ich darüber nicht verfügen. Es ist pures Dynamit. Griechenland darf sich das nicht bieten lassen!
Daher nimm bitte in Wien Verbindung mit Heinz Kokoschansky auf. Du findest ihn über FNews. Er ist ein sehr mutiger, integrer Journalist. Ich kenne ihn nicht persönlich, jedoch haben wir öfters kommuniziert. Er wird mit diesem Material etwas anzufangen wissen. Ich bin mir sicher, im Ernstfall wirst du das Richtige tun, mein Freund. Sollte ich tatsächlich abkratzen, wünsche ich mir, dass du für mich an meinem Grab O Saltadoros spielst.
Pass auf dich auf, dein Yannis!

Spyridon Evangelistos legt das Papier auf den Tisch, zündet sich eine weitere Zigarette an.
»Hast du davon gewusst, Veroniki?«
»Nein«, schüttelt sie ihren Kopf, und erstmals fließen Tränen. »Was schreibt Yannis?«
»Ich soll einen Wiener Journalisten kontaktieren. Auf dem Stick sind gefährliche Dateien, geht um die EU und unser Land. Hat er jemals mit dir darüber gesprochen?«
»Nie«, schluchzt sie. »Es hätte auch wenig Sinn gemacht. Ich verstehe das alles doch nicht.«
»Auch einen gewissen Heinz Kokoschansky hat er nie erwähnt?«
Kopfschütteln.
»Du hast seinen Laptop?«
»Ja, er hat ihn mir erst vor drei Tagen mit diesem Kuvert gegeben. Er sagte mir nur, verstecke beides sehr gut und frage mich nicht nach dem Grund. Eines Tages werde ich es dir hoffentlich erzählen können.« Veroniki wischt sich über die Augen. »Jetzt ist es zu spät.«
»Wo ist der Computer?«
»Sicher in einem kleinen Hohlraum unter der Bühne des ›Sophokles‹ verwahrt. Willst du ihn?«
»Nein, lass ihn, wo er ist. Jetzt müssen wir uns gegenseitig stützen.« Spyridon Evangelistos hat den Arm um Veroniki gelegt. »Dieser Stick und sein Laptop sind Yannis' Vermächtnis. Das müssen wir bewahren. Ich

muss jetzt nach Hause, mich umziehen, vorbereiten. Oder du kommst gleich mit mir mit, ich will dich nicht alleine lassen.«

»Lass gut sein, Spyridon, geh ruhig. Wir sehen uns beim Begräbnis.«

»Schaffst du das? Ich bin dir sicherlich nicht böse, wenn …«

»Ich werde da sein, verlass dich drauf«, unterbricht sie ihn, »geh nur, lass mich ein bisschen allein.«

Inzwischen hat die Nachricht über Yannis Tsakitaris‘ gewaltsamen Tod sich in Piräus wie ein Lauffeuer verbreitet, ein weiterer Grund für neuerliche, spontane Demonstrationen und schwere Ausschreitungen. Jedem ist klar, dass sein Tod kein gewöhnliches Verbrechen sein kann. Die Polizei ermittelt mehr als lax und zeigt kein besonderes Interesse an einer raschen Aufklärung.

Im gesamten Land werden Gedenkgottesdienste für die Evangelistos und Tsakitaris abgehalten. Im »Sophokles« haben alle zusammengelegt, dass Spyridons Eltern ein würdiges Begräbnis erhalten. Das werden sie auch für Yannis Tsakitaris tun.

Eine nahezu unübersehbare Menschenmenge hat sich auf dem Friedhof *I Anastasi* in Piräus eingefunden. Hier wird auch in einigen Tagen Tsakitaris seine letzte Ruhestätte finden. Ein denkwürdiger Ort, und einige der Alten erinnern sich noch an den 11. Jänner 1944, als während eines alliierten Bombenangriffs siebenhundert Zivilisten starben. Deshalb ist hier auch eine Gedenkstätte errichtet worden.

Dicht gedrängt steht die Menge, hört die berührenden Worte des orthodoxen Priesters, lauscht den Chorälen. Athens Befürchtungen bestätigen sich. Abermals ist die Bestattung Anlass für gewaltige Massendemonstrationen, doch den Polizeikräften wurde Zurückhaltung, zumindest bis das Begräbnis vorbei ist, befohlen. Schließlich schaut heute die Welt auf Griechenland. Von CNN abwärts haben sich zahlreiche Journalisten und TV-Teams aus allen Windrichtungen zu dieser Trauerfeier eingefunden, was Spyridon Evangelistos zwar nicht behagt, er aber nicht verhindern kann.

Am offenen Grab schwört der Sohn Rache für seine Eltern und Yannis Tsakitaris. Nachdem die Särge in die Grube versenkt sind, nimmt Spyridon Evangelistos seine Bouzouki in die Hand, geht in die Knie spielt *O Saltadoros*, unterstützt von einem vielstimmigen Chor.

Montag, 23. Mai 2016

»Was ist das für ein Kasperltheater?« Kokoschansky, entsetzt wie Lena, kann nicht glauben, was er auf dem Fernsehbildschirm sieht. »Da ist doch der Wurm drin! So ein Wahlergebnis gab es noch nie in der Zweiten Republik. Das ist ebenso viel wert wie ein Spam-Mail aus Nigeria. Ich prophezeie dir, da kommt noch etwas nach.«

»Nahezu Gleichstand.« Kopfschüttelnd blickt Lena auf die Graphik. »Was ist mit den Leuten in diesem Land los? Das darf doch nicht wahr sein! Wollen sie tatsächlich einen Wolf im Schafspelz zum Bundespräsidenten?«

»Danke an die Totengräber in der SPÖ und ÖVP, dass sie diesen Wahnsinn überhaupt möglich machen«, meint Kokoschansky grimmig, »nach Vranitzky[32] ging es unaufhörlich bergab. Doch das ist den Bonzen egal. Einmal gewählt und eine sorgenfreie Zukunft ist gesichert. Paradebeispiel ist doch Faymann[33]. Kaum haut er am 9. Mai, aus guten Gründen, sonst hätten die eigenen Leute ihn abserviert, den Hut drauf, sitzt er bereits ein paar Tage später mit Martin Schulz[34] im Landtmann[35]. Sicher nicht, um dem Deutschen die Vorzüge des Wiener Kaffees anzupreisen. Wie abgehoben muss man sein, sich so ungeniert auf dem Präsentierteller zu zeigen? Prompt ist das Foto in der Zeitung gelandet. Sicherlich wird es sich rentieren. Zumindest scheint Faymann jetzt im Lobbyisten-Verzeichnis auf. Er kann sich bestimmt ein paar Ezzes[36] von Gusenbauer[37] holen, von Genosse zu Genosse. Vielleicht braucht Naserbajew noch einen weiteren Berater? Der kasachische Präsident soll nicht schlecht bezahlen. Je länger ich in die Glotze starre, desto mehr kommt mir das Kotzen.«

»Zwar bin ich politisch nicht so versiert wie du, Koko«, meint Lena, »aber das sagt mir mein Hausverstand. Bei dieser Wahl ist im Hintergrund ordentlich getrickst worden. Ich gebe dir vollkommen recht, da ist noch lange nicht aller Tage Abend. Wenn van der Bellen doch noch vorne liegen sollte, steigen die Blauen auf die Barrikaden und fechten die Wahl an.«

»Tja, was eben nicht passt, wird passend gemacht werden. Das ist doch jämmerlich! Ein Armutszeugnis für Österreich! Die abgehalfterten Großparteien mussten zwei nichtssagende Kandidaten aus den Hüten

zaubern, dazu eine Quotenfrau für die Optik, und ein Medienwurschtel brachte sich selbst ins Spiel. Schafft der Professor tatsächlich das Rennen, dann werden wir zumindest nicht als Staat international geschnitten und scheel angesehen. Sollte das vorläufige Ergebnis sich ändern oder gar eine Wahlwiederholung drohen, dann bleibt uns die Wahl zwischen Pest und Cholera wie in Amerika. Der eine will es allen recht machen und nirgendwo anecken, everybody's darling sein. Ein blitzgescheiter, netter Opa-Typ, der genüsslich seine Zigaretten in der Hofburg rauchen und sonst nicht weiter auffallen will. Da ist der Gegner aus anderem Holz geschnitzt. Eine willfährige Marionette seiner Partei, wobei ich den Eindruck nicht verhehlen kann, dass man ihn in diese Schlammschlacht gehetzt hat, er im Grunde gar nicht auf dieses Amt scharf ist. Außerdem lächelt er mir zu viel. Solche Dauergrinser kann ich nicht ausstehen und dazu dieses eingetrichterte, geschulte NLP-Gebrabbel[38], das sie alle blendend beherrschen.«
»Mir klingt noch sein Sager in den Ohren«, bemerkt Lena, »als er in einer Fernsehdiskussion von der Moderatorin darauf angesprochen wurde, dass sein Job sich eigentlich nur auf Repräsentation beschränkt, und er antwortete, dass man sich noch wundern wird, wozu er fähig sein kann.«
»Seine Partei will ihn als Sprungbrett für den Einzug in den Ballhausplatz nutzen, damit aus ihren Reihen endlich der Kanzler kommt. Aber in diesem Land mag ich nur die Donau blau.«
»Nun lacht wieder einmal die ganze Welt über das kleine Österreich. Sollte Hofer tatsächlich in die Hofburg einziehen, dann sind wir wieder isoliert wie zu Waldheims Zeiten und wie unter der Schüssel-Regierung.«
»Nach Ungarn und Polen werden sie Hofer schon einladen«, grinst Kokoschansky, obwohl ihm gar nicht danach zumute ist.
»Dieses Problem können wir nicht lösen«, sagt Lena nachdenklich, »aber wie steht es mit unseren eigenen?« Natürlich hat Kokoschansky ihr erzählt, was Günthers Sammelaktion im Netz ausgelöst hat. Sie kann sich leicht ausrechnen, dass Kokoschansky sich diese Hasstiraden nicht gefallen lässt. »Hat dieser *Tiuz* sich inzwischen wieder gemeldet?«
»Ja.«
»Und?«
»Das Übliche, Beschimpfungen und Drohungen.«

»Was wirst du dagegen unternehmen?«
»Ich werde mir diesen Typen zur Brust nehmen«, lässt Kokoschansky sich nicht in die Karten blicken. Was Kokoschansky besonders missfällt, ist, dass dieser rechte Recke sich im 21. Bezirk aufhalten soll.
»Bitte, Koko, mach nichts Unüberlegtes, versprich mir das«, bittet Lena und weiß genau, das hätte sie ebenso gegen die Wand sprechen können, »überlass das der Polizei.«
»Ausgerechnet du rätst mir das, wo du doch von diesem Verein längst die Nase voll hast.«
»Nur von einigen, die ganz oben das Sagen haben«, widerspricht Lena, »das ist ein gewaltiger Unterschied.«
»Damit du beruhigt bist«, lenkt Kokoschansky ein, »ich treffe mich demnächst mit meinem Freund vom Verfassungsschutz, um die weitere Vorgangsweise zu beratschlagen.«
»Aber wirklich«, besteht sie darauf. Schließlich kennt sie ihren Koko zur Genüge. »Günther macht einfach weiter, als wäre nichts geschehen. Ich bewundere diesen kleinen Kerl wegen seiner Konsequenz. Der zieht sein Ding durch. Aber ich habe Riesenangst um ihn. Ich kriege den Blick von diesen beiden Figuren nicht aus dem Kopf, wie sie uns an der Bushaltestelle gemustert haben.«
»Ich nehme es zwar nicht auf die leichte Schulter«, versucht Kokoschansky, sie zu beruhigen, »aber deswegen mache ich mir nicht in die Hose.«
»Du bist ein gestandenes Mannsbild, aber Günther ist noch ein Kind.«
»Arnautović schaut auch immer böse, wenn er mit der österreichischen Nationalmannschaft verliert, und keiner der Gegenspieler fürchtet sich vor ihm.«
»Depp«, sagt Lena und kann sich ein Lächeln nicht verkneifen, »aber ich sehe dir doch an, Koko, dass es in dir nagt, besonders wenn es um Günther geht. Du weißt doch mehr, als du mir gegenüber zugeben willst. Was ist los mit dir? Hast du kein Vertrauen mehr? Haben wir nicht bisher perfekt zusammengearbeitet?«
»Blödsinn«, winkt Kokoschansky ab, »mich ärgert nur maßlos, dass ein kleiner Junge etwas tun will, um diese Scheißwelt zumindest im kleinen Bereich für eine Zeit lang etwas besser aussehen zu lassen, jagt eben nicht

sinnlos dämlichen Pokémon-Monstern hinterher, und was bekommt er dafür? Häme, Spott, Anfeindungen und sogar Drohungen! Was mich erschreckt und mir tatsächlich Angst macht, diese gewissen Kreise schrecken nicht einmal mehr vor Kindern zurück. Und dagegen werde ich etwas unternehmen. Da hält mich niemand zurück. Nicht, weil mein Sohn betroffen ist, es geht allgemein gegen Kinder! Wo leben wir eigentlich? Wäre diese Sammelaktion für Einheimische, vielleicht für Kranke oder Menschen mit Handicap, sähe die Geschichte völlig anders aus. Da wäre er jetzt der Hero. Inzwischen haben Hass-Postings längst das Lob für Günther in den unterschiedlichen sozialen Netzwerken abgelöst. Die Mauern in den Köpfen werden immer höher aufgezogen und die Zäune immer engmaschiger. Lena, du erinnerst dich ebenso genau an diese zwei Typen bei der Haltestelle. Der größere hatte auf seinem Sweater *19/8*, was nichts anderes als *Sieg Heil!* in deren Codesprache bedeutet, der zweite trug das *Lambda*-Symbol.«

»Das ist mir gar nicht aufgefallen«, nickt Lena nachdenklich. »Aber dieses Zeichen tragen doch die Identitären.«

»Richtig«, bestätigt Kokoschansky, »und zu denen gehört anscheinend unser Tiuz, der sich besonders auf Facebook produziert. Der Rotzlöffel ist zwanzig Jahre alt, heißt Marcel Pruckner und wohnt drüben in Strebersdorf, somit nicht sehr weit von uns entfernt. Ob die beiden bloß Wichtigtuer, Selbstdarsteller, Mitläufer oder tatsächlich Aktivisten sind, weiß ich nicht. Noch nicht.«

»Die Gefährlichsten für die Drecksarbeit sind die Mitläufer, da sie am leichtesten manipuliert und gesteuert werden können. Die Hintermänner halten sich bedeckt und machen sich nur selten selbst die Hände schmutzig. Das ist ein alter Hut«, wendet Lena leise ein. »Wie hast du das so schnell herausgefunden?«

»Für *FNews* arbeiten eben erstklassige Leute«, lächelt Kokoschansky und zieht aus einer Mappe auf seinem Schreibtisch einen Computerausdruck hervor. »Unsere Hacker hatten eine Sternstunde. Erkennst du ihn wieder?«

Lena legt das Blatt wieder zurück.

»Eindeutig. Ja, daran besteht kein Zweifel. Wie wirst du weiter vorgehen, Koko?«

»Morgen rufe ich meinen Verfassungsschutzfreund an und hoffe, dass er ein wenig Zeit für mich hat. Jetzt ist erst mal der Wahlzirkus vorbei.«
Günther lässt sich von alledem nichts anmerken. Er wirft sich voll ins Zeug, schafft es sogar, über die eingetroffenen Spenden ohne fremde Hilfe Inventarlisten anzulegen. Das Einzige, was ihn wirklich stört, dass entweder sein Vater oder Lena ihn jeden Tag in die Schule bringen und nach dem Unterricht wieder abholen. Das geht gar nicht. Immerhin ist er doch schon groß, geht in die dritte Klasse, hat eine Freundin, und die anderen Mädels, besonders Aaliyah, haben auch ein Auge auf ihn geworfen. Das ist äußerst schlecht fürs Image.
Natürlich weiß die Schule über diese Hass-Postings Bescheid. Die Direktorin wollte Anzeige gegen Unbekannt erstatten, doch Kokoschansky konnte ihr das ausreden und versprach ihr, sich selbst darum zu kümmern. Leider lassen die Medien sich nicht so leicht zurückpfeifen, trotz Kokoschanskys Kontakten. Selbstverständlich berichten sie über die Hasstiraden gegen einen kleinen Buben, der nur ein wenig helfen will. Leider überwiegen die negativen Reaktionen zunehmend, auch in den Leserbriefen und Kommentaren. Der Fratz soll sich lieber aufs Lernen konzentrieren, und wenn er unbedingt Samariter spielen will, dann für arme, heimische Kinder. Diesen Flüchtlingen wird doch ohnehin hinten und vorne alles reingeschoben. So lautet der Tenor.
Zwar versuchen Lena und Kokoschansky so weit wie möglich, diese Bösartigkeiten von dem Kind abzublocken, doch einiges bekommt Günther trotzdem mit. Nach außen hin zeigt er sich unbeeindruckt, aber später in seinem Zimmer, wenn er schlafen geht, kommen die Tränen.

*

Spyridon Evangelistos verlässt das »Street Café« in der Iroon-Polytechniou-Straße in Piräus. Soeben hat er in diesem Internetlokal ein Mail an diesen unbekannten Heinz Kokoschansky mit der Bitte gesendet, dass der sich so schnell als möglich mit ihm in Verbindung setzen soll, weil es um eine sehr wichtige Sache geht.
Evangelistos hofft, dass dieser Journalist sein Kauderwelsch aus schlechtem Englisch und ein paar deutschen Brocken richtig interpretiert.

Sicherheitshalber hat er diesem Wiener seine Handynummer mitgeschickt. Von seinem Internetzugang zu Hause wollte er das Mail nicht abschicken, das ist ihm zu gefährlich gewesen. Wer weiß, ob der EYP, der Geheimdienst oder sonst wer sich nicht bereits zu sehr für ihn interessiert? Schließlich hat er diesen Leuten einen Korb gegeben, als er die heimliche Bestattung seiner Eltern verweigerte. Wahrscheinlich wird das noch unangenehme Folgen für ihn haben.
Veroniki hat ein paar Andeutungen gemacht, dass ihr ermordeter Freund Yannis Tsakitaris in letzter Zeit eigenartige Anrufe erhielt, auch wurde er das Gefühl nicht los, andauernd observiert zu werden, und er erhielt Besuch von zwei Männern. Als Evangelistos die mutmaßlichen EYP-Agenten beschrieb, die auch ihm ihre ungebetene Aufwartung machten, meinte sie, dass es durchaus die Gleichen gewesen sein könnten.

Bevor Spyridon Evangelistos die Nachricht an Kokoschansky schrieb, schaute er sich genau die *FNews*-Homepage an. Der Typ scheint tatsächlich ein Profi zu sein, und soweit Spyridon es verstand, pfeift dieses Nachrichtenportal sich recht wenig, was ihm außerordentlich gefällt. So erfuhr er, dass Kokoschansky sich einige Zeit im Flüchtlingslager Idomeni aufhielt und hier etliche Berichte für *FNews* drehte. Schade, dass weder Spyridon noch Yannis nie die Möglichkeit hatten, diesem Kokoschansky persönlich zu begegnen. Die beiden hätten sich bestimmt bestens mit ihm verstanden. Spyridon Evangelistos nimmt sich fest vor, seinen toten Freund würdig zu vertreten. Er hat ein gutes Gefühl, dass dieser Kokoschansky der richtige Mann ist. Natürlich könnte Spyridon Evangelistos den brisanten Stick unterschiedlichen ausländischen Medien anbieten, die sicherlich sehr interessiert daran wären, und damit eine hübsche Stange Geld verdienen. Doch das ist ausgeschlossen, obwohl er es gebrauchen könnte. Das wäre schäbiger Verrat an seinem Freund, der wahrscheinlich für diese Daten sein Leben lassen musste.
In seinem Mail an Kokoschansky bittet Evangelistos den Journalisten, nach Piräus zu kommen, weil er ihm den Stick und den Laptop persönlich übergeben will. Leider kann der Grieche sich eine Reise nach Wien nicht leisten. Zu gerne hätte er die Walzerstadt kennengelernt.
Der Postweg scheidet aus, bei dem Chaos in seinem Land funktioniert gar

nichts mehr. DHL, UPS, FedEx und was es sonst noch gibt, will er diese explosive Fracht ebenfalls nicht anvertrauen. Außerdem verursacht es nur wieder zusätzliche Kosten. Spyridon Evangelistos will dieses heiße Ding mitsamt Laptop so schnell wie möglich loswerden, es in guten Händen wissen und nach der Übergabe nichts mehr damit zu tun haben wollen. Drei tote geliebte Menschen reichen wohl.

Der Stick liegt gut verpackt in einem Glas mit Oliven, das im hintersten Winkel der Küche im »Sophokles« steht. Weder Veroniki noch Spyridon wollen wissen, welche Daten Yannis Tsakitaris zugespielt worden sind. Ihre eigenen Probleme sind groß genug. Außerdem kennen sie sich mit diesem Zeug bestimmt nicht aus.

Evangelistos schlendert durch die Straßen und Gassen. Er will nicht nach Hause, ihm graut vor der Rückkehr in sein Elternhaus, wo er in jeder Ecke in dem kleinen Häuschen seine Eltern sieht, ihre Stimmen hört. Zwar hat Veroniki ihm angeboten, als Überbrückung die erste Zeit bei ihr zu wohnen, doch das lehnte er ab. Die Leute reden gern und viel. Sehr schnell würde es heißen, kaum ist Yannis ausgekühlt, zieht bereits ihr neuer Lover ein. Das haben weder Veroniki noch Spyridon nötig, ihren guten Ruf aufs Spiel zu setzen. Er hat sich ein notdürftiges Nachtlager in dem kleinen Schuppen hinter dem Haus seiner Eltern eingerichtet, das muss fürs Erste reichen.

Noch ist es ruhig in der Stadt, aber es ist nur eine Frage der Zeit, bis wieder neue Demonstrationen stattfinden. Die Polizei zeigt Präsenz, ist für etwaige neuerliche Ausschreitungen gerüstet. Ihm fallen Graffitis auf Wänden auf, die bis vor wenigen Tagen noch nicht da waren: *ROR*.

Genau ein Teil des Passwords für Yannis Tsakitaris' Stick. *Revenge Of Rembetiko – die Rache des Rembetiko* … Doch die Zahlenkombination fehlt. Nirgendwo ist sie an den Hauswänden zu finden. Als Spyridon Evangelistos die Zahlen in Yannis' Brief las, wusste er sofort, dass es sich um das historische Datum 21. April 1967 handelt, den Beginn der Militärjunta. Doch was hat die Vergangenheit damit zu tun, was heute in Griechenland abläuft? Er will es gar nicht genauer wissen. Tausend Gründe gibt es, um diesen Stick so schnell wie möglich loszuwerden. Darum hofft er inständig, dass dieser Kokoschansky sich rasch meldet.

Die Buchstaben sind sowohl lateinisch wie auch griechisch gesprüht, damit

jeder sie lesen kann. Noch ein weiterer Schriftzug fällt ihm auf: *GRECE*. Mit dem kann Spyridon Evangelistos noch weniger anfangen. Wer oder was ist *ROR*? Wer steckt dahinter? Yannis Tsakitaris? Erst nach seinem Tod sind diese Graffitis in Piräus aufgetaucht. Spyridon Evangelistos will sich gar nicht darüber den Kopf zerbrechen. Dafür fühlt er sich zu klein und unbedeutend, weil ihm jegliches Basiswissen fehlt. Darum soll sich dieser Kokoschansky kümmern.
Nachdem Spyridon eine Weile ziel- und planlos herumgeirrt ist, kehrt er ins »Sophokles« zurück. Wohin soll er sonst? Das ist sein zweites Zuhause, die Leute verstehen und mögen ihn. Ob er heute Abend tatsächlich wieder zu seiner Bouzouki greifen wird, weiß er nicht. Sein Publikum wird es verstehen und ihm nicht böse sein, wenn er dazu noch nicht in der Lage ist.
Auf einem der hinteren Tische, Yannis Tsakitaris' Stammplatz, brennt eine Kerze. Zwei weitere Flämmchen auf der Bühne mahnen zum Gedenken an Angelos und Eftychia. Veroniki werkt in der Küche, für sie die beste Möglichkeit, mit ihrer Trauer fertigzuwerden. Wortlos stellt sie Spyridon einen Teller mit *Galaktoboureko*, einem Grießkuchen und eine der Spezialitäten des Hauses, hin. Dieses Mal hat sie sich selbst übertroffen, denkt er, als er diese Köstlichkeit langsam verzehrt. Es ist nur eine Süßspeise, doch die paar Bissen schaffen es, ihn abzulenken. Jetzt kann er nur hoffen, dass dieser Kokoschansky sich aus dem fernen Wien meldet, Interesse zeigt und tatsächlich nach Piräus kommt. Solange dieser Stick in diesem Olivenglas und der Laptop unter der Bühne liegen, fühlt er sich unwohl. Weniger um seiner selbst willen, vielmehr um Veroniki. Mit dem EYP ist nicht zu spaßen, und der Geheimdienst weiß sicher, dass sie mit Yannis zusammen war. Wenn selbst Tsakitaris zögerte, dieses Material zu publizieren, und der war beileibe kein Feigling, dann muss unter den Oliven eine Bombe ticken.
Die Mordermittlungen ziehen sich, offiziell gibt es nicht die geringste Spur oder einen Hinweis auf den oder die Täter. Vielen ist klar, Athen hat gar kein Interesse an der Aufklärung und daran, den Mörder zu finden. Heute ist aus Solidarität die überwiegende Mehrheit griechischer Journalisten in einen eintägigen Warnstreik getreten, fordert konsequentere Nachforschungen. Zeitungen erscheinen nur sehr abgespeckt, Radio und Fern-

sehen sind gezwungen, Notprogramme zu senden. Etliche riskieren ihre ohnehin schon sehr bescheidene Existenz, die Regierung lässt sich nicht einschüchtern, übt vielmehr Druck auf Herausgeber, Chefredakteure und Sendungsverantwortliche aus, die es wiederum ihre Untergebenen spüren lassen. Wieder neue Kundgebungen, in deren Fokus nun Yannis Tsakitaris steht, wieder neue gewalttätige Auseinandersetzungen mit den Sicherheitskräften, neue Festnahmen und Verhaftungen.
Spyridon Evangelistos hat sein Handy vor sich liegen, starrt unentwegt darauf und wartet, dass es endlich klingelt.

Am nächsten Tag

Natürlich ist das extrem knappe, erstmals in der Geschichte der Zweiten Republik vorliegende Ergebnis der Bundespräsidentenwahl Tagesgespräch in Österreich, aber ebenso in Europa. Die EU blickt mit wachem Auge auf die Alpenrepublik. Alexander van der Bellen aus dem Lager der Grünen gewann hauchdünn mit 50,3 Prozent, sein Gegenspieler Norbert Hofer aus der rechtspopulistischen Ecke erreichte 49,7 Prozent aller gültigen Stimmen. Lächerliche 30.863 Kreuzchen sichern vorerst van der Bellen den Einzug in die Hofburg, sofern die Blauen sich nicht doch noch querlegen. Es sieht nicht gut aus, die ersten Anzeichen aus den Reihen der FPÖ deuten bereits auf Anfechtung hin.
»Wir Österreicher verfügen anscheinend über ein besonderes Gen«, meint Kokoschansky und rührt in seinem großen Mokka herum, »und die Gabe, uns in kontinuierlichen Abständen international lächerlich zu machen und ins Out zu manövrieren. Mit der vergangenen Wahl scheinen wir es wieder einmal geschafft zu haben.«
»Darauf kannst du Gift nehmen, Koko«, sagt Roland Palefka vom BVT[39], »jetzt wird es erst richtig losgehen. Da ist im Hintergrund verdammt viel schiefgelaufen.«
»Also manipuliert …«
»Nennen wir es erst mal Unregelmäßigkeiten und Verfehlungen«, hält der Verfassungsschützer sich bedeckt, »es wird herauskommen. Sogar sehr rasch. Dir verrate ich es, Koko, aber das behältst du vorerst für dich. Findest du es nicht komisch, dass ausgerechnet am Wahlsonntag einer der

wichtigsten Server im Ministerium am frühen Nachmittag für rund eine Stunde den Geist aufgegeben hat?«

»Was?«

»Tatsache. Doch die Verliererseite konnte sich noch rechtzeitig Screenshots organisieren, und damit wird sie auch zum gegebenen Zeitpunkt herausrücken. Das wird dann sicherlich sehr lustig werden. Und so nebenbei sind Wählerstimmen in fünfstelliger Zahl spurlos verschwunden.«

»Mach Witze!« Kokoschansky kann nicht glauben, was sein alter Freund ihm erzählt. »Ich lasse mir einreden, wenn das in irgendeiner Diktatur passiert, die sich Demokratie nur als Scheinmäntelchen umhängt, aber bei uns? Wo sind die? Im Schredder gelandet? So viele Stimmen können sich doch nicht einfach in Luft auflösen?«

»In diesem Land ist vieles möglich. Glaub mir, Koko, nach diesem Wahlkampf ist mir nicht mehr zum Scherzen zumute. Da wird noch einiges auf uns zukommen, wart's ab.«

»Wenn es tatsächlich zu einer Wahlwiederholung kommen sollte und Hofer dann das Rennen macht, ich will mir das gar nicht ausmalen. Wo leben wir eigentlich? Europa ist extrem unbequem geworden. Noch sitzen wir in Österreich im komfortablen Fauteuil, doch der Bezug ist ziemlich verschlissen, das Holz morsch. So schnell können wir gar nicht schauen, wie uns dieser Fauteuil unterm Arsch wegbrechen kann.«

»Zumindest können wir uns etwas darauf einbilden, dass wir dann weltweit nach Haiti erst das zweite Land sind, in dem ein derartiges Ereignis stattgefunden hat«, antwortet Palefka mit Galgenhumor.

»Toll! Darauf kann ich gerne verzichten.«

»Die Blauen ziehen vor Gericht, Koko, das ist so sicher wie das Amen im Gebet. Und das Urteil des UVfGH[40], versichere ich dir, wird zu deren Gunsten ausfallen.«

»Und die Schlammschlacht geht in die zweite Runde, kostet wieder unnötig Steuergelder.«

»So viel zur sogenannten Unabhängigkeit.« Kokoschansky sieht sich in dem Gastgarten des Cafés auf der Freyung im 1. Wiener Gemeindebezirk um. »Alles wirkt so friedlich und schön. Dabei brodelt und gärt es im Untergrund. Immer öfter habe ich das Gefühl, ich sitze auf einem Vulkan, der jederzeit eruptieren kann. Dabei bin ich immer Optimist gewesen, doch immer öfter gewinnt Pessimismus Oberwasser. Und den Leuten scheint das alles scheißegal zu sein. Hauptsache, man ist nicht selbst davon betroffen. Was zählt, ist die kommende Fußball-EM und ob die Österreicher bereits nach dem dritten Match die Heimreise antreten werden.«

»Zumindest lenkt es ein bisschen vom täglichen Wahnsinn ab.«

»Wer kann es den Leuten verdenken?« Kokoschansky ist sehr nachdenklich. »Arbeitsplätze wackeln, die Pensionen unsicher, das Gesundheitssystem marod, die Bildung wird immer lausiger. Das gesamte Räderwerk läuft doch seit Jahren nur mehr unrund. Dazu die Angst, die ständig geschürt wird, weil sich alles sofort blitzschnell hochschaukelt. Keiner blickt mehr richtig durch, die Nachrichtenflut wird täglich größer. Niemand ist vor Wahnsinnigen sicher, die Bomben zünden, blindlings in die Menge ballern. Jeder versucht nur mehr, seinen Schrebergarten abzustecken, achtet penibel darauf, dass niemand die Grenze überschreitet und sich in seinem Territorium breitmacht. Rücksichtslosigkeit und Gleichgültigkeit sind rapide im Steigen, erleben wir doch jeden Tag neu. Ich muss mich nur an der eigenen Nase nehmen. Wenn die Arschlöcher mich angehen, mir ans Bein pinkeln wollen, sollen sie. Ich kann damit leben, bin es schließlich gewöhnt, lege es auch bewusst darauf an. Richtet es sich allerdings gegen meinen Sohn und Lena, dann flippe ich aus.«

Natürlich weiß Roland Palefka längst Bescheid, sieht sich auch mehrmals den Computerausdruck an, der den mutmaßlichen Identitären Marcel Pruckner alias Tiuz zeigt.

»Ich habe zwar ein sehr gutes Personengedächtnis«, sagt der Verfassungsschützer und steckt das Papier ein, »doch mit dem hatte ich mit Sicherheit noch nichts zu tun. Vielleicht die Kollegen? Jedenfalls kümmere ich mich drum, sobald ich ein bisschen Luft habe. Leider lässt das Gesetz es nicht zu, wegen einiger Hass-Postings sofort eine HD[41] zu veranstalten, um dem Idioten Dampf zu machen. Wenn ich meine Überstunden in den letzten drei, vier Monaten zusammenzähle, kann ich locker vier Wochen in den Urlaub fahren. Über den zweiten, der mit diesem Tiuz zusammen war, haben deine Leute nichts gefunden?«

»Nein, den Scheiß schreibt nur er im Netz«, antwortet Kokoschansky.

»Vielleicht machen sie es auch zusammen. Vielleicht ist alles ganz anders, und es sind nur zwei harmlose Trottel.«
»Selbst unbedeutende Kreaturen können plötzlich zu Bestien mutieren.« Jetzt klingt Palefka ähnlich wie Lena vor einiger Zeit. »Unterschätzen darf man solche Leute nie.«
»Ich weiß, mache ich auch nicht.«
»Mich stört der Sweater des Unbekannten mit dem *19/8*-Aufdruck. Solche Klamotten kaufst du nicht im Discounter oder in einem seriösen Laden.«
»Das lässt sich doch kinderleicht übers Internet beziehen.«
»Schon, schon«, gibt Roland Palefka zu, »aber diese einschlägigen Web-Shops achten inzwischen sehr genau auf ihre Kunden. Schließlich kann es sich um einen verdeckten Fahnder handeln. Was mich aber äußerst stutzig macht, ist dieser Nickname Tiuz. Wotan und andere Götternamen werden häufig von diesen Fetzenschädeln benutzt, doch Tiuz ist sehr speziell. Da musst du ziemlich gut mit der germanischen Mythologie vertraut sein.«
»Habt ihr Material über diese Identitäre Bewegung?«, fragt Kokoschansky.
»Hast du dir schon den Verfassungsschutzbericht 2015 angesehen?«
»Klar.« Kokoschansky ist etwas sauer, schließlich ist er kein Anfänger. Für diesen Tipp braucht er Palefka nicht. Den Bericht kann der Journalist sich im Internet herunterladen. »Ich brauche etwas besseren Stoff. Nicht den offiziellen Kram. Das, was ihr nicht unter die Leute bringt. Auf Deutsch, die ungeschönte Fassung.«
»Sicher. Und ich kenne bereits deine nächste Frage. Ob ich dir das auch zukommen lasse?«
»Genau.«
»Was weißt du darüber, Koko?«
»Wenig. Meine Kenntnisse darüber sind sehr bescheiden, um nicht zu sagen, dürftig. In den letzten Monaten habe ich mich sehr mit der Flüchtlingsproblematik auseinandergesetzt, und wie du weißt, war ich länger in Griechenland unterwegs.«
»Wann trittst du endlich auf die Bremse, Koko? Immerhin bist du nicht mehr der Jüngste.« Roland Palefka darf sich das herausnehmen, immerhin ist er noch keine fünfzig.

»Das war wieder notwendig«, knurrt Kokoschansky. »Wie denn? Kann ich das? Kaum nehme ich es mir vor, etwas weniger zu tun, läuft mir so ein Wichser wie dieser Tiuz über den Weg.«
»Es ist zwar sinnlos, dir das zu sagen, Koko, aber trotzdem. Sei vorsichtig. Wenn wirklich mehr dahintersteckt, diese Typen sind nicht zu unterschätzen. Zwar treten sie weniger martialisch auf wie die Hohlköpfe in ihren Bomberjacken und Springerstiefeln, aber sie sind deshalb nicht weniger gefährlich, weil sie nämlich größtenteils wie du und ich aussehen. Das macht es so schwierig, sie herauszufiltern. Außerdem sind sie größtenteils sehr gebildet. Und beweg dich bei deinen Recherchen nicht zu sehr in der Illegalität. Immer kann ich dich auch nicht decken. Dass ihr Tiuz enttarnt habt, ist bereits …«
»Ja, ja, ja!«, unterbricht Kokoschansky ihn. »Das musste kommen. Bulle bleibt eben Bulle. Hilfst du mir nun oder nicht?«
»Nein, ich lasse dich hängen, du unverbesserlicher Sturkopf«, grinst Palefka, »aber erwarte keine Wunder von mir.«
»Sicher nicht«, kontert Kokoschansky augenblicklich, »sonst wärst du nicht beim Verfassungsschutz.«
»Leck mich. Und du weißt …«
»Natürlich, auch das darf nic fehlen. Ich weiß von nichts. Wo soll auf der Freyung ein Kaffeehaus sein?«
»Mach's gut, Koko. Ich muss wieder ins Bergwerk zurück. Du bekommst etwas von mir.«
Kokoschanskys Handy läutet, Freitag ist dran und liest ihm das Mail von Spyridon Evangelistos vor.

*

Die *FNews*-Redaktion mit der hochwertigen Technik und den Serveranlagen ist versteckt in einem ehemaligen Fabrikgebäude am Wiener Stadtrand im 23. Bezirk untergebracht. Nichts deutet von außen darauf hin, dass sich hinter dem Gemäuer ein Internetportal verbirgt, das von einem äußerst couragierten und motivierten Team betrieben wird.
Kokoschansky achtet sehr darauf, dass an der Fassade des Hauses nur das Notwendigste repariert und ausgebessert wird. Es soll der Eindruck

erweckt werden, die Bude wirkt verlassen und nicht von Interesse, nicht einmal für Sandler[42].

Je mehr unterschiedliche Graffitis die Mauern bedecken, umso besser. Das gehört alles zur Tarnung, da es genug Leute gibt, die lieber heute als morgen *FNews* kappen möchten oder, noch besser, gleich in die Luft sprengen. In der Vergangenheit gab es einige Versuche. Dementsprechend sind die Sicherungsmaßnahmen stets auf dem neuesten technischen Stand. Sollte es dennoch jemand wissen wollen, kann er sich auf einiges gefasst machen.

Vor vielen Jahren schaute Kokoschansky sich in New York diesen simplen, aber umso wirkungsvolleren Trick ab. Der Besucher kommt aus dem Staunen nicht heraus, wenn sich hinter der Ruine inklusive verrostetem Eisentor ein Tonstudio der Spitzenklasse versteckt. So gelingt es meist, Einbrecher mit dieser scheinbar verluderten äußeren Optik abzuhalten.

Die Sicherungsmaßnahmen verschlingen zwar einiges an Geld, doch das ist es wert. In *FNews* steckt zu viel Herzblut von Kokoschansky, Freitag und der Truppe drin, dass es äußerst dumm wäre, etwas in dieser Hinsicht zu riskieren.

Leistbar ist es mithilfe von Crowdfounding, das Nachrichtenportal verfügt über eine ständig größer werdende Zahl an Financiers, die mit der größtenteils in Österreich praktizierten Einheitsbreiberichterstattung unzufrieden sind. Darunter gibt es auch einige Großspender, Firmen und Konzerne, die nie mit ihrem offiziellen Namen aufscheinen, weil sie vom Staat mitunter abhängig sind, aber wissen wollen, was tatsächlich Sache ist. Diese Personen sind einverstanden, dass, trotz der erheblichen Geldspritzen, *FNews* deswegen keinen Gefälligkeitsjournalismus betreibt. Objektivität und Unabhängigkeit lautet das Credo von Kokoschansky und seinen Leuten. Bisher passierte es erst zweimal, dass ein Spender von *FNews* aufgrund unsauberer Machenschaften demaskiert wurde. Zwei potenzielle Geldgeber weniger, dafür kamen neue.

Natürlich wollen der Staat und jene, die angegriffen werden, dem Internetportal das Leben schwer machen. Steuerprüfungen, Klagen, einstweilige Verfügungen – kurzum, gesetzliche Schikanen, wann immer sie möglich sind. Doch Kokoschansky ist abgesichert. Ein kleiner Kreis von hochqualifizierten Anwälten hält *FNews* den Rücken frei. Manche arbeiten

für dieses Team sogar ohne Honorar, weil es ihnen Spaß macht, dass sich einige Leute trauen, den Mächtigen und Strippenziehern die Zähne zu zeigen.
Wer für diese Nachrichtenplattform arbeiten will, wird genau unter die Lupe genommen. Eine fundierte journalistische Ausbildung ist nicht zwingend notwendig, da es eine solche ohnehin nicht in Österreich gibt, und vom Publizistikstudium hält Kokoschansky nicht besonders viel. *Learning by doing* ist der weitaus bessere Weg. Natürlich sind Erfahrungen im Journalismus nicht hinderlich, jedoch kein Muss. Vielmehr zählt die menschliche Komponente, Einsatzbereitschaft, Loyalität. Wenn der Bewerber sich als charakterliches Minus erweist, ist er chancenlos. Egal, welche Referenzen er auf den Tisch legen kann.
Kokoschansky setzt auf junge, unverbrauchte Leute mit Zielen und Idealen. Außerdem bezahlt *FNews* überdurchschnittlich gut, was in dieser Branche inzwischen zu einer Seltenheit geworden ist, und es gibt keine Knebelverträge. Über mangelnde Bewerber braucht Kokoschansky sich nicht zu beklagen. Daher kann er wählerisch sein. Nur wer sämtliche Anforderungskriterien erfüllt, wird aufgenommen. Kokoschansky will es nicht eines Tages mit einem Judas oder eingeschleusten Spitzel zu tun haben. Bisher ist alles bestens verlaufen, und keiner seiner Leute geriet auch nur annähernd in Verdacht.
Ebenso wichtig ist Kokoschansky eine lockere, freundschaftliche Atmosphäre in der Redaktion ohne jegliches hierarchisches Denken. Gut, einer muss für alles geradestehen, wenn es eng wird, und das ist nun einmal er, bestens von Freitag unterstützt. Beide stellen sich vor ihre Leute wie eine Mauer, wenn es haarig wird, und das ist öfters der Fall.
Heute ist die wöchentliche Redaktionssitzung, die entweder er oder sein Kompagnon Freitag leitet. Früher waren Kokoschansky diese Meetings, als er noch für unterschiedliche Sender arbeitete, stets ein Gräuel, weil Woche für Woche das Fernsehen neu erfunden wurde und etliche Kollegen darin eine Selbstdarstellungsbühne sahen. Für ihn war es verlorene Lebenszeit. Bei *FNews* läuft es völlig anders ab. Da kommt der Humor nie zu kurz, den Leuten sieht man an, dass ihnen die Arbeit Spaß macht und sie mit Freude dabei sind.
»Natürlich werden wir den Eiertanz um die Bundespräsidentenwahl wei-

terhin beobachten«, sagt Kokoschansky in die Runde, die sich in dem Konferenzraum versammelt hat. »Vorerst reagieren wir noch nicht darauf. Dafür sammeln wir alles, was wir über die beiden in die Finger bekommen.«

»Ich nehme an«, lächelt Bettina Jölich, eine junge Redakteurin, die erst seit wenigen Wochen an Bord ist, »vorzugsweise über die Blauen. Dass diese Wahl von denen so bestimmt nicht akzeptiert und die Angelobung des Neuen am 8. Juni sicher nicht stattfinden wird, ist wohl allen klar.«

»Davon gehe ich mal aus«, meint Kokoschansky. »In diesem Zusammenhang brauche ich alles Material über diese Identitären, das ihr auftreiben könnt. Es hat zwar nichts unmittelbar mit der Wahl zu tun, aber ihr wisst, dass mein Sohn diese Hilfsaktion in seiner Schule gestartet hat. Dafür wird er jetzt im Netz massiv angegriffen. Den, der sich besonders hervortut, konnten inzwischen unsere Mitnicks enttarnen.«

»Was machen wir mit dem Mail des Griechen?«, fragt Freitag. »Gehen wir dem nach, oder lassen wir es auf sich beruhen?«

»Ach ja, richtig!« Kokoschansky greift sich an den Kopf. »Wegen dieser Identitären übersehe ich noch alles andere. Wie heißt der noch?«

»Spyridon Evangelistos.«

»Richtig.« Kokoschansky klärt seine Leute auf: »Momentan ist in Griechenland wieder einmal der Teufel los. So, wie ich es verstanden habe, sind wegen der Zustände im Land seine Eltern gestorben. Mehr wissen wir darüber nicht. Aber erinnert ihr euch noch an Yannis Tsakitaris? Der Blogger, der uns während der extremen Krise in Griechenland mit exzellenten Hintergrundinformationen, auch über das Flüchtlingsproblem versorgt hatte? Genau der wurde kürzlich in Piräus ermordet, und Evangelistos war sein Freund. Deshalb hat er sich an uns gewandt, denn Tsakitaris hat anscheinend einiges über die EU und deren Machenschaften herausgefunden. Leider ergab sich nie die Gelegenheit, diesen Mann persönlich kennenzulernen. Als ich in Idomeni war, habe ich es zwar versucht, aber da war er irgendwo anders unterwegs. Und bevor ich es vergesse, organisiert mir doch auch Material über *Goldman Sachs* und Griechenland. Da muss einiges mit dieser Verbrecherbank gelaufen sein, soviel mir bekannt ist. Das will ich jetzt genau wissen. Und wenn ihr gleich dabei seid, recherchiert auch über den IWF[43].«

»Wie verbleiben wir mit unserem Griechen?«, will Freitag wissen.
»Ich werde ihn anrufen, sobald ich meinen Buben von der Schule abgeholt habe.«

*

Günther weiß gar nicht, worüber er er zuerst berichten soll, als er und Kokoschansky nach Hause gehen. Gleich nach der ersten Unterrichtsstunde kam ein großer Kastenwagen der Caritas vor die Schule vorgefahren, um einen Teil der Spenden abzuholen. Tatkräftig haben die Kinder den Fahrer beim Beladen unterstützt. Bis zur Zeugnisverteilung Ende Juni ist die Sammelaktion geplant. Tatsächlich bleibt die Spendenfreudigkeit ungebrochen, im Gegenteil, es wird ständig mehr. Inzwischen haben sich weitere Wiener Schulen angeschlossen. Durch die Fülle an Spenden kommen auch etliche einheimische bedürftige Familien in den Genuss.

Nachdem das Lieferauto wieder abgefahren ist, hat die Lehrerin eine besondere Überraschung für Günthers Klasse und für ihn, den Initiator der Aktion. Die Menschen im Flüchtlingsheim möchten unbedingt Günther und die anderen Kinder kennenlernen, die sich für sie so ins Zeug legen.

Wieder im Mittelpunkt stehen mag der Junge gar nicht. In seinem kindlichen Verständnis geben er und viele andere etwas her, was sie entbehren können, nicht mehr unbedingt wichtig für sie ist, jedoch andere, die überhaupt nichts mehr besitzen, viel besser brauchen können. Warum darüber so viel Wirbel machen? Doch alle reden auf ihn ein, es bleibt Günther nichts anderes übrig, als mitzukommen. Auch sein Vater und Lena meinen, dass er sich das mehr als verdient hat.

Insgeheim freut der Bub sich darüber. Aber dieses Unbekannte, Fremde macht ihm doch Angst. Selbstverständlich werden seine Eltern ihn begleiten. Auch Aaliyah wird dabei sein. Seine syrische Klassenkameradin hat sich als Dolmetscherin zur Verfügung gestellt, worauf Annette sofort ein Schnoferl[44] zog. Erst als ihr Günther versichert, dass sie keinen Grund habe, auf Aaliyah böse zu sein, gibt seine Freundin sich etwas versöhnlicher.

Je näher das Zusammentreffen mit den Flüchtlingen rückt, umso aufgeregter wird Günther. Lena kehrt früher aus der Detektei nach Hause zurück, sie will auf keinen Fall diesen großen Augenblick verpassen.

Um 14.30 Uhr sammeln die Kinder sich in ihrer Schule. Danach gehen sie klassenweise, begleitet von ihren Lehrerinnen und der Direktorin, zur nur ein paar Schritte von der Schule entfernten Bushaltestelle. Es sind wenige Stationen bis zum Flüchtlingsheim, das unmittelbar neben der S-Bahn-Station Siemensstraße liegt.

Das große Gittertor ist mit bunten Luftballons geschmückt. Einige Kinder haben Aufstellung genommen, singen und tanzen zur Begrüßung ein arabisches Kinderlied, *Tiry Tiry ya Asfoura*.

Einige Männer sorgen für die musikalische Untermalung. Einer trommelt auf der *Darbuka*, ein anderer zupft die *Oud*. Die *Riq*, eine Rahmentrommel, die *Nai*, eine Langflöte, und die arabische Form der Klarinette, die *Mizmar*, vervollständigen das Ensemble.

»Darin geht es um kleinen Vogel«, erklärt Aaliyah Günther und an seiner Seite Annette, die ihn nicht aus den Augen lässt, das Lied. Dann hält die kleine Syrerin nichts mehr. Sie mischt sich unter die Kindergruppe, tanzt und singt ausgelassen mit.

»So einfach wäre es«, sagt Kokoschansky zu Lena, »ein paar Luftballons, Musik, fröhliche Kinder, zufriedene Erwachsene. Die Hautfarbe, die Herkunft, der Status, scheißegal. Dafür braucht es weder internationale Konferenzen, Verträge, EU, kein Dublin I und II, UNO, Mauern, Zäune und was weiß ich noch alles! Das sollten die Damen und Herren Politiker sehen! Und siehst du einen? Ich nicht.«

Nach der musikalischen Darbietung spricht die Schuldirektorin ein paar Worte, die Aaliyah stolz übersetzt. Blitzschnell sind ein paar Tische und Bänke aufgestellt, im Nu ist ein tolles Buffet mit sämtlichen Köstlichkeiten des Orients gezaubert worden.

Was Günther befürchtete, ist eingetreten. Während Annette riesig stolz auf ihren Freund ist, fühlt er sich unsicher. So viele fremde Leute, die ihm über den Kopf streicheln, mit ihm reden, aber er nur *shokran* – danke – versteht. Einige ältere Frauen tätscheln seine Wangen, junge Burschen und Männer klopfen ihm auf die Schulter, geben ihm die Hand. Im Handumdrehen ist spontan ein Fest im Gange, von den anderen Kindern aus Günthers Klasse kommen noch einige Eltern nach. Sprachbarrieren existieren nicht. Wenn nichts mehr weiterhilft, die Kommunikation mit Händen und Füßen klappt immer.

Es wird musiziert, gesungen, gelacht, getanzt, gegessen und getrunken; eine lockere, herzliche, entspannte Atmosphäre mit der bekannten orientalischen Gastfreundlichkeit.

Aaliyah bringt ihre Mutter mit zum Tisch, wo Kokoschansky und Lena sitzen, während Günther wieder einmal einen Disput mit Annette auszutragen scheint. Nur nicht einmischen, sagen seine Eltern sich. Das müssen sich die beiden selbst untereinander ausmachen.

Im letzten Moment schaffte Aaliyah es, mit ihrer Mutter aus Aleppo zu fliehen, und nach einer endlosen Odyssee gelangten sie nach Österreich, kamen am Wiener Hauptbahnhof an, als noch die sogenannte Willkommenskultur in Hochblüte stand.

Nach mehreren Zwischenstationen in Wien ist nun ihr vorläufiger Aufenthaltsort in diesem Flüchtlingsheim. Das syrische Mädchen, das in ihrer Heimatstadt so gerne in die Schule ging, kann nun endlich wieder an einem Unterricht teilnehmen. Doch wie sie im Einzelnen nach Österreich kamen, darüber verlor Aaliyah bisher kein Sterbenswörtchen. Auch gegenüber der Lehrerin zeigt sich das sonst so aufgeweckte, wissbegierige Mädchen in diesem Punkt verschlossen. Ihre Lehrerin ist klug genug, nicht in sie zu dringen. Zu viel Furchtbares, Grausames, Unvorstellbares muss dieses Mädchen mit ihrer Mutter erlebt haben.

Es dauert eine Weile, bis Zahra, Aaliyahs Mutter, auftaut. Lena und Kokoschansky schätzen sie auf dreißig bis fünfunddreißig Jahre. Die Frau ist unverschleiert, nur ein locker gebundenes Kopftuch bedeckt ihr rabenschwarzes Haar. Zahra zieht ein Smartphone aus einer Tasche ihres *Jilbab* mit wunderschönen Spiegelstickereien, öffnet die Fotogalerie und präsentiert den beiden Fotos aus einer besseren Zeit.

Die Bilder zeigen eine fünfköpfige Familie vor einem großen Haus in Aleppo. Das jüngste der Kinder ist Aaliyah.

»Where are your other children?«, fragt Lena und deutet auf die beiden Jungen.

»Assad …«, antwortet Zahra leise und hält sich die Hand vor Augen. Dann imitiert sie mit ihren Armen ein Flugzeug und eine Bombardierung. Sie wischt über das Glas ihres Handys, zeigt ein weiteres Foto, eine

Brandruine, doch noch als ihr Haus erkennbar. Also sind Aaliyahs Brüder bei diesem Angriff ums Leben gekommen.

»And your husband?«

Zahra zuckt nur mit den Schultern. Gut, dass ihre überlebende Tochter sich wieder unter die anderen gemischt hat und nichts davon mitbekommt. Nun bricht es aus der Mutter heraus. In einem holprigen Kauderwelsch aus Englisch, ein paar deutschen Wörtern, und wenn beides nicht mehr ausreicht, in Zeichensprache versucht sie, den Wahnsinn zu erzählen.

Seit mehr als einem Jahr hat sie von ihrem Mann nichts mehr gehört. Es war eine Liebesheirat, kein Arrangement zwischen den Vätern der Brautleute. Beide wuchsen sehr liberal und wohlhabend auf, der Islam wurde respektiert, aber in beiden Familien spielte die Religion eine untergeordnete Rolle.

Mounir ging für einige Jahre ins Ausland, studierte an der Pariser Sorbonne Archäologie und kehrte nach dem Abschluss wieder nach Syrien zurück. In Aleppo, dieser Stadt mit faszinierender Geschichte, arbeitete er als Archäologe und lernte Zahra kennen. Ihr ganzer Stolz waren die drei Kinder. Dann brach der Bürgerkrieg aus. Aus purer Verzweiflung schloss sich Mounir den Rebellen der *al-Ǧaiš as-Sūrī al-Hurr*[45] an.

Zahra zeigt Lena und Kokoschansky auf ihrem Smartphone ein Kurzvideo vom 25. April 2015. Mounir schildert, dass die *Dschir asch-Schughur*-Offensive siegreich war. Dabei handelte es sich um eine Stadt im syrischen Nordwesten im Gouvernement Idlib. Die Freie Syrische Armee fusionierte sich kurz vor der Eroberung mit der *Dschaisch al-Fatah*[46]-Miliz, mit dem Ziel, das Assad-Regime endlich zu stürzen.

In dem Filmchen beschwört Mounir seine Frau, mit den Kindern Aleppo zu verlassen, bevor es endgültig zu spät ist, nach Europa zu flüchten. Er komme so schnell wie möglich nach, doch jetzt könnte er unter keinen Umständen seine Brüder im Stich lassen. Damals war ihr Haus, abgesehen von einigen Treffern durch Granateneinschläge, noch halbwegs intakt. Dann kam dieser verhängnisvolle Tag, der dem ohnehin tristen Leben dieser Familie abermals eine tragische Wende verpasste.

Zahra war im Viertel unterwegs, um etwas Essen und Wasser aufzutreiben, immer auf der Hut vor den gefährlichen Snipern, den Scharf-

schützen der Assad-Armee, die auf alles schossen, was sich bewegte. Obwohl die Straßen und Gassen mit riesigen Tüchern abgehängt waren, um den Killern das Sichtfeld zu versperren, bot diese improvisierte Verteidigungsmaßnahme kaum Schutz.
Dann kamen die Assad-Hubschrauber im Tiefflug mit den gefürchteten Fassbomben an Bord. Nach dem Bombardement existierte das Viertel nicht mehr. Das Haus der Familie war dem Erdboden gleichgemacht worden, nur ein paar Grundmauern blieben stehen. Aaliyah und ihre Brüder wurden verschüttet. Während das Mädchen relativ rasch und nahezu unverletzt geborgen werden konnte, hatten die Jungen keine Chance.
Nachdem die Söhne begraben waren, hielt Zahra nichts mehr in Aleppo. Das bisschen Geld, das sie zusammengespart hatte und stets am Körper trug, musste reichen. Im Schutt fand sie noch einige brauchbare Kleidungsstücke. Hilfsbereite und mitleidige Nachbarn unterstützten sie. Zahra machte sich mit Aaliyah auf den Weg nach Europa.
Mounirs Handyvideo ist das letzte Lebenszeichen ihres Mannes. Zwar ist sie Realistin und rechnet nicht mehr damit, ihn jemals lebend wiederzusehen, insgeheim hofft sie noch immer auf ein Wunder. *Inschallah* …
Plötzlich erstarrt Zahra zur Salzsäule, zieht rasch ihr Kopftuch vor das Gesicht.
»What's going on?«, fragt Kokoschansky.
In Zahras Augen spiegelt sich das nackte Entsetzen.
»Mann«, radebrecht sie leise, »dort bei Treppe, ist *Schabiha*.«
»Was?«
Der Journalist ist überzeugt, diesen Ausdruck bereits mehrmals gehört und gelesen zu haben, nur fällt ihm momentan nicht die richtige Erklärung dafür ein.
»You mean this man with the green T-Shirt?«
»Yes.«
Die Syrerin zittert, Lena legt den Arm um sie, versucht, sie zu beruhigen. Der Mann, den Zahra als Schabiha bezeichnet, lehnt an einem Geländer und tippt auf seinem Handy herum. Währenddessen denkt Kokoschansky angestrengt nach, woher er dieses arabische Wort kennt. Seine Überlegungen werden durch einen Tumult vor dem Eingangstor des

Flüchtlingsheims jäh gestört. Rund hundert Demonstranten haben sich blitzartig versammelt, skandieren lautstark dümmliche Parolen, wie »No refugees!«, »Wir wollen keine Terroristen!« und ähnliche Slogans. Aufruhr entsteht unter den Flüchtlingen, Angst macht sich breit. Sie wissen sehr genau, dass ihnen diese Leute da draußen nicht wohlgesonnen sind.
Etliche schwarze-gelbe Fahnen mit dem Lambda-Symbol werden geschwenkt. Binnen Minuten bildet sich ein gewaltiger Verkehrsstau in der Siemensstraße, es ist *rush hour*. Die Lehrerinnen sammeln ihre Schüler ein, die Flüchtlinge ziehen sich blitzschnell in ihre Quartiere zurück. Einige Männer und Burschen wollen sich mit den Identitären anlegen, werden aber von Betreuern zurückgehalten. Folgetonhörner sind zu hören, die ersten Funkstreifen treffen ein, um diese unangemeldete Demonstration aufzulösen.
»Wo ist Günther?«, will Kokoschansky wissen.
»Drüben steht er, mit seiner Klasse.«
»Gut. Behalte ihn im Auge, Lena. Ich schaue mir diese Trottel genauer an. Bin gleich wieder zurück.«
»Lass dich auf keinen Blödsinn ein«, ruft Lena ihm nach.
In wenigen Sekunden schaffen ein paar Krakeeler und Unruhestifter es, ein schönes, friedliches Fest zu zerstören. Fast alle tragen einschlägige T-Shirts mit Ernst-Jünger[47]-Porträts, einer der Ikonen der Identitären, oder *Islamists not welcome*, *European Spirit* oder *Grenzen hoch Schotten dicht* oder *Patriot*, wobei das O das Lambda-Symbol darstellt.
»Idiot wäre angebrachter«, knurrt Kokoschansky und sieht sich den Haufen genauer an, hofft, vielleicht Tiuz zu entdecken. Am liebsten möchte er ein paar von denen aufs Maul hauen, aber das ist keine Lösung. Die Demonstranten sind schlau genug, keinen Fuß auf das Areal zu setzen, um nicht wegen Hausfriedensbruch belangt zu werden.
Inzwischen ist auch die WEGA[48], eine Spezialeinheit der Wiener Polizei, eingetroffen und bezieht Stellung. Doch es gibt keinen Anlass einzuschreiten. Die durchwegs jungen ausländerfeindlichen Leute verhalten sich friedlich, plärren nur ihre Sprüche. Das Ziel ist erreicht, den Flüchtlingen konnten sie erfolgreich die Feierlaune verderben.
Als die ersten Uniformen auftauchen, sondern sich einige Identitäre ab,

verschwinden in Richtung der S-Bahn-Station. Die Polizei löst die unangemeldete, illegale Demo auf, lässt die Verbliebenen an einer Wand Aufstellung nehmen. Das übliche Procedere: Perlustrierung, Durchsuchung nach Waffen und anderen gefährlichen Gegenständen, Überprüfung der Personalien. Alle sind sauber, gegen keinen liegt etwas vor. Daher dürfen sie gehen. Allerdings erwartet sie eine Anzeige wegen des Verstoßes gegen das Versammlungsgesetz.
Da Kokoschansky mit allem, nur nicht mit einer Demonstration rechnete, konnte er sich nur auf seine Handykamera verlassen. Doch das Material für einen scharfen *FNews*-Bericht ist ausreichend.
Tiuz alias Marcel Pruckner ist nicht dabei. Vielleicht konnte er sich rechtzeitig absetzen, oder er nahm gar nicht an der Demo teil. Egal, Kokoschansky wird ihn aufstöbern und ihn sich zur Brust nehmen. Vielmehr beschäftigt ihn die Frage, woher die Identitären von diesem improvisierten Fest wussten. Das kann kein Zufall gewesen sein. Es gab keinerlei Ankündigungen. Langsam lösen sich der Spuk und das Verkehrschaos auf. Der Journalist hat genug gesehen, kehrt wieder ins Heim zurück.
Die Schulkinder sind größtenteils ebenso wie die Flüchtlinge verängstigt und verstört. Die Lehrerinnen und die Direktorin haben alle Hände voll zu tun, um sie zu beruhigen. Manche wollen nur schnell nach Hause. Günther kommt mit gesenktem Kopf auf seinen Vater zu.
»Das ist alles meine Schuld«, sagt er kleinlaut.
Kokoschansky geht vor seinem Sohn in die Hocke, nimmt ihn an den Schultern.
»Jetzt sieh mich mal an, Junge. Wer behauptet denn so etwas? Das ist doch Schwachsinn.«
»Na ja, hätte ich nicht diese Idee gehabt …«
»Das war doch genau richtig! Du hast keinerlei Grund, dir Vorwürfe zu machen. Denk nur daran, wie viel Freude du inzwischen anderen Kindern machen konntest. Es gibt eben nicht nur gute Menschen, aber das weißt du ohnehin. Die Deppen, die da vorhin herumgebrüllt haben, kannst du vergessen. Schade um jeden Gedanken an sie. Diese Leute wissen doch gar nicht, was es bedeutet, Hals über Kopf alles zurückzulassen, nur um überleben zu können.«

»Ja, aber …«
»Nichts aber«, unterbricht Kokoschansky ihn und weiß genau, welche Gedanken seinem Sohn schwer zu schaffen machen, »wegen deiner Aktion ist bestimmt nicht die Polizei gekommen. Freu dich doch einfach darüber, was du mit deiner Idee in die Wege geleitet hast und inzwischen bewirken konntest.«
Etwas abseits steht Annette, beobachtet die beiden. Gerne möchte sie hingehen, aber so richtig traut sie sich nicht. Kokoschansky bemerkt sie und winkt sie herbei.
»Kommt mal mit, ihr beiden«, bestimmt er, und sie setzen sich auf eine Bank. »Annette, ich glaube, Günther braucht jetzt deine Aufmunterung. Mir will er anscheinend nicht so recht glauben, meint, er ist an dieser Eskalation schuld, was natürlich nicht stimmt und Blödsinn ist. Ich und viele andere Menschen finden es großartig, was ihr alle zusammen auf die Beine gestellt habt. Davon können etliche Erwachsene sich eine große Scheibe abschneiden. Vielleicht kannst du es ihm besser beibringen? Ach ja, bevor ich es vergesse«, jetzt flüstert er der Kleinen ins Ohr, »du musst nicht auf Aaliyah eifersüchtig sein. Dafür besteht kein Grund. Günther mag dich wirklich sehr. Ich weiß das«, dabei zwinkert Kokoschansky ihr zu, »weißt du, was supertoll wäre? Wenn du und Aaliyah dicke Freundinnen werden könntet?« Mit diesen Worten zaubert er ein Lächeln in Annettes süßes Gesicht. »So, und ich verschwinde jetzt für ein Weilchen. Ihr habt sicherlich einiges zu besprechen. Da müssen nicht immer die Alten dabei sein.«
Kokoschansky steht auf, zündet sich eine Zigarette an und vertritt sich die Beine. Lena kommt aus dem Heim heraus und steuert auf ihn zu.
»Was ist da drinnen los?«
»Unruhe, Unsicherheit, Angst«, bringt Lena es auf den Punkt, »schließlich gab es hier noch keinen derartigen Vorfall. So beginnt es immer. Zuerst Krawall, später fliegen Farbbeutel, Eier und am Ende Brandsätze. Am liebsten möchte ich Zahra mit ihrer Tochter herausholen.«
»Vergiss es«, blockt Kokoschansky ab. »Zwar würde ich es ebenso gerne tun, aber wohin mit den beiden? Bei uns zu Hause ist kein Platz, und mit unserer Arbeit, unseren Tagesabläufen ließe sich das sehr schwer koordinieren. Abgesehen von dem gesamten bürokratischen Kram, und

am Ende müssen sie vielleicht doch wieder zurück.«
»Ich hätte eine Idee«, lässt Lena nicht locker.
»Und? Verrat sie mir.«
»Ich werde mit Wolfram telefonieren. Er könnte Zahra doch als Putzfrau für die Detektei einstellen. Und wenn es nur pro forma ist. Wer weiß, welche Ausbildung diese Frau hat? Wir wissen noch gar nichts über sie. Sie kann Deutsch lernen, und später ist sie als Dolmetscherin einsetzbar. Ein bisschen Englisch spricht sie. Wie du weißt, hat Wolfram in Wien ein paar sichere Wohnungen angemietet, die wir für unsere Zeugen in besonders heiklen Fällen brauchen. In einer davon könnte sie mit Aaliyah unterkommen und wäre vor allem sicher. Du hast ebenfalls diese Angst in ihren Augen gesehen – ich neige sogar dazu, es als Todesangst zu bezeichnen –, als sie diesen Scha… entdeckte.«
»Schabiha«, korrigiert Kokoschansky.
»Was immer das auch bedeuten mag. Jedenfalls hat sie wie Espenlaub gezittert, und das war nicht gespielt. Außerdem hat sie dafür keinen Grund.«
»Natürlich ist mir das nicht entgangen, und ich weiß hundertprozentig, dass mir dieser Ausdruck bereits untergekommen ist. Doch ich komme ums Verrecken nicht drauf. Zu Hause muss ich sofort alles durchstöbern, es lässt mir keine Ruhe. Deine Idee finde ich sehr gut, Lena, und ich glaube Wolfram wird darauf einsteigen.«
Wolfram Panker, Lenas Chef, ist ein alter Freund Kokoschanskys. Vor vielen Jahren lernten die Männer sich im Zuge einer gefährlichen Story kennen, als er noch aktiv für verschiedene Fernsehsender arbeitete und Panker ein erfolgreicher Kriminalbeamter, zuständig für Wirtschaftskriminalität, war. Doch ihn nervten ebenso wie später Lena gewisse Zustände und Unstimmigkeiten im Polizeiapparat. Also wagte er den Schritt und stieg aus, konnte endlich seinen lang gehegten Traum von der Selbstständigkeit realisieren.
Als Lena genug hatte, wurde sie von Panker mit offenen Armen in seiner inzwischen etablierten Wirtschaftsdetektei aufgenommen. Längst ist Panker zu einem fixen und unverzichtbaren Mitglied in Kokoschanskys Team geworden, gleichsam im Außendienst.
»Ewig dürfen Zahra und Aaliyah hier nicht bleiben«, das ist Lena klar, »ich

gehe davon aus, dass sie als Asylanten anerkannt werden, und was dann? Es ist schon ein gewaltiger Fortschritt, dass die Kleine so rasch in der Schule einen Platz erhalten hat. Aber die beiden brauchen eine Wohnung, Zahra einen Job. Das ist doch auf Dauer kein Leben! Endloses Warten ohne Perspektive und jede Menge geplatzter Hoffnungen und Träume. Kürzlich habe ich einen Artikel über diese verbrecherischen Vermieter gelesen, die genau diese Notlagen knallhart ausnützen und für Verschläge – Wohnungen kann man das nicht nennen –, in die es hineinregnet und zieht wie in einem Vogelkäfig, zwischen zweihundertfünfzig und fünfhundert Euro pro Monat verlangen. Und viele Vermieter lehnen grundsätzlich Ausländer ab, besonders wenn sie aus Flüchtlingsländern kommen. Ich werde heute noch Wolfram anrufen.«

»Ob das so einfach über die Bühne gehen wird?«, bleibt Kokoschansky skeptisch. »Wenn ich nur an sämtliche bürokratischen Hürden denke, bekomme ich so einen Hals. Und der österreichische Amtsschimmel kann sehr laut wiehern.«

»Wolfram kennt doch Gott und die Welt.« Lena bleibt zuversichtlich. »Wenn er mitmacht, dann hat er Lösungen parat. Ein paar Tage muss Zahra mit ihrer Tochter wohl hier noch aushalten.«

»Hast du ihr schon etwas gesagt?«

»Nein, um Gottes willen! Sollte es nicht so klappen, wie ich es mir vorstelle, wäre doch die Enttäuschung umso größer.«

»Mich interessiert brennend, woher wussten die Identitären von diesem Fest? Ich kann es mir nur so erklären, irgendwo muss ein Maulwurf sein. Aber wer soll das sein? Jedenfalls werde ich heute noch einen bitterbösen Bericht über diese Demo schneiden und ins Netz stellen. Den stecken sich diese Typen sicherlich nicht hinter den Spiegel.«

Kokoschansky sieht sich nach Günther um, der mit Annette noch immer auf der Bank sitzt. Lächelnd stupst er Lena an. Verstohlen halten die Kinder sich an den Händen.

»Komm, Günther!«, ruft Lena. »Zeit, nach Hause zu gehen! Verabschiede dich! Vergiss nicht, deiner Lehrerin Bescheid zu sagen! Wenn sie es erlaubt, musst du nicht mehr in die Schule zurück!«

Kokoschanskys Handy läutet.

»Hallo, Freitag! … Ja, klar machen wir einen Bericht über das Fest. Und

über die Demo … Das weißt du nicht? Wirst du heute noch sehen. Ich mach mich schon auf die Socken. Bin bereits am Nachhauseweg … Ach, Scheiße! Auf den Griechen habe ich ganz vergessen. Ja, natürlich melde ich mich bei ihm.«
»Welcher Grieche?«, will Lena es genau wissen.
»Irgendeiner in Piräus hat sich bei uns gemeldet und will mir brisantes Material über die EU übergeben. Ich kenne diesen Mann nicht. Aber dafür den, der diese Unterlagen zusammengetragen hat. Yannis Tsakitaris heißt er, ebenfalls Journalist. Er hat *FNews* mit erstklassigen Berichten während der Griechenlandkrise versorgt. Ich kenne ihn nicht persönlich, nur via Skype. Und dieser Kollege ist kürzlich in Piräus ermordet worden. Mehr weiß ich noch nicht.«
»Also wirst du nach Griechenland fliegen«, stellt Lena fest und sieht dabei gar nicht glücklich aus.
»Aber nein!«, beschwichtigt Kokoschansky. »Noch ist überhaupt nichts entschieden. Ich muss mich vorerst einmal informieren.« Günther trabt heran. »Und mit Annette wieder alles im Lot?«
»Glaub schon. So, wie eben nun einmal Mädchen und Frauen sind.«
Lena verbeißt sich das Lachen, wirft dafür Kokoschansky einen bedeutungsvollen Blick zu.
»Sag jetzt nichts, Koko. Sei einfach nur still.«
Er grinst breit und verkneift sich, was ihm brennend auf der Zunge liegt. Schließlich muss er ihr bald schonend beibringen, dass er abermals nach Griechenland aufbrechen wird, wie bereits vor einigen Monaten, weil er das Flüchtlingselend mit eigenen Augen sehen wollte. So, wie er Tsakitaris durch dessen Berichte kennenlernte, glaubt Kokoschansky nicht an einen Flop. Eine Falle ist es bestimmt nicht. Es gibt keinen Grund dafür, dass jemand ihm dort ein Bein stellen möchte. Daher wird er sich demnächst mit diesem Spyridon Evangelistos treffen. Er muss nur noch Lena davon überzeugen, dass es wichtig ist.
Kokoschansky tritt aus dem Tor und wendet sich Richtung S-Bahn-Station. Plötzlich stutzt er.
»Geht ihr beide nach Hause«, zischt er Lena zu, »ich komme gleich nach.« Er wartet erst gar keine Antwort ab, läuft los, aktiviert dabei seine Handykamera. Der Typ auf dem Perron hat ihn nicht bemerkt. Ein kurzer

Blick auf die Anzeigetafel mit dem Fahrplan. Bis die nächsten S-Bahn-Züge eintreffen, sind noch zehn Minuten Zeit. Das reicht. Er jagt die Treppe hoch, atmet, oben angekommen, tief durch, verflucht seinen Zigarettenkonsum. Langsam pirscht er sich an den Mann heran, lässt die Kamera laufen. Der Bursche bemerkt den Journalisten nicht, er ist zu sehr mit seinem Smartphone beschäftigt.

»Na, Tiuz«, spricht Kokoschansky ihn leise an und filmt ungerührt weiter, »hast du heute wieder einiges zu posten? Du wirst doch nicht am Ende Pokémons jagen? Im Heim sind Menschen, keine Monster.«

»Was wollen Sie von mir?«, erschreckt zuckt der Angesprochene zusammen. »Warum filmen Sie mich? Hören Sie damit auf!«

»Ich bin begeisterter Sammler von dämlichen Visagen. Du bist doch Marcel Pruckner alias Tiuz. Ich irre mich nicht.«

»Schalten Sie Ihr Scheißhandy ab. Lassen Sie mich in Ruhe.«

Hilfesuchend sieht Pruckner sich um, doch die wenigen Leute nehmen keinerlei Notiz von den beiden Männern. Tatsächlich tut Kokoschansky ihm den Gefallen und schaltet die Kamera aus. Er hat genug an Bildmaterial.

»Stell dich nicht dümmer, als du ohnehin bist.« Der Gesichtsausdruck des Hünen verheißt nichts Gutes. »Merk dir meinen Namen, den du ohnehin kennst. Kokoschansky, Heinz Kokoschansky. Wenn du weiterhin gegen meinen Sohn hetzt, Freundchen, weiterhin hasserfüllte Postings unter die Leute bringst, wirst du massive Probleme bekommen. Das garantiere ich dir. Ich finde dich, wo immer du dich verkriechst. Auch in Strebersdorf. Jetzt hast du Glück, zu viele Zeugen. Sonst hättest du bereits mindestens ein blaues Auge.«

Marcel Pruckner alias Tiuz hat sich nur schwer in der Gewalt. Es ist ihm anzusehen, dass er sich enttarnt fühlt, versucht jedoch, weiterhin den Coolen zu spielen.

»Sie müssen mich verwechseln«, stottert er herum. »Was habe ich mit Ihrem Sohn zu tun?«

»Das frage ich mich auch. Du gehört doch zu denen«, dabei tippt der Journalist ihm gegen die Brust, genau auf den Sticker, »zu diesen Identitären. Leg dich nicht mit mir an. Das haben vor dir schon ganz andere versucht. Bürschchen, dich rauche ich in der Pfeife. Verstehen wir

uns? Schickes T-Shirt. Habt ihr einen neuen Slogan? *U77*? Ein neuer Nazi-Code? Heute ganz alleine unterwegs? Ohne deinen Kumpel *19/8*?«
Die Zugansage kündigt eine Bahn nach Meidling an, und dadurch erhält Pruckner wieder Oberwasser.
»Aufpassen, Ausländerfreund, sehr aufpassen. Ich bin nicht alleine.«
»Mir schlottern bereits die Knie. Eines interessiert mich. Woher habt ihr von diesem Fest erfahren?«
»Einen schönen Tag noch …«
Pruckner springt in die S-Bahn, setzt sich ans Fenster, grinst dreist und zeigt Kokoschansky den Mittelfinger. Pech, dass er den Journalisten unterschätzt. Die Kamera hat Kokoschansky abgedreht, jedoch nicht den Ton. In wenigen Stunden kann Marcel Pruckner alias Tiuz sich in *FNews* bewundern, und Kokoschanskys Freund vom Verfassungsschutz wird ein bisschen mehr Arbeit bekommen.
Natürlich hat Lena genau das Gegenteil gemacht und auf der Höhe des *Zwickel*, einem beliebten Gasthaus im Grätzel[49], auf Kokoschansky gewartet. Von diesem Standort aus kann man genau das Geschehen auf dem Bahnsteig beobachten.
»Was war das für eine Aktion?«, fragt Lena erstaunt, als Kokoschansky sichtlich zufrieden wieder bei ihnen ist. Natürlich konnte sie erkennen, dass es sich um kein zufälliges, freundschaftliches Treffen handelte.
»Jetzt gehört er mir, und ich werde diesen komischen Vogel mitsamt seinen Identitärenfreunden zerlegen.«
»Tiuz?« Lena kennt ebenfalls sämtlichen Schwachsinn, den dieser Pruckner bisher über Günther und Kokoschansky im Netz verbreitete. »Was hast du vor?«
»Ich werde heute noch einen netten Beitrag über ihn für *FNews* gestalten. Dann werden wir sehen, wie er und seine Bewegung darauf reagieren.«
Lena lässt sich nicht anmerken, was sie tatsächlich darüber denkt.
»Außerdem will ich diesen verdammten Maulwurf finden, der dieses Fest an die Identitären verpfiffen hat.«
Die letzten Meter bis nach Hause legen alle drei schweigend zurück. Kokoschansky ist noch immer satt von den Köstlichkeiten und Leckereien, die im Flüchtlingsheim angeboten worden waren. Daher zieht er sich sofort in sein Arbeitszimmer zurück, und Lena versorgt Günther.

Während der Junge sich über seine belegten Brote hermacht, ruft sie ihren Chef Wolfram Panker an, der, wie nicht anders zu erwarten war, sofort zusagt. Der verwitwete Mann braucht ohnehin eine zuverlässige Haushälterin. Zahra wird legal angestellt, ordnungsgemäß gemeldet und sozialversichert sein, bekommt ein monatliches Gehalt.
Wenn sie sich bewährt, wird sicherlich nichts dagegensprechen, dass sie später in der Detektei mitarbeitet. Zumindest ein Beginn ist vorhanden. Was sie mit ihrer Tochter daraus macht, muss sie selbst wissen. Außerdem ist Panker ein ausgesprochener Kindernarr. Für Günther ist dieser Mann mit seinen wunderschönen schlohweißen Haaren und dem Spitzbart längst zu einem Ersatz-Opa geworden.
Das Allerbeste jedoch, die Wohnung, die der Detektiv für Zahra und Aaliyah zur Verfügung stellt, befindet sich ebenfalls im 21. Bezirk, in der Nordrandsiedlung. Somit muss die Kleine nicht die Schule wechseln, in die sie so gerne geht und in der sie sich richtig gut eingelebt hat, bei allen sehr beliebt ist. Vielleicht mit Ausnahme von Annette, aber das wird sich bestimmt einrenken.
Es ist ein langes Telefonat mit Spyridon Evangelistos, da der Musiker nur einige Brocken Deutsch spricht und sein Englisch sehr zu wünschen übrig lässt. Kokoschansky wiederum kann kein Wort Griechisch. Letzten Endes kommen sie doch auf einen gemeinsamen Nenner. Der Grieche bittet Kokoschansky, so schnell wie möglich nach Athen zu fliegen. Er wird ihn am Flughafen abholen und mit ihm nach Piräus ins »Sophokles« fahren.
Die Verbindung ist ziemlich schlecht, und Kokoschansky hat keine Ahnung, was sein Gesprächspartner mit dem alten Dichter meint. Jedenfalls verspricht er ihm, noch diese Woche in die griechische Hauptstadt zu reisen. Jetzt muss Kokoschansky nur mehr Lena davon überzeugen, obwohl er sich dabei nicht recht wohl in seiner Haut fühlt. Sein langjährige Erfahrung und sein Gespür sagen ihm, dass etwas am Gären ist, diese Identitären etwas auskochen. Da möchte er Lena und vor allem Günther nicht alleine lassen, aber dieser Evangelistos dürfte sauber sein. Und Kokoschansky fühlt sich auch gegenüber dem ermordeten Yannis Tsakitaris verpflichtet. Immerhin hatte dieser Kollege immer äußerst verlässlich für *FNews* seine Beiträge geliefert.

*

»Er kommt«, sagt ein sichtlich erleichterter Spyridon Evangelistos zu Veroniki, »noch diese Woche. Manchmal hat mir Yannis von diesem Kokoschansky erzählt, und er war stets von ihm begeistert. Dann sind wir endlich das Zeug los. Ich bin mir sicher, dass dieser Wiener mit Yannis' Material das Richtige tun wird. Klar kann er Griechenland nicht retten, aber zumindest einiges hochgehen lassen, was uns vielleicht für die Zukunft nützt. Was mir allerdings Sorgen macht, überall ist dieses *ROR*, *Revenge Of Rembetiko* und *GRECE* an die Wände geschmiert. Was bedeutet diese *Rache des Rembetiko*? Und dieses *GRECE*? Hat Yannis ein Geheimnis mit ins Grab genommen?
Ich kann es mir nur so erklären, dass es mit unserer enormen Staatsverschuldung zu tun hat. Jemand oder eine Gruppe, eine Organisation, will sich an der EU rächen, weil sie uns in unserem Elend nur sehr zögerlich und mit einer Unmenge an Auflagen unter die Arme greifen will.«

Die letzten Gäste haben das »Sophokles« längst verlassen, darum können sie ungestört miteinander reden. Auch der Lokalinhaber ist nach Hause gegangen. Es kommt öfters vor, dass er Veroniki abschließen lässt, und selbstverständlich hat er keine Ahnung, was derzeit in diesen Räumlichkeiten anscheinend an Hochbrisantem versteckt ist.

»Vielleicht droht uns wieder ein Putsch?«, meint Veroniki und setzt sich zu Evangelistos an den Tisch. »So wie 1967. Ich war damals noch nicht geboren, aber meine Großeltern und Eltern haben mir erzählt, wie schrecklich diese Jahre waren.«

»Einen Aufstand gegen Tsipras?« Evangelistos schüttelt den Kopf. »Das kann ich mir nicht vorstellen.«

»Und was ist mit *Chrysi Avgi*?«, entgegnet Veroniki. »Diesen Neonazis von der *Goldenen Morgenröte* traue ich es zu. Immerhin sitzen sie seit September 2015 mit achtzehn Abgeordneten im Parlament. Diese Partei verfügt über zahlreiche Anhänger.«

»Ich weiß nicht, Veroniki. Dafür kenne ich mich zu wenig aus. Der Rembetiko ist meine Welt, für die hohe Politik bin ich viel zu ungebildet.«

»Wollen wir nicht doch nachsehen, was Yannis da zusammengesammelt

hat?«, schlägt sie vor. »Vielleicht sind wir danach ein bisschen klüger?«
»Wozu?«, lehnt Spyridon Evangelistos kategorisch ab. »Wir werden Texte vorfinden, Dokumente, was weiß ich. Wenn wir sie durchlesen, werden wir die Zusammenhänge nicht verstehen. Was nützt es uns? Davon werden weder dein Yannis noch meine Eltern wieder lebendig. Außerdem ist es mir viel zu gefährlich. Vergiss nicht, Veroniki, Yannis wurde deshalb der Schädel eingeschlagen. Wir gehen jetzt nach Hause. Kokoschansky hat mir versprochen, dass er mir ein Mail schreibt, sobald er seine Flugdaten hat. Wenn er hier ist, übergeben wir ihm den Krempel, und für uns ist es erledigt. Bestimmt wird er in Yannis' Sinn dieses Vermächtnis verwalten und entsprechend publik machen.«
»Wahrscheinlich hast du recht. Darf ich dabei sein, wenn Kokoschansky kommt?«
»Das ist wohl selbstverständlich, Veroniki. Das sind wir beide Yannis schuldig.«

*

Zufrieden lehnt Kokoschansky sich in seinem Stuhl zurück. Er hat sich nicht getäuscht, konnte in seinem Archiv tatsächlich einiges über diese *Schabihas* ausgraben. Jetzt versteht er Zahras Angst.
Diese Milizen stehen unter dem Befehl von Fawaz al-Assad und Mundhir al-Assad, Cousins des syrischen Präsidenten Baschar al-Assad. Im Arabischen bedeutet *Schabiha* Geist oder Gespenst. Schätzungen sprechen von rund zehntausend Mann, die dieser Verbrecherorganisation angehören sollen.
Ursprünglich handelte es sich um alawitische Schmuggler, die in den 1970er-Jahren die Hafenstadt Latakia unsicher machten. Da Syriens Elite sich aus Alawiten zusammensetzt, hält das Regime ihre schützende Hand über die Bande.
Die Alawiten bilden eine religiöse Sondergemeinschaft innerhalb des schiitischen Islams, entstanden im 9. Jahrhundert, haben nichts mit den kurdischen und türkischen *Aleviten* gemein. Außer in Syrien und in der Türkei leben Alawiten noch im Libanon.
Nachdem die Demonstrationen gegen die Assad-Diktatur von Dar'a aus

weitere Kreise zogen, wurden die Schabihas zu Hilfe gerufen, die sich durch ausufernde Gewalttätigkeiten rasch einen berüchtigten Namen machten. Im April 2011 schlugen sie die Aufstände in Baniyas brutal nieder.

Heute sind die Schabihas längst wichtiges und gefährliches Machtinstrument für Baschar al-Assad in diesem Bürgerkrieg, spezialisiert auf Folter, Exekutionen und auf der Jagd nach Oppositionellen, auch im Ausland.

»Und hast du etwas finden können?«

Lena ist in Kokoschanskys Arbeitszimmer gekommen und setzt sich zu ihm an den Schreibtisch.

»Da«, Kokoschansky reicht ihr ein paar Papiere, »lies das. Jetzt ist mir auch Zahras Furcht verständlich. Ebenso klar ist mir, dass Assad diese Schabihas bewusst in die Flüchtlingsströme einschleust. Vielleicht sind tatsächlich einige darunter, die desertierten, weil sie diese Gräuel nicht mehr ausgehalten haben. Doch wer und vor allem wie soll man das überprüfen, wenn sie entweder gänzlich ohne oder mit gefälschten Personaldokumenten in Europa stranden? Jetzt erinnere ich mich auch an einen Fernsehbericht auf RTL, den ich vor einigen Wochen gesehen hatte, wo insgesamt sechs dieser Schabihas in verschiedenen deutschen Flüchtlingsunterkünften aufgespürt werden konnten.«

»Wenn das alles so stimmt, muss Zahra mit ihrer Kleinen schleunigst da raus.« Lena legt die Unterlagen zurück auf den Schreibtisch. »Allerdings wissen wir gar nichts über diese Frau.«

»Gut, das lässt sich herausfinden, doch sie macht einen ehrlichen Eindruck. Ich denke, sie hat nichts zu verbergen. Was ist mit Wolfram? Hat er angebissen?«

»Ja, Koko, er macht mit. Ich hatte mir von ihm nichts anderes erwartet.«

»Dann holen wir die beiden morgen raus und bringen sie sicher unter. Ich werde mir diesen Schabiha näher ansehen. Sein Gesicht habe ich mir gemerkt.«

»Worauf willst du dich nun schon wieder einlassen?«, seufzt Lena. »Wie willst du das anstellen?«

»Natürlich nicht im Alleingang. Das scheitert doch bereits an der Verständigung. Schließlich habe ich einen Kumpel beim Verfassungsschutz.«

»Toll«, Lena klingt alles andere als begeistert, »was ist nun mit Griechenland? Hast du mit diesem Mann gesprochen?«
»Ja, vorhin. Ich werde diese Woche nach Piräus reisen. Dort ist dieser Spyridon Evangelistos. Ich hole mir das Material, und mit dem nächsten Flieger komme ich wieder nach Hause.«
»Schabiha, Griechenland, Identitäre. Was kommt noch? Hast du mir nicht irgendwann einmal versprochen, etwas kürzerzutreten? Was ist mit unserem geplanten Urlaub? Bald ist Schulschluss, Günther hat sich seine Ferien redlich verdient, und wir beide brauchen ebenso eine Auszeit. *FNews* läuft doch wie am Schnürchen. Deine Leute sind auf Zack, die kommen einige Tage ohne dich aus. Freitag schmeißt den Laden, daher kannst du ruhig ein wenig mehr an uns denken.«
Kokoschansky nimmt sie in den Arm, zieht Lena zu sich.
»Ich weiß schon, was ich gesagt habe, Schatz, aber ich habe mich nicht um diese Geschichten gerissen.«
»Das stimmt, da muss ich dir recht geben.«
»Eben. Aber soll ich diesen ganzen Dreck ignorieren? Wir sind doch beide im gleichen Geschäft tätig. Wir werden nichts verändern können. Weder du in deinem Bereich noch ich in meinem Metier. Dafür reicht die Zeit nicht, vielmehr müsste sich der Mensch an sich ändern. Allerdings bleibt es Utopie. Wir können nur in einem minimalen Bereich etwas ändern, vielleicht sogar ein paar von diesen Verbrechern von ihren hohen Rössern herunterreißen und ihnen Häfen[50] verschaffen, ein paar Bonzen von ihren Postamenten stoßen, aber hoffentlich auch ein paar Leute zum Nachdenken bringen. Dafür lohnt es sich bereits. Mehr ist nicht drin. Aber es ist viel wert, nicht mit dem Strom der Gleichgeschalteten mit ihrer Scheiß-drauf-Mentalität und der Da-kann-man-eben-nichts-machen-Einstellung mitzuschwimmen. Wir ziehen das wie alles andere auch dieses Mal ebenso durch. Danach fahren wir auf Urlaub, und diese verkorkste Welt kann uns ein Weilchen kreuzweise.«
»Dein Wort in Gottes Ohr.«
Lena will es erst glauben, wenn sie alle drei im Flugzeug sitzen und tatsächlich eine Zeit lang alles hinter sichlassen können. Natürlich versteht sie ihren Koko, oft genug ergeht es ihr selbst nicht anders. Manchmal wünscht sie sich, dass er Sportreporter wäre oder sich der Kulturbe-

richterstattung verschrieben hätte. Ein Match endet nach neunzig Minuten, nach dem dritten Akt ist im Theater oder in der Oper Schluss. Abgesehen davon, dass es mit diesen Reportagen kaum Probleme gibt, im Gegensatz zu seinem investigativen Journalismus, wo er andauernd aneckt und sich in Gefahr begibt. Allerdings weiß sie auch, dass dieser Sturschädel sich niemals ändern wird, er so lange weitermacht, wie es Geist und Körper zulassen.

»Ich gehe ins Bett«, sagt sie leise. »Kommst du auch?«

»Ja, gleich. Ich gestalte noch den Beitrag für *FNews* und möchte noch ein bisschen stierln[51], was ich über diese Identitären alles finde.«

Natürlich hat Kokoschansky Lena nichts von der unverhohlenen Drohung Pruckners gesagt. Er nimmt sie ernst, hat sie abgespeichert, aber lässt sich deswegen nicht ins Bockshorn jagen.

Langsam wird er doch alt, denkt Lena, aber diesen Gedanken behält sie für sich. Früher hätte er diesen Wink mit dem Zaunpfahl sofort verstanden, alles liegen gelassen und wäre ihr gefolgt. Sobald er sich in eine Story verbissen hat, verbannt er Privates, und dazu zählt natürlich auch das Sexleben, aus seinem Gedächtnis.

Jetzt will er wieder nach Griechenland, wo er sich vor nicht allzu langer Zeit einige Wochen lang herumgetrieben und *FNews* mit unverfälschten Nachrichten über die Flüchtlingsproblematik versorgt hatte. Was konnte er damit erreichen? Nichts. Die Ströme der Schutzsuchenden sind kaum kleiner geworden. Dafür ist die Stimmung in den Aufnahmeländern gekippt, hat sich gegen diese bedauernswerten Menschen gewendet. Aber ihr Koko ließ nicht locker, drehte unermüdlich weiter, führte Interviews, schnitt seine Beiträge und stellte sie ins Netz.

Übrig blieb sie mit Günther und hat selbst genug um die Ohren. Die Detektei kann sich der Aufträge nicht erwehren und ist Günthers zweites Zuhause geworden. Obwohl der Junge sehr selbstständig ist, vieles alleine bewerkstelligt, doch einen knapp Zehnjährigen den Tag über sich selbst zu überlassen, ist unmöglich. Zwar beklagt er sich nicht, doch sie spürt, wie oft er seinen Vater vermisst.

In stillen Momenten kommen ihr manchmal Zweifel, ob es tatsächlich richtig war, sich damals für Kokoschansky zu entscheiden. Immer öfter ertappt sie sich bei dem Gedanken, dass sie, wenn auch ohne Trauschein,

nicht anders leben als ein lang verheiratetes Ehepaar. Vieles in ihrem Privatleben läuft wie auf Schienen, in fest eingefahrenen Bahnen, ist ritualisiert. Dann sieht sie Günther, und obwohl nicht ihr eigenes Kind, sind sämtliche dunkle Schatten wieder wie weggeblasen. Sie mag seine Unbeschwertheit, Neugier, seinen Lebenshunger, freut sich mit ihm, wenn er etwas entdeckt, Neues lernen möchte und alles wie ein Schwamm aufzusaugen versucht. Erlebnisse, die sie in ihrer schweren Kindheit und Jugend kaum kennenlernte und sicherlich mit ein Grund waren, dass sie sich vorerst für den Polizeiberuf entschieden hatte. Dann erinnert sie sich wieder an die zahlreichen Abenteuer, die sie in den Jahren, seit sie mit Kokoschansky zusammenlebt, durchgestanden hatte, oft genug hart am Rand eines tödlichen Ausgangs vorbeigeschrammt. Das unterscheidet die beiden von anderen Paaren. Mit einem Mann, der gleichsam einen »normalen« Beruf ausübt, wäre es nicht möglich und ihr auch zu wenig.
Das Unvorhersehbare mit ungewissem Ausgang reizt und fasziniert beide. An die Grenzen gehen, diese mitunter zu überschreiten und damit doch etwas, wenn auch im Kleinen, auszulösen und zu bewirken. Vielleicht ist es das, was sie beide zusammenschweißt, unabhängig von der Liebe zu dem Jungen. Vielleicht hat sie auch einen Vaterkomplex, denn mit ihrem war nichts anzufangen, weil ihm der Alkohol wichtiger war, und daran ist letztendlich auch ihre Mutter zerbrochen. Vielleicht spinnt sie ebenso auf ihre Art wie Kokoschansky auf seine?

*

»Jetzt mach dir keine unnötigen Sorgen«, versucht sein Kumpel, Marcel Pruckner zu beruhigen, »dann hat dieser Kokoschansky eben von dir ein Video gedreht, das er ins Netz stellen wird. Na und? Du hast nichts Strafbares getan, bist polizeilich ein Unbekannter, und auf Facebook vertrittst du deine Meinung, basta. Niemand kann dir etwas anhängen. Und gegen dich klagen wird er nicht. Wir haben doch beide über ihn recherchiert, der ist aus anderem Holz geschnitzt. Allerdings, wir ebenso. Falls er mit schwerem Geschütz auffahren sollte, können wir das allemal. Gut, er hat dich enttarnt. Deswegen hat er nicht gewonnen. Im Gegenteil, dieser Kokoschansky ist bereits auf der Verliererstrecke. Wir sind ihm

immer voraus, wissen, was er vorhat, und können entsprechend darauf reagieren. Ab sofort existiert Tiuz nicht mehr.
Dein Facebook-Account wird gelöscht, du trittst in diesem Medium nicht mehr auf. Wir lassen ihn in dem Glauben, dass er dich einschüchtern konnte und du aufgegeben hast. Im Gegensatz zu ihm weiß er nicht, was wir vorhaben. Wir ziehen unser Projekt durch, warten nur mehr auf den besten Zeitpunkt. Den Anschlag schieben wir diesen Salafisten-Arschlöchern unter. Beispielsweise diesem Mohamed Mahmoud und seinem Spezi Denis Cuspert alias Deso Dogg. Angeblich sollen diese beiden Dschihadisten noch am Leben sein und nicht, wie mehrmals berichtet, während IS-Kämpfen draufgegangen sein. Selbst wenn sie krepiert sind, kann uns das scheißegal sein.
Dann deichseln wir es so, dass es einer von den österreichischen Heimkehrern ist, der im Auftrag des Islamischen Staates zuschlägt. An die achtzig von denen sollen sich derzeit im Land aufhalten. Wir sind nicht alleine, wir sind in Europa bestens vernetzt, wir können im Ernstfall überall bei unseren Freunden untertauchen und so lange von der Bildfläche verschwinden, bis die Lage sich beruhigt hat, bevor wir erneut durchstarten.
Wir lösen einen Aufruhr in Österreich aus, so lange, bis diese Moslems entweder von selbst aus unserem Land abhauen oder ausgewiesen werden. Wir vertreiben sie, und jene, die nicht gehen wollen, bringen wir so weit, dass sie nach unserer Pfeife tanzen. Pegida, AfD und die NPD sind doch lahme Haufen! Wir zeigen den Piefkes, was wir Ösis draufhaben. Vorerst unternehmen wir nichts gegen Kokoschansky und seine Brut. Aber wir greifen dafür in einiger Zeit diese Unterkunft in der Siemensstraße an. In der Nacht ein oder zwei Molotowcocktails in das Areal geworfen, reicht. Nur als Warnung und zur Abschreckung. Dafür brauchen wir nicht einmal ein Auto. Das lässt sich vom Fahrrad aus bewerkstelligen, dankenswerterweise führt genau daran der Radweg vorbei. Wenn wir so gegen zwei oder drei Uhr morgens zuschlagen, kommen sie uns nie auf die Schliche. Dort ist weit und breit nichts. Kaum Straßenverkehr und die Rundgänge der Security können wir auskundschaften.
Jetzt müssen wir für permanente Unruhe in der Bevölkerung sorgen. Angst schüren vor allem, was orientalisch und fremdländisch ist, Hass

produzieren. Diesen verdammten Gutmenschen, die ständig nach offenen Grenzen schreien, das Fürchten lehren. Sobald wir angegriffen haben, werden auch andere mitziehen, und diese Orientalen werden die Bösen sein. Jetzt lass den Kopf nicht hängen, ich lade dich auf ein Bier ein.«
Marcel Pruckner und sein Mitstreiter verlassen die Wohnung in Strebersdorf, suchen das nächstgelegene Wirtshaus auf und trinken auf ihre bevorstehenden Erfolge.

Dienstag, 24. Mai 2016

Zahra el-Husseini verbrachte eine unruhige Nacht in dem Sechs-Bett-Zimmer, in dem sie mit ihrer Tochter schläft, es sich mit einer weiteren Frau aus Eritrea und deren drei Kindern teilen muss. Obwohl ihr Mann Mounir weiterhin verschollen ist, hat sie die Hoffnung nicht aufgegeben, ihn eines Tages wieder in ihre Arme schließen zu können. Zwei ihrer Kinder musste sie bereits in Aleppo begraben. Nie wieder möchte die Syrerin diesen andauernden Schrecken während ihrer Odyssee erleben, bis sie endlich Anfang Februar 2016 diese Unterkunft für sich und ihre Tochter zugewiesen bekam.
Drei Häuser hat der Fonds Soziales Wien für jeweils zweihundert Kinder, Frauen und Männer vom Siemens-Konzern bis zum 30. September 2016 auf diesem jahrelang leer stehenden Areal angemietet, die nun von der Caritas und dem Arbeiter-Samariterbund betreut werden.
Endlich sah Zahra el-Husseini wieder etwas Licht am düsteren Horizont. Nie wird sie vergessen, wie glücklich ihre Tochter war, als sie wieder in die Schule gehen durfte. Voller Stolz mit ihrer nahezu neuen Schultasche und den notwendigen Utensilien, herausgeputzt wie eine kleine Prinzessin aus tausend und einer Nacht betrat sie, wenn auch ein wenig ängstlich, das Schulhaus. Der Unterricht macht der aufgeweckten, intelligenten Aaliyah großen Spaß und hilft ihr, das Leid langsam zu verdrängen. Vergessen wird sie es niemals können. Ihre Geschwister, Verwandten und Freunde verloren, der Vater irgendwo und sie selbst unter den Trümmern des Elternhauses verschüttet, wo sie so fröhlich gewesen war, bis die Rotoren der Assad-Hubschrauber das Grauen näher und näher heranflogen.
Zahra el-Husseini glaubte, mit ihrer Tochter in Wien endgültig in Si-

cherheit zu sein, bis sie ausgerechnet hier diesen Mann wiedererkannte, der in ihrem Viertel in Aleppo für so viel Schrecken gesorgt hatte. Eines Tages war er verschwunden wie ein Geist, eben ein Schabiha. Bis jetzt …
Das kleine, bescheidene Fest war eine willkommene Abwechslung im sonst eher tristen Alltag. Natürlich darf Zahra el-Husseini sich frei bewegen, aber sie beneidet ihre Tochter. Aaliyah hat ihre Arbeit, indem sie in die Schule geht. Ihre Mutter ist zum Nichtstun verdonnert. Das will sie nicht und versteht es nicht. Die Sozialbetreuer können ihr nicht helfen, das Gesetz hindert sie daran. Natürlich sind Zahras Argumente ihnen vollkommen klar, dass sie viel nützlicher wäre, wenn sie etwas zu tun hätte und nicht den Tag mit ein bisschen Kochen, Aufräumen und Wäsche waschen vertrödelt. So ein Tag kann verdammt lang sein.
Außerdem möchte sie sich bei diesem Land, dieser Stadt bedanken, die sie und ihre Tochter ohne allzu viel Wenn und Aber aufgenommen haben, die beiden zumindest die Chance für einen Neubeginn erhalten. Ob es tatsächlich real werden wird, das steht auf einem anderen Blatt. Doch es ist ein Strohhalm, an den es sich zu klammern lohnt.
Natürlich merkt Zahra die Blicke, wenn sie in der Umgebung des Heims spazieren geht, während Aaliyah in der Schule ist, sieht oft die Ablehnung und unverhohlenen Hass. Ist sie womöglich eine Selbstmordattentäterin, eine Terroristin?
Doch diese Menschen sind in der Unterzahl, zumindest in diesem Viertel. Noch …
Wenn sie an diese Demonstration denkt, sie sich die Wut und den Zorn in den Gesichtern der Leute aller Altersgruppen in Erinnerung ruft, dann kommt wieder die Angst hoch.
Zahra möchte mit den Menschen sprechen, ihnen erklären, dass sie sehr gerne in ihrer Heimat mit ihrer Familie geblieben wäre, dass sie sich die Flucht nicht ausgesucht hat, es aber derzeit an der Verständigung scheitert. Eifrig lernt sie zusammen mit ihrer Tochter Deutsch, wobei das Kind ihr inzwischen überlegen ist und die Lehrerin für die Mutter spielt. Die Syrerin will den Menschen deutlich machen, dass diese Menschenströme lediglich ihre Leben retten wollen und auf eine friedliche, bessere Zukunft hoffen, sie weder mit dem Islamischen Staat sympathisieren noch den IS unterstützen oder gar gutheißen, sondern genau vor diesen schwarz

vermummten Schlächtern geflohen sind.
Nicht die Absicht haben, Österreich auf der Tasche zu liegen, vielmehr bereit sind, ihren Beitrag zu leisten, wenn man es ihnen erlaubt, und sich integrieren wollen. Zahra ist klug genug, um zu wissen, dass selbstverständlich nicht alle mit dieser Einstellung ins Land gekommen sind. Viele darunter sind, die sehr wohl darauf aus sind, die sozialen Strukturen und Möglichkeiten für sich auszunutzen, oder aus ganz anderen Gründen hier sind wie eben dieser verfluchte Schabiha.

Am liebsten würde sie diesen Kerl ans Messer liefern, ihn verraten, aber sie kann es nicht beweisen, kennt nicht einmal seinen richtigen Namen, weiß überhaupt nichts über ihn, hat nur gesehen, was dieser Mann getan hat.

Zum Glück überwiegen die positiven Erfahrungen, seit sie und ihre Tochter in Wien leben. Wie neulich, als sie mit Aaliyah beim BILLA an der Ecke Siemensstraße / Ruthnergasse vorbeigingen und ein junger Mann mit seinem prall gefüllten Einkaufswagen aus dem Supermarkt kam und zu seinem Auto schob.

Als er die beiden bemerkte, blieb er stehen, winkte das Mädchen zu sich, langte in den Wagen und zeigte ihr eine Riesentafel Schokolade. Somit war das Eis gebrochen. Mit den Worten »Losst's sas euch schmecken, i bin eh vü zu blad«[52] drückte er dem Mädchen die Süßigkeit in die Hand und räumte seinen Einkauf in den Kofferraum. Zwar verstanden sie nicht, was er sagte, aber es war eine wunderbare Geste über sämtliche Grenzen und Religionen hinweg.

Heute Morgen brachte Zahra el-Husseini ihre Tochter in die Schule und kehrte danach wieder ins Heim zurück, wo sie bereits von einer der Sozialarbeiterinnen erwartet wurde, die sie in ein Büro brachte. Zuerst befürchtete die Syrerin das Schlimmste, dachte, diese friedliche Zeit in Wien wäre vorüber und sie würde mit ihrer Kleinen abgeschoben oder zurückgeschickt werden. Dann sah sie diesen Riesenmann, dessen Namen sie nicht aussprechen kann, mit seiner Frau, und beide strahlten sie an. Auch eine dunkelhäutige Frau mittleren Alters und ein sehr eleganter, älterer Herr lächelten sie an.

Nachdem Zahra el-Husseini Platz genommen hatte, klärte die Ungewissheit sich rasch auf. Die Frau mit der dunklen Haut stellte sich als

Ishraga al-Khady, eine gebürtige Ägypterin, vor. Sie lebt mit ihrer Familie seit vielen Jahren in Wien, arbeitet als Dolmetscherin für die unterschiedlichsten Behörden. Der Mann mit den schlohweißen Haaren stellt sich als Wolfram Panker vor, Inhaber einer Sicherheitsfirma, wie er es bezeichnet.

Es dauert einige Minuten, bis Zahra el-Husseini begreift, dass sie an diesem Morgen mit ihrer Tochter das große Los gezogen hat, nachdem die Dolmetscherin ihr erklärt hat, weshalb alle hier sind. Die Syrerin sieht sie mit großen Augen an, will zuerst nicht glauben, was sie hört. Als jedoch alle im Raum zustimmend nicken, kann sie nicht mehr, und Tränen fließen.

Sie steht dem Islam und sämtlichen anderen Religionen sehr neutral gegenüber, und in ihrem tiefsten Inneren versteht sie sich als Atheistin, was sie jedoch niemals preisgeben würde. Das wäre nicht sehr klug in ihrer Heimat gewesen. Dennoch schickt sie ein stummes Dankgebet an Allah.

Es braucht wieder etwas Zeit, bis Zahra el-Husseini sich in der Gewalt hat.

»Kul uqda wa laha halla«, sagt sie leise.

»Es ist ein arabisches Sprichwort und bedeutet in etwa: *Jeder Knoten wird von jemandem gelöst*«, übersetzt Ishraga al-Khady.

Sie kann ihr Glück eigentlich noch gar nicht fassen, bricht es aus Zahra el-Husseini heraus, während die Ägypterin übersetzt, und sie bedankt sich bei allen, auch im Namen ihrer Tochter, die ihnen diese Chance geben. Aber, fügt sie noch hinzu und wird wieder leiser, es wäre noch viel wunderbarer, könnte auch ihr Mann es erleben. Wenn sie zumindest wüsste, dass er noch lebt, sie eine Nachricht von ihm erhielte, mit ihm in Kontakt treten könnte.

Nachdem die Dolmetscherin übersetzt hat, sagt Wolfram Panker spontan zu, dass er sich darum kümmern wird, und er ist kein Mann leerer Worte. Er verfügt über beste Verbindungen in aller Welt, hat Informanten in den wichtigen Geheimdiensten. Es wird etwas dauern, aber wenn Mounir noch am Leben ist, wird Panker ihn aufstöbern. Er kann es nicht versprechen, aber er wird sein Möglichstes tun.

»Wieso darf ich plötzlich arbeiten?«, fragt Zahra el-Husseini die Übersetzerin. »Bisher wurde mir das nicht gestattet.«

Nachdem die Ägypterin die Frage verdeutschte, lacht Wolfram Panker.

»Sagen Sie ihr, wie überall in nahezu allen Staaten auf diesem Planeten lässt die Bürokratie sich herrlich austricksen, sofern man die richtigen Leute kennt. Und Österreich ist dafür in gewissen Belangen nahezu prädestiniert.«

Seine Antwort zaubert Zahra el-Husseini ein Lächeln ins Gesicht.

Allerdings verschweigt Wolfram Panker, dass ihm bei heiklen Missionen, und genau um eine solche handelt es sich bei Zahras Fall, seine Vergangenheit als bekannter Kriminalbeamter äußerst hilfreich ist.

Heute früh suchte der Detektiv den zuständigen Mann im BFA[53] auf, erklärte ihm den Sachverhalt. Anfänglich war der Beamte noch etwas unsicher, doch gegen Pankers Argument, dass der Staat sich Geld spare, konnte er nichts dagegen erwidern.

Schließlich übernimmt Panker sämtliche Kosten, verschafft Zahra el-Husseini Arbeit, sorgt für den Unterhalt der beiden und stellt eine Wohnung zur Verfügung.

Auf die Frage des Beamten, warum, antwortete Panker, weil man Geld nicht fressen kann und das letzte Hemd über keine Taschen verfügt. Zur eigenen Absicherung holte der BFA-Mann seinen Vorgesetzten herbei, der nach anfänglichen Bedenken grünes Licht gab. Dann meinte der Chef, bei unserem verfahrenen Umgang mit der Problematik sind wir über jeden froh, der uns Flüchtlinge abnimmt, Eigeninitiative ergreift. Gleichzeitig mit dem geraunten Zusatz, dass er das selbstverständlich niemals gesagt hat. Panker behält die Geschichte über einen mutmaßlichen Schabiha für sich, von dem er in der Zwischenzeit durch Kokoschansky erfahren hat. Natürlich ist der erfahrene Detektiv sich bewusst, dass er ein hohes Risiko eingeht. Derzeit ist Zahra el-Husseini für ihn ein Buch mit sieben Siegeln. Berufsbedingt von Haus aus misstrauisch, aber so, wie Lena und Kokoschansky diese Frau beschrieben haben, glaubt er das Wenige, das diese Frau bisher preisgegeben hat. Dennoch bleibt ein Restrisiko. Vielleicht ist sie eine sehr gute Schauspielerin, versteht sich blendend darauf, sich zu verstellen? Ihre Story von A bis Z erstunken und erlogen? Vielleicht ist sie eine ausgesandte IS-Kämpferin, die sich später als Attentäterin entpuppt? Schließlich zählen solche schrecklichen Anschläge inzwischen schon zum Tagesgeschehen. Vielleicht ist die Geschichte mit dem Schabiha nur erfunden, weil sie eine alte Rechnung begleichen will? Vielleicht ist dieser

Mann unschuldig und hat keine Ahnung, wie ihm geschieht? Dass Zahra el-Husseini ihn nicht bei der Heimleitung oder den Sozialarbeitern angeschwärzt hat, versteht Panker. Ihr fehlen die Beweise, und nur Behauptungen sind zu wenig.
Außerdem gibt es noch ihre kleine Tochter. Sollte Zahra el-Husseini tatsächlich eine Schläferin sein, wäre das kein Hinderungsgrund für einen möglichen geplanten Anschlag. Alles schon vorgekommen im Kampf gegen die Ungläubigen und im Namen Allahs.
Panker wird sie auf jeden Fall auf Herz und Nieren testen, mit seinen Möglichkeiten überprüfen, alles herauszufinden versuchen, was machbar ist. Ansonsten verlässt er sich auf seine hervorragende Menschenkenntnis.
»Fragen Sie bitte Frau el-Husseini«, wendet Wolfram Panker sich an Ishraga al-Khady, »ob sie bereit ist, uns ihre Geschichte zu erzählen? Bisher kennen wir nur Fragmente.«
Die Dolmetscherin richtet das Wort an Zahra el-Husseini, und sie nickt. Dann atmet die Syrerin tief durch, und es ist ihr anzusehen, wie schwer es für sie sein muss, das erlebte Grauen wieder zu reanimieren.
»Meine Familie stammt aus Homs, einer Stadt, die heute nicht mehr existiert, ebenso dem Erdboden gleichgemacht wurde wie Aleppo und viele andere Orte in Syrien. Mounir, mein späterer Ehemann, kommt aus Sid Zeynab in der Nähe von Damaskus. Wir sind in mittelständischen Familien geboren worden. Zwar besaßen wir keine Reichtümer, doch wir kannten in keinerlei Hinsicht Not. Unsere Familien zählen zu den Sunniten, doch keiner von uns hat je etwas gegen die Schiiten oder gegen andere Religionsgemeinschaften und Minderheiten gehabt. Die syrische Elite wird von den Alaviten gestellt, denen auch der Präsidentenclan angehört, der mit der Baath[54]-Partei das Land unterdrückt und letztendlich zerstört hat. Eine makabre Ironie der Geschichte, dass ausgerechnet diese Partei 1943 von einem Christen gegründet worden war, Michel Aflaq[55]. Er stammte aus einer Minderheit, die jedoch erheblichen wirtschaftlichen Einfluss ausübte. Aflaq, ein linker Nationalist, setzte sich während seines Studiums in Paris intensiv sowohl mit Nationalismus, Sozialismus als auch mit dem Kommunismus auseinander.
Baath – also Wiedergeburt –, weil er alle Araber, unabhängig, ob Sunniten, Schiiten, Wahhabiten oder andere Gruppierungen, innerhalb

des Islams mit den Christen auf Augenhöhe vereinen wollte. Dieses Ziel wurde nie erreicht. Die Baath-Partei konnte auch im Irak rasch Fuß fassen. Deren letzter Protagonist war der Tyrann Saddam Hussein.

1963 gelangten die Baathisten durch einen Putsch an die Macht, wurden zunehmend radikaler. Sieben Jahre später, 1970, putschte Hafiz al Assad sich gegen die eigene Parteiführung an die Macht. Nach seinem Tod, 2000 in Damaskus, folgte sein Sohn Baschar ihm nach. War das Leben in Syrien unter seinem Vater bereits sehr gefährlich, wenn man von der Linie abwich, ist es unter Baschar zur Hölle geworden. Weil wir überleben wollten, blieb uns keine andere Wahl als die Flucht. Doch ich glaube an das Sprichwort, *ein Recht ist erst verloren, wenn keiner mehr aufsteht, um dafür einzutreten*. Baschars Tage sind gezählt, er wird gestürzt werden. Nur mehr eine Frage der Zeit, Putin wird ihm nicht ewig den Rücken stärken. Aber ich mache mir ebenso Sorgen, wenn die Amerikaner eingreifen. Das beste Beispiel ist der Irak. Was ist aus dem Land geworden nach deren Intervention?

Aber ich will mit meinem Kind nach Syrien zurückkehren, am Wiederaufbau mitarbeiten. So denken viele von uns, aber immer mehr Europäer nehmen uns das nicht ab und meinen, dass wir uns nur einnisten wollen, uns ins gemachte Nest setzen möchten.

Ich hatte noch eine Schwester und einen Bruder, aber ...« Zahra el-Husseini bricht ab, schlägt die Hände vors Gesicht. »... aber meine Familie existiert nicht mehr. Sahar, meine Schwester ist zwei Jahre jünger, ich selbst bin zweiunddreißig. *Morgendämmerung* heißt ihr Name in unserer Sprache, weil sie in den frühen Morgenstunden zur Welt kam.

Eine wunderschöne junge Frau, die sich in einen netten Mann verliebte, ein ideales Paar. Anfänglich dachte unsere Familie das, doch es kam ganz anders. Zwar ahnten wir bald, dass etwas nicht stimmte, aber meine Eltern wollten Sahars Glück nicht im Weg stehen. Daher wurde geheiratet, und kurz danach zeigte er sein wahres Gesicht. Hinter seiner freundlichen Fassade verbarg sich ein radikaler Islamist, ebenso wie seine Familie fundamentalistische Moslems waren. Zwischen unseren beiden Familien lagen Welten.

Der Islam war zwar vorhanden, aber für unser Leben ohne jegliche Bedeutung. Wir spielten mit, weil wir uns ansonsten massive Probleme

eingehandelt hätten. Sahar lernte in der Familie ihres Mannes die Hölle kennen, er war der Teufel. Als sie zwei Töchter gebar anstatt der gewünschten Söhne, war sie unten durch. Sahar wurde wie eine Haussklavin behandelt, auch ihre Kinder waren nichts wert. Mein Ex-Schwager nahm sich eine Zweitfrau, später noch eine Dritte. Damals lebten sie in Deir Essor. Nach dem dritten Fluchtversuch war sie endgültig gebrochen. Jedes Mal, nachdem sie geschnappt worden war, wurde sie fürchterlich verprügelt, auch vor den Augen ihrer Kinder.
Dann kämpfte der IS im April 2015 erbittert um Deir Essor, und Sahars Mann«, Zahra el-Husseini vermeidet es, den Namen auszusprechen, und ihre Stimme klingt hasserfüllt, »schloss sich diesen Verbrechern an. Seither habe ich nie wieder etwas von Sahar und meinen beiden Nichten gehört …«
Kokoschansky steht auf, öffnet ein Fenster, holt tief Luft, braucht unbedingt ein paar Züge von einer Zigarette. Das kann diese Frau sich unmöglich aus den Fingern gesogen haben. Davon ist jedes einzelne Wort die reine Wahrheit.
Es ist etwas anderes, wenn man diese Schicksale, die sich inzwischen seit Jahren abertausende Male täglich wiederholen, diese gebrochenen Biografien in Büchern, Magazinen oder in den Zeitungen nachliest, die Bilder im Fernsehen sieht. Das geschieht auf Distanz, und wenn es reicht, zu viel geworden ist, wird das Buch zugeklappt, die Zeitung weggelegt, das Fernsehgerät abgeschaltet. Und außerdem ist es weit weg.
Scheiße, nichts dergleichen!
Das Elend, der Jammer, der Schrecken, das Leid, die Gewalt, das sinnlose Töten sind hier!
In diesem Zimmer sitzt diese zweiunddreißigjährige Frau in ihrem *Jilbab*, der schon bessere Tage erlebte, die nackten Füße in ausgetretenen Sandalen, mit einem lose gebundenen Kopftuch, aus dem die schwarzen Haare hervorquellen, und es gibt keine Distanz. Nichts zum Zuklappen, nichts zum Abschalten. Schnauze halten, zuhören und dankbar sein, dass man dieses unsagbare Glück hatte, in einem Land geboren zu werden und leben zu dürfen, in dem sämtliche Probleme wie eine verschissene Bundespräsidentenwahl und anderer Schmarren eigentlich nur mehr lächerlich sein können. Jeder seine Meinung lauthals kundtun darf, ohne

Gefahr zu laufen, im Gefängnis zu landen. Jeder publizieren kann, was er möchte, Machthaber angreifen und sich schlimmstenfalls eine Ehrenbeleidigungsklage einhandelt, die meistens für den Kläger negativ verläuft, sofern der Richter den Typen ebenfalls nicht ausstehen kann, da es sich um eine »öffentliche Person« handelt und diese das aushalten muss. Ansonsten gibt es eine Geldstrafe und einen öffentlichen Widerruf. Mehr passiert nicht.

Kokoschansky blickt in den Hof hinaus, sieht die Leute, wie sie zusammenstehen. Mit nahezu hundertprozentiger Sicherheit haben sie da draußen genau das Gleiche in unterschiedlichen Variationen durchgemacht wie Zahra el-Husseini.

»Tauriq, mein älterer Bruder«, setzt sie ihre Erzählung fort, »*der vom Glück Begünstigte* heißt es bei uns«, dabei lacht sie bitter, »doch das Glück verstieß ihn. Ein kluger Kopf und unsere Eltern ermöglichten ihm ein Studium der Wirtschaftswissenschaften an Syriens ältester Universität in Damaskus, gegründet 1923. Er wurde ein erfolgreicher Ökonom, verbrachte einige Zeit in den USA, kehrte zurück und wollte seinem Land dienen. Aus Amerika brachte er seine Frau mit, Carolyn. Wir lernten von ihr sehr viel und sie von uns. Sie fühlte sich wohl in unserer Familie.

Tauriq und Carolyn waren bereits verheiratet, sie im sechsten Monat schwanger, als es während eines Spaziergangs in Damaskus passierte. Tauriq konnte noch im letzten Moment zur Seite springen, versuchte, seine Frau mit sich zu reißen, doch sie entglitt ihm, und der rücksichtslose Autofahrer mähte sie nieder. Sie und das ungeborene Kind waren auf der Stelle tot.

Rasch stellte sich heraus, am Steuer saß irgendein saudischer Prinz, der sich vor allem um seinen beschädigten Maserati sorgte. Angeordnet von ganz oben, gab es weder eine Untersuchung des Unfalls, geschweige dass der Saudi vor Gericht gestellt wurde. Warum sollte Assad es sich noch mehr mit den Saudis verscherzen, als es politisch ohnehin bereits der Fall ist? Sicher nicht wegen einer Frau, noch dazu einer ungläubigen Amerikanerin. Dieser Prinz besaß noch die Geschmacklosigkeit und dachte tatsächlich, dass ein Packen Dollarscheine Tauriq über den Tod Carolyns und des ungeborenen Babys hinwegtrösten kann!

Mein Bruder schrieb einen Brief an das Weiße Haus, aber Washington

reagierte darauf nicht einmal, obwohl Carolyn noch immer amerikanische Staatsbürgerin gewesen war und sofort auf die Barrikaden stieg, wenn ein Ami irgendwo in der Welt in Bedrängnis geriet. In diesem Fall nicht, Saudi-Arabien zählt zu den Verbündeten der USA. Noch dazu war der Todeslenker Angehöriger des saudischen Königshauses. Für Öl, Machteinfluss und die eigenen Interessen lässt man schon mal Landsleute über die Klinge springen.
Tauriq verkraftete diesen Schicksalsschlag nicht. Der sonst so besonnene Mann, der nur für seine Familie und seine Arbeit lebte, sein Land liebte, schloss sich der Opposition gegen Assad an. Eines Tages verschwand er, und wir alle wussten, was das bedeutete.
Unser Vater, einst ein angesehener Teppichhändler, musste das nicht mehr miterleben, er war bereits vorher am plötzlichen Herztod gestorben, und die Ursache dafür war sicherlich das Schicksal meiner Schwester Sahar und seiner beiden Enkeltöchter. Und unsere Mutter ...«, Zahra el-Husseini bittet Kokoschansky um eine Zigarette, nimmt einen Schluck Wasser.
Im Zimmer ist es totenstill geworden. Nicht einmal das Kinderlachen, das Geschrei von draußen nehmen die Anwesenden wahr. Obwohl Lena nach außen eine starke Frau ist, die viel gesehen und erlebt hat, übersteigt das bisher Gehörte ihre Vorstellungskraft. Selbst die Dolmetscherin, die bestimmt schon eine Unzahl ähnlicher Lebensgeschichten gehört hat, ist schwer angeschlagen.
Am liebsten möchte Kokoschansky diese Syrerin und ihre Tochter an den Händen nehmen, beide mitten auf den Heldenplatz im 1. Bezirk stellen, und Zahra el-Husseini muss ihre Geschichte, die noch nicht zu Ende ist, lauthals in die Welt hinausschreien, und alle Medien sollen es live übertragen. Egal, wie lange es dauert. Was würde es bringen? Vorübergehende Betroffenheit und abgehakt, null Breitenwirkung und die Verantwortlichen juckt es nicht mehr als ein Mückenstich. Er muss sich nur auf Österreich beschränken und seine Spinnerei fortsetzen. Etwas anderes wäre, würde der Bierpreis über Nacht extrem steigen, der vorprogrammierte Aufstand. Oder neue Steuern erhoben werden. Das sind die Themen, die vordergründig beschäftigen. Dem Journalisten ist speiübel geworden.
»Was ist mit Ihrer Mutter?«, fragt Wolfram Panker.

Inzwischen ist er restlos überzeugt, diese Geschichte kann kein Fake sein. Ihm gegenüber sitzt eine Frau in den besten Jahren, die bereits so viel ertragen musste, dass dafür im Regelfall ein einziges Menschenleben gar nicht ausreicht.
»Geht es wieder?«
Behutsam tippt Ishraga al-Khady die Syrerin an, die einige Minuten nur auf den Boden starrt. Ihre Zigarette verglimmt, ein Aschetürmchen fällt auf die Fliesen. Sie nickt.
»... unsere Mama liegt in fremder Erde begraben. Irgendwo in Mazedonien, ich werde nie ihr Grab besuchen können, weil ich nicht einmal weiß, wo es ist. Nachdem Aleppo in Trümmern lag, unsere Familie vernichtet war, ich mich endlich zu einer Flucht durchgerungen hatte, konnte ich die alte Frau doch nicht ihrem Schicksal überlassen. Als wir endlich auf dieser griechischen Insel landeten, dachten wir, das Ärgste überstanden zu haben. Es dauerte lange, bis wir weiterziehen durften. Doch die Strapazen waren für unsere Mutter inzwischen zu viel geworden. In einem mazedonischen Lager brach sie endgültig zusammen. Ich mache niemandem einen Vorwurf, so viele Helfer haben sich rührend um sie gekümmert, doch es war zu spät. Die medizinischen Voraussetzungen für eine optimale Versorgung existierten nicht. Der Ansturm der Flüchtlinge war viel zu groß.
Und ich weiß, wovon ich rede. Ich bin ausgebildete OP-Schwester. Auch mir gelang es nicht, der eigenen Mutter mit den bescheidenen Mitteln, die mir zur Verfügung standen, zu helfen. Also musste ich ihr tatenlos beim Sterben zusehen. Ich habe meine Zeugnisse und Diplome. Ich konnte diese Papiere retten. Sie liegen in unserem Zimmer, ich kann sie Ihnen gerne vorweisen. Allerdings werden sie in Österreich nicht anerkannt werden, und ich kann auch nicht beweisen, dass ich im Krankenhaus vom Homs viele Jahre gearbeitet habe. Das Spital existiert nicht mehr. Präsident Assad, selbst ein promovierter Augenarzt und ausgebildet in London, ließ die Klinik bombardieren. Ärzte, Pflegepersonal, Kolleginnen und Patienten, die vielleicht die Angriffe überlebten, sind mit Sicherheit heute längst tot, verschleppt und ermordet.
Nachdem ich Mounir geheiratet hatte, lebten wir noch eine Weile in Homs. Ich gebar unsere Kinder, dazwischen arbeitete ich weiter im

Krankenhaus. Dann wurde meinem Mann, inzwischen ein anerkannter und gefragter Archäologe, eine Stelle im Nationalmuseum von Aleppo angeboten, und wir zogen um. Wir konnten uns ein schönes Haus unweit des Museums in der Baron Street nahe dem Baron Hotel und dem Bab-al-Faraj-Glockenturm mieten. Inzwischen waren die Kinder groß genug für den Kindergarten, ich wollte wieder als OP-Schwester arbeiten.

Ich weiß nicht, ob wer von Ihnen jemals in Aleppo war. Eine uralte, wunderschöne Stadt mit einem der schönsten Basare des Orients, der einst zum Weltkulturerbe zählte, existiert nicht mehr. Ein riesiges, verkohltes Trümmerfeld und es ist nur eine von vielen Städten in Syrien. Diese zerstörten Lebensräume, die zahllosen Leichen und jene, die noch rechtzeitig flüchten konnten, gehen auf Baschars Konto, seiner Schergen und Helfershelfer.

Wir merkten, dass der arabische Raum täglich mehr zu einem Pulverfass geworden war, das jeden Augenblick explodieren konnte. Der Nahe Osten war seit jeher ein Unruheherd, doch damals war klar, dass die Lunte nicht mehr auszutreten war.

Mit dem *Arabischen Frühling* ging es endgültig los, und ein Flächenbrand loderte. Zuerst in Tunesien, dann Ägypten, Libyen, Bahrain, Jemen. Die Despoten wurden vertrieben oder getötet. Nur Baschar al-Assad sitzt noch immer fest im Sattel. Dann erreichte die Revolution Syrien. Es begann an einer Schule in Dar'a im Süden, als ein paar Jungen ihre Forderungen nach Demokratie an eine Wand sprühten. Der Präsident ließ sie ausforschen, verhaften und foltern. Verstehen Sie, ein Arzt, der einmal einen Eid geschworen hatte, fand nichts dabei, Kinder und Jugendliche unvorstellbaren Qualen auszusetzen, weil er wegen ein paar Schmierereien um seine Macht fürchtete. Damit hatte er den Bogen überspannt, die Menschen getrauten sich endlich, ihre Stimmen gegen ihn zu erheben.

Der IS witterte seine Chance, doch das ist weltweit bekannt. Syrien war eingekesselt, und Erdoğan in der Türkei fiel seinem ehemaligen Freund in den Rücken, ließ ihn fallen. Auch in Damaskus und in anderen syrischen Städten gingen die Leute auf die Straßen, protestierten gegen Assad. Der Präsident fackelte nicht lange, ließ sein eigenes Volk angreifen, begann mit den Bombardements, vernichtete skrupellos sein eigenes Land.

Gewalt und Terror wollten kein Ende nehmen, der Islamische Staat setzte

seinen siegreichen Eroberungsfeldzug fort. Für Mounir war sicherlich auch die Zerstörung der antiken Stätte von Palmyra durch den IS ausschlaggebend, dass er sich den Rebellen angeschlossen hat. Übrig geblieben sind nur mehr Aaliyah und ich …«
»Was ist nun mit diesem Schabiha, den Sie hier gesehen haben?«, hakt Kokoschansky nach, während Ishraga al-Khady simultan übersetzt.
Bevor Zahra el-Husseini antworten kann, muss der Journalist der Sozialarbeiterin erklären, worum es geht. Sie wusste von nichts, und dementsprechend fällt sie aus allen Wolken.
»Ich bin sicher, es ist dieser Mann, der mit seinen Leuten unser Viertel terrorisierte«, spricht die Syrerin mit brüchiger Stimme weiter. »Es gab einen netten kleinen Gemüse- und Obstladen ein paar Gassen von unserem Haus entfernt, der von einem liebenswerten alten Mann mit seiner Frau betrieben wurde. Bei allen beliebt, geachtet und sehr geschätzt, besonders die Kinder liebten ihn, da er ihnen immer Obst schenkte. Konnte jemand mal nicht sofort bezahlen, schrieb er es an und wartete geduldig, bis die betreffende Person wieder in der Lage war, die Schulden zu begleichen. Nie hat er Druck ausgeübt.. Nie schickte er jemanden fort. Onkel Ali, wie die Kinder ihn nannten, war eine Institution in unserer kleinen, bescheidenen Welt.
Dann tauchten diese unbekannten Männer in unserem Viertel auf, die zuvor niemand von uns gesehen hatte. Ihr Anführer war dieser Mann, der nun hier unbehelligt lebt. Zufällig kam ich hinzu, weil ich eine Feuerpause nutzte, um etwas Obst zu besorgen. Dieser Mann befehligte seinem Trupp, Onkel Ali auf die Straße zu zerren, ihn brutal vor allen zusammenzuschlagen und den wehrlosen Menschen wie einen Sack auf die Ladefläche eines Pick-ups zu werfen. Bevor sie abfuhren, steckten sie seinen Laden in Brand. Seine Frau wollte wissen, was los war. Der Rädelsführer brüllte sie an, dass ihr Mann mit den Rebellen kollaboriere. Sie beteuerte, dass es eine Lüge war, und klammerte sich an den Wagen. Da setzte er ihr, einfach so, seine Pistole an den Kopf und knallte sie gnadenlos nieder. Onkel Ali ist nie wieder aufgetaucht. Kurz danach sind wir, meine Mutter, Aaliyah und ich, geflohen.«
»Und dieser angebliche Mörder soll hier in unserem Heim sein?«, ungläubig starrt die Sozialarbeiterin in die Runde.

»Es sieht ganz danach aus«, sagt Kokoschansky, »wir haben ihn auch gesehen. Frau el-Husseini hat ihn uns während des Festes gezeigt, bevor die Identitären aufgetaucht sind. Danach war er verschwunden. Er trug ein grünes T-Shirt.«
»Namen gibt es keinen?«, fragt die Sozialarbeiterin.
Die Dolmetscherin gibt die Frage weiter, doch Zahra el-Husseini verneint. Kokoschansky geht wieder zum Fenster, um eine zu rauchen.
»Wir brauchen ihn nicht zu suchen«, sagt er leise, »er steht unten beim Tor«, und winkt die Sozialarbeiterin zu sich. »Dort lehnt er. Dieses Mal in einem weißen Polohemd.«
»Ich kenne ihn«, bestätigt sie, »er kommt aus Afghanistan. Er hat sich mit einem afghanischen Pass ausgewiesen.«
»Ich spreche und verstehe auch *Paschtu* ganz gut«, mischt Ishraga al-Khady sich ein.
»Dann knöpfen wir uns doch den Herrn vor«, schlägt Kokoschansky vor, »ob er tatsächlich vom Hindukusch kommt, und fühlen ihm ein bisschen auf den Zahn.«
Natürlich merkt Zahra el-Husseini, obwohl sie nur wenig von der Unterhaltung versteht, dass es sich um diesen mutmaßlichen Schabiha dreht. Lena gibt ihr zu verstehen, dass alles in Ordnung ist und sie keine Angst haben muss.
»Bleibt bei ihr«, ersucht Kokoschansky die Sozialarbeiterin und Lena, »gehen wir, Frau al-Khady.«
»Ich komme mit«, schließt Wolfram Panker sich an, »beeilen wir uns, bevor der Typ am Ende noch stiften geht.«
Der mögliche Schabiha lehnt beim Tor, blickt auf die Straße hinaus. Kokoschansky fackelt nicht lange, hält ihm kurzerhand seinen Journalistenausweis unter die Nase, macht auf Fremdenpolizei.
»Police. Your passport, documents«, dabei blickt er grimmig und spielt illegal auf amtlich. Eine Anzeige wegen Amtsanmaßung wird Kokoschansky sich deswegen bestimmt nicht einhandeln.
Ishraga al-Khady übersetzt, dieses Mal in Paschtu, und die Rechnung geht auf. Der Mann ist in die Falle getappt, zuckt mit den Schultern, versteht kein Wort.
»Fragen Sie ihn nach Onkel Ali in Aleppo«, setzt Kokoschansky nach,

»jetzt aber auf Arabisch.«
Niemals hat der Syrer im sicheren Wien damit gerechnet, dass ihm der Mord an dem alten Weib im fernen Aleppo zum Verhängnis wird. Sekundenlang verharrt der etwa knapp Dreißigjährige von eher schmächtiger Statur nahezu bewegungsfähig, starrt nur fassungslos Ishraga al-Khady an. In seinem Gesicht ist deutlich zu erkennen, wie er hadert, fieberhaft überlegt, wie er aus dieser Sackgasse entkommen kann. Flucht scheint ihm unmöglich. Abgesehen davon, dass er nur wenige Euro in der Tasche hat, sich in dieser Stadt überhaupt nicht auskennt, nicht Deutsch und nur gebrochen Englisch spricht, machen obendrein dieser baumlange Kerl und der Weißhaarige nicht den Eindruck, dass mit ihnen zu spaßen ist. Er kann sich nicht erklären, wer ihm auf die Schliche gekommen ist. Es gibt nur eine logische Erklärung. Diese verräterische, unbekannte Person ist hier in Heim und muss ihn erkannt haben. Da er sich bisher stets abzuschotten verstand, kaum ein Wort mit den anderen wechselte, ist es ihm bisher gelungen, den falschen Afghanen vorzutäuschen. Plötzlich bricht es aus ihm heraus, und ein Redeschwall prasselt auf die Dolmetscherin nieder, dass sie Mühe hat, ihm zu folgen. Endlich ist er fertig, stützt sich an einer Mauer, den Kopf gesenkt, ab.
»Was hat er gelabert?« Kokoschansky ist extrem ungeduldig, denn eines ist sicher, dieser Mann ist nicht koscher, während Panker den Syrer im Auge behält, sollte der auf dumme Gedanken kommen.
»Er gibt zu, ein Schabiha zu sein«, fasst Ishraga al-Khady zusammen, »beteuert aber gleichzeitig, von Baschar al-Assad dazu gezwungen worden zu sein, sonst wäre seine Familie getötet worden. Das lässt sich kaum überprüfen. Auf die Frage nach dem Mord an der Frau des Gemüsehändlers, auch nach mehrmaligem Nachhaken, ist er stets ausgewichen. Aber er ist bereit, vor der Polizei auszupacken, wenn ihm in Österreich Straffreiheit garantiert wird und er nach Schweden weiterreisen darf.«
»Hm«, meint Panker gelassen, »mit dem Neo-Wikinger wird es wohl nichts werden. Aber das wird er noch rechtzeitig erfahren.«
»Damit sind wir raus«, beschließt Kokoschansky und zückt sein Handy, »der Verfassungsschutz darf sich um ihn kümmern.« Bevor er anruft, wendet er sich an die Ägypterin. »Frau al-Khady, ich glaube, für Sie wird

es heute noch ein langer Tag.«
Kaum eine Viertelstunde später kommt Roland Palefka mit zwei Kollegen angebraust, und sie nehmen den Syrer in Gewahrsam. Inzwischen hat es sich im Heim herumgesprochen, dass irgendetwas im Gange ist. Eine Menschentraube formiert sich im Hof und beobachtet gespannt das Geschehen. Bevor der mutmaßliche Mörder ins Auto steigt, scheint er noch eine Frage zu stellen.
»Was will er wissen?«, fragt Kokoschansky.
»Ob es in Österreich wirklich keine Todesstrafe mehr gibt«, lautet die Übersetzung.
Ishraga al-Khady ist auch beim Verfassungsschutz bestens bekannt. Daher ersucht Palefka sie, sich zur Verfügung zu halten. Er wird sich bei ihr bestimmt noch heute melden. Einer seiner Kollegen kehrt mit den Habseligkeiten des Syrers, die in einen Rucksack passen, zum Auto zurück.
»Wer weiß, wie viele von diesen Geistern in Wien, in Österreich, überhaupt in Europa herumspuken«, meint Wolfram Panker nachdenklich, während sie zurück ins Heim gehen. »Da kommt noch einiges auf uns zu.«
»Jedenfalls kann Zahra mit ihrem Mädel wieder beruhigter schlafen«, sagt Kokoschansky, »und unter deinen Fittichen hat sie überhaupt nichts mehr zu befürchten.«
Wieder im Büro erzählt Kokoschansky, dass der falsche Afghane aus dem Verkehr gezogen worden ist. Nachdem Zahra el-Husseini verstanden hat, was geschehen ist, hebt sie sofort abwehrend die Hände, verweigert, so übersetzt die Dolmetscherin, konsequent jegliche Gegenüberstellung. Doch Kokoschansky kann die leidgeprüfte Frau beruhigen und sie überzeugen, dass sie diesen Mann nie wieder sehen wird. Natürlich wird sie ihn identifizieren müssen, doch das geschieht per Video. Sie braucht keine Angst mehr zu haben.
»Sagen Sie ihr«, mischt Panker sich wieder ein, »sie soll jetzt ihre Sachen packen. Danach holen wir ihre Tochter von der Schule ab und dann ab ins neue Zuhause. Sie soll auch wissen, nachdem ich jetzt einiges über sie erfahren habe, dass sie sicher nicht als Haushälterin arbeiten wird. Wir werden sie in einen Intensiv-Deutschkurs einschreiben, und wenn es dann

mit der Sprache klappt, bin ich mir sicher, dass sich eine geeignete Stelle in einem Krankenhaus finden lässt. Ich jedenfalls brauche noch keine Krankenschwester.«

Nachdem Zahra el-Husseini die Worte ihres Mentors verstanden hat, überzieht an diesem Tag ein zweites Mal ein Lächeln ihr Gesicht. Während sie packen geht, gibt Lena Kokoschansky einen Wink, und sie gehen nach draußen.

»Heute habe ich es verstanden.«

»Was, Lena?«

»Wir haben doch alle keine Ahnung, was dort unten wirklich läuft. Zahra hat uns nur einen Bruchteil von dem erzählt, was die Leute erdulden müssen. Und damit meine ich noch gar die Strapazen und Gefahren einer Flucht. Dieser Vormittag hat mir die Augen geöffnet, das geht mir unter die Haut. Du, Koko, fliegst so schnell wie möglich nach Griechenland, holst dieses Material. Wenn es sich als Flop erweisen sollte, wenn schon. Zumindest hast du es versucht. Den Leuten muss klargemacht werden, was tatsächlich los ist. Wir müssen etwas unternehmen, dass die Menschen endlich aufwachen, verstehen, was wirklich Sache ist. Zahra erzählt keine Lügenmärchen. Ich halte hier die Stellung, passe auf Günther und mich auf. Ich bin nicht alleine. Es gibt Wolfram und Freitag. Du musst dir um uns keine Sorgen machen. Wirst du über den Syrer in *FNews* berichten?«

»Noch zu früh«, winkt Kokoschansky ab. »Noch fehlen Beweise. Wenn es sich wirklich so zugetragen hat und wir noch mehr herausbekommen, dann auf jeden Fall.«

*

Das Piepen seines Handys weckt Spyridon Evangelistos. Verschlafen tastet er nach dem Mobiltelefon. Am anderen Ende ist eine aufgeregte Veroniki, die ihm mitteilt, dass gerade im »Sophokles« eingebrochen wird. Wie nahezu jeden Abend hat sie auch heute nach Lokalschluss abgeschlossen und selbstverständlich das Licht abgedreht. Danach ging sie nach Hause, versuchte zu schlafen, konnte es aber nicht. Daher ist sie wieder aufgestanden, ans Fenster gegangen, um ein bisschen frische Luft zu schnappen, und wollte eine rauchen. Da bemerkte sie den Lichtschein.

Spyridon Evangelistos braucht nicht nachzudenken und weiß, worum es geht. Das Geld der spärlichen Tageslosung nimmt stets der Inhaber nach der Abrechnung mit, und sonst gibt es nichts im »Sophokles«, was sich zu stehlen lohnt. Das Einzige von Wert sind die Instrumente, doch die nehmen die Musiker immer mit nach Hause. Die altersschwache Tonanlage lohnt sich ebenfalls nicht.
»Siehst du noch Licht?«, fragt Evangelistos.
»Im Moment nicht.«
Vom Fenster ihres Schlafzimmers ihrer kleinen Wohnung aus sieht Veroniki direkt auf das Lokal.
»Warte, ich komme zu dir. Ich muss mir nur rasch etwas anziehen.«
»Gut, aber sei vorsichtig.«
»Klar doch.«
Spyridon Evangelistos sieht auf die Handyuhr, 4.10 Uhr. Er schlüpft in seine Jeans und streift sich ein T-Shirt über. Dann schwingt er sich auf sein Fahrrad. Den Luxus eines Autos kann er sich schon lange nicht mehr leisten. Zur Sicherheit fährt er ohne Licht und muss höllisch aufpassen, dass er auf der schlechten Straße nicht stürzt. Glücklicherweise ist Vollmond, was die Fahrt ein wenig erleichtert. Es sind nur wenige Kilometer bis zum »Sophokles«, doch er fährt vorsichtshalber einen Umweg, um nicht aufzufallen. Ein kühler Wind hält ihn frisch und vertreibt seine Müdigkeit. Die kleine Anhöhe hinauf zu Veronikis Wohnung hat es in sich, und er muss kräftig in die Pedale treten. Bei Tageslicht bietet diese Stelle einen wunderbaren Rundblick über den Hafen und aufs Meer. Jetzt blinken nur einige Positionslichter von Tankern, Containerschiffen und Fischerbooten, oder vielleicht sind es auch Flüchtlinge auf maroden Seelenverkäufern, die auf sich aufmerksam machen wollen. Wer weiß das in diesen Zeiten schon so genau.
Etwas außer Atem steigt Spyridon Evangelistos vom Rad, lehnt es an die Mauer und wird bereits von Veroniki erwartet.
»Hast du noch Licht in der Zwischenzeit gesehen?«, fragt er, nach Luft ringend.
»Nein, aber ich habe auch sonst nichts bemerkt.«
»Ich gehe hinüber, sehe nach.«
»Und was ist, wenn da noch jemand drin ist?«

Veroniki zittert vor Angst und friert gleichzeitig.
»Sollten wir nicht doch lieber die Polizei verständigen? Und Vasily?«
»Scheiß drauf«, ist Spyridons knappe Antwort.
Nach den Vorgängen in letzter Zeit in Griechenland hat er längst das Vertrauen in die Ordnungsmacht verloren, und Vasily, der Lokalbesitzer, wird noch früh genug von dem Einbruch, wenn es tatsächlich so war, erfahren. Vielleicht ist es auch völlig harmlos, und ein Obdachloser war auf der Suche nach einem vorübergehenden Schlafplatz oder wollte etwas Essen stehlen. Inzwischen gibt es genug Leute, die alles verloren haben.
»Dann komme ich mit, Moment«, Veroniki verschwindet kurz und kehrt mit einem Baseballschläger und einer Taschenlampe zurück, »für alle Fälle.«
Um diese Zeit ist niemand mehr unterwegs, unbemerkt erreichen sie nach wenigen Schritten das »Sophokles«.
»Du bleibst hier und stehst Schmiere, Veroniki. Wenn sich da drinnen wirklich noch Gesindel herumtreibt, hörst du ja gleich den Wirbel. Dann kannst du immer noch die Bullen rufen. Ich drehe jetzt eine Runde um die Bude und gehe dann rein. Hast du die Schlüssel mit?«
»Ja, sicher.«
»Gut, ich bin gleich wieder zurück.« Spyridon bewaffnet sich mit dem Baseballschläger, nimmt ihr die Taschenlampe und die Schlüssel ab.
Veroniki bezieht eine Position, wo sie nicht gleich gesehen wird, während Spyridon Evangelistos den Lokaleingang inspiziert, doch der ist unversehrt. Er lauscht an der Türe, nichts rührt sich. Keine Fensterscheibe ist eingeschlagen, bleibt nur mehr der Hintereingang. Wie vermutet, das verrostete, einfache Vorhängeschloss, das sich mit einer normalen Zange und etwas kräftigerem Druck leicht knacken lässt, liegt am Boden. Geiz an falscher Stelle rächt sich. Oft genug machte Veroniki ihren Chef darauf aufmerksam, doch er winkte stets ab.
Spyridon Evangelistos muss zugeben, dass niemals jemand auf die Idee gekommen ist, im »Sophokles« einzubrechen. Seit Yannis' brisante Hinterlassenschaft hier gebunkert ist, sieht die Sache allerdings anders aus. Wer sonst außer dem EYP, dem Geheimdienst, kann daran Interesse haben? Für Evangelistos gibt es keine andere Erklärung. Es gibt nur drei Menschen, die von den geheimen Unterlagen wissen, und einer von ihnen

wurde erschlagen.
Die Türe ist nur angelehnt. Der Musiker umklammert den Baseballschläger, fest entschlossen, jedem, der jetzt seinen Weg kreuzt, den Schädel einzuschlagen. Vorsichtig drückt er die Türe auf, schaltet die Lampe ein, leuchtet alles ab. Zuerst inspiziert er den kleinen Lagerraum, hier ist alles unberührt. Das versteckte Olivenglas ist ebenso vorhanden wie der darin verpackte USB-Stick.
Im Lokal ist so weit ebenfalls alles in Ordnung. Spyridon Evangelistos klemmt sich die Taschenlampe zwischen die Zähne, löst das Brett von der Bühnenverkleidung, kriecht in den Verschlag. Auch Yannis Tsakitaris' Laptop steht noch so dort, wo der Musiker ihn deponiert hatte. Sonst bemerkt er nichts Auffälliges, alles beim Alten. Dennoch bleibt Spyridon Evangelistos bei seiner festen Überzeugung, wer immer sich heute Nacht hier herumgetrieben hat, suchte den Stick und den Computer.
»Was ist los?«, fragt eine erleichterte Veroniki, als der Musiker unversehrt wieder auftaucht.
»Sehr mysteriös«, sagt er, »das Zeug ist an seinen Plätzen, keinerlei Veränderung. Ich glaube, wir müssen demnächst mit ungebetenem Besuch rechnen, Veroniki. Stell dich darauf ein und sichere entsprechend deine Wohnung. Ich werde auch Vorkehrungen bei mir treffen. Eine andere Möglichkeit wäre, dass ich vorübergehend bei dir bleibe.«
»Daran habe ich auch schon gedacht, aber du kennst doch die Leute, Spyridon.«
»Eben. Doch, ich glaube, dass uns nichts passieren wird. Dafür sind wir zu unwichtig. Trotzdem müssen wir die Augen offen halten. Warst du in der Zwischenzeit mal bei Yannis?«
»Nein, dafür fehlt mir noch die Kraft.«
»Du bist jetzt nicht allein. Ich war auch noch nicht drüben, aber wir sollten es tun. Am besten jetzt gleich. Wenn sie hier nichts gefunden haben, dann haben sie sicherlich bei ihm gesucht.«
»Wer steckt deiner Meinung nach dahinter?«
»Der EYP. Wer könnte an dem Material sonst noch Interesse haben? Vielleicht auch die Neonazis von der Goldenen Morgenröte, von *Chrysi Avgi*?«
»Was ist mit ROR oder GRECE?«, wendet Veroniki ein. »Zwar haben die

Demonstrationen etwas abgenommen, dafür sind die Schmierereien mehr geworden. Auch das ›Sophokles‹ blieb davon nicht verschont. Was soll das überhaupt bedeuten? Revenge Of Rembetiko? Die Rache des Rembetiko und dieses GRECE? Unsere Journalisten haben auch keine Ahnung, versteigen sich in irgendwelche Spekulationen. Aus deren Berichterstattung wird man nicht schlauer. Und die Regierung hält sich überhaupt raus, hüllt sich in Schweigen. Ich kenne mich überhaupt nicht mehr aus.«

»Ich weiß auch nicht mehr, was ich denken soll, Veroniki. Jedenfalls sind ROR und GRECE vor Yannis' Tod völlig unbekannt in Griechenland gewesen. Was immer es auch bedeuten mag. ROR ist ein Teil des Passwortes für diese Unterlagen, wie du mitbekommen hast. Komm, wir schauen bei Yannis nach.«

»Dann fahren wir mit meinem Auto. So viel Sprit habe ich noch.«

Jetzt kommt alles wieder hoch, als Veroniki vor Yannis' kleinem Häuschen steht. Dort, wo sie eine überaus glückliche und harmonische Zeit verbrachten. Obwohl beide finanziell am Boden, versuchten sie, das Beste aus ihrer Situation zu machen. Später heiraten, Kinder, eine kleine Familie. Beide glaubten an die Zukunft, hofften, der Staat würde bald wieder auf eigenen Beinen stehen. Nicht mehr auf die Hilfe der EU angewiesen zu sein und vor allem nicht mehr von Deutschland gegängelt zu werden.

Veroniki ist immer im Gegensatz zu ihrem Freund optimistisch gewesen, der die Lage weitaus kritischer sah. Leider sollte er recht behalten. Kaum ist die Staatskrise halbwegs in zwar unsichere und fragile Bahnen gelenkt worden, bricht diese ungeheure Migrantenwelle über das Land herein, und die nächste schwere, kaum zu bewältigende Krise treibt Griechenland abermals Richtung Abgrund.

Yannis Tsakitaris hatte es vorausgesehen, war wie ein Prophet gewesen, sprach immer von der Spitze des Eisbergs. Oft ging er ihr mit seiner Schwarzseherei fürchterlich auf die Nerven, heute bereut sie es, dass sie keine Gelegenheit mehr erhielt, ihm zu sagen, was für ein kluger Mann er war. Er hätte ins Ausland gehen, dort mit seinem Können, Wissen und seiner politischen Weitsicht Karriere machen sollen. Doch verweigerte er strikt, war durch und durch Grieche, und sicherlich hoffte er insgeheim auf den ersehnten Umschwung.

Genau das ist eingetreten, was Spyridon Evangelistos befürchtete. Yannis Tsakitaris' Behausung ist total verwüstet. Sämtliche Laden sind herausgerissen, der Inhalt auf dem Boden verstreut, sein Schreibtisch durchwühlt, Schränke und Regale sind teilweise umgestürzt worden. Wie soll man jemals in diesem Chaos feststellen können, was entwendet worden ist?

Veroniki schlägt die Hände vors Gesicht, beginnt zu weinen.

»Glaubst du mir jetzt, dass der Einbruch im ›Sophokles‹ und die Schweinerei hier zusammenhängen?« Der Musiker hat die Frau in den Arm genommen, versucht, sie zu trösten. »Wir müssen sehr vorsichtig sein. Wenn nur dieser Kokoschansky endlich da wäre! Dann können sie zumindest uns nichts mehr anhaben. Was interessiert uns das Gerede der Leute? Wir ziehen sofort zusammen und passen aufeinander auf. Du siehst doch, was hier los ist.«

»Sollten wir nicht die Polizei verständigen?«

»Dass sie uns mit blöden Fragen löchern? Darauf habe ich keinen Bock. Unserer Polizei und der Justiz vertraue ich schon lange nicht mehr.«

»Was ist das bloß, was Yannis entdeckt hat, Spyridon?«

»Ich weiß es nicht, und ich will es auch gar nicht wissen. Das ist für uns beide um etliche Nummern zu groß. Ich will nur weiterhin meine Musik spielen können und damit halbwegs über die Runden kommen. Mehr verlange ich nicht. Ich kann diese durchgeknallte Welt nicht mehr verstehen.«

»Aber dieser Kokoschansky, auf den du so große Stücke hältst, wird auch keine Wunder bewirken können.« Verbitterung schwingt in Veronikis Stimme mit. »Ich denke, dass er scheitert.«

»Natürlich wird auch er Griechenland nicht retten, aber in Österreich hat er andere Möglichkeiten, als Yannis in Griechenland jemals hatte. Ich kenne ihn nicht, weiß nur, dass Yannis ihn sehr mochte, obwohl es nie zu einer persönlichen Begegnung kam. Vielleicht gelingt es ihm, zumindest jene zu entlarven, die Yannis auf dem Gewissen haben, dass sie vor Gericht gestellt und verurteilt werden. Das wäre bereits ein gewaltiger Schritt, und Yannis hätte seinen Frieden. Solange der oder die Mörder nicht gefasst werden, gebe ich jedenfalls keine Ruhe. Das sind wir ihm schuldig, Veroniki. Und ich bin es auch meinen Eltern. Erst danach

können wir beide wieder ruhigen Gewissens in den Spiegel gucken.«
»Wann kommt dieser Wiener?«
»Noch diese Woche, hat er mir jedenfalls zugesagt.«
Spyridon Evangelistos schießt ein paar Handyfotos von den durchstöberten Zimmern als Beweis. Die Bilder wird er Kokoschansky geben, und der Journalist wird schon wissen, was er damit anfängt.
»Weißt du, Veroniki«, sagt er leise und hebt die Teile einer kleinen zerbrochenen Madonna auf, legt sie auf einen Tisch, »was mir nicht in den Kopf will? Bisher war noch nicht die richtige Gelegenheit, dich zu fragen. Zwar war ich Yannis' bester Freund, du aber die Frau, die er heiraten wollte. Weshalb hat er mir und nicht dir sein Material für den Ernstfall anvertraut?«
»Dafür gibt es eine einfache Erklärung, Spyridon. Schau, du weißt, ich bin nur ein einfaches Mädel, das es von Kreta nach Piräus verschlagen hat. Ich bin zwar nicht dumm, aber eine Ausbildung habe ich nie gemacht. Meine Brüder erhielten den Vorzug, da blieb am Ende nicht mehr viel für mich übrig. Yannis war meine große Liebe, und er wird es blieben, was immer das Leben noch für mich vorgesehen hat. Er war genau das Gegenteil eines griechischen Mannes, ebenso wie du, nämlich kein Macho. Aber er wusste, dass ich mich für Politik und alles, was damit zusammenhängt, nicht interessiere. Mein Traum war immer ein guter Mann, Kinder, eine Familie, für die ich da sein kann, ein schöne Wohnung oder ein nettes Haus, ein halbwegs angenehmes Leben, mehr habe ich mir nie gewünscht. Aber ...«, sie bricht ab, »... lass uns gehen, das hier wird mir zu viel.«

Mittwoch, 25. Mai 2016

Noch gestern Abend buchte Kokoschansky online einen Flug nach Athen. Danach verständigte er Spyridon Evangelistos, schickte ihm seine Ankunftszeit für den morgigen Donnerstag.
Niemals hat der Journalist mit dieser Reaktion Lenas gerechnet, obwohl sie anfänglich überhaupt nicht von seinem Trip begeistert war. Doch so ist sein Mädchen, wenn es darauf ankommt, wirft sie sämtliche Bedenken über Bord, hält zu ihm, geht mit ihm durch dick und dünn, was immer geschieht. Jetzt muss nur noch Günther milde gestimmt werden.

Verständlich, dass der Racker keine Freude hat, dass sein Vater wieder einmal verschwindet.
Kokoschansky musste hoch und heilig versprechen, dass es heuer ganz besondere Ferien werden, sobald seine Arbeit erledigt ist. Trotz seines kindlichen Alters weiß der Junge genau, dass der Beruf seines Vaters nicht mit den Jobs der Väter seiner Klassenkameraden vergleichbar ist. Darauf ist er zwar sehr stolz, gleichzeitig wünscht er manchmal, sein Papa wäre Maurer, Tischler, Beamter. Auch Lehrer ließe er noch gelten. Hauptsache, sein Vater könnte öfters mehr Zeit mit ihm verbringen. Außerdem weiß Günther, dass Papa sich oft in große Gefahr begibt. Der Junge ist nicht auf den Kopf gefallen.
Nach Athen sind es ein bisschen mehr als zwei Flugstunden. Kokoschansky konnte einen Flug in der Früh buchen. Wenn alles perfekt abläuft, könnte er bereits wieder mit der Abendmaschine nach Hause fliegen.
Knapp nach acht Uhr morgens rief Roland Palefka ihn bereits an und bedankte sich für den Fang, den der Verfassungsschutz indirekt dem Journalisten zu verdanken hat, und bat um ein Treffen. Kein Lokal, nichts Öffentliches. Anscheinend erweist sich der falsche Afghane als Glücksgriff. Kokoschansky schlug die *FNews*-Redaktion vor, den sichersten Ort für derartige konspirative Treffen. Palefka gehört zu den wenigen Auserwählten, die jederzeit das Internetportal besuchen dürfen.
Jetzt sitzen sie zu dritt im Büro, das Kokoschansky und Freitag sich teilen. Der Verfassungsschützer legt einen Packen Papiere auf den Schreibtisch.
»*Manus manum lavat*, wie der Lateiner sagt«, grinst Palefka, »eine Hand wäscht die andere. Das wolltest du doch haben.«
»Was ist das?«, fragt Kokoschansky.
»Ein bisschen etwas zum Lesen über die Identitären.«
»Danke. Aber du hast uns jetzt nichts mitgebracht, was schon in den Zeitungen und Magazinen zu lesen war.«
»Der«, dabei wendet der Verfassungsschützer sich an Freitag, »ist niemals zufrieden, oder? Sicher nicht, und ...«
»Ich weiß«, lächelt Kokoschansky und kann sich denken, was Palefka jetzt sagen will, »von dir haben wir das niemals erhalten. Du bist doch gar nicht hier. Ist doch klar. Danke.«
»Gern geschehen, Koko. Jedenfalls großen Dank für diesen Syrer. Der

scheint eine wahre Fundgrube zu sein.«

»Das musst du dieser Zahra el-Husseini sagen, sie hat ihn letztendlich auffliegen lassen. Ich bin nur meiner Staatsbürgerpflicht nachgekommen.«

»Das meinst du jetzt selbst nicht ernst«, Palefka tippt sich an die Stirn, »ausgerechnet du! Warum habt ihr euch den Kerl nicht selbst unter den Nagel gerissen und sein Wissen für euren Sender ausgeschlachtet? Uns vor vollendete Tatsachen gestellt?«

»Stehst du auf Negativpresse? Andere Medien hätten euch doch dafür in der Luft zerrissen, weil dieser Scoop Journalisten und nicht euch gelungen ist. Außerdem, wo hätte ich den guten Mann unterbringen sollen? In einem Hotel?«

»Außerdem sprechen wir kein Arabisch«, ergänzt Freitag lachend.

»Ich wollte auch sichergehen«, Kokoschansky greift nach einer Zigarette, »dass unser Steuergeld sinnvoll verwendet wird und der Verfassungsschutz wieder einmal ein Erfolgserlebnis hat.«

Kokoschansky darf sich erlauben, in diesem Ton mit Palefka zu reden. Schließlich sind sie seit vielen Jahren eng befreundet.

»Arschloch«, kommt es von dem Verfassungsschützer postwendend zurück. »Jetzt Spaß beiseite, meine Herren. Der Syrer scheint ein großer Fisch zu sein. Tatsächlich heißt er«, Palefka zieht sein Notizbuch heraus und blättert, »Iskandar Taha al-Djazrawi, Deckname *Wüstenfalke*, keine Ahnung, wie es im Arabischen heißt. Er ist tatsächlich Syrer, stammt aus der Stadt Manbij, die momentan noch fest in der Hand des Islamischen Staates ist. Nachdem er seine wahre Identität preisgegeben hat, haben wir uns beim jordanischen GID[56]erkundigt, der meist bestens informiert ist, und die haben ihn tatsächlich schon länger am Schirm. Auch dem Mossad ist er bekannt. Dem BND ist er unbekannt gewesen. Zumindest uns verklickern sie es so. Aber auch egal, *wir* haben ihn im Gewahrsam. Ob irgendwas über ihn beim HNaA[57] bekannt ist, wissen wir noch nicht, doch das hat Zeit.«

»Und die Amis?«, fragt Freitag.

»Die können uns fürs Erste«, setzt der Verfassungsschützer fort. »Jedenfalls ist unser Wüstenfalke tatsächlich einer dieser Geister, ein Schabiha, gewesen. Die Betonung liegt auf *gewesen*. In Wahrheit ist er Doppelagent, der sowohl für Baschar al-Assad als auch für den IS arbeitet,

weil die Dschihadisten ihn besser bezahlen.«
»Also was nun? Schabiha, Söldner, Doppelagent?«, möchte Kokoschansky wissen.
»Scheißegal, was er tatsächlich ist, Koko. Jetzt ist er ein Überläufer, auf jeden Fall aber ein Killer und Folterer, obwohl wir ihm das wahrscheinlich schwer nachweisen werden können.«
»Hat er das zugegeben?«
»Abwarten.«
»Und warum hockte er ausgerechnet im Flüchtlingsheim in der Siemensstraße herum?« Freitag ist ebenso überrascht und verwundert wie Kokoschansky. »Ist der Wüstenfalke flügellahm geworden?«
»So kann man es ausdrücken, Leute«, setzt Palefka fort. »Aber der Reihe nach. Wir nutzen seine Angst aus, weil er fürchtet, dass wir ihn ins nächste Flugzeug setzen und zurück in die Wüste schicken, wo sie ihn schon freudig erwarten würden, ein bisschen durch die Mangel drehen und anschließend um einen Kopf kürzer machen. Natürlich lassen wir ihn in dem Glauben, drohen ihm ständig damit, setzen ihn unter Druck und quetschen ihn dabei wie eine Zitrone aus. Der IS hat ihn bewusst in die Flüchtlingsströme eingeschleust, ausgestattet mit einem erstklassig gefälschten afghanischen Pass, wie auch unsere Experten bestätigen. Leider unterlief dem IS der schwere Fehler, ihm ein Land zuzuordnen, dessen Sprache er nicht spricht. Dann half uns allen der Zufall, dass er von Zahra el-Husseini wiedererkannt wurde. Wir haben ihn gefragt, weshalb er nicht zu flüchten versuchte, als er enttarnt wurde, als ihr mit ihm auf uns gewartet habt. Daraufhin meinte er, weil er keine Chance sah, und das sagte er wörtlich, gegen diesen Langen«, dabei deutet Palefka auf Kokoschansky, »und er unbewaffnet war. Hätte er nur ein Messer gehabt, wäre er das Risiko eingegangen und sicherlich als Sieger hervorgegangen. Ich habe den Eindruck, dass er nicht mehr kann, vielmehr nicht mehr will.«
»Warum packt er jetzt aus, streitet nicht alles ab? Erzählt er euch Märchen?«
Kokoschansky kann immer noch nicht glauben, was er zu hören bekommt.
»Weil sie ihn ohnehin töten. Denn wenn wir ihn abschieben, ist es klar, dass er sich erwischen ließ.«

»Der IS …«
»Oder Assad. Je nachdem, wer ihn zuerst in die Finger kriegt. Daher versucht er, für sich das Bestmögliche herauszuholen, hofft auf Strafmilderung. Inzwischen ist ihm klar, dass ihn bei uns erst mal der Häfen[58] erwartet.«
»Das heißt, ihr haltet den Typen vorerst unter Verschluss«, jetzt will Kokoschansky es genau wissen, »ohne BKA, ohne Minister. Die Regierung hat keinen blassen Schimmer davon. Also ein Alleingang von euch, oder vielmehr von dir, Roland. Oder weiß dein unmittelbarer Boss davon?«
»Noch nicht«, gibt Palefka zu und holt sich eine Tasse Kaffee. »Er wird es zur gegebenen Zeit erfahren.«
»Das kann für dich schwer ins Auge gehen.«
»Das muss ich riskieren, Koko.«
»Gut, das ist deine Sache. Du wirst deine Gründe haben. Warum bist du tatsächlich gekommen, Roland?«, der Journalist ahnt, dass noch viel mehr dahintersteckt. »Den Packen über die Identitären hättest du uns auch in einem Kaffeehaus oder sonst wo übergeben können. Nicht, dass wir dich hier nicht haben wollen, du bist stets willkommen. Das ist doch noch etwas. Stimmt's?«
Roland Palefka nickt, schnorrt sich von Kokoschansky eine Zigarette.
»Du hast den Nagel auf den Kopf getroffen, Koko. Zuerst einmal das.« Er zieht aus seiner Sakkotasche ein in Plastik verpacktes Smartphone. »Das ist das Handy unseres Singvogels. Unsere Leute sind zwar verdammt gut, aber denen brauche ich erst gar nicht das Ding auf den Tisch zu legen. Wir werden es nicht schaffen, das Telefon zu knacken. Darauf sind Unmengen an Nummern, verschlüsselte Mails und was weiß ich denn nicht noch alles. Natürlich könnte ich bei der NSA anklopfen, die hat die Möglichkeit, mit der entsprechenden Software und anderem Hightech-Kram das Smartphone auseinanderzunehmen. Aber das will ich nicht, weil sich dann die Amis in den Fall reinhängen, die Lorbeeren einsacken, und wir sind abgemeldet. Eure *FNews*-Hacker arbeiten zwar nicht immer legal, aber wen interessiert es, wenn es der Sache dient. Habt ihr die Zeit, könnt ihr das übernehmen?«
»Dafür haben wir immer Zeit.« Freitag krallt sich das Handy, bevor Palefka es sich vielleicht doch noch anders überlegt. »Aber das kann

dauern, denke ich.«

»Inzwischen haben meine Leute, und dabei handelt es sich nur um eine Handvoll absolut verlässlicher Eingeweihter, von dem Syrer sehr viel erfahren, was mit Sicherheit kaum ein Medium in unserem Land veröffentlicht, um nicht die Verunsicherung und den zunehmenden Hass auf Migranten noch mehr anzuheizen. Totschweigen ist aber, meiner Meinung nach, ebenfalls fehl am Platz und löst keineswegs das Problem, das uns zunehmend über den Kopf wachsen wird, wenn nicht bald Entscheidendes geschieht. Aber ich fürchte, der Zug ist abgefahren. Darum bin ich hier. Ist das Antwort genug?«

»Das lassen wir gelten. Mit anderen Worten«, fasst Kokoschansky zusammen, »du hältst uns am Laufenden, offerierst uns eure Ermittlungsergebnisse, wir hängen uns ebenfalls rein, warten auf deinen Startschuss, wenn das Material quasi vollständig ist, und legen los.«

»Genau das ist mein Plan«, bestätigt der Verfassungsschützer.

»Vielleicht passt es mit meiner Griechenland-Sache zusammen?«

»Griechenland? Was haben die Griechen damit zu tun, Koko?«

»Das weiß ich noch nicht, Roland. Bei uns hat sich ein Spyridon Evangelistos gemeldet, der mir Material über die EU angeboten hat, das angeblich beweisen soll, weshalb Griechenland dermaßen im Arsch ist. Er bekam es wiederum von seinem Freund, einem Yannis Tsakitaris. Tsakitaris war ein Journalist, der, nachdem er gefeuert worden war, Blogger wurde und auch uns während der Griechenkrise mit Berichten versorgte. Anscheinend steckte er seine Nase etwas zu tief in gewisse Vorgänge. Inzwischen ist er tot. Man hat ihn mit eingeschlagenem Schädel aus einem Hafenbecken in Piräus gefischt. Ich fliege morgen früh nach Athen und hole mir den Krempel.«

»Schön, dass ich das auch erfahre«, mokiert Freitag sich.

»Mach dir nicht gleich ins Hemd, Alter. Ich hätte es dir schon gesagt, bisher ergab sich nur keine Gelegenheit. Außerdem fliege ich am Abend gleich wieder retour.«

»Ich habe das nur am Rande mitverfolgt«, sagt Palefka. »Schwere Unruhen wegen eines ermordeten Journalisten in Athen und anderen Städten. Um den Typ geht es also. Und irgendein Sender hat auch über unerklärliche Graffitis in ganz Griechenland berichtet, ROR. Aber ich habe vergessen,

was es heißt.«
»Revenge Of Rembetiko«, erklärt Kokoschansky.
»Okay, Rache für …?« Palefka zuckt mit den Schultern. »Völlig unbekannt, bisher ist das noch nie aufgetaucht.«
»Rembetiko, der griechisches Blues, eine besondere Ausdrucksform innerhalb der griechischen Volksmusik. Mehr weiß ich auch nicht, aber ich hoffe, dass ich morgen um diese Zeit etwas gescheiter bin.«
»Wie auch immer«, meint der Verfassungsschützer »momentan habe ich mit dem Syrer genug um die Ohren und muss dabei höllisch aufpassen, dass ich mich nicht in die Nesseln setze. Ihr kümmert euch um sein Handy und bevor ich abhaue«, wieder greift er in die Tasche, »noch ein weiteres Abschiedsgeschenk«, er wirft Kokoschansky einen USB-Stick zu, »darauf ist die Videoaufzeichnung der Einvernahme. Da werdet ihr wie wir ziemlich von den Socken sein. Es ist eine Kopie. Unser Überläufer muss Sprechperlen eingenommen haben, so viel ist es. Das kann ich mir unmöglich alles merken, und bevor ich etwas vergesse … Natürlich inklusive Übersetzung von Ishraga al-Khady. Aber keine einzige Sekunde daraus verwenden, klar? Noch nicht.«
»No na.« Kokoschansky ärgert sich immer wieder bei solchen Ansagen, als wären seine Mitarbeiter und er Anfänger. Da sind alle Bullen gleich. Egal, wie lange man sich kennt, zusammenarbeitet und befreundet ist. Er blickt auf den Stick.
»128 GB!«
»Er ist eben ein sehr kommunikativer Mann«, erwidert Palefka. »Außerdem muss ich euch helfen, das nahende Sommerloch zu stopfen, und euch zeigen, dass der Verfassungsschutz sinnvoll mit Steuergeldern umgeht. Ich muss jetzt zurück ins Büro. Der Syrer hat sicherlich schon Sehnsucht nach mir und meinen Leuten. Und Zahra el-Husseini ist mit ihrer Kleinen jetzt sicher untergebracht?«
»Ja, in einer Wohnung von Wolfram Panker in der Nordrandsiedlung«, bestätigt Kokoschansky.
»Informiert mich über die Griechenland-Story. Guten Flug und pass auf dich auf.«
Nachdem er gegangen ist, lehnt Kokoschansky sich zurück, legt die Beine auf den Schreibtisch, verschränkt die Arme hinter dem Kopf und macht

einen rundum zufriedenen Eindruck.
»Das nenne ich einen lukrativen Vormittag. Wie sieht es mit Futter aus, Freitag?«
»Gute Idee, mir hängt der Magen in den Kniekehlen.«
»Okay, ich habe heute die Spendierhosen an. Was darf es sein?«
»Keine Pizza, die kommt mir bereits zuden Ohren raus. Fahr doch zum Japaner. Maki-Box, Miso-Suppe. Du weißt schon.«
»Also, Sushi, volles Programm. Mach ich, bin gleich wieder retour, und dann ziehen wir uns den Syrer rein.«
In dem kleinen Innenhof der *FNews*-Redaktion sitzt Bettina Jölich und raucht eine Zigarette. Noch ist sie Volontärin, aber sie bewährt sich. Daher wird Kokoschansky sie demnächst fix anstellen.
»Na, Kollegin, kleine Rauchpause?«
»In unserem Büro sitzen doch nur Gesundheitsapostel.«
»Selbst schuld«, grinst Kokoschansky. »Du hast dir deinen Platz dort ausgesucht.«
»Ich weiß.«
Nachdem ihr Chef gegangen ist, holt Bettina Jölich ihr Handy hervor und tippt rasch eine SMS.
Top-News! Treffen heute Abend, 21 Uhr. B.

*

»Verdammt!«, flucht Kokoschansky und entfernt ein Klümpchen Reis von seiner Jeans. »Ich werde wohl nie den Dreh herausbekommen, wie man das Zeug mit diesen Stäbchen isst. Asiaten müssen besondere Finger haben. Ich pfeif drauf.« Er kommt mit einer Gabel zurück. »Steck mal den Stick rein.«
»Ja, Bwana machen, was Massa befehlen«, blödelt Freitag. »Ich habe ihn schon auf Viren und Trojaner gecheckt, während du weg warst. Das Ding ist sauber.«
Voller Neugier sitzen sie vor dem Monitor und lassen sich dabei ihr Sushi schmecken.
In einem Verhörraum sitzt Iskandar Taha al-Djazrawi. Ihm gegenüber Roland Palefka und an seiner Seite Ishraga al-Khady. Die Videokamera ist

in einer fixen Einstellung und das Objektiv auf den syrischen Überläufer gerichtet.

Zuerst erzählt er über seine Person. Iskandar Taha al-Djazrawi ist achtundzwanzig Jahre alt, unverheiratet und stammt aus einer Offiziersfamilie. Sein Vater diente bereits unter Baschar al-Hafiz. Iskandar ist der Zweitälteste von insgesamt vier Geschwistern – zwei Brüder und die Jüngste ist die achtzehnjährige Schwester. Vor einem Jahr starb der Vater an Bauchspeicheldrüsenkrebs. Jetzt kümmert die Schwester sich um die Mutter.

»Wie lauten die Namen dieser Familienmitglieder?«, fragt einer von Palefkas Leuten aus dem Off.

Nachdem Iskandar die Übersetzung verstanden hat, schüttelt er energisch den Kopf.

»Keine Namen von meiner Familie. Es geht nur um mich.«

»Warum?«

»Was glauben Sie, was dann Baschars Leute mit ihnen anstellen? Sofern meine Familie überhaupt noch am Leben ist.«

»Wieso? Weil Sie zu einem Überläufer geworden sind?«

»Was denn sonst? Außerdem ist meine Familie in diesem Zusammenhang nicht wichtig, sie hat damit nichts zu tun. Ich spreche nur weiter, wenn Sie mir garantieren können, dass der Präsident nie erfährt, wer der Verräter ist. Ich fordere eine neue Identität. Mir ist klar, dass ich vor Gericht gestellt werde. Doch ich werde nur vor einem österreichischen Gericht aussagen, keinesfalls vor dem Internationalen Gerichtshof in Den Haag.«

»Darüber zu entscheiden«, klärt Palefka ihn auf, »fällt nicht in meine Kompetenz. Wenn Sie kooperativ sind, werde ich mein Möglichstes für Sie tun.«

Damit gibt Iskandar Taha al-Djazrawi sich vorerst zufrieden und erzählt weiter. Da sein Großvater und Vater in der Armee dienten, war es naheliegend, dass auch Iskandar und seine Brüder diesen Weg fortsetzen mussten. Zuletzt bekleidete er den Rang eines Hauptmanns in der Division der Republikanischen Garde, einem Artillerieregiment, zu dem auch drei gepanzerte und eine mechanisierte Brigade gehören.

Iskandar versah seinen Dienst, befolgte die Befehle, fiel nicht auf. Seine Vorgesetzten hatten eine sehr gute Meinung von ihm. Dann brach der

Arabische Frühling aus und erreichte schließlich Syrien. Über Facebook wurde am 15. März 2011 zu Protesten gegen das Assad-Regime in Damaskus aufgerufen. Drei Tage später, am 18. März, schloss sich im Süden die Stadt Dar'ā den Protesten an. Vor der al-Umari-Moschee versammelten sich Tausende. Jugendliche und Schulkinder hatten bereits Tage zuvor an die Mauern ihrer Schule »Das Volk will den Sturz des Regimes« geschrieben. Baschar sorgte für ihre Verhaftung. Man sagt, dass die Eltern, nachdem sie die Leichname abholen durften, ihre Kinder nicht wiedererkannten.

»In dieser Zeit trat ein Agent des *Idārat al-Amn al-ʿĀmm*[59], des wichtigsten zivilen Geheimdienstes, an mich heran. Es gibt drei Hauptabteilungen: Innere Sicherheit und für die Beobachtung in- und ausländischer Extremisten – äußere Sicherheit für Spionageabwehr und Gegenspionage im Ausland – sowie die Palästina-Abteilung für die Aktivitäten der Palästinenser im Libanon und im eigenen Land.

Der hochrangige Geheimdienstler sagte mir, dass man mich bereits länger im Auge hätte, weil ich als zuverlässig und verschwiegen galt, keine Fragen stellte. Daher war die Wahl auf mich gefallen. Ab sofort unterstand ich dem Geheimdienst, mit der Aufgabe, Oppositionelle zu jagen, aufzuspüren, sie verhaften zu lassen und gegebenenfalls auch selbst zu töten.«

»Ein Wüsten-James-Bond mit der Lizenz zum Töten«, sagt Palefka sarkastisch und winkt ab, als die Dolmetscherin übersetzen will. »Gab es die Möglichkeit abzulehnen?«

»Wenn ich einen langsamen, qualvollen Tod vorgezogen hätte.«

»Haben Sie getötet?«

»Ja.«

»Wie viele?«

»Spielt das jetzt noch eine Rolle? Sie sind nicht mehr am Leben.«

»Fünf, zehn, fünfzehn …?«

»Sie würden nicht in diesen Raum passen.«

»Auch Frauen und Kinder?«

»Auch sie werden durch Ihre Frage nicht mehr lebendig.«

»Wie stehen Sie zu Baschar al-Assad?«

»Ich war Soldat und führte Befehle aus«, lässt Iskandar Taha al-Djazrawi sich nicht in die Karten blicken.

Eine äußerst bekannte und ebenso unverschämte Ausrede, denkt Palefka, die alle Kriegsverbrecher in ihren Prozessen wählen, um jede Schuld von sich zu weisen und ihre Verbrechen zu rechtfertigen versuchen.
Bis 2001 leitete Ali Hammouds diesen Geheimdienst, dann stieg er zum Innenminister auf, und Hisham Bakhtiar übernahm das Amt. Bakhtiar pflegte enge freundschaftliche Beziehungen zu Asif Schaukat, Baschars Schwager. Schaukat heiratete Buschra al-Assad, die einzige Tochter von Hafiz al-Assad, dem Vater Baschars und seiner Geschwister.
Während des Bürgerkrieges wurden durch einen Anschlag am 18. Juli 2012 Schaukat, ein studierter Pharmazeut, Verteidigungsminister Daud Radscha und ein weiterer Geheimdienstchef, Hischam al-Ichtiyar, getötet.
Der zivile Geheimdienst *Idārat al-Amn al-`Āmm* steht in ständiger Konkurrenz zum *Amt für politische Sicherheit*, *Idārat al-amn as-siyāsī*, der dem Innenministeriums angehört, den seit 2012 Rostom Ghazale leitet.
Dieser Geheimdienst war die letzte Station von Iskandar Taha al-Djazrawi. Zuständig für die Dissidenten- und Oppositionsüberwachung der sich in Syrien aufhaltenden Ausländer sowie deren Beziehungen im Land. Ebenfalls bespitzelt dieser Dienst nationale und internationale Medien und beobachtet das Internet.
Das Amt für politische Sicherheit verfügt, ebenso wie der berüchtigte Luftwaffengeheimdienst, über eigene Gefängnisse im gesamten Land.
Interessant, dass ein ehemaliger Kriegsverbrecher des NS-Regimes maßgeblich am Aufbau des syrischen Geheimdienstes beteiligt war. Alois Brunner, geboren 1912 in Nádkút in Ungarn – dem heutigen Rohrbrunn in Burgenland –, war einer der wichtigsten und engsten Mitarbeiter von Adolf Eichmann. Brunner war mitverantwortlich für die Deportation von mehr als hunderttausend Juden aus Wien, Berlin, Frankreich, der Slowakei und Griechenland in die deutschen KZs.
Nach Kriegsende tauchte er unter, wurde in Abwesenheit zweimal von französischen Militärgerichten zum Tode verurteilt und tauchte 1954 in Syrien auf, lebte dort unerkannt als Georg Fischer. Syrien dementierte stets seinen Aufenthalt.
1961 und 1980 verlor er bei zwei Briefbombenanschlägen ein Auge und mehrere Finger. Brunner blieb bis zu seinem Tod ein glühender Verehrer

des Nationalsozialismus und war stolz auf seine Untaten. Nach den Angaben des *Simon-Wiesenthal-Centers* starb er 2009 oder 2010 in Damaskus.

Syrien ist die Realisierung der Orwellschen Utopie von »1984«. Dafür sorgt, neben den anderen Diensten, die Abteilung für militärische Aufklärung, *Šu`bat al-muhābarāt al-askariyya*, mit ihrem Sitz im Verteidigungsministerium von Damaskus. Dieser militärische Nachrichtendienst kümmert sich um die operative Planung; unterstützt türkische, libanesische und palästinensische Gruppen wie beispielsweise die Hamas, überwacht ebenso politische Dissidenten im Ausland, verübt Anschläge, koordinierte libanesische sowie die eigenen Truppen im Libanon bis zum Abzug 2005. Derzeit leitet diesen Geheimdienst General Abdallatif Qudsiyya.

Die mächtigste und mit besonderen Befugnissen ausgestattete Organisation ist der gefürchtete Luftwaffengeheimdienst, das *Amt für Luftaufklärung*, *Idārat al-Muchābarāt al-dschawwiyya*. Doch hat dieses Agentennetz überhaupt nichts mit den Luftstreitkräften zu tun, vielmehr ist es eine Reminiszenz an Baschars Vater, Hafiz al-Assad, der Kommandeur der syrischen Luftwaffe war, bevor er sich 1970 an die Macht putschte und diesen Geheimdienst ausschließlich mit seinen Freunden, Günstlingen und Vertrauten besetzte.

Der Luftwaffengeheimdienst ist gnadenlos und für sein grausames, rücksichtsloses Durchgreifen berüchtigt. So endete die Revolte der Muslimbruderschaft, die in der Mitte der 1970er-Jahre begann. Sie bestand bis Anfang der 1980er und endete im Massaker von Hama 1982, das bis heute nicht restlos aufgeklärt wurde und in Syrien weiterhin ein Tabuthema ist.

Das grausame Vorgehen der syrischen Streifkräfte unter dem Kommando des damaligen Verteidigungsministers Mustafa Tlas ist noch tief in den Köpfen der Bevölkerung verankert, bleibt ein Sinnbild der Abschreckung und Einschüchterung.

»Was war der Auslöser für den Massenmord?«, fragt Roland Palefka.

Iskandar Taha al-Djazrawi erzählt von einem extrem gewalttätigen islamistischen Aufstand der regierungsfeindlichen Muslimbrüder mit zahllosen Anschlägen. Daraufhin wurde am 2. Februar 1982 Hama, in der damals rund 350.000 Menschen lebten, unter dem Kommando von Rifaat al-Assad, einem Bruder des Präsidenten Hafiz, die Stadt mit Granaten beschossen. Zwanzig- bis dreißigtausend kamen dabei ums Leben, vielen gelang die Flucht. Die Stadt wurde weitgehend zerstört. Eine gewaltige Verhaftungswelle folgte und bot gleichzeitig die willkommene Gelegenheit, andere unerwünschte Bevölkerungsgruppen einzukerkern. Einige von denen, die in Haft überlebten, kamen erst im November 2000 nach einer Amnestie von Präsident Baschar al-Assad wieder frei.

Ebenfalls auf das Konto des Luftwaffengeheimdienstes geht die Zerschlagung der *Hizb ut-Tahrir*, der *Partei der Befreiung*, einer radikalen, neofundamentalistischen und islamistischen Organisation.

Die HuT ist in allen arabischen Ländern, in der Türkei, aber auch in Deutschland verboten. Gegründet wurde sie 1953 im damals jordanisch kontrollierten Ostteil von Jerusalem durch den palästinensischen Juristen, Religionsgelehrten und Politiker Taqī ad-Dīn an-Nabhānī, der über beste Kontakte zur ägyptischen und palästinensischen Muslimbruderschaft verfügte. Nur drei Jahre nach der Gründung, 1956, wurde die HuT bereits in Jordanien verboten, und ihr oberster Führer floh ins Exil nach Beirut, wo er auch starb.

Heute leitet Ata Abu Rashta diese radikale Organisation, die ein weltweites Kalifat nach den Gesetzen der Scharia zum Ziel hat. Die Zentrale der HuT wird im Libanon vermutet. *Wilayat*[60] befinden sich in Ägypten, Kuwait, Jordanien, Sudan, Syrien, Australien, Kirgistan, Tadschikistan, Usbekistan, in der Türkei und in den USA. Für Europa gibt es einen eigenen Stützpunkt, doch das Land, in dem dieser sein soll, ist unbekannt. Die Propaganda läuft größtenteils über das World Wide Web.

Die HuT lehnt jegliche westliche Staatsform ab, ruft zur Bekämpfung auf, verleugnet Israels Existenzrecht und will den Staat vernichten.

»Woher weiß der Typ das alles?«

Kokoschansky schiebt sein Essen zur Seite, ihm ist inzwischen der Appetit gründlich vergangen, was er bisher hörte. Für ihn ist das Neuland, da er sich erst seit dem Arabischen Frühling und mit der Gründung des Islamischen Staates intensiv mit der orientalischen Geschichte, der Kultur und Politik auseinandersetzt.

»Der Hundesohn hat noch viel mehr auf dem Kerbholz, als wir alle zusammen ahnen«, meint Freitag und isst unbekümmert weiter. Im Gegensatz zu Kokoschansky lässt das Gehörte ihn zwar nicht kalt, aber ist ihm auch nicht neu. Schließlich stammt er aus Nigeria und weiß bestens, was Gewalt und Willkür bedeuten.

»Erklären Sie uns, woher Ihr Wissen stammt?«

Den Verfassungsschützern ergeht es ebenso wie Kokoschansky.

»Das ist im Augenblick nicht wichtig«, sagt Iskandar Taha al-Djazrawi, der bisher mit unbewegter Miene die Einvernahme über sich ergehen lässt.

Das Staunen wird umso größer, als der Syrer erzählt, dass 2002 an der TU-Berlin ein Kongress der HuT stattfand, an dem auch die deutschen Neonazigrößen Udo Voigt[61] und Horst Mahler[62] teilnahmen.

»Wie passt denn das zusammen?« Kokoschansky greift sich an den Kopf. »Nazis und Moslems?«

Das Ziel der Tagung war eine Koalition zwischen Islamismus und Neonazismus. Im NPD-Organ »Deutsche Stimme« sagte damals HuT-Sprecher Shaker Assem: »Je gläubiger die Muslime sind, desto stärker ist ihr Bestreben, in ihre Heimatländer zurückzukehren«[63], was ganz im Sinne der NPD nach Ausländerrückführung entsprach.

»Da haben sich wohl alle gründlich verrechnet«, bemerkt Freitag mit unüberhörbarer Ironie.

Bevor am 10. Jänner 2003 die HuT in Deutschland endgültig verboten wurde, trieb sie sich vorwiegend in deutschen Universitätsstädten herum und verteilte ihre Hassbroschüren. In Hamburg versuchten diese radikalen Islamisten, Schüler anzuwerben.[64]

In die internationalen Schlagzeilen geriet der syrische Luftwaffengeheimdienst in den 1980er-Jahren durch die Hindāwi-Affäre, die glücklicherweise nicht zur geplanten Katastrophe führte.

Am 17. April 1986 schmuggelte der damals zweiunddreißigjährige jordanische Terrorist Nizār Nauwāf Manūr al-Hindāwi eine Zeitzünderbombe seiner nichtahnenden, schwangeren Freundin Ann Murphy ins Gepäck für einen Flug mit einer israelischen El-Al-Maschine. In Heathrow wurde der Sprengkörper rechtzeitig entdeckt und entschärft. Nach Plan hätte das Flugzeug über Österreich explodieren sollen.

Die Briten reagierten scharf, brachen die diplomatischen Beziehungen zwischen London und Damaskus ab. Hindāwi wanderte für fünfundvierzig

Jahre hinter Gitter. Seine ehemalige Freundin lebt heute mit ihrer Tochter unerkannt in Irland.

»Sie erzählen von der Vergangenheit«, fordert Verfassungsschützer Roland Palefka, »uns interessiert jedoch brennend die Gegenwart.«

»Sie fragen sich, warum ich Ihnen so vieles, was lange zurückliegt, erzähle?«, lässt Iskandar Taha al-Djazrawi sich nicht aus der Ruhe bringen. »Ihr in Europa habt keine Ahnung, wie stark Baschar al-Assad tatsächlich ist. Dass Syrien vernichtet ist, stört ihn nicht im Geringsten. Er liegt mit einem mächtigen Mann im Bett, Wladimir Putin. Natürlich ist Baschar klar, dass der Russe ihn nur so lange unterstützt, wie er vom Kreml gebraucht wird. Momentan besteht dafür kein Grund zur Besorgnis, denn Baschar kauft unbegrenzt Waffen von den Russen, ist somit ein profitabler Geschäftspartner.

Putin möchte weiterhin als treuer Verbündeter des Nahen Ostens gelten. Wie darüber der Westen denkt, ist ihm herzlich egal. Haben Sie sich nicht längst gefragt, warum Baschar noch immer lebt? Warum hat ein amerikanisches Spezialkommando ihn nicht längst wie Osama bin Laden liquidiert? Die Rebellen kommen an ihn nicht heran, dafür ist er zu gut geschützt. Doch die Amis verfügen über andere Möglichkeiten. Warum knallt ihm keine Drohne auf den Kopf und zerfetzt ihn? Washington will Baschar lieber heute als morgen tot sehen. Damit wäre auch der Iran als weiterer syrischer Verbündeter ins Mark getroffen, und das will Moskau verhindern. Momentan ist in dieser Hinsicht überhaupt nichts zu befürchten, da sich die USA mitten im Wahlkampf befinden. Es wäre sicherlich interessant, wie Trump reagieren würde, sollte er tatsächlich zum Präsidenten gewählt werden.«

»Sie sind nicht der, für den Sie sich ausgeben«, sagt Roland Palefka ihm auf den Kopf zu. »Sie können mit nichts, aber rein gar nichts Ihre wahre Identität beweisen.«

»Glauben Sie, was Sie wollen.« Iskandar Taha al-Djazrawi bleibt weiterhin unbeeindruckt. »Ich kann auch schweigen, lasse mich in Ihrem Land verurteilen, allerdings muss mir Ihr Staat lückenlos nachweisen können, wofür. Das ist eine Option. Die andere Möglichkeit, ich rede weiter, und Sie hören mir einfach zu.«

Kokoschansky drückt die Stopp-Taste.

»Roland nimmt mir das Wort aus dem Mund«, meint er nachdenklich. »Ich gewinne ebenfalls immer mehr die Überzeugung, dass dieser Mann ein anderer ist, seine Legende getürkt. Wenn er wirklich die Fronten gewechselt hat und zum IS übergelaufen ist, warum sollen sie ihn mit falschen afghanischen Papieren ausstatten? Die Islamisten sind doch nicht blöd und werden doch gewusst haben, dass er dieser Sprache nicht mächtig ist. Ein viel zu hohes Risiko bei Kontrollen. Das passt nicht zusammen. Bisher hatte er eben Glück, aber ihn zu überführen, war doch ein Klacks.«
»Daran denke ich ebenfalls die ganze Zeit. Was ist mit Zahra el-Husseini, die ihn als Mörder der Frau dieses Händlers in Aleppo wiedererkannte?«
»Gute Frage.«
»Warum ist er nicht getürmt, als er enttarnt worden ist?«, nimmt Freitag den Faden wieder auf. »Das Argument, dass er sich vor dir gefürchtet hatte, sorry, ist lächerlich. Ich möchte mich mit dir auch nicht anlegen, obwohl ich doch um einiges jünger bin. Aber der Kerl ist durchtrainiert, ein ausgebildeter Soldat, du nicht. Der hat andere Tricks drauf. Woher hat ein unbedeutender Hauptmann des syrischen Geheimdienstes, wenn es denn so stimmt, diese Informationen? Das kann doch nicht mit rechten Dingen zugehen. Das steckt ein ganz anderer Grund dahinter.«
»Was vermutest du?«
»Keine Ahnung. Aber ich denke, dass dieser Typ uns ordentlich verschaukelt.«
»Die Storys über den Geheimdienst nehme ich ihm ab. Das können ihm auch ehemalige Gefangene oder deren Angehörige in Syrien erzählt haben. Einiges ist auch an die internationalen Medien durchgesickert. Wenn man sich das anhört, darf sich niemand wundern, wenn die Leute nur noch eines im Sinn haben, nämlich so schnell wie möglich abhauen. Das betrifft jetzt nur Syrien. Im Irak die gleiche Situation, ebenso in Afghanistan, Pakistan, von Afrika rede ich erst gar nicht. Drück drauf«, fordert Kokoschansky Freitag auf, und der betätigt die Play-Taste.
»Was sagt Ihnen der Name *Caesar*?«, bohrt Roland Palefka weiter.
»Ein berühmter römischer Feldherr, warum?«
»Jetzt wird es interessant«, flüstert Kokoschansky und dreht die Lautsprecher lauter.
Man muss nicht selbst bei dieser Einvernahme anwesend gewesen sein.

Dieses Dokumentationsvideo vermittelt auch so die Spannung und Nervosität, die diese harmlose Frage bei dem Syrer auslöst.
»Wenn Sie tatsächlich für den syrischen Geheimdienst tätig waren, ist Ihnen dieser Mann nie über den Weg gelaufen?«, hakt der Verfassungsschützer nach. »Das ist ziemlich unwahrscheinlich. Dann werde ich Ihnen ein bisschen auf die Sprünge helfen. Caesar gelang 2013 die Flucht aus Syrien, lebt heute irgendwo in Skandinavien. Der französischen Journalistin Garance Le Caisne gelang es, ihn aufzuspüren, gewann sein Vertrauen, und er packte aus. Und sie schrieb darüber ein Buch. Natürlich ist Caesar ein Codename.«
»Jetzt hat er ihn an den Eiern«, Kokoschansky ballt die Fäuste, »jetzt geht es ans Eingemachte.«
»Haben Sie eine Ahnung, wie viele Leute für die syrischen Geheimdienste arbeiten?«, versucht Iskandar Taha al-Djazrawi einen eher lauen Konter, und erstmals ist deutlich sichtbar, wie er, der sich bisher souverän hält, offensichtlich in Bedrängnis gerät. »Ich kenne diesen Mann nicht.«
»Nun«, Palefka steht auf, stellt sich hinter den Syrer, legt ihm die Hände auf die Schultern. »Wenn Sie nicht mit uns kooperieren wollen, können wir das sehr einfach regeln. Wir setzen uns mit der CIA in Verbindung, die Amis holen Sie ab, und danach landen Sie in einem von deren geheimen Gefängnissen, wo Sie wie eine Zitrone ausgequetscht werden, und ich garantiere Ihnen, dort haben Sie absolut nichts zu lachen. Danach setzen die Amerikaner Sie in ein Flugzeug mit einem One-Way-Ticket nach Guantanamo. Keine schönen Aussichten. Oder wir regeln das selbst, indem wir Sie wieder zurück ins Flüchtlingsheim schicken. Inzwischen hat sich dort sicherlich herumgesprochen, dass Sie als falscher Afghane Unterschlupf suchten, und ich denke, dass die dort lebenden Syrer mit einem Schabiha keine große Freude haben werden. Bestimmt stellen einige Leute äußerst unangenehme Fragen. Das könnte für Sie extrem gefährlich werden. Vielleicht waren Sie auch aktiv in Saydnaya[65]? Wir können, besser, wir *wollen* dann gar nichts mehr für Sie tun. Dann wären Sie gleichsam schutzlos.« Palefka zieht ihm nun die Daumenschrauben an. »Daher nochmals: Wer sind Sie wirklich? Warum haben Sie sich festnehmen lassen? Was kochen Sie aus? Warum haben Sie sich dem Islamischen Staat angeschlossen?«

»Darf ich eine Zigarette haben?«
Palefka hat sich wieder auf seinen Stuhl gesetzt und wirft ihm seine Packung zu. Iskandar Taha al-Djazrawi zündet sich die Zigarette mit zitternden Händen an.
»Ich möchte eine Pause.«
Danach stoppt das Video.
»Ich glaube, jetzt geht er in die Knie«, vermutet Freitag, »der steht knapp vor dem Zusammenbruch. Hast du schon etwas über diesen Caesar gehört? Mir sagt das gar nichts.«
»Ich habe das Buch über ihn gelesen«, sagt Kokoschansky. »Seine Geschichte gibt es in jeder Buchhandlung zu kaufen. Caesar war ein Fotograf im Dienst der syrischen Geheimdienste und der Militärpolizei. Sein Job war es, sämtliche Leichen, nämlich die Folteropfer mit deren grauenvollen Verletzungen und Verstümmelungen, abzulichten und zu dokumentieren.«
»Eine Arbeit, um die man sich wirklich reißt.«
»Was blieb ihm anderes übrig? Hätte er sich geweigert, wäre ein anderer an seine Stelle getreten. Dann gäbe es von Caesar grauenvolle Fotos. Zwei Jahre hielt er durch, dann setzte er sich ab und schmuggelte Abertausende Fotos außer Landes. Durch seine mutige Aktion wurde erstmals publik, was sich intern in Syrien abspielt und wie grausam Baschar al-Assad mit seinen Gegnern umgeht. Unter Lebensgefahr kopierte er zwei Jahre lang jedes seiner Bilder und sammelte sie.«
»Im Alleingang?«
»Nein, er hatte Vertraute, die ebenfalls dafür ihr Leben riskierten. Das kannst du alles im Buch der französischen Kollegin nachlesen und einiges darüber im Internet ansehen.«[66] Kokoschansky greift in eine Lade und nimmt eine Liste heraus. »Die habe ich aus dem Buch. Caesar hat sie selbst mit seinen Leuten zusammengestellt. Alle, die darauf stehen, haben ihre eigenen Leute zu Tode gefoltert. Sieh dir das an. Das ist das wahre Gesicht Baschar al-Assads.«
»Abteilung 215, 248, 227, 335, 220, 216, 291, 293, 261 des Militärgeheimdienstes«, liest Freitag, »Abteilung 295 und 251 der Staatssicherheit, allgemeiner Nachrichtendienst, Luftwaffengeheimdienst, Republikanische Garde, erste, vierte und neunte Panzerdivision, Grenzschutz,

Regiment 141 der ersten Panzerdivision, Regiment 274, Behörde für Artillerie und Raketen des Regiments 157, Abteilung der Militärpolizei, Nationale Verteidigung, die Schabihas …«[67] Angewidert wirft Freitag das Papier auf den Tisch. »Versehen diese Arschlöcher jemals regulären Dienst? Oder besteht ihre Hauptaufgabe nur im Drangsalieren? Ob diese Folterknechte jemals zur Verantwortung gezogen werden können, sofern sie nicht inzwischen selbst draufgegangen sind?«

»Nichts wird herauskommen«, bleibt Kokoschansky realistisch. »Bisher ist auch nichts Entscheidendes passiert.« Der Journalist kramt in seinen Notizen. »Ah, das habe ich es. Am 12. Jänner 2014, Second-Empire-Speisesaal im französischen Außenministerium, fand unter Vorsitz des Außenministers Laurent Fabius[68] eine geheime Sitzung statt. Mit dabei sein amerikanischer Amtskollege John Kerry, hochrangige Diplomaten aus Ägypten, den Vereinigten Arabischen Emiraten, Deutschland, Großbritannien, Italien, Jordanien, Katar, Saudi-Arabien und der Türkei. Caesars brisantes Dossier und ein achtminütiger Film waren Themen dieser Sitzung hinter verschlossenen Türen. Zu Filmbeginn lautete der Off-Text:

›Dieser Film enthält Darstellungen schockierender und abscheulicher Gewalt, ausgeübt vom syrischen Regime. Was Sie sehen werden, sind nur einige Beispiele unter Zehntausenden von amtlichen Aufnahmen, die man uns zugespielt hat. Ihre Echtheit ist durch Rechtsgutachten, Originaldokumente und Zeugenaussagen beglaubigt. Die Stichhaltigkeit der Beweise und die Verlässlichkeit der Quellen wurden von Strafrechtsexperten geprüft. Wir legen Ihnen daher diesen Bericht mit vollstem Vertrauen in seiner Authentizität vor.‹[69]«

»Ich kann mir lebhaft vorstellen«, meint Freitag, »was in diesem Film zu sehen war. Leichen über Leichen, grausam zugerichtet von Baschars Schergen. Und was haben diese Bilder in der Zwischenzeit bewirkt?« Er gibt sich selbst die Antwort. »Nichts, absolut nichts. Das Töten und Sterben, die Bombardements gehen unvermindert weiter. Wieder eines von zahllosen Beispielen, dass Medien, wir eingeschlossen, im Grunde hilflos sind. Egal, ob es dieser Massenmörder in Damaskus oder sonst wo ist, sie killen unbeirrt weiter. Manchmal hadere ich damit, wie sinnlos unser Job ist, dann sage ich mir wieder, wenn Journalisten aufgeben, haben diese Verbrecher gewonnen und ihre Opfer überhaupt keine

Stimme mehr. Darum heißt es weitermachen. Warum zogen die sich in Paris diesen Film rein? Sicher nicht aus cineastischen Gründen.«

»Damals kamen die *Freunde Syriens*[70]«, erklärt Kokoschansky weiter, »in Paris zusammen. Es handelt sich um eine internationale Gruppe, die 2012 mit dem Ausbruch des Bürgerkriegs vom damaligen französischen Präsidenten Nicolas Sarkozy gegründet wurde und die der Opposition wie dem *Syrischen Nationalrat* und der *Freien Syrischen Armee* nahesteht. 2012 gab es Treffen in Tunesien, Istanbul, Marrakesch, Amman, Doha und zweimal in Paris. In Marrakesch waren noch Delegierte von hundertvierzehn Staaten anwesend, aber ein Jahr später in Jordanien und Katar nur mehr die Botschafter von elf Staaten[71]. Ebenso bei diesen Konferenzen waren EU-Vertreter, von der Afrikanischen Union, der Arabischen Liga und der Union des Arabischen Maghreb dabei.«

»Was ist bisher herausgekommen?«

»Das Übliche. Viel Blabla, Absichtserklärungen und ein Haufen Papier. In Doha, Katar, war in einem Communiqué von Waffenlieferungen an die Rebellen die Rede, man hegte große Besorgnis über den Terror in Syrien und verurteilte das Mitmischen der Hisbollah[72] im Bürgerkrieg. Beim letzten Pariser Treffen ging es um die Zusicherung der vollen Unterstützung der *Syrischen Nationalen Koalition* als wichtigster Vertreterin der Opposition. Gegründet am 11. November 2012 in Doha, ist das Ziel, nach Baschar al-Assads Sturz eine Übergangsregierung zu bilden.[73] Zuerst führte der sunnitische Geistliche Moas al-Chatib diese Bewegung, ihm folgte für einige Monate 2013 der konservative Regimekritiker Ghassan Hitto. Wie verfahren inzwischen der Karren in diesem Land ist, zeigt deutlich, dass diese Opposition ebenfalls bekämpft wird. Während lokale Komitees und die syrische Moslembruderschaft dafür sind, stellen die al-Nusra-Front und andere radikale Gruppen einschließlich der PYD, der kurdischen Demokratischen Unionspartei, sich dagegen.

Ein mächtiger und einflussreicher Partner aufseiten der SNK ist jedoch der *Golf-Kooperationsrat*[74]. Die Mitglieder verpflichten sich im Verteidigungsfall zu gegenseitigem Beistand, verfügen selbst über eine fünftausend Mann umfassende Truppe und haben die USA hinter sich, um sich gegen den Iran zu schützen.

Für die EU ist der GCC sowohl der wichtigste Handelspartner im Nahen

Osten wie auch von strategischer Bedeutung. Rund die Hälfte des gesamten EU-Handels mit den arabischen Staaten kommt unterm Strich heraus, das sind zirka vier Prozent der EU-Gesamtausfuhr in Drittländer. Wie könnte es anders, natürlich werden Waffen en gros geliefert. Beispielsweise verhökerten die Deutschen 2012 Kriegsmaterial im Wert von 1,42 Milliarden Euro, eine Steigerung von nahezu fünfzig Prozent zu 2011, wo der Reibach 570 Millionen ausmachte.[75] Somit kann man davon ausgehen, dass in den Folgejahren bis heute die Verkaufskurve kontinuierlich angestiegen ist.«

»Warum können wir nicht über Sport berichten?« Einer der seltenen Momente, in denen Freitag seine Fröhlichkeit ablegt. »Oder uns fein in Schale werfen und in Kultur machen? Oper, Theater, Konzert?«

»Weil wir dabei wie Primeln eingehen würden und weil wir eben ziemlich gaga sind, sonst würden wir uns diesen Wahnsinn nicht täglich geben.«

»Wahrscheinlich stimmt es. Aber auch Gestörte haben ein Recht auf Privatleben. Machen wir für heute den Laden dicht, Koko. Meine Frau spricht nur mehr das Notwendigste mit mir, meine Kinder sehen mich mit traurigen Augen an, und unser Hund knurrt bereits, wenn ich irgendwann nach Hause komme.«

»Du kannst dich auf mich ausreden, Freitag.«

»Was glaubst du, was ich die längste Zeit über tue? Nur, wie bringe ich das dem Hund bei?«

»Okay, lassen wir es für heute gut sein. Der Betrieb läuft auch ohne uns. Hat unsere Mitnick-Gang sich schon über das Telefon des Syrers hergemacht?«

»Sie sind mittendrin.«

»Sehr gut. Ich muss noch mein Zeug für Griechenland packen. Über Skype, sollte etwas Unvorhergesehenes passieren, sind wir in Verbindung. Außerdem möchte ich mir noch in Ruhe das Material über die Identitären ansehen. Und dieser verdammte Maulwurf will mir nicht aus dem Kopf. Halte Augen und Ohren offen, Freitag.«

»Logisch. Ich sehe mir morgen das Band mit unserem Iskandar Taha al-Djazrawi fertig an. Der läuft uns nicht davon. Dann mal guten Flug, Partner.«

»Wenn alles klappt, bin ich morgen Abend wieder in Wien. Ich bin schon

sehr neugierig, was dieser Spyridon Evangelistos zu bieten hat. Irgendwie werde ich das Gefühl nicht los, dass alles in einem Zusammenhang steht.«
»Mal sehen, vielleicht wissen wir morgen Abend schon mehr.«

*

Widerwillig dreht *19/8* die Anlage in der Wohnung in der Dunantgasse in Strebersdorf leiser.
»Dreh den Schrott ganz ab. Wir haben Wichtiges zu tun.«
»Ey, die sind echt super, die sind aus Bremen. *Bunker 16* heißen die.«
»Von mir aus, mir taugen sie jedenfalls nicht«, murrt Marcel Pruckner alias *Tiuz.* »Außerdem hast du Nachbarn. Sollen die auf uns aufmerksam werden? Reicht es nicht, dass deine Bude wie ein Devotionalienschrein des Drittes Reiches aussieht? Was ist, wenn das ein Fremder sieht? Dann hast du die Bullen im Haus. Wiederbetätigung, das volle Programm und du bist wieder für einige Zeit aus dem Verkehr gezogen.«
»Da kommt keiner rein«, widerspricht 19/8 stur. »Außerdem weiß ich mich zu schützen. Ich muss mal.«
»Sauf nicht so viel Bier.«
»Langsam wird er zum Problem«, sagt die junge Frau zu Marcel Pruckner. »Das kann für uns gefährlich werden. Er wird immer unberechenbarer.«
»Kein Sorge, ich habe ihn im Griff. Außerdem brauchen wir ihn, er kann mit Sprengstoffen umgehen, weiß, wie man an Zeug herankommt, und kennt sich bestens mit Bombenbau aus.«
»Ich kann ihn nicht leiden, mir ist er total unsympathisch, und er macht mir Angst. Alleine möchte ich mit dem nicht in einem Zimmer sein.«
»Keine Sorge, ich passe auf dich auf. Noch können wir nicht auf ihn verzichten.«
»Außerdem weiß er zu viel.«
»Aber nur das, was unmittelbar seine Aufgaben betrifft, mehr nicht. Wenn unsere Aktion erfolgreich beendet ist, wird er nicht mehr existieren.«
»Was heißt das?«, flüstert sie. »Willst du ihn umbringen?«
»Es passieren so viele Unfälle«, antwortet Pruckner kryptisch. »Im Wiener Straßenverkehr kann einem leicht etwas zustoßen.« Er reißt eine Dose *Red Bull* auf. »Und du bist dir sicher, dass Kokoschansky nichts ahnt?

Auch nicht sein Negerfreund und die anderen?«
»Sicher nicht«, verneint Bettina Jölich. »Aber klar ist, dass *FNews* etwas gegen uns plant. Es soll frontal gegen die Identitären gehen. Heute besuchte ein Typ Kokoschansky. Ich nehme an, einer von seinen Bullenfreunden. Ich kenne ihn nicht. Vielleicht war er schon öfters hier, aber dann muss es vor meiner Zeit gewesen sein.«
»Hast du etwas mitbekommen, worum es ging?«
»So, bin wieder hier.« *19/8* alias Klaus Löscher lässt sich ins Sofa fallen und dreht sich eine Zigarette. Der polizeibekannte, aktenkundige Neonazi gilt als großer Bewunderer von Küssel und Honsik[76]. Der Verfassungsschutz schätzt ihn als Mitläufer ein, einen Mann fürs Grobe, der meist als Schläger in der Hooliganszene bei Hochrisiko-Fußballspielen auffällt. Deswegen gerät der fünfundzwanzigjährige, kräftig gebaute und durchtrainierte Löscher oft mit dem Gesetz in Konflikt, hat beachtliche Vorstrafen und bereits einige Zeit hinter Gittern verbracht. Ein Typ mit dem Gehirn in den Fäusten. »Habe ich etwas verpasst?«
»Erzähl weiter, Bettina«, fordert Pruckner Kokoschanskys Maulwurf auf, ohne näher auf Löschers Frage einzugehen.
»Es gelang mir, unbemerkt ein bisschen an der Tür zu lauschen, und ich hörte etwas von der Nordrandsiedlung. Angeblich ist dort jetzt diese Syrerin mit ihrer Tochter aus dem Flüchtlingsheim in der Siemensstraße untergebracht. Auch die Sammelaktion in der Schule von Kokoschanskys Buben läuft weiter.«
»Dann schleudern wir doch ein paar Brandsätze in die Schule«, schlägt Löscher vor und wird sofort von Pruckner scharf angefahren.
»Hat man dir ins Hirn geschissen? Du willst eine Schule anzünden? Weißt du überhaupt, wovon du redest, du Volltrottel? Gegen Ausländer hetzen, sie verprügeln, ihre Frauen vergewaltigen, das nimmt die Öffentlichkeit hin, und wie wir wissen, gibt es genug, die es denen vergönnen. Auch Asylantenunterkünfte abfackeln ist allemal drin, aber wenn du eine Schule angreifst, dann ist es aus. Dann sind alle gegen uns. Womöglich noch während des Unterrichts! Nein, sicher nicht! Wir machen das anders, ganz anders. Wir baldowern erst mal aus, ob diese Syrerin sich tatsächlich in der Nordrandsiedlung aufhält. So viele von diesen Schleierweibern werden dort nicht sein. Wenn es stimmt, kann schon ein Molotowcocktail in ihre

Wohnung fliegen. Nichts Großartiges, nur als Warnung. Ein bisschen Unruhe unter den Anrainern stiften. Ich habe auch nichts dagegen, wenn in der Nacht ein paar böse Graffitis an die Mauern der Schule in der Berzeliusgasse gesprüht werden. Das war es aber auch vorerst, mehr passiert derzeit nicht.«

»Na ja, war nur so eine Idee«, gibt Klaus Löscher sich sehr kleinlaut. »Ihr wisst ja, ich bin dabei, was immer ihr vorhabt. Auf mich könnt ihr euch immer verlassen.«

»Schon gut«, lässt Pruckner ihn abblitzen.

»Was ich ebenfalls mitbekommen habe, dass diese Syrerin anscheinend einen Landsmann hochgehen ließ, der ebenfalls in der Siemensstraße wohnte und der irgendetwas mit dem Geheimdienst zu tun hatte. Jedenfalls ist er von den Bullen einkassiert worden. Allerdings, wo der jetzt ist, keine Ahnung. Außerdem fliegt Kokoschansky morgen nach Griechenland.«

»Ah, der Herr Aufdeckungsjournalist gönnt sich einen Urlaub?«, macht Pruckner sich lustig.

»Nein. Er will sich mit einem gewissen Spyridon Evangelistos treffen. Keine Ahnung, wer das sein soll. Aber es geht dabei um einen Yannis Tsakitaris, der von Griechenland aus für *FNews* arbeitete und jetzt ermordet wurde. Was da genau passierte, konnte ich allerdings noch nicht herausfinden.«

»Dafür haben wir unseren Kokoschansky«, grinst Marcel Pruckner, »der sich darum kümmern wird. Aber das sind doch in Summe erstklassige Informationen, Bettina.«

Was die angehende Journalistin allerdings nicht wissen kann, dass auch ihre Tage, ebenso wie jene Klaus Löschers, längst gezählt sind. Sofern Marcel Pruckners Plan aufgeht. Beide dienen ihm nur als Handlanger, sein großes Projekt wird er im Alleingang durchziehen, und dabei kann er keine Mitwisser gebrauchen. Als Vorgeschmack will er *FNews* sprengen, und Bettina Jölich wird die Bombe in die Redaktion schmuggeln. Wie seinerzeit Stauffenberg in der Wolfsschanze, um Hitler zu töten. Bloß mit den Unterscheid, dass dieser Attentäter und seine Leute wussten, was sie taten, Jölich eben nicht.

*

»Woher haben die Amis so schnell Wind davon bekommen?«, fragt Roland Palefka sich im Büro seines Chefs am Rennweg im 3. Wiener Gemeindebezirk, dem Sitz des BVT.
»Wahrscheinlich hast du sie selbst indirekt mit der Nase darauf gestoßen«, sucht Theodor Dollerer nach einer Erklärung, »indem du die Jordanier nach dem Syrer gefragt hast, und die hatten nichts Besseres zu tun, als sich sofort mit der CIA in Verbindung zu setzen. Gut, dass du mich rechtzeitig informiert hast, Roland.«
Zwar hatte er das noch nicht vor, obwohl er sich mit Dollerer bestens versteht. Wie jeder Chef hat auch er seine Macken. Palefka möchte mit ihm nicht tauschen. In dieser Position ist man oft gewissen Sachzwängen unterworfen, die durchwegs unter »politische Gründe« zusammengefasst fallen. Wer sich darüber hinwegsetzt, ist sehr schnell weg vom Fenster. Entweder wird der Betreffende weggelobt und befördert, aber hat nichts mehr zu melden, oder wird kaltgestellt.
Daher war es besser, nach dem Besuch bei *FNews* die Katze aus dem Sack zu lassen. Allerdings hat Palefka ihm nicht verraten, dass Kokoschansky über eine Kopie der Einvernahme verfügt. Wer weiß, ob nicht, und es wäre nicht zum ersten Mal, dass die hohe Politik dazwischenfunkt.
»Jedenfalls hat mich vor rund einer halben Stunde«, klärt Dollerer seinen Kollegen auf, »die Boltzmanngasse[77] angerufen. Die Amis wollen unbedingt den Syrer. Natürlich inoffiziell, ohne viel Aufhebens.«
»Und? Bekommen Sie ihn? Wahrscheinlich wäre es für ihn ein Direktflug nach Guantanamo.«
»Fürs Erste habe ich sie vertröstet«, sagt der BVT-Chef, »aber damit werden die Amis sich nicht zufriedengeben. Zwar soll er einen Mord begangen haben, dafür gibt es eine Zeugin. Ob es sich wirklich so zugetragen hat, ob es tatsächlich so stimmt, wissen wir nicht und können es ihm auch kaum nachweisen. Was der Kerl sonst noch auf dem Kerbholz hat, ist uns ebenfalls unbekannt. Die Suppe ist mehr als dünn. Es existiert kein internationaler Haftbefehl gegen ihn, in Österreich hat er sich bisher nichts zuschulden kommen lassen. Bis auf seinen gefälschten Pass, doch das reicht nicht.«

»Warum sind die Amis auf den so heiß?«
»Das haben sie mir nicht verraten, Roland. Jedenfalls bin ich auch der Überzeugung, dass dieser angebliche Hauptmann ein anderer ist. Dafür verfügt er über zu viel Insiderwissen, das er mit diesem Rang niemals haben kann.«
»Die Amerikaner werden nicht lockerlassen. Sie werden unser Außenministerium informieren, sofern sie es nicht bereits getan haben. Vielleicht den österreichischen Botschafter in Washington zum Rapport antanzen lassen? Unsere Regierung wird Druck ausüben. Wir wissen doch, wie schnell der Ballhausplatz[78] vor den Amerikanern in die Knie geht.«
»Das halte ich aus«, gibt Dollerer sich gelassen. »Bevor diesen Iskandar Taha al-Djazrawi, oder wie immer er sich nennt, die Amis zu Gesicht bekommen, wird er erst mal bei uns plaudern. Wenn es tatsächlich zutrifft, dass es sich um einen Doppelagenten handelt, der zum Überläufer mutierte, dann habe ich eine Vermutung. Was hältst du von EMNI?«
»Da kann etwas dran sein«, Roland Palefka nickt bedächtig vor sich hin, »der Geheimdienst des Islamischen Staates von Abu Muhammed al-Adnani, der gerade im Aufbau ist und in Europa etabliert werden soll. Vielleicht haben sie unseren Syrer für den Aufbau der österreichischen Basis auserwählt. Plötzlich und völlig unerwartet spuckte Zahra el-Husseini ihm in die Suppe. Damit konnte er nicht rechnen, und jetzt tritt er die Flucht nach vorn an, weil ihm die Sache über den Kopf gewachsen ist. Schließlich weiß er, was ihm blüht, das hat er selbst zugegeben. Entweder bringt der IS ihn um, oder Assads Leute töten ihn, wenn er ihnen in die Hände fällt. Dass etwas extrem Gefährliches im Untergrund lauert, zeichnet sich immer mehr ab. Von unseren deutschen Kollegen weiß ich, dass demnächst die Bevölkerung über die Medien aufgerufen wird, sich ausreichend mit Lebensmitteln, Wasservorräten etc. einzudecken. Das gab es seit dem Kalten Krieg nicht mehr. Österreich wird sich dann bestimmt anschließen.«
»Ich weiß. Angeblich existierten bereits an die hundert EMNI-Zellen in Deutschland«, stößt Dollerer ins gleiche Horn, »die nur auf Befehle dieses al-Adnani und seiner Leute handeln. Diese *hit squads* sollen sich vornehmlich in Flüchtlingslagern und Unterkünften eingenistet haben.

Zusätzlich will der EMNI spezielle Eliteeinheiten aufbauen. Wofür ist klar?«
»Den Terror nach Europa zu verpflanzen, da dem IS inzwischen in Syrien und im Irak ziemlich die Luft ausgeht.«
»So sehe ich es auch, Roland.« Der BVT-Chef spielt nachdenklich mit einem Kugelschreiber. »Leider stehen wir auf der Liste der Staaten, die der IS im Fadenkreuz hat. Neben Deutschland, Frankreich, Spanien und Belgien.«
»Wahrscheinlich wird Brüssel wieder draufzahlen, und ein Teil der Typen wird aus Molenbeek kommen«, ist Palefka überzeugt. »Wie man weiß, ist es dort extrem leicht, Dschihadisten zu rekrutieren.«
»Für diesen üblen Ruf«, ergänzt Dollerer, »hat sicherlich auch Fouad Belkacem beigetragen. Mit der *Sharia4Belgium*[79] wollte Abu Imran, wie sein Kampfname lautete, Belgien als islamistischen Staat aufbauen, organisierte Kämpfer für den IS und die al-Nusra-Front. Zwar ist er jetzt hinter Gittern, doch was nützt es? Zahllose Nachfolger sind in seine Fußstapfen getreten. EMNI-Netzwerke existieren bereits in Malaysia, dem Libanon und Tunesien. In den USA wird eine andere Strategie verfolgt, da Waffen in den Vereinigten Staaten bekanntlich äußerst leicht und problemlos zu beschaffen sind. Für Europa haben sich diese Geistesgestörten besonders perfide Pläne ausgedacht. Es wird nicht mehr lange dauern, dann werden sie katholische Priester in Kirchen angreifen, selbst christliche Begräbnisfeierlichkeiten werden nicht von ihnen verschont bleiben. Ziel ist es, ein permanentes Klima der Angst zu verbreiten, sobald die Leute vor ihre Haustüren treten. Heute brauchen sie keine ausgeklügelte Logistik mehr wie für 9/11, um weltweite Aufmerksamkeit auf sich zu ziehen. Es reichen ein Auto, ein LKW, um Massaker zu verüben. Das ist nur mehr eine Frage der Zeit. Da nützt uns und sämtlichen anderen Geheimdiensten selbst der neueste Hightech- und Technikkram einen Dreck. Vor Fanatikern gibt es keinen Schutz. Ich kann dieses Beschwichtigungsvokabular und die Lippenbekenntnisse der Politiker nicht mehr hören.«
»Was bleibt ihnen anderes übrig? Sagen sie tatsächlich die Wahrheit, sofern sie ihnen überhaupt bekannt ist und nichts vorenthalten wird, brechen augenblicklich Panik, Selbstjustiz, und ich behaupte sogar, eine Revolution

aus. Und am Ende zahlt wieder die überwiegende Mehrheit der Flüchtlinge drauf, die einfach in Frieden leben wollen.«
»Genau das ist der Punkt«, bestätigt Palefkas Chef. »Jedenfalls, der Syrer bleibt bei uns, und ihr nehmt ihn auseinander. Ich will alles über den wissen. Setzt ihn unter Druck. Und noch etwas, Roland. Ich weiß, dass du und Kokoschansky eng verhabert[80] seid, aber dieses Mal spielt er nicht mit. Haben wir uns verstanden?«
»Indirekt haben wir aber ihm diesen Fang zu verdanken«, widerspricht Palefka.
»Trotzdem. Er wird schon irgendwann seinen Orden bekommen.«
»Weil er auch darauf so großen Wert legt.«

Donnerstag, 26. Mai 2016

Pünktlich setzt die AUA-Maschine auf der Landebahn des Eleftherios-Venizelos-Flughafens in Athen auf. Es war ein problemloser Flug, wenn auch etwas laut, da bereits die ersten Urlauber in dem Flieger saßen und sie sich teilweise entsprechend benahmen. Natürlich durfte das unvermeidliche Applaudieren nach geglückter Landung nicht ausbleiben.
Heute Morgen brachte Lena ihren Koko zum Flughafen Wien-Schwechat, bevor sie in die Detektei fuhr. Günther war ziemlich sauer, weil er nicht mitfahren durfte. Schließlich läutete um acht Uhr die Schulglocke. Seine schlechte Laune verbesserte sich erst, als der Vater versprach, ihm etwas aus Griechenland mitzubringen.
Kokoschansky nimmt seinen Trolley vom Gepäckförderband, ist froh, endlich wieder seine langen Beine bewegen zu können. Obwohl er gerne fliegt, verflucht er jedes Mal die Enge der Sitzreihen. Was denken die Konstrukteure sich bloß? Bauen sie für Pygmäen?
Der Journalist sieht sich in der Ankunftshalle nach Spyridon Evangelistos um, der ihm leider kein Foto mitsandte. Zumindest weiß der Grieche, dass sein Besucher ein Riesenlackel ist. Soweit Kokoschansky es überblicken kann, ist er der Einzige, der aus der Menge herausragt.
Der Journalist hofft, dass Evangelistos so clever ist und sich kein Pappschild mit Kokoschanskys Namen vor die Brust hält. Unter der Masse an Leuten fallen die beiden Typen mit ihren verspiegelten Sonnenbrillen

nicht auf, die Kokoschansky nicht aus den Augen lassen.
Ein Mann in abgewetzten Jeans und mit heraushängendem weißen Hemd drängt sich durch die Leute, tippt ihn am Oberarm an.
»Mister Kokoschansky? Aus Wien?«
»Ja.«
»Freue mich«, der Grieche reicht ihm die Hand, »Spyridon Evangelistos, der Musiker aus Piräus.«
»Hallo!«
»Sorry für mein Deutsch, sehr schlecht«, entschuldigt der Grieche sich. »Bitte, kommen Sie.«
»Jedenfalls sprechen Sie Deutsch, ich verstehe überhaupt nicht Ihre Sprache.«
Evangelistos führt Kokoschansky Richtung Ausgang, wo bereits Veroniki auf die Männer wartet.
»Darf ich vorstellen, Veroniki Stefandopolos. Sie war Yannis Tsakitaris' Freundin.«
»Freut mich«, mit einer Frau als Begleitung hat Kokoschansky zwar nicht gerechnet, aber es soll ihm recht sein, »nennt mich Koko. Das ist einfacher. Wie geht es nun weiter?«
»Wir fahren nach Piräus«, sagt der Musiker.
Insgeheim hat er gehofft, dass Evangelistos ihm das Material gleich am Flughafen übergibt und er rasch wieder nach Hause hätte zurückfliegen können. Leider ist dem nicht so, doch es wird dafür Gründe geben. Ein paar Meter entfernt lauern die zwei Sonnenbrillenträger, kaschieren ihre Observation wie in einem schlechten Agentenfilm mit Zeitungen, doch den dreien fällt es nicht auf.
Veronikis alter Rosthaufen-Opel ist es ein wahres Abenteuer im dichten, chaotischen Athener Verkehr. Evangelistos hat sich auf die Rückbank gesetzt, damit Kokoschansky sich nicht so zusammenlegen muss, wofür der Journalist ihm sehr dankbar ist. Veroniki erweist sich als rasante, aber besonnene Lenkerin, auch wenn sie oft lauthals wie ein Rohrspatz schimpft und sicherlich einiges Unflätiges aus dem Seitenfenster hinausschreit.
Akropolis, Agora, Philopáppos, das Archäologische Nationalmuseum ziehen vorbei, doch Kokoschansky verschwendet kaum einen Blick auf die Sehenswürdigkeiten. Vielmehr beobachtet er interessiert dieses schwarze

Motorrad mit den zwei Männern, das seit geraumer Zeit hinter ihnen her ist. Offensichtlich werden sie verfolgt. Das heiße Eisen lässt immer nur zwei, maximal drei Autos Abstand, hat natürlich kein Problem, sich durchzuschlängeln. Kokoschansky beschließt, seine Beobachtung vorerst für sich zu behalten, will weder Veroniki noch Evangelistos beunruhigen.
»Was ich nicht ganz verstanden habe«, fragt er, »was bedeutet *Sophokles*?«
»Tut mir leid«, lacht Spyridon Evangelistos, »mein schlechtes Deutsch Sophokles heißt Lokal, wo ich spiele und Veroniki kocht.«
»Und dort«, kombiniert Kokoschansky sofort, »ist das Material versteckt, das für mich bestimmt ist?«
Evangelistos überlegt einen Moment, um sicherzugehen, die Frage auch richtig verstanden zu haben, bevor er bejaht.
Jetzt ist der richtige Zeitpunkt, die beiden einzuweihen.
»Schaut mal unauffällig in den Rückspiegel oder blickt zurück«, sagt Kokoschansky, »anscheinend bin ich nicht der einzige Interessent.«
Spyridon Evangelistos blickt über seine Schulter, das Motorrad ist zwei Autos hinter ihnen.
»Ich sehe mir das schon seit längerer Zeit an«, sagt Kokoschansky, »die hauen nicht ab. Nun fahren wir doch bereits eine Weile. Wer kann das sein?«
»EYP«, antwortet Evangelistos knapp und wirkt ziemlich betroffen.
»Was will der Geheimdienst?«
Evangelistos erzählt über sein Erlebnis mit den mutmaßlichen Agenten und deren unverschämten Vorschlag, lässt auch den Einbruch im »Sophokles« nicht unerwähnt. Adieu, früher Rückflug, denkt Kokoschansky, da steckt mehr dahinter.
»Sind es die Gleichen, die bei dir waren?«
»Schwer zu sagen«, der Musiker riskiert abermals einen Blick. »Fahren zwar ohne Helme, aber auf die Entfernung? Ich weiß nicht.«
Wenn die Übergabe klappt, überlegt Kokoschansky, die beiden Verfolger abgehängt werden können, er unbehelligt wieder nach Wien zurückgekehrt ist, was passiert danach mit Veroniki und Spyridon? Sie bleiben hier. Wenn es tatsächlich EYP-Männer sind, spüren sie die beiden jederzeit auf.
»Ich habe noch kein Zimmer«, sagt der Journalist, »wisst ihr ein passables

Hotel?«
Spyridon Evangelistos übersetzt.
»Natürlich«, schaltet Veroniki sich erstmals ein. »Wie teuer?«»Ich brauche keine Luxussuite, irgendetwas im mittleren Bereich.« Kokoschansky verfolgt eine bestimmte Absicht.
»Das *Cavo d'oro* in der Vasileos Pavlou«, lautet Veronikis Vorschlag.
»Einverstanden. Wir fahren zuerst in dieses Hotel.«
Noch immer klebt das Motorrad, wenn auch mit gebührendem Abstand, am Heck von Veronikis Opel. Im Kopf des Journalisten reift inzwischen sein Plan, wie es vielleicht möglich sein kann, diese lästigen Kerle loszuwerden. Immer mehr tauchen diese ROR- und GRECE-Graffitis auf.
»Jetzt ist es anscheinend bei euch wieder etwas ruhiger geworden«, Kokoschansky lässt den Rückspiegel nicht mehr aus den Augen, »zumindest sind bis Österreich keine neuerlichen Ausschreitungen durchgedrungen.«
»Ja«, bestätigt Evangelistos, »doch das sagt gar nichts. Der kleinste Funken genügt, und Athen brennt abermals. Was ist mit dem Motorrad?«
»Unsere Schatten sind noch da. Was bedeutet dieses ROR und GRECE?«
»Kein Ahnung.« Evangelistos zuckt mit den Schultern. »Diese Graffitis tauchten erst nach dem Tod meiner Eltern und dem Mord an Yannis auf.«
Veroniki biegt in die Vasileos Pavlou ein, die Verfolger bleiben zurück. Vielleicht doch purer Zufall?
»Ich lasse mein Zeug bei euch im Auto.« Kokoschansky übernimmt nun das Kommando. »Haltet einstweilen eure Augen offen. Ich checke nur pro forma ein. Überlegt euch inzwischen ein zweites Hotel, am besten am anderen Ende der Stadt. Ich bin in ein paar Minuten wieder zurück und dann ab ins Sophokles.«
Inzwischen ist Kokoschansky gierig auf dieses Material geworden, möchte es endlich in den Händen halten. Er steigt aus, sieht sich um, von den beiden Sonnenbrillen keine Spur, auch das Motorrad scheint sich in Luft aufgelöst zu haben. Die freundliche Dame an der Rezeption wundert sich ein wenig, als der neue Gast ohne jegliches Gepäck ein Einzelzimmer wünscht, aber bevor die Fragerei beginnt, nimmt er ihr den Wind aus den Segeln.
»Mein Trolley ist noch im Auto, da ich noch einen geschäftlichen Termin

habe und etwas in Zeitnot bin. Ich möchte nur kurz aufs Zimmer, mich frisch machen. Es kann sein, dass man nach mir fragt. Vergessen Sie nicht, es mir zu sagen. Es ist sehr wichtig. Und wenn diese Personen vielleicht wünschen«, dabei schiebt er einen zusammengefalteten Fünfzig-Euro-Schein dezent unter ihre schlanke Hand mit den manikürten Nägeln, »unbemerkt bleiben zu wollen, sagen Sie es mir trotzdem.«

Ohne eine Antwort abzuwarten, schnappt er sich die Zimmerkarte und eilt zum Lift. Oben angekommen, zerwühlt er erst mal das Bett, schaltet die Brause in der Dusche ein, befeuchtet Hand- und Badetücher. Täuschungsmanöver, um eventuellen ungebetenen Besuchern den Eindruck zu vermitteln, dass er das Zimmer benutzt. Danach kehrt Kokoschansky wieder zu Veroniki Stefandopolos und Spyridon Evangelistos zurück.

»Alles okay?«, erkundigt der Journalist sich, als er wieder im Auto sitzt. »Haben die sich wieder blicken lassen?«

Die Antwort ist ein klares Nein.

»Gut, dann auf ins Sophokles. Ich möchte auch die Stelle im Hafen sehen, an die Yannis Tsakitaris angeschwemmt wurde, und wenn möglich, seine Wohnung.«

»Kein Problem«, stimmt Evangelistos zu.

»Ja. Ist euch noch ein zweites Hotel eingefallen?«

»Sicher, aber wozu?«

»Reine Ablenkung, Spyridon«, erklärt Kokoschansky ihm. »Wenn es sich wirklich um EYP-Leute handelt, werden sie sich bereits erkundigt haben, ob ich dort abgestiegen bin. Dann werden sie in mein Zimmer gehen, sehen, dass es benutzt ist, und abwarten. Ich bleibe aber im zweiten Hotel, von dem sie nichts ahnen. Vielleicht sehe ich Gespenster, und der Aufwand war umsonst. Ich habe das Zimmer für zwei Nächte gebucht und im Voraus bezahlt. Der Rezeptionistin habe ich verklickert, dass ich möglicherweise aus geschäftlichen Gründen sehr rasch abreisen muss. Wahrscheinlich werfe ich bloß mein Geld zum Fenster hinaus.«

»Die griechische Wirtschaft kann es sehr gut gebrauchen«, grinst Spyridon Evangelistos. »Das andere Hotel wäre das *Glaros*, wirklich am anderen Ende der Stadt, in der Chavilaou Trikoupi. Für einen Österreicher bestimmt nicht zu teuer.«

»Weißt du, Spyridon, ich frage mich die ganze Zeit, warum gibst du ausgerechnet mir Yannis Tsakitaris' Material? Ohne jegliche Gegenleistung zu verlangen …«

»Ich weiß«, unterbricht der Musiker ihn, »es ist bei dir gut aufgehoben. Yannis hat mir ein wenig über eure Zusammenarbeit erzählt. Das reicht mir als Gegenleistung.«

»Du könntest viel damit verdienen, wenn du es beispielsweise einer großen Fernsehstation oder einer internationalen Zeitung, einem Magazin anbietest, sofern es das hält, was du angedeutet hast.«

»Meine Eltern sind tot, mein Freund ermordet. Denkst du, Koko, dass mich ein Haufen Geld wieder glücklich machen kann? Auch wenn ich und ebenso Veroniki es mehr als gebrauchen könnten. Außerdem will ich nicht jeden Spiegel verhängen müssen, an dem ich vorbeigehe, um mir nicht ins Gesicht sehen zu müssen.«

Auf diese Argumente gibt es nur eine Antwort: Schweigen.

*

Die Raststätte Großram, an der Westbahnautobahn in Niederösterreich und nur wenige Kilometer von der Wiener Stadtgrenze entfernt, ist der ideale Ort für konspirative Treffen. Abgesehen vom üblichen Trubel, finden hier viele Seminare statt. Optimal ebenso für Pärchen, die ihre Seitensprünge verbergen und sich im angrenzenden Motel Zimmer für Schäferstündchen mieten. Danach ist man sehr schnell wieder in Wien zurück und kann dem Partner zu Hause problemlos etwas von Überstunden aufs Auge drücken.

BVT-Chef Theodor Dollerer und sein Gesprächspartner haben sich in eine abgeschiedene Ecke in einem Extrazimmer des Restaurants zurückgezogen. Die Männer warten ab, bis der Kellner ihnen ihre Bestellung gebracht hat.

»Die österreichische Küche werde ich sehr vermissen, Theo«, meint der Mann in den Sechzigern und betrachtet genussvoll seinen Zwiebelrostbraten auf dem Teller, »und eure Mehlspeisen, den Wein. Nicht zu vergessen, das Bier. Sieht man doch.« Dabei klopft er sich auf seinen recht ansehnlichen Bauch. »Drüben gibt es dann wieder nur Steaks und Burger,

Burger und Steaks.«
»Nicht unbedingt Schlankmacher.«
»Nein, sicher nicht. Prost, Theo. Ich werde mit einem lachenden und einem weinenden Auge gehen.«
»Wann verlässt du uns?«
»Ein Weilchen bleibe ich *good old Austria* noch erhalten. Diese Operation möchte ich noch abschließen. Danach ist Schluss.«
»Aber du wirst doch Österreich nicht gänzlich aus deinem Gedächtnis streichen?«
»Wie könnte ich das, Theo? Ich werde immer wieder mal auftauchen. Schließlich verbindet mich einiges mit diesem Land, nicht zuletzt unsere jahrelange Freundschaft. Dann habe ich endlich Zeit, kann mir das in Ruhe ansehen, was mich interessiert und wofür ich mich begeistere. Salzburger Festspiele zum Beispiel, diesen *Jedermann*. Mit der nötigen Muße durch eure wunderbaren Museen streifen, nicht nur für Geheimtreffen und Übergaben benutzen. Musikverein, Konzerthaus, Oper, Theater. So viel, was ich noch unternehmen möchte. Es gibt ein Leben nach dem Geheimdienst, mein Freund. Irgendwie hänge ich an diesem Land, an dieser Stadt.«
»Dir wird bestimmt drüben bald langweilig werden«, lächelt Dollerer.
»Ich weiß es nicht, kann schon sein. Aber ich werde wieder mit Golf anfangen. Vielleicht sehe ich mich auch nach einer neuen Frau um? Eine, die sich auf so einen alten Sack wie mich einlässt.«
Jeffrey Winesteen hat österreichische Wurzeln. Seine Vorfahren stammen von der Mazzesinsel, dem ehemaligen jüdischen Viertel in der Leopoldstadt im 2. Wiener Gemeindebezirk. Seine Großeltern, die Weinsteins, betrieben einen florierenden Tuchhandel, bis SA und HJ in der Reichskristallnacht die Scheiben des Geschäftes einschlugen, es verwüsteten, plünderten und *Juda verrecke* an die Hausmauer schmierten.
In letzter Minute schafften Jakob und Rachel Weinstein es, in die Schweiz zu fliehen, schlugen sich nach England durch, bis sie endlich am Ziel ihrer Odyssee in Philadelphia angelangt waren. Sämtliche anderen Familienmitglieder von Jakob und Rachel hatten dieses Glück nicht, starben in verschiedenen KZs.
In den USA mussten Jakob und Rachel wieder ganz von vorn beginnen,

verlegten sich abermals auf den Tuchhandel. Nach einigen schwierigen Jahren schafften sie es, wurden wieder wohlhabend, brauchten sich keine Sorgen mehr zu machen. 1951 kam Jeffrey zur Welt, zwei Jahre später wurde seine Schwester Hannah geboren.
Während die Tochter später die medizinische Laufbahn einschlägt, kehrt sie nach Europa zurück, lebt heute mit ihrer Familie in der Schweiz und arbeitet für CERN in Genf.
Ihr Bruder absolvierte zuerst das College, schaffte anschließend in Rekordzeit sein Jurastudium in Yale, arbeitete eine Zeit lang als Anwalt, danach für das Pentagon, bevor es ihn endgültig nach Langley, dem Headquarter der CIA, in Virginia verschlug. Dem Geheimdienst ist er treu geblieben. Seine Agententätigkeit kostete ihn seine kinderlose Ehe, und für neuerliche Zweisamkeit ließ der Job ihm keine Zeit. Seine letzte Stationierung wird wohl Wien bleiben.
»Weißt du, Theo, alternden Agenten unterlaufen oft Fehler, und das möchte ich mir ersparen. In drei Monaten werde ich fünfundsechzig. Wenn diese Operation vorbei ist, werde ich meinen Abschied nehmen und das bisschen Zeit, was mir noch bleibt, genießen. Unabhängig und frei von jeglichen Zwängen.«
»Eine neue, möglicherweise weitaus jüngere Frau lasse ich mir einreden und ist bestimmt eine Herausforderung. Golf nur bedingt und kulturelle Bedürfnisse lasse ich ebenso gelten. Du könntest ein Buch schreiben. Immerhin hast du viel zu erzählen, bis weit herumgekommen. Ein garantierter Bestseller.«
»Wozu? Gibt es nicht bereits genug Bücher über Geheimdienste? Ich habe keine Profilierungsneurose, mein Wissen nehme ich mit ins Grab. Du bist um einiges jünger als ich, Theo. Wenn du jenseits der sechzig bist, setzt du andere Prioritäten, glaube mir. Obama ist mein letzter oberster Boss gewesen. Was nach ihm kommt …«
Jeffrey Winesteen verzieht nur das Gesicht, statt den Satz zu vollenden.
»Und wer wird es schaffen?«
»Man – und insbesondere ihr Europäer – sagt uns Amerikanern oft nach, dass wir in bestimmten Angelegenheiten nicht unbedingt die Intelligenz gepachtet haben, was sicherlich seine Richtigkeit hat. Keiner von euch würde seine Hand auf den Grill legen, wenn er heiß ist. Bei uns findet sich

auf dem Gerät ein entsprechender Warnhinweis, und fehlt dieser, hagelt es Millionenklagen, weil es einige Vollidioten tatsächlich getan haben. Wenn meine Landsleute am entscheidenden Tag ihren Grips zusammenräumen, hoffe ich doch auf Hillary, obwohl diese Frau von Ehrgeiz zerfressen ist, und ich halte sie, eben wegen ihres Machtrausches, für sehr gefährlich. Aber sie verfügt über reichlich politische Erfahrung, was Trump gänzlich fehlt. Abgesehen davon ist ein, wie sagt ihr, ein Plastiksackerl intelligenter als er. Mir bleibt es bis heute rätselhaft, wie dieser Mann mit diesem engen Horizont so hoch aufsteigen konnte, und ich möchte nicht wissen, wie viele wegen ihm auf der Strecke geblieben sind, damit er dort ankommen konnte, wo er heute ist.« Winesteen spült mit einem Schluck Bier nach. »Ihr habt es derzeit ebenfalls sehr lustig mit eurer Bundespräsidentenwahl. Das erinnert mich sehr an die Vorgänge seinerzeit bei der Wahl von George W., wo es, wie beispielsweise bei der Stimmenauszählung in Florida, ziemlich rundging.«

»Wie ist deine Einschätzung, Jeffrey?« Bei heiklen Themen legt BVT-Chef Theodor Dollerer immer großen Wert auf das Urteil seines alten CIA-Freundes. Darum treffen sie sich in regelmäßigen Abständen an unterschiedlichen Orten in Österreich, manchmal sogar im benachbarten Ausland, um sich auszutauschen. Niemals zweimal den gleichen Treffpunkt, um sicherzugehen, tatsächlich unerkannt und ungestört reden zu können. »Nehmen wir an, der *worst case* tritt ein.«

»In diesem Fall meinst du Hofer?«, und Dollerer bestätigt mit einem Nicken. »Dann habt ihr ein massives Problem. In der EU und mit uns. Ich brauche nicht extra die Waldheim-Affäre und die Wenderegierung zu erwähnen. Wir haben es beide miterlebt. Wenn ein offensichtlicher Rechtspopulist in die Hofburg[81] einzieht, wird der große Nachbar Deutschland sich von euch distanzieren, und alle anderen ziehen mit. Nicht sofort, das wird ein schleichender Prozess sein. In Brüssel wird man Österreich, außer die Polen und die Ungarn, nicht mehr ernst nehmen.« Werden wir dort tatsächlich ernst genommen?, fragt der BVT-Chef sich insgeheim, aber er unterbricht ihn nicht. »Anscheinend sind nur einer Hälfte der Österreicher die Konsequenzen bewusst, sollte bei der Wahlwiederholung tatsächlich der Blaue das Rennen machen. Und euer Zahntechniker braucht sich gar nicht anstrengen, denn ist die Hofburg

sicher, ist es bereits die halbe Miete für den Ballhausplatz.
Was uns betrifft, und ich gehe davon aus, dass Hillary ins Weiße Haus einzieht, wird sie für den nötigen Druck auf Europa, allen voran auf Deutschland sorgen, dass ihr verlassen und einsam im Regen stehen bleibt. Dann kommt zum wiederholten Male alles hoch, dafür sorgen unsere Medien. Hitler, Braunau, Anschluss, Antisemitismus, KZ, unbewältigte Vergangenheit, der gesamte Nazi-Wahnsinn.
Leider sind eure Medien viel zu schwach und von verschiedensten politischen und wirtschaftlich potenten Whistleblowern abhängig, um massive Stimmung gegen Hofer zu machen. Nimm doch eure auflagenstärkste Zeitung als Beispiel. Täglich forciert dieses Blatt unterschwellig den Fremdenhass, macht Stimmung gegen die Flüchtlinge und Asylanten, schreibt den Leuten nach dem Mund, publiziert jeden Stammtischscheiß, gibt relativ offen Hofer Schützenhilfe.
Vor einem Jahr war es noch anders. Da überboten sich alle in Lobhudeleien für Merkel und ihr ›Wir schaffen das‹. Die Schlagzeilen überboten sich an Willkommensgrüßen. Inzwischen hat das Blatt sich gewendet. Die Flüchtlingsdramen sind nahezu aus dem Blätterwald verschwunden, obwohl diese armen Hunde täglich weiterhin im Meer ersaufen. Doch inzwischen sind die EU-Außengrenzen nahezu alle abgesichert, Zäune hochgezogen, und in Brüssel denkt man, damit ist das Problem vorerst vom Tisch.
Zumindest wird versucht, es so nach außen zu verkaufen. Inoffiziell wissen die Damen und Herren in Belgien sehr genau, dass es keine Lösung ist. Nur ein sinnloses Hinauszögern, das Problem vor sich herschieben, bevor es sehr bald noch massiver und größer erneut über Europa hereinbrechen wird. Was passiert dann? Brüssel verfügt über keinen Plan B. Die Herrschaften glauben doch nicht allen Ernstes, dass Plakate und Flugblätter in den jeweiligen Landessprachen ausreichend sind, auf denen zu lesen ist, dass Europa im Grunde eigentlich Scheiße ist und es keinen Sinn macht, dorthin zu fliehen.
Das Flüchtlingsproblem wird noch viel schlimmer in den kommenden Jahren werden.
Wer halbwegs bei Verstand ist, wird doch nicht annehmen, dass Menschen sich durch lächerliche Zäune und Mauern abhalten lassen, trotzdem die

Flucht nach Europa zu wagen. Wie verzweifelt muss jemand sein, dass er sein letztes Geld Schleppern in den Rachen stopft, ohne zu wissen, ob er jemals sein geplantes Ziel erreichen wird, nur um sein nacktes Leben zu retten. Der lieber das Risiko eingeht, zusammengedrängt in einem stinkenden, stickigen Laderaum oder einem überladenen Schlauchboot auf dem Meer treibt und nicht die Hoffnung aufgibt, von einem Rettungsschiff oder einer Hilfsorganisation aufgelesen zu werden. Der Schikanen, Schläge, Haft in Kauf nimmt, auch die Abschiebung, um es sofort, wenn er das Geld neuerlich zusammenkratzen kann, erneut zu versuchen, und selbst den eigenen Tod akzeptiert. Alles besser als Terror und Willkür in der Heimat. Zumindest hat er es riskiert.
Warum hauen so viele aus Eritrea ab? Ich bin überzeugt, nur sehr wenige Österreicher wissen, was dort unten los ist. Dass Staatspräsident Isayas Afewerki seit 1993 sein eigenes Volk als Sklaven hält, die Menschen jederzeit und überall, einfach so, verhaften lässt und zu unbegrenztem Militärdienst verdonnert. Schau nach Somalia, Niger, Guinea, Nigeria und so weiter. Im Grunde überall das gleiche Szenario.«
»Warum stoppt ihr, zum Beispiel, nicht das Treiben in Eritrea?«, provoziert Dollerer und weiß, dass seine Worte keinesfalls die langjährige Freundschaft gefährden. »Die Vereinigten Staaten als Weltpolizist von eigenen Gnaden. Warum liquidiert die CIA nicht Afewerki? Es wäre nicht das erste Mal, dass ihr in schmutzige Aktionen und geheime Kriege verwickelt seid.«
»Nenn mir dafür einen Grund, Theo. Warum sollten wir uns in Eritrea einmischen?«
»Es gibt keinen, weil dieses winzige Land für euch uninteressant ist. Keine Rohstoffe, kein Öl, keine Bodenschätze; nur Sand, Steine, Dreck und Armut. Nichts, wofür es eine Rechtfertigung gäbe, die Namen gefallener amerikanischer Soldaten auf einer schwarzen Granittafel in Arlington zu verewigen.«
»Genauso ist es«, Jeffrey Winesteen verzieht keine Miene, »du kennst mich lange genug, Theo. Ich bin Befehlsempfänger wie du. Nur meine erhalte ich aus einem sehr großen Büro, dem Oval Office. Das ist jetzt nicht zynisch gemeint. Ich bin in vielem nicht mit unserer Politik einverstanden. Ob es nun Obama, George W. sowieso, seinen Vater und

die anderen bis zurück zu Kennedy, für den ich noch viel zu jung war, betrifft. Ich bin nun einmal in eine Supermacht hineingeboren worden. Das ist keine Rechtfertigung, du darfst mich auf keinen Fall falsch verstehen. Bekanntlich kann kein Mensch sich seine Geburt aussuchen. Warum bin ich nicht Anwalt geblieben? Vielleicht wäre ich heute ein gefragter Staradvokat mit einem Vielfachen an Einkommen. Hätte vielleicht O. J. Simpson verteidigt. Wer kann das wissen? Nein, ich habe mich anders entschieden. Zuerst ins Pentagon und dann die Karriereleiter hoch, bis ich dort gelandet bin, wo ich jetzt bin, ein Spezialist für den arabischen Raum und den Nahen Osten.
Warum bist du Polizist geworden, Theo? Du hast dich hochgearbeitet bis zum Chef deiner Behörde. Warum? Weil du einmal, ebenso so wie ich, an Gerechtigkeit, an eine Welt ohne Verbrecher geglaubt hast. Dass Menschen nicht immer die gleichen Fehler begehen und Geschichte sich doch nicht wiederholt. Leider eine Niederlage auf allen Linien. Eine Vision, eine Illusion, die niemals real werden wird, so lange, bis der letzte Mensch ausgestorben ist.
Verbrechen lohnt sich, man muss es nur äußerst geschickt ausführen. Je höher die Positionen, umso einfacher, da man über Untergebene verfügt, die ungefragt geopfert und ins Feuer gehetzt werden können. Und Gerechtigkeit«, Jeffrey Winesteen bläst die Backen auf, lässt die Luft raus, »ein großes Wort voller Pathos. Gerechtigkeit gibt es für jene, die es sich leisten können, sich ihre eigene Gerechtigkeit mit der nötigen Skrupellosigkeit und dem entsprechenden pekuniären Hintergrund zu kaufen. Das Volk bezahlt ohnehin die Rechnung.«
»Zuerst habt ihr tatenlos zugesehen«, bohrt Dollerer beharrlich weiter, »und al Qaida groß werden lassen, und daraus ist letztendlich die Kreatur Islamischer Staat geboren worden. Ihr habt Waffen an die Mudschaheddins in Afghanistan geliefert, um der damaligen Sowjetunion endgültig den Todesstoß zu versetzen. Danach waren die Taliban auf eurer Lieferantenagenda, bis euch Osama bin Laden einen gewaltigen Strich durch die Rechnung machte. Jetzt ergab sich endlich die Gelegenheit für Bush junior und seiner Kamarilla, mit diesen Kameltreibern aufzuräumen. Zuerst baumelte Saddam Hussein am Galgen. Euer unfähiger Paul Bremer stürzte den Irak in ein noch viel ärgeres Chaos, als es ohnehin schon der Fall war.

Ihr wollt im arabischen Raum, im Nahen Osten die Landkarte neu zeichnen. Natürlich zu eurem Vorteil und für endlich freien Zugang zum Öl. Dafür packelt ihr weiter mit den Saudis. Das ist das Dilemma in dieser Ecke der Welt. Dass die Araber zu viel Erdöl unter ihren Füßen haben. Wären dort nur Hitze, Wüste, Sand und Kamele …«
»Ich weiß, dass du mich nicht persönlich angreifen willst, Theo«, bleibt Winesteen gelassen, »und ich nehme es dir überhaupt nicht übel.«
»Gut. Dann erkläre mir doch bitte, warum Assad noch lebt? Warum sitzt keiner von euch irgendwo im fernen Amerika in einem Bunker und dirigiert mit seinem Joystick eine hochexplosive Drohne, Kurs Damaskus? Dass ihr das könnt, habt ihr bereits unzählige Male bewiesen. Warum schaut ihr tatenlos bei den Flüchtlingsdramen zu? Wo bleiben eure Rettungsschiffe? Ihr seid so ein großes Land, doch eure Aufnahmequote ist mehr als schäbig.«
»Schon einmal den Ausdruck *Eurabia* gehört?«
»Was?«
»An deinem Gesichtsausdruck sehe ich, dass er dir nicht geläufig ist.«

*

Veroniki Stefandopolos' klappriger Opel biegt in die Akti Miaouli im Haupthafen von Piräus ein.
Das steht es! Keine hundert Meter vom »Sophokles« entfernt, parkt das schwarze Motorrad. Selbstverständlich stehen die beiden unbekannten Verfolger in unmittelbarer Nähe, und an ihren Kopfbewegungen ist, trotz der unvermeidlichen Sonnenbrillen, klar zu erkennen, dass sie das Auto nicht aus den Augen lassen.
»Was jetzt?«, fragt Veroniki, und Spyridon Evangelistos übersetzt.
»Weiterfahren«, ordnet Kokoschansky an, »die Scheißkerle einfach ignorieren. Sie wollen spielen, einverstanden. Dann spielen wir mit ihnen.«
»Was sollen wir tun?« Der Musiker ist total nervös und fahrig. »Die haben Veroniki und mich die ganze Zeit über … wie heißt das?«
»Beschattet.«
»Ja. Also auch am Flughafen.«

»Davon ist auszugehen, Spyridon. Nur, in dem Wirbel ist es weder euch noch mir aufgefallen. Die Typen machen einen äußerst professionellen Eindruck. Aber ich werde versuchen, sie austricksen.«
»Was hast du vor?«
»Passt auf«, der Journalist grinst über beide Ohren. »Wir gehen ins Lokal, lassen aber den Stick und den Laptop, wo sie sind. Dafür packen wir Küchenabfälle in eine Tasche, verdorbenen Fisch. Alles, was fürchterlich stinkt. Wir bemerken die beiden gar nicht. Veroniki wird sich so positionieren, dass sie die beiden ungesehen beobachten kann. Dann komme ich mit der Tasche heraus, steige wieder zu euch ins Auto, und wir fahren ins Hotel zurück. Natürlich werden sie uns verfolgen. Im Hotel gehe ich auf mein Zimmer, drapiere die Tasche, dass sie den Galgenvögeln sofort ins Auge springt, denn sie werden mir sicherlich einen Besuch abstatten. Spyridon, du rufst mich am Handy an, sobald sie das Haus betreten.«
»Ja, aber ...« Evangelistos hat größte Bedenken.
»Keine Bange, ich werde nicht mehr im Zimmer sein, wenn sie antanzen. Entweder haue ich durch den Hintereingang ab, oder ich verstecke mich im Hotel und verschwinde, sobald die Luft rein ist. Ihr düst auf schnellstem Weg zurück ins Sophokles, holt die heiße Ware, und wir treffen uns im *Glaros*, wovon die beiden natürlich keine Ahnung haben. Ich komme mit einem Taxi nach.«
Nachdem Veroniki die Übersetzung verstanden hat, lächelt sie erstmals und sagt ein paar Worte.
»Was meint sie?«
»Dass du, Koko, ziemlich ausgekocht bist.«
»Tja«, Kokoschansky blickt sie verschmitzt an, »also gehen wir rein.«
Veroniki Stefandopolos sperrt das Lokal auf und stellt sich sofort ans Fenster, um die Männer draußen beobachten zu können.
»Was machen sie?«
»Sie stehen herum, schauen zu uns herüber.«
»Gut so. Spyridon, sag ihr, sie soll ein paar Handyfotos von ihnen schießen«, ordnet Kokoschansky an und öffnet einen Mülleimer, »genau richtig! Rein damit.«
Naserümpfend packt er den Abfall in eine Plastiktüte, presst ihn zu-

sammen, bis ein Viereck entsteht. Aus der Entfernung könnte man annehmen, dass es ein Gegenstand ist, der durchaus für einen Laptop gehalten werden kann.
»Hängen sie noch immer herum?«, fragt der Journalist.
»Ja.«
»Dann gehen wir. Keine Hektik, ganz ruhig und gelassen. Sie sollen glauben, dass wir uns sicher fühlen und keine Ahnung haben, dass sie uns im Visier haben.«
»Was ist«, will Evangelistos wissen, »wenn ins Hotel nur einer reingeht und der andere abwartet, was Veroniki und ich vorhaben?«
»Sicher ist das möglich, doch ich glaube es nicht«, antwortet Kokoschansky. »Die sind so gierig auf das Zeug, dass sie wahrscheinlich gar nicht daran denken, dass ich sie aufs Kreuz legen könnte. Wenn doch, muss mir eben auf die Schnelle etwas einfallen.«
»Hoffentlich …«
Der Musiker ist davon noch nicht überzeugt. Während Kokoschansky gemächlich ins Auto steigt, sieht er aus den Augenwinkeln, wie die beiden schnellen Schrittes zu ihrem Motorrad eilen.
»Der Fisch hat den Köder gefressen.« Kokoschansky behält wieder den Rückspiegel im Auge. »Wir fahren ganz gemütlich zurück ins Hotel. Sie dürfen keinerlei Verdacht schöpfen.«
Wie von ihm vorhergesehen, folgt das Motorrad ihnen wieder mit gebührendem Abstand. Veroniki parkt vor dem *Cavo d'oro*, das Motorrad schleift sich weiter hinten ein.
»Du hast solche Situationen schon öfters erlebt?«, fragt Evangelistos.
»Ich gucke zu viele Actionfilme«, zwinkert Kokoschansky. »Du rufst mich an und informierst mich, was sie vorhaben.«
»Okay …«
Kokoschansky bestritt das Hotel, die freundliche Rezeptionistin steht wieder hinter dem Tresen.
»Wahrscheinlich bekomme ich demnächst eher unsympathischen Besuch«, weiht er die Angestellte ein, »doch da bin ich bereits wieder weg. Gibt es einen Hinterausgang?«
»Ja, gleich am Lift vorbei. Sagen Sie, wird es Probleme geben?«
Die junge Frau wirkt äußerst verunsichert.

»Nein, für Sie bestimmt nicht«, beruhigt Kokoschansky sie. »Wenn nach mir gefragt wird, wissen Sie von nichts, okay?«
Dieses Mal verschwindet diskret ein Hundert-Euro-Schein in der Hand der Rezeptionistin.
»Kann man hinter dem Hotel parken, beim Hinterausgang?«
»Ja, klar.«
»Dann rufen Sie mir doch ein Taxi. Der Fahrer soll auf mich warten.«
»Geht in Ordnung.«
Sie rümpft die Nase.
»Keine Angst«, lächelt Kokoschansky, »darin sind keine Leichenteile.«
Ohne eine Antwort abzuwarten, lässt er die verdutzte Frau stehen und fährt in sein Zimmer hoch. Die Plastiktüte mit dem grauslichen Inhalt deponiert er im Schrank. Sie sollen ruhig ein wenig suchen, obwohl der Gestank sehr verräterisch ist. Dann geht er ins Badezimmer, nimmt das Seifenstückchen aus der Packung, befeuchtet es und schreibt in Blockbuchstaben FUCK YOU! ROR GRECE auf den Spiegel. Ein bisschen Denksport für die beiden. Kaum ist er fertig, macht Kokoschanskys Handy sich bemerkbar.
»Gut, sie haben das Hotel soeben betreten. Ich bin schon weg. Wir sehen uns im *Glaros*.«

*

»*Eurabia*? Was bedeutet das, Jeffrey?«
Winesteen bestellt sich als Nachtisch einen Apfelstrudel, fragt auch BVT-Chef Theodor Dollerer, doch er lehnt ab.
»Für ein kleines Land wie Österreich ist das BVT ziemlich fix und sehr gut aufgestellt«, der CIA-Mann wird nun sehr leise, »auch euer HNaA, obwohl beide Behörden nicht so recht miteinander können. Doch das ist eure Sache. Die Hintergründe gehen mich nichts an, das müsst ihr selbst untereinander regeln.«
»Du weichst mir aus, Jeffrey.«
»Ganz im Gegenteil, ich werde dir hochsensible Informationen anvertrauen, die nur einem sehr kleinen Kreis Eingeweihter bekannt sind. Allerdings wirst du damit, fürchte ich, sehr wenig anfangen können.

Sobald du damit zu deinem Minister gehst, ist Feuer am Dach. Er wird dir verbieten, dieses Wissen zu verwerten. aber gegebenenfalls lässt er sich sogar darauf ein. Dann legt sich der Bundeskanzler quer. In der gegenwärtigen weltpolitischen Krisensituation wird die österreichische Regierung sich niemals mit uns anlegen. Sollten diese Erkenntnisse tatsächlich publik werden, dann wird es aus Washington einen Sturm an Dementis hageln und Österreich als Buhmann verleumdet werden, denn …«

»Moment!« Dollerer unterbricht den Redefluss. »Warum willst du mir streng Geheimes anvertrauen, wenn ich es doch nicht verwerten kann? Warum willst du es dennoch tun?«

»Lass mich doch ausreden, Theo. Bekanntlich fließt durch meine Adern auch ein bisschen österreichisches Blut. Mit ein Grund, weshalb ich mich hierher versetzen ließ. Mir liegt eben sehr viel an diesem Land und insbesondere an Wien. Ich will nicht, dass demnächst beispielsweise eine Bombe im Stephansdom hochgeht, ein Terrorist mit einem LKW durch die Kärntner Straße oder den Graben rast und die Leute niedermäht. Reicht das nicht?«

»Sind das bloße Annahmen von dir, oder verfügst du über konkrete Hinweise?«

»Es ist jederzeit möglich«, weder bestätigt noch dementiert Jeffrey Winesteen das Horrorszenario, »lass dir gesagt sein, es kann, und ich wiederhole, jederzeit überall möglich sein. Es muss nicht unbedingt Wien sein, auch Salzburg kommt infrage, ebenso wie andere Städte. Ich will weder dir, Theo, noch deinen Leuten zu nahe treten, aber auf euch kommen massive Probleme zu, von denen ihr derzeit nicht die geringste Ahnung habt.«

»Sachte, Sportsfreund, sachte«, nun fühlt Theodor Dollerer sich in seiner Berufsehre angegriffen, »der übermächtige CIA braucht nicht zu glauben, dass wir auf der Nudelsuppe dahergeschwommen sind.«

»Das habe ich nicht gesagt, Theo. Aber im Gegensatz zu uns verfügt ihr nicht über die Ressourcen und Möglichkeiten, die uns nun zur Verfügung stehen. Glücklicherweise hattet ihr auch kein 9/11 durchzustehen. Obwohl dafür der DC-Tower, UNO-City und die anderen Bauten auf der Donauplatte[82] prädestiniert wären. Dafür brauche ich keine Boeing. Eine

Gulfstream oder ein Lear-Jet reichen für ein Inferno. Und der IS verfügt über ausreichend durchgeknallte Piloten, die jederzeit bereit sind, sich als Kamikaze im Namen Allahs zu opfern.«
»Kunststück«, Dollerer wirkt ziemlich sauer, »du kannst die USA schon größenmäßig nicht mit Österreich vergleichen. Das ist lächerlich.«
»Mache ich nicht«, widerspricht Winesteen. »Euer Problem ist dieses ewige Kleinkrämerdenken in der Politik, dieses Erbsenzählen, das gegenseitige Aufrechnen. Will die Regierung etwas durchbringen, legt die Opposition sich sofort quer, schießt augenblicklich ihre Giftpfeile ab und umgekehrt. Ja, selbst die Regierungsmannschaft ist sich untereinander oft genug uneinig. Nimm als Beispiel die Unstimmigkeiten zwischen eurem Kanzler und seinem Vize. Passt etwas nicht in den Kram der Partei des Vizekanzlers, erfolgt die Drohung mit Neuwahlen. Das kann auf Dauer nicht gut gehen. Natürlich ist in den Staaten auch nicht alles Gold, was glänzt. Demokraten und Republikaner sind sich noch nie grün gewesen, doch wenn es darauf ankommt, ziehen sie in der Frage des Terrors an einem Strang. Ihr Österreicher habt das Pech, dass euer Land mitten im Herzen Europas liegt, Hier vereinigen sich viele Stränge. Und die EU? In Brüssel regieren die Lobbyisten, die in erster Linie für sich selbst das Beste herausholen wollen, und erst an zweiter Stelle vertreten sie die Interessen ihrer Länder, wenn für sie dementsprechend etwas herausspringt. Diese andauernde Uneinigkeit, dieses Zaudern, dieses unsägliche Lavieren spielen doch den Islamisten und Salafisten nur in die Hände. Kennst du Arno Gruen[83]?«
»Da muss ich momentan passen«, gesteht Theodor Dollerer.
»Ein gebürtiger Berliner, der 1936 nach Amerika emigrierte und später erfolgreicher, international anerkannter Psychotherapeut wurde. Er hat es auf den Punkt gebracht.« Winesteen zieht ein Notizbuch aus seiner Sakkotasche. »Ich erlaube mir, ihn zu zitieren. Mit einigen wenigen Sätzen erfasste Gruen unsere gegenwärtige Situation, in deren Teufelskreis wir uns heute befinden. ›*Unser heutiges Problem, dessen Entwicklung bereits von Marx diagnostiziert wurde, ist die Globalisierung, die über die Bedürfnisse der Menschen hinweggeht und ihnen ihre wirtschaftlichen und persönlichen Grundlagen nimmt. Dadurch wird das innere Opfersein geweckt.*
Die ökonomische Globalisierung und Kapitalkonzentrationen zerstören den sozialen

Zusammenhalt. Wo sie in Erscheinung treten, verstärken sie die wirtschaftliche Ungleichheit, die in dem Maße zunimmt, wie sich die Vorherrschaft der Märkte ungehindert ausbreitet. Diese aus der Globalisierung resultierende Zerstörung der sozialen Zusammenhänge wirkt deshalb so tödlich, weil die Akteure dieses Prozesses, die Wirtschaftsführer, ihren eigenen Zusammenhalt verloren haben. Sie sind nicht in der Lage, die Auswirkungen ihres zerstörerischen Handelns auf ihre eigenen Bedürfnisse beziehungsweise auf die ihrer Mitmenschen zu erkennen.

Zu sehr sind sie von ihrer eigenen Größe und Macht geblendet, zu sehr sind sie durch die Vorstellung von Größe und Macht für wahre menschliche Beziehungen geformt. Kaum ein Politiker ist heute noch bereit, für die Bedürfnisse der Menschen zu kämpfen, denn das hieße, sich gegen diese wirtschaftlichen Mächte zu stellen, deren Entwicklung eine Eigendynamik hat, weil Wachstum zum einzigen und letzten Ziel geworden ist.

In diesem Prozess sind die meisten Politiker zu Handlangern der Globalisierung geworden. Auf diese Weise spielen sie den Terroristen in die Hände. Es geht um wirkliches Elend und wirkliche Armut, und es geht darum, dass durch die Praktiken der Globalisierung zunehmend ganze Bevölkerungsgruppen ausgegrenzt werden von Wohlstand und dem Gefühl, einen Platz in der menschlichen Gesellschaft zu haben …

…Gleichzeitig gilt es zu erkennen, dass es bei dem Terror und der Gewalt um das Mörderische der Identitätslosen geht, egal, ob diese ihre Ziele als religiös, nationalistisch oder im Namen einer anderen Ideologie heiligsprechen … Alle Terroristen haben sich einem ›Gott‹ verschworen. Dieser kann religiöser, aber auch politischer oder intellektueller Natur sein. Entscheidend dabei ist, dass Menschen ohne Inneres ständig auf der Suche nach einer überhöhten Macht sind, der sie sich unterwerfen können, eben weil sie kein Eigenes haben. Dabei kann es sich durchaus um gebildete Menschen handeln, wie es ja auch bei den Terroristen des 11. September der Fall war. Die Selbstmordattentäter sind der extremste Ausdruck für das Problem, dass sich Menschen einem göttlichen Führer verschreiben, um ihrer eigenen inneren Leere zu entfliehen.‹[84]«

»Dem ist nichts mehr hinzuzufügen. Die Globalisierung ist die übermächtige Eiche«, der BVT-Chef blickt nachdenklich aus dem Fenster, trommelt dabei mit den Fingerkuppen leicht auf der Tischplatte, »und an ihren Ästen der Neoliberalismus als faule Früchte.«

»Der Neoliberalismus ist längst in einer Sackgasse gestrandet«, meint der

CIA-Mann, »nur können es die auslösenden und verantwortlichen Personen nicht eingestehen, sind gezwungen, die von ihnen verursachten, irreparablen Schäden vor der Öffentlichkeit schönzureden.«

»Womit wiederum dem Terrorismus ein weiterer Gefallen erwiesen wird.«

»Die Menschen müssen endlich kapieren, dass es sich den Hintermännern des IS-Terrors nicht um dümmliche Typen mit Kameldung im Hirn handelt. Das ist alles von langer Hand vorbereitet worden, und diese Hintermänner hängen selbst wieder an ganz anderen Fäden.«

»Die wahnwitzige Idee eines europaweiten Kalifats ...«, kombiniert Dollerer. »Das meinst du doch mit Eurabia.«

»Genau in diese Richtung zielt es ab. Daher brauchen wir diesen Iskandar Taha al-Djazrawi, den ihr uns vor der Nase weggeschnappt habt. Wir waren verdammt nah an ihm dran, hätten ihn in den nächsten Tagen aus diesem Flüchtlingsheim herausgeholt. Vor euch hat er keine Angst, glaube mir, Theo. Euch kann er irgendwelche Geschichten erzählen, ihr müsst sie ihm abnehmen. Ihr verfügt nicht über die Möglichkeiten, seine Storys zu überprüfen.«

»Weil wir uns an die Gesetze halten«, kann Dollerer sich diesen Seitenhieb nicht verkneifen.

»Das kommt auf die Auslegung und Interpretation an«, der CIA-Mann sieht das völlig pragmatisch, »er ist ein IS-Mann, wenn auch nicht in einem höheren Rang, ein Handlanger, jedoch nicht minder gefährlich. Ich garantiere dir, Theo, wir brauchen ihm nur einen orangefarbenen Overall zu zeigen, und er weiß augenblicklich, was es geschlagen hat und was ihm blüht. Wir können ihn auch direkt in Raqqa oder in Mosul vor der IS-Haustüre ablegen. Für uns kein Problem. Dann gäbe es mit Sicherheit einen Killer weniger.«

»Wenn er tatsächlich so fanatisch sein soll, wie du ihn einschätzt, werden eure Methoden ihn nicht abschrecken. Und wenn er tatsächlich einer von diesen Schabihas war, kennt er Folter, weil er sicherlich selbst solche Gräueltaten verübte. Dann will er sterben, denn somit ist er ein Märtyrer.«

»Auf den das Paradies wartet und der dort von zweiundsiebzig Jungfrauen empfangen wird. Das kennen wir doch alles. Aber das interessiert mich

nicht. Er ist ein EMNI-Mann, und er wird wissen, wo in Österreich IS-Schläfer sich versteckt halten.«
»Eigentlich habt ihr es Zahra el-Husseini zu verdanken, dass er aufgeflogen ist.«
»Zumindest ging es schneller, und dieser Kokoschansky hat auch seinen Teil dazu beigetragen.«
»Dir sagt dieser Name etwas?« Dollerer ist ziemlich verblüfft.
»Natürlich«, lacht Jeffrey Winesteen, »ein exzellenter Mann, aber nicht zu gut für uns. Er hat erstklassige Leute um sich geschart. Besonders seine Hacker haben uns bereits viel Zeit und Aufwand gekostet. Kokoschansky hat seine *FNews* bestens abgesichert, doch wenn wir wollen, wissen wir über jeden seiner Schritte Bescheid.«
»Kokoschansky verschaffte schon einigen mächtigen Personen Magengeschwüre. Ein auf seine Art Getriebener, doch stets fair, nie hinterhältig und absolut unbestechlich.«
»Ich weiß«, sagt Jeffrey Winesteen, »euer Carl Bernstein und Bob Woodward[85] in Personalunion.«
»Mit dem Unterschied, dass er längst bei euch den Pulitzerpreis auf seinem Schreibtisch stehen hätte. Bei uns erntet er in gewissen Kreisen nur Neid, Hass und Missgunst. Wie oft hat man schon versucht, ihm das Wasser abzugraben, doch der Kerl kommt immer wieder auf die Beine.«
»Wie heißt es bei euch?« Winesteen überlegt einen Augenblick. »Ach ja! Viel Feind', viel Ehr'. Von Zeit zu Zeit interessieren wir uns für Kokoschanskys Aktivitäten. Eigentlich der einzige Journalist in Österreich, bei dem es sich auszahlt, ihm dann und wann über die Schulter zu gucken. Momentan setzt er sich intensiv mit der Flüchtlingsproblematik auseinander und hält sich derzeit in Griechenland auf, genauer in Piräus. Unsere Leute haben ein Auge auf ihn.«
»Was will er dort?«
BVT-Chef Theodor Dollerer lässt sich nicht anmerken, dass er schwer beeindruckt von dem CIA-Wissen ist. Bislang dachte er, Kokoschanskys Popularität würde sich nur auf Österreich beschränken. Dass die Amis ihn allerdings für einen großen Fisch halten, dem sie ihre Aufmerksamkeit schenken, ist ihm gänzlich neu.
»Ein Musiker namens Spyridon Evangelistos hat sich mit Kokoschansky in

Verbindung gesetzt, weil dessen Freund ermordet wurde. Yannis Tsakitaris hieß er, ebenfalls Journalist. Soweit wir inzwischen wissen, soll es um eine Übergabe brisanten Materials gehen.«
»Und diesen Tsakitaris …?«
»… haben wir nicht auf dem Gewissen, wenn du darauf anspielst, Theo. Das wüssten wir selbst gerne.«
»Und ROR?«
»Du meinst *Revenge Of Rembetiko*. Fehlanzeige, auch nicht auf unserem Mist gewachsen. Wir vermuten, dass Tsakitaris dahintersteckte.«
»Was passiert mit Kokoschansky in Piräus?«
»Das hängt ganz von ihm ab.« Jeffrey Winesteens Gesichtsausdruck wird zu einer undurchdringlichen Maske. »Natürlich wollen wir dieses Material.«
»Er wird es euch nicht freiwillig überlassen.«
»Wir werden es erleben.«
»Eurabia, Kokoschansky, Piräus und so weiter und so fort. Was soll das, Jeffrey? Willst du ein Quiz mit mir spielen, Jeffrey?«
»Wir wollen diesen Syrer. Hatte er kein Handy bei sich?«
»Nein, nicht, dass ich wüsste.«
»Komisch. Kurz bevor ihn einkassiert habt, konnten wir ihn problemlos orten. Danach war plötzlich Funkstille.«
»Ich kann dir nur versichern, er hatte kein Mobiltelefon.«
»Okay«, doch Winesteens durchdringender Blick sagt eindeutig aus, dass er Dollerer kein Wort glaubt.
»Angenommen, ich lasse mich auf diesen Deal mit euch ein. Wie stellst du dir eine Übergabe des Syrers vor?«
»Nun, Theo, ich gehe davon aus, dass nicht das gesamte BVT von diesem Fang weiß. Wahrscheinlich nicht einmal der Innenminister.«
»Damit liegst du vollkommen richtig.«
»Gut. Ihr quetscht ihn aus, und du teilst mir das Ergebnis mit. Danach sind wir an der Reihe, und im Gegenzug erfährst du von mir, was er uns zu erzählen hatte.«
»Bis dahin kann ich es vertreten, aber danach? Ihr verfrachtet den Kerl in kein amerikanisches Gefängnis. Er bekommt keinen fairen Prozess. Also entweder Guantanamo oder ihr übergebt ihn dem IS. Das hast du selbst

gesagt.«
»Angedeutet«, korrigiert der CIA-Agent, »nicht gesagt. Das ist als Druckmittel für Iskandar Taha al-Djazrawi zu verstehen. Obwohl ich dieses Arschloch am liebsten tot sehen möchte, doch das ist meine Privatmeinung. Auf das Danach habe ich keinen Einfluss, das überschreitet meine Kompetenzen. Darüber entscheiden andere.«
»Und diese anderen sitzen im Weißen Haus.«
»So ist es. Warum habe ich mich mit dir getroffen, Theo? Ich hätte auch den offiziellen Weg gehen, deine Regierung informieren können, und du hättest jetzt eine Menge Probleme am Hals. Ich will dir die Zusammenhänge erklären, und du hast sicherlich auch meinen Wink mit dem Zaunpfahl verstanden, was Kokoschansky betrifft. Ich muss dir nicht erklären, wie Geheimdienste arbeiten, wenn sie etwas haben wollen. Es wäre nicht zum ersten und schon gar nicht zum letzten Mal, dass eine Person spurlos verschwindet, als hätte sie nie existiert. Ich kann in Griechenland einiges bewirken, dass er unbeschadet wieder nach Wien zurückkehren kann.«
»Mit dem Material.«
»Richtig.«
»Und das knöpft ihr ihm dann eben hier ab. Wenn er es nicht freiwillig herausrückt, passiert ihm vielleicht ein Unfall. Worin liegt der Unterschied?«
»Also, wenn ich dich richtig verstehe, kommen wir auf diese Weise nicht ins Geschäft«, weicht der CIA-Agent aus.
»Nein, Jeffrey.«
»Ach, ihr Österreicher!«, seufzt Winesteen. »Oft genug bekommt man von euch den Eindruck, dass ihr euch in der Welt extrem wichtig fühlt, doch sobald eine Sache Spitz auf Knopf steht, bekommt ihr sofort kalte Füße. Ehrlich, Theo, dieser vorauseilende Gehorsam, diese Beamtensturheit geht mir gewaltig auf den Geist. Ihr hattet zu lange eine Monarchie. Das ist noch immer tief drin in euch. Es gibt nicht viel in Österreich, was ich nicht leiden kann, doch genau diese Mentalität gehört dazu.«
»Mir sitzt das Hemd näher als der Rock, Jeffrey. Wenn diese Packelei zwischen uns publik wird, rollt mein Kopf und nicht deiner.«

»Ich verpfeife dich sicher nicht.«
»Du nicht, aber du vergisst Kokoschansky. Das wäre genau eine Story nach seinem Geschmack. Schließlich kennt er den Syrer.«
»Man wird sich mit Kokoschansky an einen Tisch setzen und ihm erklären, worum es geht, und ihm deutlich machen, dass er niemals diesen Iskandar Taha al-Djazrawi gesehen hat. Sollte er dennoch stur blieben, könnte es schwere Konsequenzen für ihn haben.«
»Jetzt unterschätzt du ihn gewaltig. Das glaubst du doch selbst nicht, dass du ihm damit Angst einjagen kannst. Im Gegenteil, das spornt ihn nur noch mehr an, und letztendlich bleibst du ebenfalls auf der Strecke.«
»Du scheinst ja eine sehr hohe Meinung von ihm zu haben. Doch er ist nur ein Journalist mit einem Häuflein Getreuer um sich. Wir sind der Geheimdienst einer Supermacht.«
»Nein, Jeffrey, darauf lasse ich mich nicht ein. Ich weiß deine Besorgnis, dass uns mögliche Anschläge drohen, sehr zu schätzen, aber ich stelle mich nicht jenseits des Gesetzes.«
»Dein letztes Wort?«
»Ja.«
»Dann müssen wir wohl jetzt, Theo, unsere freundschaftliche Verbindung und die beruflichen Angelegenheiten strikt voneinander trennen. Es ist wie im Pokerspiel. Der mit den besseren Karten wird am Ende den Jackpot einsacken. Und wenn ich ganz ehrlich bin, imponiert mir deine Haltung. Sei froh und dankbar, dass du im schönen, beschaulichen Österreich eine Art Geheimdienstchef sein darfst und nicht im Sold einer Weltmacht stehen musst. Somit sind wir jetzt eine Zeit lang Gegner. Wenn es vorbei ist und ich endlich im Ruhestand bin, werden wir herzlich darüber lachen und darauf das eine oder andere Bierchen trinken.« Jeffrey Winesteen steht auf, reicht Dollerer die Hand. »Geht auf mich. Also, bis bald unter, so hoffe ich, weitaus besseren Umständen.« Er dreht sich nochmals um, beugt sich zum BVT-Chef hinunter, flüstert. »Passt auf den Syrer auf. Auch eine Gefängniszelle ist kein sicherer Ort. Ja, und noch etwas, sein Handy organisieren wir uns.«

*

Problemloser als gedacht, schafft Kokoschansky es, aus dem Hotel zu verschwinden. Die Rezeptionistin erwies sich als anständig, stellte keine lästigen Fragen, das Taxi wartete bereits am Hintereingang. Immerhin sind in Summe hundertfünfzig Euro ein sattes Trinkgeld für eigentlich nichts, was ihr bestimmt nicht jeden Tag widerfährt.
Aufmerksam beobachtete der Journalist während der Fahrt die Umgebung, aber niemand verfolgte ihn. Damit war die Geschichte gelaufen. Im *Glaros* angekommen, buchte er ein Einzelzimmer für eine Nacht, erklärte dem Portier, um abermals unnötige Fragen abzublocken, dass sein Gepäck jeden Augenblick eintreffen wird.
Nun sitzt Kokoschansky, wenn auch angespannt und nervös, auf dem Bett in seinem Zimmer, wartet auf Veroniki Stefandopolos und Spyridon Evangelistos. Er nützt die Zeit, um Lena endlich eine SMS zu schicken und ihr mitzuteilen, dass bisher alles bestens verlaufen ist und er sicher wieder am Abend in Wien ankommen wird. Umgehend erfolgt ihre Antwort: *Gott sei Dank, ich liebe dich! Pass dennoch auf dich auf. Dickes Bussi von Günther und vergiss nicht, ihm etwas mitzubringen.*
Kokoschansky gehen die beiden Typen, die ihnen an den Fersen kleben, nicht aus dem Kopf. Er kann und wird sich in den Flieger setzen und hinter ihm die Sintflut. Doch Veroniki und Spyridon müssen hierbleiben. Unter Garantie suchen die Schatten sie auf, und dieser Besuch wird alles andere als freundlich ausfallen.
Wie kann man die beiden bloß schützen? Koko überlegt hin und her, doch ihm fällt nichts Vernünftiges ein. Sollte es sich tatsächlich um griechische Geheimdienstler handeln, macht es wenig Sinn, die örtliche Polizei einzuschalten. Das wäre Öl ins Feuer gießen. Langsam wird Kokoschansky unruhig. Eigentlich müssten Veroniki und Spyridon schon hier sein. Immer wieder geht er ans Fenster und hält Ausschau nach ihrem Opel.

*

Noch auf der Rückfahrt ins Büro ruft BVT-Chef Theodor Dollerer seinen Mitarbeiter Roland Palefka an und bestellt ihn sofort zu sich, verrät ihm aber nicht den Grund. Das Gespräch mit Jeffrey Winesteen ging Dollerer ziemlich unter die Haut, obwohl er nicht zu den Zartbesaiteten zählt, sonst

könnte er seinen Job gar nicht verkraften.
Durch die Blume sagte der Amerikaner ihm, dass Wien oder gesamt Österreich in großer Gefahr schwebt. Dollerer ist sich sicher, dass der CIA-Kollege mehr weiß, als er preiszugeben bereit war. Warum ist dieser Syrer so enorm wichtig? Warum sind sie so scharf auf dessen Handy, sofern er überhaupt eines besaß? Und wenn, wo ist es jetzt? Welche Rolle spielt wieder einmal dieser Kokoschansky? Was hat Griechenland damit zu tun?
Zur Sicherheit hat Dollerer Palefka in einen der abhörsicheren Räume im Amt beordert. Natürlich traut Dollerer wie jeder gestandene und erfahrene Geheimdienstler keinem anderen Dienst in diesem Genre, selbst den sogenannten Partnerdiensten nicht. Besonders nicht den Amis seit die NSA-Affäre. Daher wird er noch heute den Auftrag erteilen, sämtliche Anlagen, Laptops, PCs, Datenbanken, Server bis zum letzten Funkgerät penibel auf Herz und Nieren zu überprüfen.
Jetzt sitzt Roland Palefka ihm gegenüber und hört mit großen Ohren zu, was sein Chef berichtet. Natürlich weiß er, dass Dollerer und Winesteen mehr verbindet als nur der übliche Austausch an Informationen, wenn es erforderlich ist.
»Hatte der Syrer ein Handy?«, fragt der BVT-Chef. »Natürlich weiß ich, wenn es existiert, dass du es mir weder vorenthalten noch unterschlagen willst.«
»Ja, er hat eines«, gibt Palefka freimütig zu. »Und der Grund ist, dass es momentan nicht im Haus ist. Ich kann mir vorstellen, dass es dir nicht recht gewesen wäre, wenn ich dir sofort gesagt hätte, warum ich es weitergegeben habe.«
Dann erzählt er von seinem Treffen mit Kokoschansky.
»Das verstehe ich, Roland, und ich finde deine Entscheidung auch richtig. Dennoch hättest du mich vorher informieren müssen. Schwamm drüber. Wir haben wirklich nicht die Möglichkeiten, auf die Schnelle so ein Ding zu entschlüsseln. Das dauert viel zu lange, und die Zeit haben wir nicht. Diese Verbrecher sind uns immer einen Schritt voraus, das ist das Dilemma. Das Jammern nützt jetzt nichts, wir müssen rasch handeln. Dieser Kokoschansky ist Winesteen ebenfalls bestens bekannt, und die Amis hängen öfters bei ihm drin. Mit anderen Worten, in seinen *FNews*.

Ob Kokoschansky sich dessen bewusst ist, weiß ich nicht. Ich nehme an, dass Winesteen bekannt ist, dass zwischen dir und Kokoschansky ein Kontakt besteht, obwohl er es nicht ausgesprochen hat. Somit ist es denkbar, dass die Amis jetzt auch am Lauschen sind, während *FNews* das Handy auseinandernimmt.«

»Scheiße«, flucht Palefka, »mein Fehler.«

»Nein, ist es nicht. Wer kann ahnen, dass dieser Kokoschansky für die CIA von Interesse ist? Nie im Leben hätte ich angenommen, dass die Amis ihn für eine derartig große Nummer halten.«

»Nach 9/11 sind sie doch sehr paranoid geworden.«

»Weißt du, dass er sich derzeit in Piräus herumtreibt?«

»Ja.«

»Leider wissen das auch die Amis, sie haben Leute auf ihn angesetzt. Weiß der Teufel, um welches spektakuläre Material es sich dabei handelt, das irgendein Musiker ihm übergeben soll.«

»Das wusste er selbst nicht. Ich muss ihn warnen.«

Kurzerhand zückt Palefka sein Handy, sucht nach Kokoschanskys Nummer und tippt eine SMS: *Uncle Sam freut sich sehr auf das Geschenk. R.P.*

*

Endlich!

Kokoschansky greift nach seinem Handy, das er auf dem Nachttisch abgelegt hat. Verdutzt starrt er auf das Display, als er die Nachricht liest.

»Was soll das?«, murmelt er vor sich hin.

Natürlich kennt er die Nummer, es ist Palefkas Privathandynummer. Seine Antwort-SMS besteht aus drei Fragezeichen. Kaum eine Minute später liest Kokoschansky: *Cäsar **I**st **A**ngerollt*.

Jetzt macht es endlich Klick in seinem Hirn.

»Scheiße …«

Somit ist das Material, wenn er es jemals erhalten sollte, auch in Wien nicht sicher. Sofort verständigt er Freitag, benutzt den gleichen Code wie Palefka für CIA. Sein Partner wird sicherlich sofort verstehen, worum es geht, und dementsprechende Sicherheitsvorkehrungen treffen.

Die Minuten ziehen sich endlos wie Kaugummi. Kokoschanskys Instinkt

sagt ihm, es muss etwas schiefgelaufen sein. Er verfügt zwar über Spyridon Evangelistos' Handynummer, doch der Journalist will ihn nicht anrufen und ihn noch mehr verunsichern, als er es ohnehin schon ist. Aber Kokoschansky muss ihnen reinen Wein einschenken und ihnen sagen, was tatsächlich Sache ist. Wenn es wirklich EYP-Leute sind, handeln sie sicherlich im Auftrag der Amerikaner. Gibt es überhaupt noch einen Staat, wo diese Ami-Schlapphüte sich nicht im Untergrund herumtreiben?
Das Zimmertelefon klingelt.
»Herr Kokoschansky, eine Dame wartet in der Lobby auf Sie.«
»Danke. Schicken Sie sie herauf.«
»Selbstverständlich.«
Kaum hat Kokoschansky den Hörer aufgelegt, dämmert ihm, das kann auch eine Falle sein. Veroniki allein? Wo ist Spyridon? Jetzt ist es zu spät, und er ist auf alles gefasst. Allerdings, niemand vom EYP oder der CIA kann wissen, dass er sich momentan hier aufhält. Noch können Geheimdienste nicht hellsehen.
Es klopft. Kokoschansky geht zur Türe, lauscht, öffnet einen Spalt breit und sieht eine völlig aufgelöste Veroniki mit seinem Trolley und einer Laptoptasche. Wortlos drängt sie sich ins Zimmer, setzt sich auf das Bett und beginnt zu weinen.
»Spyridon?«, fragt ein ratloser Kokoschansky. »What happened?«
Veroniki zuckt nur mit den Schultern.
»Car ... two men ... Spyridon away ...«
»Kidnapping?«, schaltet der Journalist blitzschnell.
»Yes ... What's now?«
»Slow down, slow down«, versucht er, die Frau zu beruhigen, bietet ihr eine Zigarette an, holt eine Dose Cola aus der Mini-Bar.
»Police?«, fragt Veroniki.
»No, no«, winkt Kokoschansky ab, »to dangerous. Perhaps EYP and CIA together? You understand? I don't know.«
»Oh my God!«
»We will find Spyridon, I promise.«
Kokoschansky schnappt sich den Laptop, er muss sofort ins Internet. Spontan ist ihm eine Idee gekommen. Da die Polizei nicht infrage kommt, gibt es derzeit nur eine Möglichkeit, die österreichische Botschaft in

Athen. Dort ist Veroniki Stefandopolos auf jeden Fall vorerst sicher. Der Journalist hofft, einen verständnisvollen Botschaftsangehörigen anzutreffen, der nicht sofort die Flatter bekommt, den gesamten Apparat in Bewegung setzt und den Wirbel noch mehr vergrößert.
Er fährt den Laptop hoch, gibt das Password ein, das Yannis Tsakitaris hinterlassen hat, ein: *ROR Revenge Of Rembetiko 2141967*. Veroniki sieht ihm zu und hat keine Ahnung, was er vorhat. Problemlos kommt Kokoschansky ins Internet, ruft die Seite der österreichischen Botschaft in Athen auf. Dann fällt ihm in einer Spalte *S.E.F.A.*, der *Verein Ehemaliger Griechischer Studenten in Österreich*, auf. Das ist noch viel besser! Zur Botschaft können sie immer noch, wenn alle Stricke reißen.
Dort werden sie jetzt hinfahren, vielleicht treffen sie jemanden an. Außerdem lösen sich die Verständigungsprobleme mit Veroniki, und Kokoschansky erfährt endlich, was mit Spyridon Evangelistos geschah.
»You know this address?« Kokoschansky zeigt auf den Bildschirm. »Neo Psychico, Panteli Horn in Athen.«
Dabei handelt es sich um einen Vorort im Nordosten der griechischen Hauptstadt.
Veroniki nickt.
»Okay, just a moment. Please, give me the USB-Stick.«
Sie nimmt den Datenträger aus ihrer Handtasche. Kokoschansky holt eine kleine mobile 1,5-TB-Festplatte mit dem dazugehörigen Anschlusskabel aus seiner Jacke, schließt das Ding am Laptop an, ebenso den Stick. Er überspielt sämtliche Dateien, sowohl vom Stick als auch vom Computer. Eine Angelegenheit von wenigen Minuten und eine zusätzliche Sicherheit. Danach stopft er sich die mobile Festplatte samt Kabel und den USB-Stick in die Unterhose, was Veroniki mit großen Augen verfolgt.
»We must be very careful«, erklärt er ihr, und es klingt wie eine Entschuldigung.
Er fährt den Laptop herunter, packt ihn wieder in die Tasche, hängt sie sich um und greift nach seinem Trolley.
»Let's go. Now we drive to Neo Psychicho, Panteli Horn.«
Der Journalist hat die Adresse auf den Zettel eines Blocks mit dem Hotel-Logo gekritzelt. Vorsichtshalber prägt er sich nochmals den Namen genau ein, bevor er das Papier zerreißt und die Fitzelchen in der Toilette

hinunterspült.
Langsam macht sich Hunger bemerkbar. Seit einem schnellen Frühstück und einem abscheulich schmeckenden, labbrigen Sandwich im Flugzeug hat sich noch keine Gelegenheit ergeben, etwas zu essen. Kokoschansky sieht in der Minibar nach. Ein Schokoriegel muss reichen. Er bietet Veroniki den zweiten an, doch sie lehnt ab. Hastig würgt er den Happen hinunter, während sie zum Lift gehen.
»Gibt es eine Hotelgarage?«, fragt Kokoschansky den Portier.
»Selbstverständlich. Aber das kostet extra«, lautet die geschäftstüchtige Antwort prompt.
»Daran soll es nicht scheitern. Erklären Sie bitte der Dame, sie soll ihr Auto einstweilen hier parken. Wir fahren mit einem Taxi weiter. Leider ist ihr Englisch nicht besonders, und von meinen Griechischkenntnissen wollen wir erst gar nicht reden.«
Lächelnd erfüllt der Portier Kokoschanskys Bitte, und Veroniki Stefandopolos versteht sofort, dass es sich um eine weitere Sicherheitsmaßnahme handelt. Dem Portier ist es egal. Schließlich gibt es immer wieder komische Käuze unter den Gästen, und dieser lange Österreicher scheint einer davon zu sein.
Während Veroniki sich um ihr Auto kümmert, überlegt er und kommt zu dem Schluss, dass es vielleicht gar nicht so dumm ist, diesen S.E.F.A.-Verein aufzusuchen. Hoffentlich gibt es eine Möglichkeit, Veroniki zumindest für eine Zeit lang sicher unterzubringen. Vielleicht wissen diese Leute etwas über *ROR, Revenge of Rembetiko*? Dass Spyridon Evangelistos entführt wurde, zumindest hat Kokoschansky es so verstanden, verkompliziert natürlich die Geschichte erheblich. Wenn anscheinend die CIA mitmischt, muss es sich um ein verdammt großes Ding handeln. Einen Moment dachte er daran, Wolfram Panker zu verständigen. Immerhin verfügt der Wirtschaftsdetektiv über erstklassige Verbindungen, wahrscheinlich auch in Griechenland. Schließlich verwirft der Journalist diesen Gedanken wieder. Zum gegenwärtigen Zeitpunkt wäre es nur ein unnötiges Pferde-scheu-Machen. Sobald Panker es weiß, erfährt Lena es umgehend, und dann macht sie sich Sorgen. Das will Kokoschansky ihr ersparen.

*

Günthers Hilfsprojekt läuft weiterhin wie geschmiert. Langsam quillt die Aula in seiner Schule über, und am wenigsten Freude damit hat der Schulwart. Kurzfristig überlegte die Direktion, ob sie nicht einen Spendenstopp anordnen soll, aber das würden die Kinder wohl weder verstehen noch akzeptieren, allen voran Günther.
Andererseits, das Schuljahr ist bald vorüber, dann ist ohnehin Ruhe. Warum also die Kleinen vor den Kopf stoßen? Schließlich ist diese Aktion für das Image der Schule äußerst förderlich.
Wider Erwarten hat das Verhältnis zwischen Aaliyah und Annette sichzum Guten entwickelt. Die beiden Mädchen sind beste Freundinnen geworden und nahezu unzertrennlich. Allerdings mit dem Nachteil, dass nun Günther sauer ist, da seine Freundin ihn öfters links liegen lässt. Aaliyah hat überhaupt kein Interesse an ihm, was aber wiederum mit dem Kulturkreis, aus dem sie stammt, zu tun hat. Sie hat schnell erkannt, dass in diesem Europa der Umgang unter Frauen und Männern völlig anders als in ihrer alten Heimat ist. Ungewohnt und völlig fremd, dass in dieser Stadt Frauen und Männer öffentlich Händchen halten oder sich gar auf offener Straße problemlos küssen dürfen. Das haben ihre Eltern zu Hause in Syrien nie gemacht.
»Papa hat sich gemeldet«, sagt Lena und umarmt Günther, als er aus der Schule kommt. »Es geht ihm gut, alles in Ordnung. Heute Abend ist er wieder zu Hause.«
»Au fein«, jubelt Kokoschanskys Sohn.
Diese Nachricht tröstet ihn etwas darüber hinweg, dass Annette nur ein kurzes Winken für ihn übrig hatte, aber sich dafür mit Aaliyah gemeinsam auf den Heimweg gemacht hatte.
»Hast du auch so einen Bärenhunger wie ich?«
»Und wie! Fahren wir zum Mäcki?«
»Nein«, verweigert Lena, »nicht zu McDonalds. Wir essen etwas Ordentliches, und danach fahren wir zu Wolfram. Hast du viel Hausaufgaben?«
»Nein, das ist gleich erledigt.«
Niemand merkt, wie Klaus Löscher, Marcel Pruckners Nazi-Kumpel,

Aaliyah und Annette verfolgt. Bereits gestern legte er sich in der Nordrandsiedlung auf die Lauer, und Marcel Pruckners Vermutung erwies sich als richtig. Tatsächlich war es ein Klacks herauszufinden, wo diese Syrerin mit ihrer Brut nun wohnt.
Während Lena mit Günther zu ihrem Auto geht, warten die Mädchen, bis ein Schülerlotse den Verkehr stoppt und sie gefahrlos die Siemensstraße überqueren können. An der Bushaltestelle wird Aaliyah bereits von ihrer Mutter erwartet, und Annette verabschiedet sich, geht in der anderen Richtung nach Hause.
Löscher lehnt herum, kann genau sehen, wann der Bus von der Brünnerstraße kommt, dann wird auch er zusteigen.

*

»Du meinst tatsächlich, dass Iskandar Taha al-Djazrawi gefährdet ist? Vielleicht ist das nur ein Bluff?«
Roland Palefka hegt so seine Bedenken.
»Mir klingen noch jetzt Winesteens letzte Sätze im Ohr, bevor wir uns trennten«, schüttelt BVT-Chef Theodor Dollerer energisch den Kopf. »Passt auf euren Syrer auf. *Auch eine Gefängniszelle ist kein sicherer Ort*. Das sagte er nicht, um mich unter Druck zu setzen. Er weiß genau, das kann er nicht. Das war eine unverhohlene Drohung, die ich sehr ernst nehme.«
»In eine andere Haftanstalt verlegen bringt wohl auch nichts.«
»Nein, Roland. Ob wir ihn jetzt nach Stein, Garsten oder in die Karlau überstellen, bleibt sich gleich. Wir wissen doch, dass es diesen Häfen rundgeht. Da ist er noch bei uns sicherer. Wir werden ihn keine Sekunde mehr aus den Augen lassen. Tag und Nacht, rund um die Uhr. Niemand außer unseren Leuten darf in seine Nähe.«
»Sollten wir nicht den Minister, schon zur eigenen Absicherung, informieren?«
Anscheinend bekommt Palefka nun doch weiche Knie.
»Das hätten wir gleich am Beginn machen müssen«, ist Dollerer strikt dagegen. »Ich habe keine Lust, mir einen Rüffel einzufangen, nachdem ich alles erzählt habe. Er würde die Zusammenhänge doch nicht verstehen. Nein, das nehme ich auf meine Kappe. Er wird es schon noch rechtzeitig

erfahren. Du, Roland, machst dich jetzt auf die Socken. Setz dich mit *FNews* in Verbindung, oder noch besser, fahr hin und erkundige dich, ob sie etwas mit der Handyauswertung zusammengebracht haben. Ich kümmere mich um die Sonderbewachung unseres syrischen Gastes. Und wenn du etwas von Kokoschansky und dieser Griechenlandsache erfährst, lass es mich wissen.«

*

Noch ein paar kräftige Schluck Bier aus der Dose, um sich den nötigen Mut anzutrinken. Der Bus ist ziemlich voll mit Schulkindern. Einige ältere Leute auf den Sitzplätzen beobachten ängstlich den sichtlich angetrunkenen Burschen, der offensichtlich auf Streit aus ist.
Klaus Löscher rülpst lautstark, drängt und stößt sich durch die Fahrgäste. Jetzt hat er Zahra el-Husseini und ihre Tochter entdeckt. Die Kleine sieht ihn mit angstvollen Augen an.
»Was glotzt du so blöd?«, schnauzt der Nazi-Rüpel sie an, »Ist diese Kameltreiberfotze deine Scheißmama?« Wieder ein kräftiger Schluck Bier. »Niemand will euch hier! Österreich den Österreichern! Sieg Heil!«
Aaliyah beginnt leise zu weinen, während ihre Mutter sie an sich presst und starr zur Boden blickt.
»Wir wollen keine Flüchtlinge!« Löscher blickt sich um, heischt nach Zustimmung.
Man soll es nicht für möglich halten, tatsächlich nicken einige unter den Älteren.
»Ehrlich, wer braucht euren Allah?«, stänkert und pöbelt Löscher weiter. »Wer braucht eure Moscheen? Wir sind das arische Abendland!«
Der Busfahrer beobachtet den Randalierer im Rückspiegel, tritt auf die Bremse.
»Kusch, du Volltrottel! In der nächsten Station steigst du aus! Oder ich hole die Polizei!«
»Willst an Wickel[86], depperter Lenkradldreher?«, lässt Löscher sich keineswegs einschüchtern. »Fahr weiter! Misch dich nicht ein!«
Der Rowdy baut sich vor Zahra el-Husseini und ihrer Tochter auf. Plötzlich spuckt er der Kleinen ins Gesicht, und im gleichen Augenblick

schüttet er seine Bierdose der Mutter über den Kopf. Ein Aufschrei im Bus.
Ein Arm mit geballter Faust stößt wie aus dem Nichts hervor, trifft mit voller Wucht Löschers rechtes Auge. Den Überraschungsmoment nützend, packt die Hand Löschers Kopf und drischt ihn gegen die nächste Griffstange, die um einiges härter ist als sein Nasenbein. Sofort spritzt das Blut. Löscher sackt wie ein nasser Sack in sich zusammen. Nur die starke Hand dieses jungen Mannes, der auf der Plattform steht und Löscher nun am Kragen festhält, verhindert, dass er zu Boden stürzt. Dann überlegt der Unbekannte es sich anders, und da Löscher offensichtlich das Bewusstsein verloren hat, lässt er ihn erbarmungslos fallen.
Einige Kinder wirken verstört, manchen kämpfen mit den Tränen. Hinter dem Bus ist das Folgetonhorn einer Funkstreife zu hören, und das Blaulicht kommt näher. Der Busfahrer hat über Funk um Verstärkung und Hilfe gerufen.
Der unbekannte Retter beugt sich zu Aaliyah hinunter.
»Du brauchst keine Angst mehr zu haben, Kleine«, sagt er sanft und streicht dem Mädchen, das leicht zusammenzuckt, über den Kopf. »Der böse Mann kann dir nichts mehr tun.« Dann wendet er sich an die Mutter, die vor Schreck erstarrt ist. »Alles in Ordnung mit Ihnen?«
Zahra el-Husseini versteht ihn zwar nicht genau, weiß aber, dass er ihnen geholfen hat.
»Danke«, sagt sie leise.
Ohne den am Boden liegenden Löscher aus den Augen zu lassen, sieht der Unbekannte in die Runde.
»Was seid ihr doch für feige und traurige Figuren! Und damit meine ich sämtliche Erwachsene in diesem Bus! Den Fahrer ausgenommen!«
Ein älterer Mann hat sich hinter seiner Zeitung verkrochen.
»Und?«, provoziert der resolute Typ weiter. »Steht Interessantes drin? So wichtig, dass man tatenlos zusehen kann, wie eine Mutter mit ihrem Kind beleidigt und gedemütigt wird! Ach, was seid ihr elende Wichte! Ihr solltet euch in Grund und Boden schämen!«
In der Leopoldauer Straße überholt die Funkstreife , stellt sich quer und stoppt den Bus. Zwei Polizisten steigen ein. Der junge Mann deutet auf den noch immer bewusstlosen Löscher.

»Der ist für euch.«
»Haben Sie ihn so zugerichtet?«, fragt einer der Beamten.
»Ja«, gibt er freimütig zu, »noch dazu mit dem größten Vergnügen. Jetzt können Sie mich gerne wegen Notwehrüberschreitung oder was auch immer anzeigen, meine Herren. Meinetwegen auch festnehmen.«
Über Funk rufen die Polizisten einen Krankenwagen.
Typisch, dass keiner der Erwachsenen etwas gesehen haben will. Nur der Busfahrer und einige der Schüler stellen sich hinter den rettenden Engel und bestätigen, was vorgefallen ist. Auch Zahra el-Husseini kann es, wenn auch nur mühsam, bezeugen. Außerdem sind die Spuren der Bierattacke sicht- und riechbar.
Nachdem Löscher ins Krankenhaus abtransportiert worden ist, zieht einer der Polizisten den jungen Mann beiseite.
»Machen Sie sich keine Sorgen«, raunt er ihm zu, »die Anzeige gegen Sie ist reine Formsache. Da kommt für Sie nichts nach. Schön, dass es doch noch Zivilcourage gibt.«

*

Niemand klebt am Heck von Veroniki Stefandopolos' Opel-Rosthaufen, als sie mit Kokoschansky vor dem Haus in der Panteli Horn hält. Ein Messingschild weist in deutscher und griechischer Sprache auf *S.E.F.A*, den *Verein Ehemaliger Griechischer Studenten in Österreich*, hin. Kokoschansky steigt aus, mustert zuerst die Umgebung, dann das Gebäude und betätigt den Klingelknopf. Es dauert eine Weile, bis sich im ersten Stock ein Fenster öffnet und ein Mann mittleren Alters hinunterschaut.
»Kaliméra[87]!«, grüßt er.
Kokoschansky erwidert den Gruß und versucht sein Glück auf Deutsch.
»Sprechen Sie Deutsch?«
»Ja. Was kann ich für Sie tun?«
»Ich bin Österreicher, komme aus Wien.«
»Oh! Wie schön!«
»Wir brauchen dringend Hilfe«, spricht Kokoschansky es unverblümt aus.
Inzwischen ist auch Veroniki ausgestiegen.
»Was ist passiert?«

»So einfach ist das nicht zu erklären. Zumindest nicht auf der Straße. Dürfen wir eintreten?«
»Warten Sie, ich komme herunter.«
Der Kopf verschwindet wieder, und das Fenster wird geschlossen. Kaum eine Minute später dreht sich ein Schlüssel im Schloss, die Türe wird aufgezogen, und ein Mann um die vierzig in weißen Jeans, hellblau verwaschenem T-Shirt, ohne Socken in Sandalen steht vor ihnen.
»Guten Tag, ich bin Konstantinos Galanithrakis. Worum geht es?« Er reicht ihnen die Hand. »Willkommen, kommen Sie weiter.«
Der Grieche, den Kokoschansky nahezu um zwei Köpfe überragt, führt die beiden in ein gemütlich eingerichtetes, großes Zimmer; anscheinend eine Art Clubraum für die Vereinsmitglieder. Kokoschansky muss schmunzeln. An den Wänden hängen etliche Bilder mit gängigen Österreich-Motiven, die ihm sehr vertraut sind und von denen manche ziemlich kitschig wirken.
»Bitte, nehmen Sie Platz. Was darf ich Ihnen anbieten? Kaffee oder etwas Kühles zu trinken?«
Lieber wäre Kokoschansky etwas zu essen, da der Schokoriegel nur etwas für zwischendurch war. Doch der Magen muss noch warten, jetzt gibt es Wichtigeres. Er entscheidet sich für Kaffee, und Veroniki bittet um ein Mineralwasser.
»Sie sagten«, richtet Galanithrakis wieder das Wort an den Journalisten, nachdem er das Gewünschte serviert hat und sich den beiden gegenüber setzt, »Sie brauchen Hilfe. Sie haben wirklich Glück, dass Sie mich antreffen, aber ich musste einiges an Papierkram abarbeiten. Ich hoffe, es ist nichts Illegales, keine kriminelle Handlung.« Sofort korrigiert er sich selbst. »Dann wären Sie wohl nicht hier. Wie sind Sie auf unseren Verein gestoßen?«
»Purer Zufall«, erklärt Kokoschansky wahrheitsgemäß, »zuerst wollte ich unsere Botschaft kontaktieren, dann fand ich auf der Webseite der Vertretung den Link zu S.E.F.A.«
»Verstehe«, nickt Konstantinos Galanithrakis. »Bevor Sie mir Ihre Geschichte erzählen, verrate ich Ihnen, wer ich bin. Einer meiner Onkel betreibt in Wien, in der Kaiserstraße im 7. Bezirk, ein Restaurant. Griechisch, selbstverständlich, was sonst? Er hatte mich seinerzeit nach

Wien geholt, weil ich unbedingt in dieser Stadt Medizin studieren wollte. Ich half auch in seinem Lokal aus und konnte mir auf diese Weise mein Studium finanzieren. Damals war es in Griechenland noch um einiges besser. Daher kehrte ich als promovierter Zahnarzt nach Athen zurück, eröffnete meine Praxis. Etliche Jahre klappte es hervorragend, dann stürzte meine Heimat in die Krise. Kurze Rede, langer Sinn. Zwar halte ich meine Praxis weiterhin geöffnet, arbeite jedoch meist gratis und behandle die Leute, die noch ärmer dran sind als ich. Ich schlage mich so durch. Ebenso versuche ich, den Flüchtlingen unter die Arme zu greifen. Sagen Sie, Herr Kokoschansky, kann es sein, dass wir uns schon einmal über den Weg gelaufen sind? Es ist Ihre Körpergröße, die mir sofort ins Auge gestochen ist.«

»Waren Sie in Idomeni?«

»Ja. Sie auch?«

»Vor einigen Monaten, als die Lage dort extrem schlimm war.«

»Jetzt erinnere ich mich!« Konstantinos Galanithrakis tippt sich an die Stirn. »Trotz dieser Menschenmassen sind Sie mir aufgefallen.« Dabei lächelt er. »Ein Riese wie Sie kann nicht so leicht untertauchen.«

Kokoschansky verlässt sich auf seine Menschenkenntnis, und die sagt ihm, dass dieser Grieche vertrauenswürdig ist. Daher wird er ihm die Geschichte in groben Zügen erzählen, in die er wieder einmal hineingerasselt ist, jedoch nur das, was Galanithrakis unbedingt wissen muss.

Aufmerksam hört der Grieche zu, und nachdem Kokoschansky fertig ist, herrscht für eine Zeit lang Schweigen.

»Nun«, meint der Zahnarzt danach, »jetzt verstehe ich, weshalb Sie nicht bei Ihrer Botschaft angeklopft haben. Natürlich kannte in Griechenland nahezu jeder Yannis Tsakitaris. Zuerst seine scharfen und kritischen Artikel, und nachdem sie ihn gefeuert hatten, wechselten seine Leser zu seinem Blog. Alle nehmen an seinem Schicksal großen Anteil. Wir schätzten ihn sehr, und wenn Sie, Herr Kokoschansky, mit Ihren *FNews* sein Erbe verwalten, dann, denke ich, ist es in besten Händen. Finden Sie seine Mörder. Ebenso hoffe ich, dass Sie Spyridon Evangelistos aufspüren können. Für uns ist er eine Rembetiko-Koryphäe, den leider die Umstände Steine in den Weg legen, um den großen, internationalen Durchbruch zu schaffen. Unsere Polizei und Justiz werden für beide nichts tun. Selbst wenn sie es wollten, doch es sitzen höhere Mächte an den Schalthebeln.«

»Wie meinen Sie das?«

»Das ist die Meinung vieler Leute, und ich denke genauso. Wir Griechen mussten in den letzten Jahren sehr viel Schlimmes erleben, und es wird in einem Desaster enden. Das spüren wir. Momentan sind wir aus dem Blickwinkel der Weltöffentlichkeit gerückt. Doch an unserer bedrohlichen Lage hat sich nichts geändert. Mit uns hat die EU Schlimmes vor. Trotz sämtlicher Finanzspritzen und Rettungsschirme. Das ist nur Kosmetik. Leider fehlen uns die Beweise, zumindest mir.« Dann dreht er sich zu Veroniki Stefandopolos. »Es ist mir eine Ehre, seinem Mädchen helfen zu dürfen. Sie haben beide meine vollste Unterstützung. Ich werde ein paar Leute mobilisieren, die auf Sie aufpassen werden, Herr Kokoschansky, solange Sie sich in Griechenland aufhalten, und Veroniki verstecken wir, bis die Lage sich beruhigt hat und Spyridon gefunden worden ist.« Hoffentlich lebend, denkt er, aber das behält er lieber für sich. »Ich bin kein politischer Mensch, müssen Sie wissen, Herr Kokoschansky. Politik ist immer ein dreckiges Geschäft gewesen, und daran wird sich nie etwas ändern. Aber vor dem, was mit uns hier, und auch generell in Europa geschieht, darf man nicht die Augen und Ohren verschließen, seinen Kopf in den Sand stecken. Sie haben vorhin ROR angesprochen, Herr Kokoschansky. Ich habe keine Ahnung, wer oder was dahintersteckt. Ich kann nicht sagen, ob Tsakitaris damit etwas zu tun hat. Wie auch? Woher soll ich das wissen? Momentan ist die Lage ruhig, keine weiteren Demonstrationen, keine Ausschreitungen. Doch das kann sich rasch wieder ändern. Dafür genügen ein falsches öffentliches Wort der Regierung zur Unzeit, eine weitere einschneidende Maßnahme aus Brüssel, und es lodert neuerlich hoch.Ich weiß nicht, was im Untergrund geplant ist. Natürlich fallen mir die immer häufiger auftretenden ROR-Graffitis auf. Jedenfalls sollten Sie ein paar Tage länger bleiben, wenn es für Sie möglich ist, Herr Kokoschansky. Schlafen können Sie hier.«

»Danke. Ich habe nicht vor, nach dem, was passiert ist, alles liegen und stehen zu lassen. Ich kann erst nach Hause, bis Spyridon wieder aufgetaucht ist. Das ist das Mindeste, was ich für ihn tun kann. Immerhin vertraut er mir. Veroniki und er übergaben mir dieses offensichtlich

brisante Material, weshalb Yannis Tsakitaris wahrscheinlich sterben musste.«
»Und, ist es sicher verwahrt?«, erkundigt Konstantinos Galanithrakis sich.
Kokoschansky deutet auf seine Hose.
»Die heutige Technologie macht es möglich, Unmengen an Dokumenten in der Unterhose zu verwahren.«
»Dann passen Sie bloß auf, wenn Sie auf die Toilette müssen«, lacht der Zahnarzt.
»Keine Sorge«, versichert Kokoschansky ihm. »Bitte, fragen Sie Veroniki nochmals genau, wie Spyridons Entführung abgelaufen ist.«
Veroniki sprudelt wie ein Wasserfall. Man sieht ihr an, dass es für sie eine Erleichterung ist, endlich das Geschehene gegenüber einem Landsmann in ihrer Muttersprache loszuwerden.
»Nun«, spricht Galanithrakis danach wieder, »sie sagt, nachdem der USB-Stick problemlos aus dem Olivenglas herausgefischt worden war, ging Spyridon hinaus, um aus dem Kofferraum ihres Autos einen großen Schraubenzieher zu holen, weil damit ein Teil der Bühnenverkleidung leichter zu lösen war. Dahinter war der Laptop versteckt. Es dauerte ihr zu lange, wusste Spyridon doch, wo das Werkzeug lag. Daher ging sie zum Fenster und musste entsetzt mitansehen, wie zwei Männer Spyridon in ein Auto schubsten und mit ihm davonrasten. Es waren aber nicht die Männer, von denen ihr verfolgt wurdet. Das sah sie an der Kleidung.«
»Waren die Kerle bewaffnet? Konnte sie sich die Autotype, Kennzeichen, die Farbe merken? Kann sie die beiden beschreiben?«
Veroniki Stefandopolos schüttelt nur den Kopf, spricht nur von einem schwarzen Kastenwagen.
»Das heißt«, überlegt Kokoschansky, »dass euer Geheimdienst mit mindestens zwei Teams hinter uns her ist. Natürlich besteht auch die Möglichkeit, dass der EYP damit gar nichts zu tun hat und es CIA-Leute im Alleingang sind, die es auf uns abgesehen haben. Jetzt suchen wir nach der Nadel im Heuhaufen.«

»Ich habe eine Idee«, denkt Konstantinos Galanithrakis laut nach, »nur untätig herumsitzen bringt gar nichts. Die Polizei können wir nicht einschalten. Darum schlage ich vor, wir fahren nach Ikaria. Sagt Ihnen das

etwas, Herr Kokoschansky?«
»Nein.«
Der Journalist muss passen. Zwar bildet er sich ein, den Namen irgendwann einmal gehört zu haben, erinnert sich aber nicht mehr daran.
»Das ist eine Insel in der nördlichen Ägäis. Die Bewohner waren immer rebellisch, sind es bis heute geblieben. Das hat mit unserer Geschichte, unserer Vergangenheit zu tun. Erzähle ich Ihnen gerne mal bei Gelegenheit. In dem Dörfchen Karavostamo lebt ein weiterer, sehr alter Onkel von mir, ein Erzkommunist. Die Leute sind dort immer sehr gut informiert. Das ist zumindest ein Versuch, ein Ansatz. Vielleicht ist es umsonst, aber probieren sollten wir es. Für mich auch eine Gelegenheit, auf diese Art meinen familiären Verpflichtungen nachzukommen.«
»Wie kommen wir dort hin?«
»Mit der Fähre von Piräus weg, die Fahrt dauert knappe sieben Stunden. Ich sehe gleich im Internet nach, ob wir heute noch eine Chance haben. Sie fährt nämlich nur viermal pro Woche.«
»Eine lange Zeit, in der viel passieren kann«, bemerkt Kokoschansky nachdenklich, »aber hier können wir auch nichts für Spyridon unternehmen. Wir wissen gar nicht, wo er sich derzeit befindet.«
»Eben. Nachfragen ist völlig sinnlos. Man würde uns keinerlei Auskunft erteilen. Ich finde, wir sollten es riskieren und nach Ikaria fahren.«
»Warum tun Sie das, Herr …?«
»Konstantinos, okay?«
»Gern, Koko. Eigentlich Heinz, doch alle nennen mich Koko.«
»Freut mich. Warum ich das mache? Weil ich dich aus- und benutze, Koko.«
»Wie soll ich das nun wieder verstehen?«
»Weil ich nicht länger zusehen will, wie Griechenland Stück für Stück vor die Hunde geht. Ganz blöd bin ich nicht, auch wenn mir die verdammte Politik schwer auf die Nerven geht. Aber dich schätze ich ein, dass du vielleicht etwas bewegen und auslösen kannst, wenn du wieder in Wien bist. Und selbst wenn es nur für kurze Zeit einen Aufruhr auslöst, hat es sich dann bereits gelohnt.«
»Was ist mit deiner Familie, Konstantinos? Kannst du so ohne Weiteres weg?«

»Die wenigen Patienten, die mir noch verblieben sind, müssen eben jetzt eine Zeit lang auf mich verzichten. Aber Schmerzen sind die ohnehin gewöhnt, es gibt nicht einmal mehr genügend Medikamente. Ach ja, Familie. Gibt es in dem Sinne nicht. Ich bin schwul. Aber keine Sorge, du bist nicht mein Typ. Mein Freund starb vor einem Jahr an AIDS, unter anderem wegen fehlender lebensverlängernder Medikamente. Ebenso keine Bange, ich bin nicht HIV positiv. Veronikis Auto parken wir im hinten im Hof, da sieht es niemand. Wir fahren mit meiner Karre.«
Geschickt parliert Galanithrakis zwischen Deutsch und Griechisch. Veroniki sagt, dass sie mitkommen will, was ganz in Kokoschanskys Sinne ist. Wenn sie Spyridon geschnappt haben, werden sie auch nach ihr suchen. Dennoch will er wissen, wie sie ihr vorübergehendes Abtauchen mit ihrer Arbeit im »Sophokles« in Einklang bringen kann. Das ist kein Problem, meint Veroniki, dann bleibt das Lokal eben ein paar Tage geschlossen. Ihren Chef wird sie anrufen, ihm sagen, dass sie sich unwohl fühlt, weil sie ihre Tage hat. Außerdem, wenn Spyridon nicht spielt, bleiben ohnehin die Gäste aus.
»Ihr seht beide ziemlich mitgenommen aus«, bemerkt Konstantinos Galanithrakis, »daher werde ich uns etwas zum Essen besorgen. Gemeinsam ein Restaurant aufzusuchen, scheint mir in der gegenwärtigen Lage zu gefährlich. Danach kümmere ich mich um die Tickets für die Fähre, und ihr könnt euch ein wenig aufs Ohr legen.«
»Das ist eine ausgezeichnete Idee«, stimmt Kokoschansky zu, da sein Magen sich in immer kürzeren Intervallen meldet und sein Recht einfordert. »Konstantinos, ich übernehme natürlich sämtliche anfallende Kosten.«
»Schon gut«, winkt der Grieche ab, »das klären wir später. So viel habe ich noch. Jetzt macht es euch gemütlich, ich bin gleich wieder zurück.«
»Dann werde ich jetzt meine Frau anrufen«, sagt Kokoschansky, und seinem Gesicht ist anzumerken, dass dieses Telefonat ihm ziemlich unangenehm ist, »und ihr schonend beibringen, dass meine Rückreise sich etwas verzögert.«
Danach wird er Freitag verständigen und ihn informieren, dass wieder einmal alles ganz anders abläuft als geplant. Er schnappt sich sein abhörsicheres Mobiltelefon, ein sündteures Crypto-Handy, das nur er und

Freitag in der *FNews*-Redaktion besitzen, und zieht sich in ein anderes Zimmer zurück.

*

Auf dem Schreibtisch von BVT-Chef Theodor Dollerer liegt ein Packen Ausdrucke, das Ergebnis der Auswertung von Iskandar Taha al-Djazrawis Handy durch die Spezialisten bei *FNews*, die soeben Roland Palefka gebracht hat. Auch Ishraga al-Khady ist anwesend, da klarerweise sämtliche SMS-Nachrichten in arabischer Sprache verfasst sind.

»Kokoschanskys Leute haben tatsächlich einiges drauf«, lobt Dollerer und blättert durch den Stapel.

»Es war ein hartes Stück Arbeit«, meint Palefka, »wie die Hacker mir versicherten. Aber sie haben es geschafft. Auffällig die unglaublich vielen Telefonate mit einer Nummer mit ebenso vielen SMS. Dabei handelt es sich um einen Anschluss in Doha, Katar.«

»Bei diesem Kontakt handelt es sich immer um einen gewissen Abu Omar«, sagt die Dolmetscherin.

»Das ist sicherlich ein Code- oder Kampfname, wie es bei den Dschihadisten üblich ist«, ist Dollerer sich sicher, »das müsste herauszufinden sein, wer sich dahinter versteckt. Geht aus den Nachrichten hervor, was sie planen?«

»Einen Augenblick.« Ishraga al-Khady rückt ihre Lesebrille zurecht, und je mehr sie liest, desto unruhiger wird sie. »Das sind keine schönen Aussichten. Da steht, es werden demnächst katholische Kirchen und Priester, wörtlich *nach Allahs Regeln* behandelt. Zuerst in Frankreich, vielleicht auch in Belgien. *Darum kümmern sich unsere Brüder in Molenbeek*.«

»Wo sonst?« Palefka lockert seine Krawatte. »Diese Dschihad-Hochburg ist einfach nicht auszuräuchern.«

»Oh!«, die Dolmetscherin deutet auf ein weiteres Blatt, »Deutschland ist ebenfalls im Visier. *Bruder, mobilisiere unsere Brüder. Alle, die für das Paradies bereit sind. Du hast ihre Kontaktnummern. Sie sollen in diesem gottlosen Land herumreisen und an ungewöhnlichen Orten für Allah kämpfen. In Zügen, Bussen, U-Bahnen. Jedes Mittel ist erlaubt. Messer, Äxte, jede Form, die als Waffe nützlich ist.*«

Das Gesicht des BVT-Chefs Theodor Dollerer verliert zusehends an Farbe.
»Was ist mit Österreich?«
Ishraga al-Khady überprüft die einzelnen Seiten.
»... Ja, es gibt eine klare Anweisung. *Bruder, beobachte genau das Verhalten im Land. Noch ist es nicht Allahs Wille, Österreich anzugreifen. Bruder, sei vorsichtig, falle nicht auf. Spiele weiter deine Rolle als Flüchtling*. Ja, und da auf den letzten Seiten eine Unmenge an SMS von Abu Omar, warum der Syrer sich nicht meldet. Ob etwas passiert ist?«
»Schwer möglich, ein Lebenszeichen von sich zu geben, wenn er bei uns hockt«, bemerkt Palefka sarkastisch.
»Anscheinend benutzt auch Iskandar Taha al-Djazrawi einen Kampfnamen«, überprüft die Dolmetscherin die Unterlagen, »dieser Abu Omar bezeichnet ihn öfters als *El Zarka*.«
»Was bedeutet das?«, will Dollerer es genau wissen.
»So viel wie *der Graue*.«
»Aha«, Dollerer ist sichtlich ratlos, »was immer das heißen mag.«
»Wie gehen wir weiter vor, Theo?«
»Jetzt holen wir den Syrer aus seiner Zelle, Roland, und drehen ihn ordentlich durch die Mangel. Er wird diesen Abu Omar anrufen und ihn beruhigen, dass alles in bester Ordnung ist. Frau al-Khady wird verdeckt mithören, damit al-Djazrawi diesen Abu Omar nicht warnt oder sonst in einer Form verklausuliert spricht. Danach werde ich wohl den Minister informieren müssen. Und den BND. Wenn er über diese Kontaktnummern verfügt, dann müssen unsere deutschen Kollegen sofort davon in Kenntnis gesetzt werden.«
»Was machen wir mit den Amerikanern?«, fragt Palefka.
»Gute Frage«, schnaubt Dollerer. »Darüber muss ich noch nachdenken.«

*

Marcel Pruckner erfährt durch *Wien Heute*, der lokalen TV-Nachrichtensendung des ORF, von dem dummen und unnötigen Übergriff auf Zahra el-Husseini und ihre Tochter im Bus durch seinen Spezi Klaus Löscher. Der erklärte Nazi wurde festgenommen und sitzt jetzt in U-Haft. Aufgrund seiner zahlreichen Vorstrafen wird er dieses Mal wieder für

längere Zeit im Gefängnis bleiben müssen.
Dementsprechend sauer ist Pruckner, doch dieser Zwischenfall soll sein lang geplantes Projekt keinesfalls gefährden. Ursprünglich war sein Vorbild der *NSU*, der *Nationalsozialistische Untergrund*, der in Deutschland jahrelang für Aufsehen durch spektakuläre Taten sorgte, bis in Zwickau das braune Terrortrio sein Ende fand. Im Gegensatz zur NSU verzichtet Pruckner auf einen Namen für seine Untergrundtätigkeit, aber der harte Kern besteht ebenfalls nur aus drei Personen, zwei Männern und einer Frau. Waren es in Deutschland Beate Zschäpe, Uwe Bönhardt und Uwe Mundlos, sind es in Wien Bettina Jölich, der Maulwurf bei *FNews*, Klaus Löscher und Marcel Pruckner.
Nach der Zerschlagung der Terrorgruppe änderte Pruckner seinen Kurs und will seinen Plan im Alleingang ausführen. Auch für diese neue Vorgehensweise hat er ein Vorbild, doch darüber schweigt er eisern. Das bleibt sein Geheimnis. Dennoch zittert er, dass Löscher, der sehr einfach gestrickt ist, sich bei den Bullen verplappert oder singt, um sich Vorteile zu verschaffen. Löschers Festnahme wirbelt seine Absichten gehörig durcheinander. Jetzt kann er nicht an ihn heran, um ihn aus dem Weg zu räumen. Jölich muss ebenfalls weg, doch noch braucht Pruckner sie, um zumindest im Groben über Kokoschanskys Vorhaben im Bilde zu sein. Noch hält dieser verdammte Schmierfink sich in Griechenland auf. Weiß der Teufel, was der Kerl dort unten zu suchen hat. Zumindest kann er Pruckner hier nicht bei seinen Vorbereitungen in die Quere kommen.

*

Es war ein langes Telefonat zwischen Kokoschansky und Lena. Wider Erwarten nahm sie seinen Anruf sehr gelassen entgegen. Schließlich ist sie mit ihrem Koko Kummer gewöhnt und erlebt oft genug, dass Pläne und Vorhaben wegen unvorhergesehener Ereignisse kurzfristig über den Haufen geworfen werden müssen.
Zwar ist sie traurig, dass es anders kommt als erwartet, aber selbstverständlich versteht sie bestens, dass in diesem Geschäft oft einiges aus dem Ruder läuft. Schließlich ist es in ihrer Branche nicht anders. Sie macht sich nur Sorgen um ihn. Jedenfalls hat er es dieses Mal nicht selbst

herausgefordert, kam zu dieser dubiosen Story wie die Jungfrau zum Kind. Natürlich wäre es gegen sein journalistisches Verständnis, wenn er jetzt die Finger davon lassen würde. Er soll bloß auf sich aufpassen, meint sie, und so schnell wie möglich wieder nach Hause kommen. In Wien ist alles ruhig, keinerlei besondere Vorkommnisse, abgesehen vom beginnenden Eiertanz nach der Bundespräsidentenwahl und dass die FPÖ mit allen Mitteln das mehr als knappe Wahlergebnis anfechten wird.

Kokoschansky kann noch ein paar Worte mit seinem Sohn sprechen, und nachdem der Vater abermals hoch und heilig versprochen hat, ihm etwas aus Griechenland mitzubringen, war der Junge wieder besänftigt.

Danach wird erst mal ausgiebig gegessen. Konstantinos Galanithrakis ist mit zwei Riesentüten zurückgekehrt, und darin befindet sich ein köstlicher Querschnitt durch die griechische Küche. Herzhaft langt Kokoschansky zu, während Veroniki Stefandopolos nur ein paar kleine Bissen hinunterwürgt. Zu sehr beschäftigt sie das ungewisse Schicksal von Spyridon Evangelistos.

Obwohl es Kokoschansky unter den Nägeln brennt, endlich Einsicht in Yannis Tsakitaris' Material zu nehmen, lässt er es doch bleiben und entscheidet sich fürs Ausruhen auf einem Sofa. Bereits nach wenigen Minuten fällt er in einen tiefen Schlaf, selbst die Festplatte und der USB-Stick in seiner Unterhose stören ihn nicht. Vertrauen ist gut, Kontrolle besser. Obwohl dieser Zahnarzt keineswegs einen unredlichen Eindruck macht. Ein gesundes Maß an Misstrauen ist im Journalismus immer angebracht. Auch Veroniki hat sich zurückgezogen. Im Gegensatz zu Kokoschansky macht sie kein Auge zu, ihre Gedanken kreisen andauernd um den Verbleib von Spyridon Evangelistos.

Kurz nach fünfzehn Uhr weckt Konstantinos Galanithrakis den Journalisten und wedelt mit den Fährentickets. Unbemerkt streicht Kokoschansky sich über seine Jeans. Alles noch an seinem Ort.

»Wir haben Glück, Koko«, lächelt der Grieche, »in etwas mehr als einer Stunde sind wir bereits auf dem Schiff. Ich packe nur rasch ein paar Sachen, und dann verschwinden wir.«

Der Zahnarzt fügt noch hinzu, er hätte es sich schwieriger vorgestellt, Plätze zu bekommen. Noch ist die Hauptreisesaison nicht angelaufen, und die wirtschaftliche Lage des Landes schadet ohnehin enorm dem Tourismus. Veronikis Stefandopolos' Opel steht im Hof, der von außen

nicht eingesehen werden kann. Das Trio fährt mit Galanithrakis' Toyota los.
Während der Fahrt achtet Kokoschansky sehr genau darauf, ob ihnen nicht unerwünschte Begleiter folgen, und behält den Rückspiegel im Auge. Doch sie erreichen problemlos den Hafen, wo bereits die *Nissos Chios* der *Hellenic Seaways* mit einer Aufnahmekapazität für etwas mehr als tausendsiebenhundert Passagiere und Platz für rund vierhundertzwanzig Fahrzeuge wartet. Den Anweisungen des Personals folgend, parkt Galanithrakis sein Auto auf den vorgesehenen Stellplatz. Das Schiff ist ungefähr zur Hälfte ausgelastet. Daher keinerlei Gedränge und jede Menge Platz.
Für die relativ kurze Fahrt sind keine Kabinen gebucht. Das wäre schlicht Geldverschwendung gewesen. Veroniki, Galanithrakis und Kokoschansky suchen sich drei ruhige, abgelegene Plätze. Jetzt verfügt der Journalist über genügend Zeit, um sich Tsakitaris' Nachlass zu widmen.
Pünktlich ertönt die Schiffssirene, und die Fähre legt ab, nimmt Kurs auf Ikaria. Kokoschansky denkt an Günther. Dieser riesige Pott wäre genau sein Ding. Alles in Augenschein nehmen, genau inspizieren, herumsausen und dabei seinem Vater ein Loch in den Bauch fragen. Kokoschansky dreht ein kurzes Video mit dem Handy, damit der Junge später eine Vorstellung hat.
Das sind die Momente, in denen Lena und das Kind ihm besonders fehlen. Er mag zwar nach außen hin ein harter Hund sein, aber tief drinnen sitzt ein butterweicher Kern. Nur jetzt nicht in Melancholie verfallen, Langer, sagt er sich. Keine Zeit für Sentimentalität. Je eher du frischen Wind in diesen Irrsinn bringen kannst, umso früher bist du wieder daheim. Er blickt durch ein Fenster hinaus auf die nördliche Ägäis. Das strahlende Wetter und die ruhige See können aber nicht die schrecklichen Erinnerungen überdecken, die jetzt die Gedanken an seine Familie in den Hintergrund drängen.
Vor wenigen Monaten trieb Kokoschansky sich eine Zeit lang in Griechenland herum, als die Flüchtlingswellen nicht und nicht enden wollten. Er sah diese überladenen Nussschalen mit den roten, orangefarbenen und gelben Punkten darauf. Menschen in meist untauglichen Schwimmwesten, eng aneinandergekauert, die alles zurückgelassen hatten und selbst das

Ertrinken noch besser fanden, als in ihren Heimatländern zu krepieren. Immer wieder kenterten diese Boote und Schiffe, die diese Namen nicht verdienten, und hilflose Leute ruderten und strampelten verzweifelt im Wasser, schrien, aber die Rettung kam vielfach zu spät. Kaum einer von diesen Flüchtlingen konnte schwimmen. Wie auch? Wo soll man in Wüstengebieten schwimmen lernen?
Die zahllosen auf dem Wasser treibenden und angeschwemmten Leichen wollten ihm nicht mehr aus dem Kopf. Er sah in von den Strapazen gezeichnete Gesichter, spürte die Ängste der Menschen vor einer ungewissen Zukunft beinahe selbst körperlich, konnte ihren Jubel und die Freude hören, als sie endlich an Land gezogen wurden, wieder festen Boden unter ihren Füßen hatten – Europa!
Kokoschansky besuchte die Flüchtlingsaufnahmestelle in Chios, sprach mit den Leuten, erfuhr so vieles über menschliche Tragödien und Schicksale, was für uns im sicheren Westen unvorstellbar ist. Was für eine Schande für die gesamte Welt im 21. Jahrhundert!
Viele hatten ihre ganz eigenen Vorstellungen über dieses Europa. Auch er brachte es nicht übers Herz, ihnen zu sagen, dass die Realität völlig anders ist, als ihnen von den Schleppern und anderen zwielichtigen Figuren vorgeschwärmt worden war.
Viele müssen erst begreifen, dass einem in diesem Europa nichts geschenkt wird. Dass das Erlernen der jeweiligen Landessprache Grundvoraussetzung ist und ein erster Schritt Richtung Neuanfang. Kokoschansky erinnert sich an einen Beitrag im deutschen Fernsehen, in dem ein hochrangiger Angestellter eines Automobilwerks, der sich sehr für die Integration von Flüchtlingen einsetzt und einige von ihnen in dieser Fabrik arbeiten, den bemerkenswerten Satz aussprach: »Leute, eines ist klar. Das Trikot schwitzt nicht von alleine.«
Kokoschansky war mit der überforderten Küstenwache unterwegs, verbrachte einige Zeit in der Aufnahmeeinrichtung Pikpa auf Lesbos, unterhielt sich mit den Mitarbeitern von *Frontex*[88] vor Ort, sah ihre verzweifelten Anstrengungen, ihre Überforderung und Hilfslosigkeit. Es waren zu viele, die ihr Glück und ein neues Leben in Europa suchten.
Dann brach Kokoschansky nach Idomeni auf, genau in der Zeit, in der es am schlimmsten war. Der pure Horror.. Jeden Tag in den Nach-

richtensendungen zu sehen. Doch außer beschwichtigenden, hohlen Phrasen passierte nicht viel. Merkels inzwischen berühmter Ausspruch »Wir schaffen das« ist zu einem geflügelten Wort geworden. Was schaffte die EU wirklich? Außer Zäune und Mauern hochzuziehen oder sich weltweit lächerlich zu machen, wie es der inzwischen zurückgetretene österreichische Bundeskanzler Werner Faymann zuwege brachte, indem er von einem »Türl mit Seitenteilen« sprach.

Besonders die ungewisse Zukunft der Frauen und Kinder setzte Kokoschansky zu. Die Bilder der auf dem Wasser treibenden Leichen sind für immer in seinem Gedächtnis eingebrannt.

Die See bleibt weiterhin ruhig, die Fähre kommt gut voran. Einige der Passagiere dösen vor sich hin. Das leise, monotone Wummern der Motoren als ständige Geräuschkulisse wirkt einschläfernd.

Kokoschansky gelingt es kaum, sich zu konzentrieren. Je länger er hinaus aufs Meer blickt, desto intensiver tauchen immer wieder diese Bilder auf. Wie viele Träume sind in diesen Wellen für immer untergegangen? Und in Wien sitzt einer beim Verfassungsschutz, der wahrscheinlich von diesen Tragödien profitierte und dafür mitverantwortlich ist. Bisher weiß niemand, wer dieser Iskandar Taha al-Djazrawi wirklich ist. Was er beabsichtigt, bereits angerichtet hat, wer seine Hintermänner sind. Bis auf den Mord an der Frau des Händlers, den Zahra el-Husseini beschwört, ist nicht viel über ihn bekannt. Doch auch für diese angebliche Tat fehlen die Beweise. Derzeit steht es Aussage gegen Aussage.

So viele Fragen sind offen. Wie mag es Spyridon Evangelistos zurzeit ergehen? Lebt er überhaupt noch? Was stellen sie gerade mit ihm an? Oder liegt er ebenfalls wie sein Freund Yannis Tsakitaris irgendwo mit eingeschlagenem Schädel?

»Du denkst an Spyridon«, errät Konstantinos Galanithrakis die Gedanken des Journalisten, »ich mache mir ebenso große Sorgen um ihn.«

»Was versprichst du dir von Ikaria?«

»Ich hoffe, dass sie uns dort weiterhelfen können, zumindest uns auf die richtige Spur bringen. Auf dieser Insel lebt ein eigener Menschenschlag. Ich setze auf meinen Onkel und hoffe, dass er geistig rege geblieben ist. Ich habe ihn schon lange nicht mehr gesehen.«

»Was machte er früher?«

»Das soll er dir selbst erzählen«, hält der Zahnarzt sich bedeckt. »Ich möchte nichts durcheinanderbringen.«
»Wenn wir pünktlich an Land gehen, kommen wir doch mitten in der Nacht an. Ich nehme an, dass es bis Karavo …«
»… Karavostamo«, unterbricht Galanithrakis ihn, »vom Hafen sind es nur ein paar Kilometer. Mach dir darüber keine Gedanken. Wir Griechen sind sehr gastfreundlich.«
Kokoschansky soll es recht sein, Konstantinos wird schon wissen, was er tut. Inzwischen hat der Journalist es sich anders überlegt, er wird jetzt nicht Tsakitaris' brisantes Material durchforsten. Zu viel Wissen verursacht nur Kopfschmerzen, und die beiden anderen müssen nicht alles mitbekommen. Es ist ohnehin bereits zu viel geschehen.
»Wolltest du mir nicht etwas über Ikaria erzählen?«
Etwas Abwechslung kann Kokoschansky gut gebrauchen. Vielleicht verschwinden dann diese traurigen Bilder zumindest für eine Zeit lang aus seinem Kopf.
»Gern«, antwortet Konstantinos Galanithrakis. »Diese Insel verfügt über eine interessante Geschichte. Zwar bin ich kein Historiker, doch das Wesentliche bekomme ich auf die Reihe. Ikaria ist eng mit unserer Mythologie verbunden. Hier liegt Ikarus begraben, beerdigt von seinem Vater Dädalus. Beide flohen aus dem Gefängnis des Minotaurus auf Kreta, indem sie mit selbst gebastelten Flügeln in den Himmel abhoben. Die Federn der Flügel waren mit Wachs zusammengeklebt. Ikarus kam der Sonne zu nahe, das Wachs schmolz, und er stürzte vor der Insel tödlich ab ins Meer. Auch Dionysos war auf dieser Insel sehr umtriebig, schätzte besonders den Wein von Oinoe.
Die Besiedelung Ikarias begann im 8. Jahrhundert v. Chr. von Milet aus. Im 5. Jahrhundert v. Chr. waren die Städte Oinoe und Thermai Mitglieder im Attischen Seebund. Erst ab dem 2. Jahrhundert v. Chr. gehörte Ikaria zu Samos.
Diese kleine Insel musste viel erleben. Aus der Zeit von Byzanz sind noch die Reste der Festung Koskinas erhalten, und Ikaria war ein Ort der Verbannung. Im 13. Jahrhundert waren die Franken die neuen Herren, danach kamen die Genueser, und ihnen folgten die Johanniter von Rhodos, bis schließlich die Türken 1523 zugriffen.

Bis 1912 zählte Ikaria zum Osmanischen Reich. Während des italienisch-türkischen Krieges im gleichen Jahr erkämpften sich die Ikarianer die Unabhängigkeit, gründeten den Freistaat Ikaria, und erst im Juli 1913 kam es zur Angliederung an Griechenland.

Im Zweiten Weltkrieg unterdrückten zuerst die Italiener, dann die Deutschen die Bevölkerung. Die Zivilisten bezahlten einen hohen Blutzoll, die wirtschaftliche Lage der Insel war erbärmlich. In dem kleinen Dorf meines Onkels, in Karavostamo, verhungerten alleine an die hundert Menschen.

Doch Ikaria durfte nicht zur Ruhe kommen. Nur ein Jahr nach dem Ende des Weltkriegs brach 1946 der fast dreijährige Bürgerkrieg aus. Die Nationalisten gewannen gegen die Kommunisten. Ikaria wurde zum Exil von bis zu dreizehntausend Kommunisten in Internierungslagern. Die Einwohner der Insel verbündeten sich mit den Deportierten und der KKE[89], der Kommunistischen Partei Griechenlands. Am Ende des 20. Jahrhunderts verloren die Kommunisten zusehends an Einfluss in der griechischen Politik, aber auf der Insel halten Lenins Nachfahren noch immer das Banner hoch. Wir nennen daher Ikaria auch die Rote Insel. Heute leben hier knapp achttausendfünfhundert Menschen.«

Kokoschansky bedankt sich für den kurzen Exkurs und muss zugeben, dass ihm das völlig neu ist. Allerdings weiß er jetzt, woher der Wind weht, und sagt es auch Konstantinos Galanithrakis auf den Kopf zu.

»Dann ist dein Onkel ein ehemaliger Partisan und Kommunist.«

»Er wird es dir erzählen«, weicht der Neffe ihm aus.

Kokoschansky geht hinaus aufs Deck, lehnt sich an die Reling und raucht eine Zigarette. Es ist eine sternenklare Nacht, aber empfindlich kalt, und ein stärkerer Wind hat sich aufgemacht. Vereinzelt blinken am Horizont Positionslichter anderer Schiffe auf. Das Meer ist noch immer sehr ruhig, der Wellengang angenehm. Dennoch kann es so tückisch und gefährlich sein. Das schwarze Wasser kommt ihm wie ein riesiges, alles bedeckendes Leichentuch vor. Wer weiß, wie viele unzulässige Schlauchboote, schrottreife Kähne genau in diesem Augenblick da draußen unterwegs sind? Überladen mit Menschen, überladen mit Träumen und Hoffnungen. Eine falsche Bewegung zu viel, ein Navigationsfehler und sämtliche Sehnsüchte werden von diesem Leichentuch verschluckt.

Kreischend umkreisen die ersten Möwen die Fähre. Ein Zeichen, dass bald Land in Sicht ist. Schlafen diese Vögel nie? Kokoschansky schnippt seine Kippe ins Wasser, kehrt wieder zurück und streckt sich auf einer Bank aus. Auch Veroniki Stefandopolos und Konstantinos Galanithrakis sind eingenickt. Der Journalist ist sehr gespannt auf die Begegnung mit diesem mysteriösen Onkel, über den sein Neffe so gar nichts erzählen will. Hoffentlich ist der Alte noch so weit geistig fit, dass er, falls er tatsächlich dazu in der Lage ist, zumindest einen Hinweis auf Spyridon Evangelistos' eventuellen Verbleib geben kann.
Kokoschansky blickt auf seine Uhr. Knapp Mitternacht vorbei. Lange kann es nun nicht mehr dauern, bis die *Nissos Chios* im Hafen von Agios Kirykos, neben Evdilos, dem größten Ort auf Ikaria, anlegen wird.

Freitag, 27. Mai 2016

Aufgrund seiner zahlreichen einschlägigen Vorstrafen bleibt Klaus Löscher auf Anordnung des Untersuchungsrichters in Haft. Wahrscheinlich rettet diese Entscheidung ihm vorerst das Leben. Marcel Pruckner ist fest entschlossen, ihn bei der nächsten sich bietenden Gelegenheit aus dem Weg zu räumen. Der unüberlegte, völlig sinnlose Angriff dieses Vollidioten auf die Syrerin und ihre Tochter im Bus kann fatale Folgen für Pruckner und seinen Plan haben. Noch hält Löscher die Schnauze, sonst würden bereits die Bullen auf Pruckners Matte stehen. Doch auf Löschers Verschwiegenheit möchte Pruckner nicht wetten. Für ein paar Vergünstigungen in der Haft verkauft der Typ sogar seine Großmutter. Darum muss Pruckner sich rasch etwas einfallen lassen.
Die Schmieraktion gegen die Volksschule in der Berzeliusgasse wird ebenso auf unbestimmte Zeit verschoben wie die Brandanschläge auf das Asylantenheim in der Siemensstraße und die neue Wohnung von Zahra el-Husseini. Sein Plan ist wichtiger und die Vorbereitungen für diese spektakuläre Tat nahezu abgeschlossen. Nur noch ein paar Details ausfeilen und einige Vorkehrungen für danach treffen, dann kann er endlich losschlagen.
Allerdings werden Klaus Löscher und Bettina Jölich vorher ins Gras beißen müssen. Zwar haben beide keinerlei Ahnung, was er tatsächlich ausheckt,

doch er will jeden denkbar möglichen Unsicherheitsfaktor von vornherein ausschließen. Noch braucht er Jölich, die ihn über die Aktivitäten von diesem Kokoschansky informiert. Derzeit hält er sich noch in Griechenland auf. Vielleicht sollte er diesen Scheißkerl ebenfalls umbringen.

Über das *Darknet*, das verborgene Internet, beschaffte er sich die nötigen Utensilien und Waffen für sein Vorhaben. Problemlos und ohne lästige Fragen, diskret und neutral von der Post zugestellt. Die Waffen kamen in Einzelteile zerlegt, um nicht bei eventuellen Durchleuchtungen aufzufallen. Bezahlt hatte er mit *Bitcoins*, der virtuellen Währung für das Darknet. Zwar kostet es ihn in Summe ein kleines Vermögen, doch er kann es sich leisten. Er stammt aus reichem Haus, und seine Eltern unterstützen Sohnemann mehr als großzügig.

Jetzt lagert das Zeug in Deutsch-Wagram unweit von Wien, im leer stehenden Haus der Großmutter mütterlicherseits, die aufgrund ihrer Demenz in eine Seniorenresidenz umziehen musste. Ideal, denn das Haus liegt am Ortsende, keine Nachbarn, ein uneinsehbares Grundstück, umgeben von einem hohen Zaun. Pruckners Eltern kümmern sich aus Zeitgründen nicht um die Liegenschaft. Daher hat er freie Verfügungsgewalt. Das ist sein Rückzugsort für seine finsteren Pläne. Er will sein großes Vorbild noch übertreffen, wenn es demnächst so weit sein wird.

*

Knapp vor 1.30 Uhr morgens steuert der Kapitän der *Nissos Chios* sicher den Hafen von Agios Kirykos an. Nachdem die Fähre vertäut ist, öffnet die Luke sich, die ersten Autos rumpeln über die Rampe hinaus auf die Mole.

Zur Sicherheit hat Konstantinos Galanithrakis den Wohnort seines Onkels, Karavostamo, ins Navi eingetippt. Er war schon so lange nicht mehr hier und kann sich gar nicht mehr an die kürzeste und vor allem richtige Route erinnern.

Nun ist der Toyota des Zahnarztes an der Reihe und wird von einem Matrosen aus dem Schiffsbauch mit energischen Handbewegungen herausgelotst. Das Auto fährt über die Rampe, die drei werden ordentlich

durchgerüttelt. Schade, denkt Kokoschansky, dass es noch tiefe Nacht ist. Die Landschaft wäre es sicherlich wert, genauer in Augenschein genommen zu werden. Das ist sie also, die Insel der schwarzen Skorpione, wie Galanithrakis erzählte. Hoffentlich bleiben die Biester in ihren Verstecken. Auch Mikis Theodorakis war hier eine Zeit lang interniert.
Die Straßen sind schlecht, und es holpert gewaltig. Zielsicher scheint der Toyota sich von einem Schlagloch zum nächsten zu hanteln. Dennoch schafft Kokoschansky es, wieder in einen Halbschlaf zu fallen. Das hat er sich im Laufe der Jahre angewöhnt, zu jeder Zeit und an jedem Ort ein Nickerchen halten zu können.
Plötzlich muss der Grieche jäh bremsen, Kokoschansky wird unversehens aus seinem Dämmerzustand gerissen und kann sich im letzten Moment trotz Sicherheitsgurt am Armaturenbrett abstützen. Ausgerechnet an dieser einsamen Stelle müssen jetzt ein paar anscheinend nachtwandlerische Schafe dämlich in der Gegend herumstehen, die Karre anstarren und blöken. Galanithrakis verzichtet aufs Hupen, steigt aus, versucht es mit In-die-Hände-Klatschen, aber die Nachtschwärmer zeigen keinerlei Lust, die Straße zu räumen. Irgendwo wird sicher der Schäfer sein. Vielleicht leidet der ebenfalls an Schlaflosigkeit, und der Zahnarzt will nicht unbedingt mehr auf sich und seine Gäste aufmerksam machen als unbedingt erforderlich. Erst als er einem der Tiere einen Tritt verpasst und dieses erschreckt zur Seite springt, kapieren auch die anderen es und verschwinden in der Dunkelheit.
Langsam bricht der neue Tag heran, und endlich bekommt diese wunderbare Landschaft wieder ein Gesicht. Postkartenkitsch pur; die weißen Häuser an den Hängen, das azurblaue Meer. Für Aussteiger, die den gesellschaftlichen Zwängen und dem wirtschaftlichen Druck entfliehen wollen, nahezu der ideale Ort. Hier scheint die Zeit stillzustehen. Vereinzelt tauchen ein paar Leute auf, durchwegs Ältere, blicken erstaunt dem Auto mit Athener Kennzeichen nach. Anscheinend verirren sich nicht so viele Griechen aus der Hauptstadt auf diese Insel.
Kokoschansky nützt die Zeit, um Lena eine SMS zu senden, dass er nun auf Ikaria ist, alles in Ordnung. Details später in Wien.
»Ah, jetzt erinnere ich mich«, sagt Konstantinos Galanithrakis und fährt einen steinigen Weg hoch, »das ist das Häuschen meines Onkels.« Der in

die Jahre gekommene Toyota plagt sich sichtlich, diese Steigung zu bewältigen. Mehrmals heult der Motor gequält auf. »Hier hat sich wirklich nichts verändert.«

»Lebt dein Onkel alleine?«, fragt Kokoschansky.

»Ja, seit vielen Jahren. Er ist Witwer. Seine Frau ist vor rund zwanzig Jahren an einem Lungeninfarkt verstorben.«

Der Zahnarzt stellt den Motor ab. Ein alter Mann, der längst auf den Beinen ist, tritt aus der Türe, schaut neugierig auf das Auto und die unerwarteten Besucher. Kokoschansky glaubt, im falschen Film zu sein. Wieder einmal bestätigt sich seine Theorie, dass jeder Mensch irgendwo auf der Welt seinen Doppelgänger hat. Alexis Sorbas lebt! Der Alte, den der Journalist auf über achtzig schätzt, ist das Ebenbild von Anthony Quinn. Jetzt versteht Kokoschansky, warum dieser Mann, wie Galanithrakis ihm erzählte, in Karavostamo, nur als »Alexis« oder »Anthony« bekannt ist. Sofort fällt ihm auf, dass neben der Haustüre mit schwarzer Farbe *ROR* an die Wand gemalt wurde.

Weiß der Zahnarzt doch mehr, als er bisher preiszugeben bereit war?

Langsam schlurft der alte Mann zu Galanithrakis, blinzelt in die aufgehende Sonne.

»Konstantinos?«

»*Nä, kalimera* … Ja, guten Morgen, Onkel Stavros«, antwortet der Neffe und umarmt seinen Verwandten herzlich.

»Lässt du dich doch wieder einmal bei deinem alten Onkel blicken«, und ein Lächeln überzieht das zerfurchte Gesicht, »hast du mich noch nicht vergessen. Du hast dich nicht viel verändert. Ich sehe dich noch als den kleinen Jungen, der mit mir auf Fischfang gefahren ist.«

»*Ochi. Ssä kammjá períptossi* … Nein, auf keinen Fall. *Ssighnómi* … Du hast dich ebenfalls nicht besonders verändert. Entschuldigung für die frühe Störung, aber es ist sehr wichtig.«

»Schmeichler, schon gut, schon gut«, wehrt der Alte ab. »In meinem Alter braucht man nicht mehr so viel Schlaf. Ich muss mir meine Lebenszeit schon sehr genau einteilen, schließlich habe ich nicht mehr allzu viel davon.« Dann entdeckt er Veroniki Stefandopolos. »Ah, bist du gekommen, Konstantinos, um mir endlich dein Mädchen vorzustellen? Na, das wurde aber auch schon langsam Zeit.«

»Ich muss dich enttäuschen, Onkel, das ist Veroniki, aber sie ist nicht meine Braut. Das ist mein Onkel Stavros Vassilakou«, stellt Galanithrakis ihn vor.
Somit weiß Vassilakou nichts von der Homosexualität seines Neffen. Anscheinend ist es in diesem Dörfchen mit seinen knapp fünfhundert Bewohnern noch immer ein Tabuthema, denkt Kokoschansky, der etwas abseits steht.
»Und wer ist der Lange?«, fragt Stavros Vassilakou seinen Neffen.
Konstantinos Galanithrakis winkt Kokoschansky herbei, stellt ihn ebenfalls vor. Die Männer reichen sich die Hände.
»*I Afstría*«, nickt der Alte bedächtig und streicht sich über das stoppelbärtige Gesicht, »Österreich … Zum Glück kein Deutscher, obwohl damals die Österreicher … Egal, ist so lange her. Dafür bist du auch zu jung, großer Mann.«
Obwohl das Kriegsende bereits einundsiebzig Jahre, ein durchschnittliches Menschenleben, zurückliegt, spielt diese furchtbare Zeit noch immer eine große Rolle, und die Deutschen sind in dieser Generation weiterhin verhasst.
»Wie heißt du?«
»Heinz Kokoschansky, aber alle nennen mich Koko.«
»Koko«, wiederholt Stavros Vassilakou, »das merke ich mir, kann ich auch leichter aussprechen. Muss ein schönes Land sein, dieses Österreich. Leider habe ich es nie geschafft, dorthin zu reisen. Und jetzt ist es zu spät. Kommt rein, Zeit für Frühstück und dann erzählt mir, was euch zu mir führt.«
Niemals hätte Kokoschansky gedacht, wie köstlich zu dieser frühen Stunde Schafs- und Ziegenkäse, schwarze, grüne Oliven und Tomaten schmecken können. Dazu Pita-Brot und schwarzer Kaffee.
Es stellt sich heraus, dass Stavros Vassilakou Jahrgang 1928 ist, also achtundachtzig Jahre alt, die man ihm allerdings niemals ansieht. Ein drahtiger, kleiner Mann mit vollem weißen Haar, zwar altersbedingt etwas langsamer, aber immer noch äußerst agil. Vielleicht ist doch etwas dran, dass Schafs- und Ziegenkäse bei regelmäßigem Genuss lebensverlängernd sind? Nachdem er seinen Kaffee, schwarz und ohne Zucker, ausgetrunken hat, genehmigt er sich noch ein Gläschen Ouzo. Aber er macht überhaupt

nicht den Eindruck eines Alkoholikers. Das ist die beste Medizin, meint der Alte, dagegen können die Ärzte sich ihren sämtlichen Pulverkram sonst wohin stecken.

»Und wenn du schon einmal hier bist, Konstantinos«, fordert er seinen Neffen auf, »kannst du dir später gleich mal meine Prothese ansehen. Irgendetwas hakt da am Gaumen, das stört mich.«

Kokoschansky sieht sich in dem kleinen, karg eingerichteten Zimmerchen um. Gleich neben dem vergilbten Jugendfoto einer wunderschönen Frau mit dem klassischen griechischen Profil, wahrscheinlich handelt es sich um Vassilakous verstorbene Ehefrau, hängen die Porträts von Fidel Castro und Che Guevara. Davor, auf einer Kommode, steht eine Madonnenstatue. Noch immer ein überzeugter Kommunist, wie Kokoschansky vermutet, und wahrscheinlich ein ehemaliger Widerstandskämpfer gegen die Nazis, allerdings einer mit Gottesglauben.

»Wer ist er?«, fragt Kokoschansky und deutet auf das Foto eines alten, überaus impulsiven Mannes in kämpferischer Pose, das neben den drei anderen hängt. »Fidel und Che kenne ich, aber ihn habe ich noch nie gesehen.«

»Der«, erklärt Stavros Vassilakou, »ist einer der griechischen Nationalhelden, Manolis Glezos, einer unserer berühmtesten Widerstandskämpfer. Zusammen mit seinem Kampfgefährten Apostolos Sandas riss er am 30. Mai 1941 die Hakenkreuzfahne von der Akropolis. Er musste Unmenschliches erdulden, aber er überlebte sie alle. Heute ist er vierundneunzig Jahre alt, aber noch lange nicht kampfesmüde. Von 2014 bis Mitte 2015 war er sogar das älteste Mitglied im Europaparlament.«

Man sagt den Griechen viel nach, besonders in den Wohlfahrtsstaaten. Faul, arbeitsscheu, korrupt; so ziemlich alles, was aber ebenso im übrigen Europa gang und gäbe ist. Doch wenn dieses Volk auf die Barrikaden steigt, dann gründlich und ausdauernd, nicht zu brechen.

»Also«, sagt Vassilakou, »was führt euch zu mir?«

Mit Kokoschanskys Unterstützung erzählt Konstantinos Galanithrakis von den bisherigen Ereignissen im Zusammenhang mit Yannis Tsakitaris und Spyridon Evangelistos. Der alte Mann hört aufmerksam zu, raucht dabei seine *Papastratos*-Zigaretten wie ein Schlot.

»Frag ihn«, sagt Kokoschansky zu Galanithrakis, »was es mit diesem *ROR* auf sich hat. Es steht neben seiner Haustür. Das ist dir doch sicherlich aufgefallen.«

Der Zahnarzt übersetzt, doch statt einer Antwort erhebt Vassilakou sich etwas schwerfällig, geht zu einem Kasten und nimmt eine Bouzouki heraus. Kokoschansky sieht, dass in dem Schrank auch ein altersschwaches, aber sicher funktionsfähiges Gewehr lehnt. Wozu sollten sonst einige Packungen Munition auf einem Brett lagern? Die Schachteln sind ziemlich neu.

Der Alte überprüft die Stimmung des Instruments und beginnt die ersten Takte von *O Saltadoros* anzuschlagen, singt dazu mit kräftiger, wenn auch brüchiger Stimme. Beachtlich, was dieser Mann aus der Bouzouki herauszuholen vermag. Bereits bei den ersten Tönen fließen bei Veroniki Stefandopolos die Tränen. Nach und nach stimmt sein Neffe in das Lied ein, und Veroniki bewegt ebenfalls ihre Lippen.

Nach dem Schlussakkord legt Vassilakou das Instrument zur Seite und fragt seinen Neffen, ob Kokoschansky diesen Rembetiko kennt. Als dieser verneint, wird es ihm erklärt.

»Ich kenne beide«, sagt Stavros Vassilakou, »sowohl Yannis Tsakitaris wie auch Spyridon Evangelistos. Yannis besuchte mich einige Male, da ich viel weiß, warum es heute um Griechenland so schlecht bestellt ist. Leider ist Spyridon mir nie persönlich begegnet. Ich hoffe sehr, dass es eines Tages noch dazu kommt. Er ist ein exzellenter Musiker, und wahrscheinlich weiß er selbst nicht, wie berühmt er in seiner Heimat ist. Weit über Piräus und das ›Sophokles‹ hinaus. Weißt du, Koko, ich bin ein alter Kämpfer. Meine Geschichte ist lang, oft genug sehr traurig und erzählt von vielen Toten. Ich war immer im Widerstand und werde es bleiben, bis der Deckel sich über mir schließt.« Er deutet mit dem Finger auf die Bilder von Castro und Che Guevara. »Es sind nicht unbedingt meine Vorbilder, aber ich habe doch einiges von ihnen gelernt. Leider ist der Kommunismus tot, abgesehen von China, das längst westlich orientiert ist, und von dem Wahnsinnigen in Nordkorea möchte ich gar nicht sprechen. Ich bin noch immer überzeugt, dass die Grundidee des Kommunismus gut war, aber was später im ehemaligen Ostblock geschah, war eine andere Sache. Stalin, Chruschtschow, Breschnew und wie sie alle heißen verrieten die Ursprungsidee. Gorbatschow hat es kapiert, aber die alte Nomenklatura

ließ ihn nie richtig arbeiten.
Ich bin kein Politiker, nicht besonders gebildet, ein einfacher Mann, der sich mit ein paar Schafen und Ziegen mehr schlecht als recht über Wasser zu halten versucht. Aber ich besitze einen gesunden Menschenverstand und lernte im Laufe meines langen Lebens die Menschen kennen, weiß, wozu sie fähig sind. Sowohl im Guten wie auch im Bösen. Du bist Journalist, Koko, und mein Gefühl verrät mir, dass man dir über den Weg trauen kann. Willst du wirklich etwas für Griechenland tun? Berichten, was tatsächlich im Land vorgeht? Was sie in Brüssel mit uns vorhaben?«
»Sofern es beweisbar ist, jederzeit. Aber ich kann keine Wunder wirken, nur aufdecken und aufzeigen. Mehr ist es nicht.«
»Das ist bereits sehr viel, weil andere es sich nicht trauen und …« Stavros Vassilakou zündet sich eine weitere Zigarette an. »… vor Brüssel, dieser verdammten EU, der Troika und den Amerikanern in die Knie gehen.« Dann legt er eine Pause ein, sieht den Journalisten durchdringend an. »Ich bin *ROR*. Eigentlich war es Yannis' Idee. Er wollte ein Zeichen setzen, gewaltfrei. Eine Bewegung ins Leben rufen, die sich dagegen wehrt, wie mit uns umgesprungen wird, und die auch nicht aufgibt, wenn die Gegenseite schwere Geschütze auffährt. Das wurde hinfällig, als Evangelistos' Eltern starben. Da war die Menge nicht mehr aufzuhalten. Ebenso wenig, als Yannis' ermordet wurde. Momentan ist es ruhig, doch es wird nicht so bleiben.«
»Was hat *ROR* vor?«, fragt Kokoschansky.
»Prokopis Pavlopoulos, Tsipras und seine Lakaienregierung unter Druck setzen, sich nicht von Brüssel länger auf der Nase herumtanzen lassen. Hier auf Ikaria ist das Zentrum von *ROR*, doch nur wenige Eingeweihte wissen davon. Vielleicht hat Konstantinos dir erzählt, dass man uns auch die Rote Insel nennt? Das kommt nicht von ungefähr. Einige von uns alten Kämpfern leben noch. Wenn du die Zeit findest, Koko, besuche den Friedhof in Evdilos. Dort findest du reihenweise die Gräber unserer Kameraden, die im Widerstand gefallen sind. Wir Überlebenden verfügen noch immer über beste Kontakte. Jeder von uns hat später auf seine Art seinen Weg gemacht.«
»Haben Sie eine Vermutung, wo Spyridon sein könnte?«, hakt Kokoschansky nach.

»Sag ihm, Konstantinos, ich bin Stavros. Diese Förmlichkeiten sind mir ein Gräuel. Ich glaube nicht, dass unsere Regierung dahintersteckt, ebenso wenig, wie sie meiner Meinung nach mit Yannis' Ermordung zu tun hat. Es ergibt keinen Sinn. Yannis wollte gewisse Machenschaften der EU, der Troika gegenüber Griechenland aufdecken. Das kann doch Tsipras nur recht sein. Da hätte er einen Trumpf gegenüber Merkel, Schäuble und den anderen in der Hand.«

»Moment«, schaltet Veroniki Stefandopolos sich nun ein, die bisher äußerst schweigsam und nur Zuhörerin war. »Spyridon hat mir erzählt, dass seiner Vermutung nach unsere Geheimdienstleute ihn aufsuchten und wollten, dass er seine Eltern heimlich bestattet.«

»Da waren doch die Demonstrationen bereits in vollem Gange«, sucht Vassilakou nach einer Erklärung, »die aufgebrachten Menschen gingen für *ROR* auf die Straßen, ohne viel darüber nachzudenken. Und Athen glaubte es ebenso. Doch wir hatten damit überhaupt nichts zu tun. Durch diese neuen Technologien, wie Internet und Facebook und was es von diesem Zeug noch alles gibt und womit ich mich gar nicht auskenne, verbreitete *ROR* sich in Windeseile, und wir hatten von unserer Insel aus hier überhaupt keinen Einfluss mehr darauf.«

»Tatsache bleibt, dass diese Männer bei Spyridon waren«, lässt Veroniki nicht locker, »und sie sprachen Griechisch, akzentfrei, wie Spyridon mir sagte.«

»Und wenn es Landsleute waren, die sich den Anschein gaben, Mitglieder unseres Geheimdienstes zu sein, aber in Wahrheit für die Amerikaner oder für die NATO arbeiten?«, bringt der alte Partisan eine völlig neue Blickrichtung ins Spiel. »Vielleicht waren es griechischstämmige Agenten?«

»Also CIA«, sagt Kokoschansky, und Vassilakou nickt. »Aber welche Rolle nimmt dabei die NATO ein?«

»Schon mal etwas von den geheimen Kriegen der NATO in Europa gehört?« Vassilakou mustert Kokoschansky sehr genau. »Griechenland gehörte dazu. Und vielleicht jetzt wieder?«

»Das ist mir bekannt«, bestätigt Kokoschansky. »Aber ich habe mich nie näher damit beschäftigt.«

»Dann werde ich euch einiges darüber erzählen, was dieses Land betrifft.

Vorher möchte ich noch jemanden anrufen. Entschuldigt mich für einen Moment.«

Unglaublich, alte Männer stecken hinter *ROR*, und Yannis Tsakitaris war die Initialzündung dafür. Doch was sie vorhaben, damit rückt Stavros Vassilakou nicht heraus. Kokoschansky will ihn nicht vor den Kopf stoßen oder gar vergrämen, doch er muss es unbedingt herausbekommen.

Nach wenigen Minuten kehrt Vassilakou zurück, setzt sich wieder an den Tisch zu den anderen.

»Es findet in ein paar Minuten ein Treffen statt, das nie stattgefunden hat, Leute. Es kommt ein alter Kampfgefährte zu uns herüber. Mit den besten Kontakten, mehr will ich dazu nicht sagen. Und gewisse Leute hören noch immer auf ihn, da er über einige sehr viel weiß, was denen noch immer unangenehm wäre, käme es ans Tageslicht. Über die Jahrzehnte hat er sich seinen eigenen Giftschrank angelegt, irgendwo in den Bergen auf Ikaria versteckt. Alter Agententrick. Jeder Mensch hat seine wunden Punkte, und die gilt es herauszufinden. Darüber legt man Dossiers an und schafft sich dadurch eine wunderbare Rückversicherung, falls es einmal brenzlig wird. Ich habe das auch gemacht und an einem sicheren Ort verwahrt.

Zuerst wollte er nicht, aber ich konnte ihn davon überzeugen, dass es sehr wichtig wäre. Du hast Glück, Koko, dass du Österreicher bist. Bei einem Deutschen würde er mit Sicherheit nicht kommen. Jetzt möchte er dich kennenlernen. Außerdem spricht er mehrere Sprachen, darunter auch Deutsch.«

»Wie soll ich den Herrn ansprechen?«, fragt Kokoschansky.

»Hm«, denkt Stavros Vassilakou nach, »nenn ihn Zeus. Einer von seinen alten Decknamen.«

Also ein Spion im Ruhestand. Was für ein verrückter Job! In seinem Beruf lernt Kokoschansky die unterschiedlichsten und schrägsten Typen kennen. Doch der Göttervater ist auch für ihn eine Premiere. Wahrscheinlich haben die beiden alten Herren sich gegenseitig bespitzelt oder tun es noch immer. Doch das interessiert Kokoschansky überhaupt nicht. Er will nur Spyridon Evangelistos finden und danach ab nach Hause, endlich in Ruhe Tsakitaris' Material auswerten.

Es klopft, und ein Mann am Stock mit einem ziemlich großen Bauch tritt ein. Altersmäßig dürfte er nur wenig jünger als Vassilakou sein, schätzt

Kokoschansky. Dieser Zeus kämpft mit Atemproblemen, klammert sich für einen Moment an seine Gehhilfe, bevor er sich wieder gefangen hat. Er grüßt freundlich, reicht jedem die Hand, aber mustert dabei eindringlich die Anwesenden. Danach lässt er sich schwer atmend in einen Stuhl fallen, während Vassilakou ihm einen Kaffee zubereitet. Hoffentlich war er als Hellenen-007 schlanker, denkt Kokoschansky. Ansonsten konnte er nur im Innendienst Verwendung gefunden haben.

»Du«, wendet Zeus sich direkt an den Journalisten, nachdem er einen Schluck Kaffee getrunken hat, »bist der Österreicher, der diesen Musiker Spyridon Evangelistos sucht. Und du hast die Unterlagen von Yannis Tsakitaris zugespielt bekommen.«

Er spricht wirklich nahezu akzentfreies Deutsch.

»Ja, indirekt«, bestätigt Kokoschansky, »über Evangelistos, nachdem Tsakitaris ermordet wurde. Der Musiker und er waren eng befreundet.«

»Ich weiß«, sagt Zeus, »ich weiß. Du wirst diese heiklen Dinge veröffentlichen.« Dann lächelt er versonnen. »Im Gegensatz zu Stavros bin ich kein Technikverweigerer und bemühe mich, trotz meines hohen Alters mit der Zeit zu gehen. Daher sind mir deine *FNews* bekannt und somit du auch. Dennoch …«, jetzt wird er plötzlich sehr leise, und ein drohender Unterton lässt sich nicht überhören, »… sage ich es dir. Bleib fair, versuche keine linken Touren. Stavros hat sich zwar gewissermaßen für dich verbürgt, Koko, aber ich will, dass du es auch aus meinem Mund hörst. Man sieht es mir zwar nicht an, doch mein langer Arm reicht, wenn es sein muss, auch bis nach Wien. Jetzt ist es ausgesprochen und vom Tisch.« Er steckt sich eine von Vassilakous Zigaretten an, hustet nach den ersten Zügen. »Das Material, das Tsakitaris erhielt und in dessen Besitz nun du bist, Koko, stammt aus einer erstklassigen Quelle, direkt aus dem Herzen der EU.«

»Brüssel?«, fragt Kokoschansky nach.

Die Antwort ist ein leichtes Kopfnicken.

»*ROR*, *Revenge Of Rembetiko*, wurde von uns gegründet, um diesen Typen in Belgien Paroli bieten zu können. Wir bezeichnen uns selbst nicht als Organisation. Dafür sind wir viel zu klein, das wäre vermessen. Wir sind nur eine Handvoll Leute, aber jeder von uns auf seine Art ein Spezialist. Und wir sind erklärte EU-Gegner, die sich nicht mehr länger von diesen realitätsfernen, aber umso gewissenloseren Bürokraten gängeln lassen. Wir werden keinerlei Terror, keine Anschläge ausüben. Diese Welt ist doch längst zu einem riesigen Terroristennest verkommen. Wir unterwandern die wichtigen Stellen und Kommissionen in Brüssel, lassen Dokumente mitgehen, bringen sie an die Öffentlichkeit, zeigen die wahren Absichten dieser EU auf. Das ist unser Ziel. Und du«, er sticht mit dem Zeigefinger Richtung Kokoschansky, »könntest unser Mann dafür sein.«

»Das heißt, eure *ROR*-Leute sitzen bereits in Brüssel«, versucht Kokoschansky, es auf den Punkt zu bringen, geht aber nicht näher auf dieses Angebot ein, »oder liege ich komplett falsch?«

»Wir sind erst am Beginn«, klärt Zeus ihn auf, »ein Maulwurf ist bereits installiert. Von ihm stammt auch das Material, das für Tsakitaris bestimmt war und worüber nun du, Koko, verfügst. Wer er ist, welche Position er bekleidet, tut nichts zur Sache. Hauptsache, er ist dort. Versuche auch nicht zu recherchieren, wer es ist. Diese Person liefert, und du machst die Unterlagen öffentlich. Wir bieten dir dafür auch kein Geld, weil wir keines haben. Außerdem schätze ich dich so ein, dass du nicht käuflich bist. Auf dieser Basis können wir zusammenarbeiten.«

»Ihr wollt mich somit für eure Zwecke instrumentalisieren.«

»Macht das nicht jeder Informant mit euch Journalisten, wenn er seine Geschichte unter die Leute bringen will? Wir sind deine Informanten, nicht mehr und nicht weniger. Davon lebt ihr doch, von Informationen unterschiedlichster Quellen.«

Wo er recht hat, hat er recht, findet Kokoschansky, und er lässt es auf sich beruhen.

»Irgendwo muss dennoch ein Fehler passiert sein«, setzt Zeus fort. »Tsakitaris hat keine einzige Silbe, kein Wort, keine Zeile von dem publiziert, und trotzdem waren sie hinter ihm her. Unser Kontakt in Brüssel ist sich keiner Schuld bewusst, er findet ebenfalls keine Erklärung dafür. Dennoch muss es Mitwisser geben, die mit allen Mitteln verhindern wollen, dass diese Papiere öffentlich werden.«

»Glaubt ihr wirklich, dass ihr auf diese Weise die EU, die EBZ und den IWF angreifen könnt?« Kokoschansky überlegt sich jedes Wort, spürt, dass er hautnah an einer Wahnsinnsstory ist. Nur jetzt nichts Unüberlegtes aussprechen und mit einem falschen Wort alles zerstören. »Verzeiht, aber

ihr seid alte Männer, die einen geruhsamen Lebensabend genießen könnten. Doch ihr wollt weiterhin die Revolution. Warum? Habt ihr keine Angst?«
Zeus und Stavros Vassilakou fixieren den Journalisten eine Zeit lang, aber keineswegs feindselig. Konstantinos Galanithrakis und Veroniki Stefandopolos sehen zu Boden. Einige Momente lang herrscht Schweigen, nur von draußen dringt Vogelgezwitscher durch das geöffnete Fenster.
»Du willst wissen, Koko«, beginnt nun wieder Vassilakou zu sprechen, »warum wir keine Ruhe geben wollen, oder besser, können? Vielleicht erinnerst du dich an die Fernsehbilder vor einiger Zeit aus Athen, die um die Welt gingen? Da standen Menschenschlangen vor geschlossenen Banken, weil es kein Geld mehr zum Auszahlen gab. Ein alter Mann saß weinend neben einem Geldausgabeautomaten auf dem Bürgersteig und konnte nicht mehr seine bescheidene Rente abheben. Ist das Beispiel genug für unser Warum? Wir haben keine Angst. Wovor auch? Wir haben unser Leben im Prinzip bereits gelebt mit allen seinen guten wie schlechten Seiten. Wir haben den Metaxa-Faschismus, Mussolini, die Nazis, die Junta, Oropos und andere Lager überlebt.
Nur als Beispiel: Zwischen 1941 und 1943 sind im Großraum Athen über hunderttausend Menschen verhungert. Ein Großteil meiner Familie war darunter und«, er deutet auf Zeus, »von seiner ebenfalls.
Griechenland hat eine enorm hohe Selbstmordrate, die Arbeitslosigkeit steigt und steigt. Wir Griechen sind unserer Perspektiven beraubt worden. Natürlich haben unsere sämtlichen Regierungen und wir schwere Fehler begangen, sind an unserem vorprogrammierten Untergang nicht unschuldig. Du bist kein Südländer, kannst wahrscheinlich nur sehr schwer oder gar nicht unsere Mentalität, die über Jahrtausende gewachsen ist, verstehen. Du stammst aus einem kleinen Land mitten in Europa mit ebenfalls sehr wechselvoller Geschichte, aber ihr Österreicher habt es bisher immer noch geschafft, euch am eigenen Schopf aus dem Dreck zu ziehen. Wir Griechen schaffen das nicht, weil man nämlich unser Land für einen besonders schlimmen Deal vergewaltigen will. Du wirst es selbst in Tsakitaris' Unterlagen lesen. Und eines darfst du auch nicht vergessen, Koko. Einmal Partisan, immer Partisan. Doch dieses letzte Mal kämpfen wir nicht mit dem Gewehr in der Hand. Diese Zeiten liegen Gott sei Dank

weit zurück. Wir haben zu viele Patronen abgefeuert. Das ist endgültig vorbei. Das heißt aber nicht, dass wir aufgegeben haben.«

Stavros Vassilakous Worte hinterlassen bei Kokoschansky einen bleibenden Eindruck. Es ist einfach leichtfertig, ein Urteil von einem sicheren Land aus und in abgesicherter Position zu fällen. Davon nimmt er sich selbst nicht aus. Aber unmittelbar mit Betroffenen zu sprechen, rückt die massiven Probleme in ein völlig anderes Licht. Es wäre interessant, die Biografien dieser beiden alten Männer zu recherchieren, aber davon nimmt Kokoschansky Abstand. Das widerspricht seinem Ehrenkodex, Informantenschutz und Redaktionsgeheimnis.

Klar ist, dass sowohl Vassilakou wie auch Zeus ehemalige Agenten sind. Wahrscheinlich für den EYP oder für andere Dienste spioniert haben. Vielleicht waren sie Doppelagenten? Doch das ist jetzt unwichtig. Jetzt muss endlich Spyridon Evangelistos gefunden werden.

»Koko«, setzt Zeus das Gespräch fort. »Mich interessiert brennend, warum du ausgerechnet Konstantinos aufgesucht hast. Natürlich verstehe ich, dass der Musiker dir das Material seines Freundes persönlich übergeben wollte. Datenhighways hin, Datenhighways her und sämtlicher anderer technologischer Firlefanz. Es war eine gute Entscheidung von ihm, es dir persönlich zu übergeben. Der Kontakt von Angesicht zu Angesicht hat sich stets bestens bewährt und ist noch immer der sicherste Weg trotz sämtlicher Übertragungsraten in Echtzeit.«

Wahrheitsgemäß erzählt Kokoschansky, dass es purer Zufall gewesen ist und zugleich ein Glücksfall, auf Konstantinos Galanithrakis zu treffen. Zeus nimmt es dem Journalisten ebenso wie Vassilakou ab. Trotzdem kann Kokoschansky es sich nicht verkneifen, und stellt dem Zahnarzt die direkte Frage, ob er ebenfalls für *ROR* arbeitet.

»Nein«, lautet dessen Antwort, »mit Sicherheit nicht. Und ich will auch nichts damit zu tun haben. Das ist mir viel zu gefährlich. Natürlich kenne ich die Hintergründe, was die Lebensgeschichte meines Onkels und unserer Familie betrifft, aber mehr auch nicht.«

»Bleibt die Tatsache«, fasst Kokoschansky zusammen, »dass es einen Maulwurf gibt. Dafür musste bereits Tsakitaris bitter bezahlen, und nun ist Evangelistos der Leidtragende.«

»Wie lange kannst du bleiben, Koko?«, fragt Zeus.

»So lange, bis Evangelistos gefunden worden ist.«
Kokoschansky verfolgt eine bestimmte Idee, und Zeus ahnt, worauf der Journalist hinauswill.
»Mein Vorschlag, du quartierst dich bei mir ein. Da bist du auf jeden Fall sicher. Hier ist zwar nicht Silicon Valley, aber ich verfüge über Internet, und das Handy funktioniert ebenso. Somit kannst du jederzeit mit deinen *FNews* in Verbindung treten, Tsakitaris' Unterlagen auswerten und sogleich publizieren.«
»Und ihr seht mir über die Schulter, damit ich keinen Scheiß bauen kann.«
»Du bist ein kluger Mann«, erstmals lächelt Zeus, »und wir kümmern uns um Evangelistos. Nimmst du das Angebot an, Koko?«
Genau dieser Gedankengang schwebt Kokoschansky vor. Was Lena und Günther davon halten, darüber will er momentan nicht nachdenken und es sich auch nicht ausmalen.
»Was ist mit Veroniki und Konstantinos?«, fragt er.
»Ich muss auf jeden Fall wieder zurück nach Athen«, sagt der Zahnarzt, »meine Patienten warten.«
»Und ich ebenso«, ergänzt Veroniki, »sonst verliere ich meine Arbeit.«
»Gut«, meint Zeus, »es werden Leute auf euch aufpassen.«
Ziemlich riskant, überlegt Kokoschansky, worauf er sich jetzt wieder einlässt. Er glaubt zwar nicht, dass die beiden Alten mit ihm eine krumme Tour vorhaben, aber unbedingt die Hand dafür ins Feuer legen getraut er sich derzeit nicht. Doch wer A sagt, muss auch B sagen. Dafür ist die sich anbahnende Story viel zu interessant und zu heiß, um jetzt zu kneifen.
Sollte es jedoch hart auf hart kommen, wird es verdammt schwer werden, schleunigst von dieser Insel herunterzukommen. Vor allem ist er im Ernstfall völlig auf sich allein gestellt.
»Einverstanden, ich bleibe. Vorhin wurde die NATO erwähnt. Wie passt das zusammen?«
»Nun«, ergreift Zeus wieder das Wort, »das ist eine lange Geschichte. Im Gegensatz zum Warschauer Pakt existiert die NATO weiterhin als größtes militärisches Bündnis im Westen. Im Verborgenen ist die NATO immer sehr aktiv in Europa, aber auch in den USA gewesen. Sie agierte in Großbritannien, Italien, Frankreich, Spanien, Portugal, Belgien, in den Niederlanden, Luxemburg, Dänemark, Norwegen, in Deutschland, der

Türkei und eben auch in Griechenland. Man kann diese Aktivitäten durchaus als geheime Kriege bezeichnen. Es gab eine enge Kooperation zwischen der CIA und den Briten, dem MI6 und GCHQ[90]. Doch darüber wird strengstes Stillschweigen bewahrt.«
»*Stay behind*«, wirft Kokoschansky ein, »die geheimen Waffenlager, um gegen eine Infiltration durch den Kommunismus gerüstet zu sein. Davon wurden auch einige in Österreich entdeckt.«
»Ist mir bekannt, Koko. Ziemlich ins Kreuzfeuer geriet die NATO im August 1990, als *Gladio* aufgedeckt wurde. Eine geheime paramilitärische Einheit in Italien, deren Wahlspruch *Silendo Libertatem Servo – Durch Schweigen bewahre ich die Freiheit* – lautete. Mit Sicherheit wusste davon das NATO-Hauptquartier SHAPE im belgischen Mons. Doch darüber wird bis heute kein Sterbenswörtchen verloren. Gladio war in etliche Terroranschläge in Italien involviert, und darüber wussten sowohl Andreotti wie auch die *P2* ,– *Propaganda Due* – die berüchtigte Freimaurerloge rund um Licio Gelli und Michele Sindona, bestens Bescheid. Leider kann niemand mehr sie befragen, alle drei sind längst tot. Doch auch zu Lebzeiten hatten sie eisern geschwiegen. Somit kommen wir zu unserer Heimat und unserer Geschichte, zu Stavros und mir. Beide erlebten wir mit, wie Mussolini 1940 Griechenland angegriffen hatte, aber mit unserem massiven Widerstand hatten die Italiener nicht gerechnet. Das passte wiederum Hitler nicht, und wir kamen vom Regen in die Traufe. 1941 schickte er seine Nazi-Truppen, unterstützt von bulgarischen und italienischen Einheiten, und wir griffen abermals zu unseren Gewehren. Die Deutschen erwiesen sich zwar um einiges zäher als die Italiener, aber trotz ungeheuerlicher Massaker und Gräuel gelang es ihnen nicht, uns Griechen in die Knie zu zwingen. Stavros und ich schlossen uns ELAS[91] an, der stärksten Widerstandsbewegung, organisiert von den Kommunisten der KKE. Frauen, Priester, sogar Bischöfe kämpften in den Reihen der ELAS für unsere Freiheit. Zwei Millionen Griechen waren Mitglieder der EAM, dem politischen Flügel dieser Volksbefreiungsarmee, und an die fünfzigtausend traten in der ELAS gegen die Nazis an. Unterstützung bekamen wir durch die SOE, eine britische Geheimarmee, die uns mit Waffen und Munition versorgte.
Im März 1943 untersagte Churchill jede weitere Unterstützung der ELAS,

aus Angst, dass nach der vorhersehbaren Niederlage der Achsenmächte Griechenland endgültig unter sowjetischen Einfluss geriet. Auf der Konferenz von Jalta fiel die Entscheidung über die Zukunft des Balkans. Griechenland wurde den Amis und Briten zur freien Verfügung zugesagt, Bulgarien und Rumänien gingen an die Russen. Die Briten wollten unter allen Umständen verhindern, dass wir Kommunisten und die Sozialisten an die Macht kamen. Daher wollten sie wieder König Georg II. und eine rechtsgerichtete Regierung ans Ruder lassen. Doch der König war in der Bevölkerung unten durch, seit er mit Metaxas, diesem faschistischen Diktator, kollaboriert hatte. Dessen Vorbild war Hitler. Daher auch der faschistische Gruß und eine erbarmungslose Geheimpolizei, vergleichbar mit der deutschen Gestapo.
Plötzlich stellte London sich offen gegen uns, gegen ELAS und EAM. Wir wurden zu Gejagten. Die X-Bands des Zyprioten George Grivas, rechtsgerichtete und faschistische Banden aus Nazi-Kollaborateuren, unterstützt von den Briten, sollten uns töten. Doch die Bevölkerung verweigerte diesen Einheiten jegliche Unterstützung. ELAS blieb am Leben, sehr zum Missfallen Churchills. Der Mann mit der Zigarre fürchtete, dass sein doppeltes Spiel aufflog. Mehr als sechshundert Mann hatte Grivas nie zur Verfügung.
Churchill wollte mit allen Mitteln verhindern, dass griechische Kommunisten an die Macht gelangten. Daher befahl er, eine neue rechte Geheimarmee aufzustellen. Es entstand die *Greek Mountain Brigade*[92] oder *Hellenic Raiding Force*[93]. Wir nannten sie LOK, *Lochos Oreinon Katadromon*. Ihr Ziel war die Jagd auf Kommunisten und Sozialisten, angeführt von Alexander Papagos. ELAS konnte jedoch nicht besiegt werden, bekämpfte vielmehr erfolgreich die deutsche Wehrmacht. Daraufhin forderte der britische Premierminister, dass ELAS die Waffen niederlegen müsste. Allerdings nur unter der Bedingung unsererseits, dass die rechte Hellenic Raiding Force sich ebenfalls ergeben sollte. Darauf stiegen wiederum die Briten nicht ein. Nach dem Abzug der Deutschen fand Anfang Dezember 1944 eine Demonstration gegen die englische Einmischung in die griechische Nachkriegsregierung statt, organisiert von der EAM. Um die Mittagszeit versammelten sich an die fünfhundert Menschen auf dem Syntagma-Platz in Athen vor dem Parlament. Rund sechzigtausend

wurden von Polizeiblockaden abgehalten, aber die verhältnismäßig kleine Gruppe stand friedlich auf dem Platz einer Reihe von schwer bewaffneten Polizisten und Männern der Hellenic Raiding Force gegenüber. Auf den Hausdächern lauerten schussbereite Maschinengewehrposten.
Plötzlich wurde das Feuer ohne jegliche Vorwarnung eröffnet. Während des Massakers starben hundertachtundvierzig Menschen, darunter ein sechsjähriger Junge. An die hundertfünfzig erlitten zum Teil schwere Verletzungen. Danach strömten auch die zurückgehaltenen sechzigtausend auf den Platz, doch es blieb aufseiten der Demonstranten weiterhin friedlich.
In London setzte ein verärgertes *House of Commons* Churchill wegen dieses Blutbades schwer unter Druck. Doch über die Rolle der Hellenic Raiding Force während des Abschlachtens am Syntagma-Platz wird bis heute von den Briten der Mantel des Schweigens gehüllt.«
Zeus' Kiefer mahlen. Seinem Gesicht ist deutlich anzusehen, wie groß sein Hass über diese völlig unnötige Vorgangsweise auch nach so vielen Jahrzehnten ist. Wieder der Griff nach der Zigarettenschachtel und er deutet Vassilakou weiterzusprechen.
»Die Engländer zeigten uns mehr als deutlich, wer jetzt die neuen Herren in unserem Land waren. Georg II. saß wieder auf seinem Thron, eingesetzt von britischen Gnaden. Wir von der ELAS gaben unsere Waffen ab, konnten aber den verhassten Besatzern das Versprechen abringen, dass demokratische Wahlen stattfanden.
Im März 1946 war es so weit. Leider waren unsere Kommunisten und die Linken zu kurzsichtig, boykottierten die Wahl, und die Rechten gingen als Sieger hervor. Was folgte, waren Marionettenregierungen unter Großbritanniens Kuratel, doch das Gespenst einer möglichen sowjetischen Kontrolle über unser Land blieb weiterhin aufrecht. Wir ELAS- und EAM-Kämpfer mussten dafür büßen. Unsere Regierung ließ uns festnehmen, viele von uns wurden in berüchtigten Lagern interniert und gefoltert.« Stavros Vassilakou schiebt die Ärmel seiner Jacke hoch, präsentiert auf seinen Unterarmen zahlreiche alte, verwucherte Narben. »Das sind die Andenken an diese fürchterliche Zeit. Er«, und er zeigt auf seinen Kampfgefährten, »sieht ebenfalls so aus. Während 1945 nahezu überall in der Welt das Ende des Krieges gefeiert wurde, ging das Sterben

in Griechenland unaufhörlich weiter. Wir rasselten sofort nahtlos in den Kalten Krieg hinein. Die Linke war mit der unfähigen Regierung unzufrieden. Ein Teil von ihnen bewaffnete sich und zog in die Berge. Im Herbst 1946 griffen die Rechten die noch immer stationierten Engländer an. Doch die Briten waren nach dem Weltkrieg erschöpft und ausgebrannt, hatten wenig entgegenzusetzen. London musste 1947 Washington um Hilfe bitten, worauf die CIA sich in Griechenland etablierte. Die bewaffnete Linke in unserer Heimat erhielt Waffenhilfe vom inzwischen kommunistischen Jugoslawien, worauf bei Truman[94] sämtliche Alarmglocken klingelten. Mit der *Truman-Doktrin* im März 1947 gelang es dem Präsidenten, den amerikanischen Kongress zu überzeugen, uns erneut eine fremde Truppe, in diesem Fall Amerikaner, zu schicken. Griechenland war der erste Staat während des Kalten Krieges, mit dem die Amis ihren weltweiten Kampf gegen den Kommunismus eröffneten. Für Truman war die rechte und korrupte Regierung in Athen plötzlich ›demokratisch‹ geworden, wir von der Opposition wurden generell als Terroristen abgestempelt.
Die rund zwanzigtausend linksgerichteten griechischen Partisanen, Männer und Frauen, waren überall in den Bergen verschanzt, standen jedoch einer sechsfachen Übermacht gegenüber, die sich aus Amis, der Hellenic Raiding Force und den griechischen Rechten zusammensetzte.
Nun heulten auch in Moskau die Alarmsirenen. Stalin fürchtete durch den griechischen Bürgerkrieg eine neuerliche Konfrontation der Supermächte. Daher schloss er 1948 Jugoslawien aus der sowjetischen Hemisphäre aus, um die Waffenlieferungen an uns Widerstandskämpfer zu unterbinden. Dafür rüsteten, zu unserem Nachteil, die Amis die Hellenic Raiding Force bestens auf. Wir hatten keine Chance, da nun die USA die geheime *Operation Torch* startete. Napalm und andere chemische Kampfmittel brachen 1948 endgültig unseren Widerstand, nachdem wir die Nazis und die Briten aus Griechenland verjagen konnten.«
Kokoschansky, Veroniki Stefandopolos und Konstantinos Galanithrakis hören gespannt und aufmerksam zu. Vieles, was sie gerade eben hörten, mag auch für die beiden Griechen neu sein, weil sie für die schweren Zeiten viel zu jung sind, doch für den Journalisten ist es völlig neu. Zwar kennt er einige Grundzüge in dieser wechselvollen Geschichte, doch die

Details sind ihm völlig fremd. Er hätte so viele Fragen, aber er will den Redefluss der Alten nicht unterbrechen. Am liebsten möchte er ein filmisches Porträt über sie gestalten, doch er will sie nicht verärgern. Vielleicht lassen sie sich in späterer Folge dazu überreden.

Nachdem Stavros Vassilakou neuen Kaffee gebrüht und nachgeschenkt hat, setzt er sich wieder, überlässt aber das Erzählen seinem Weggefährten.

»Nachdem sie uns, die ELAS und EAM, endgültig vernichtet hatten, blieb jedoch die geheime antikommunistische Untergrundarmee der Hellenic Raiding Force weiterhin bestehen, mit der einzigen Aufgabe, die griechische Opposition in Schach zu halten. Nach dem Beitritt Griechenlands 1952 in die NATO wurde die geheime Truppe bestens hochgerüstet, kooperierte eng mit der CIA und der griechischen Armee und sorgte nach den Vorgaben der Amerikaner für die entsprechende Beeinflussung der Politik im Land. Die Bevölkerung wusste davon überhaupt nichts. Erst mit dem Auffliegen von Gladio 1990 kamen diese geheimen Dokumente zwischen den USA und Griechenland ans Tageslicht.

Die CIA butterte Unsummen in diese Geheimarmee, baute Ausbildungskomplexe in der Nähe des Olymps. An die achthundert Waffendepots waren über das Land verstreut, an die dreitausendfünfhundert Elitesoldaten einsatzbereit für den Ernstfall.

Eine der Schlüsselfiguren in diesem unwürdigen Spiel war Thomas Karamessines[95], ein Amerikaner griechischer Abstammung. Im Weltkrieg war er ein Agent des OSS[96], des Vorgängers der CIA. 1946 kam er als Militärattaché in die amerikanische Botschaft in Athen. Im Bürgerkrieg war er das Bindeglied zwischen den Briten, Griechen und der Hellenic Raiding Force.

Nach der Gründung der CIA, 1947, baute Karamessines Athen zur Drehscheibe sämtlicher CIA-Aktivitäten auf dem Balkan und im Mittleren Osten auf. 1958 nach Rom versetzt, organisierte er in Italien verdeckte Gladio-Operationen. Vier Jahre später, 1962, wurde die zwielichtige Figur in die USA zurückbeordert, weil die Gerüchte nicht verstummen wollten, dass er am mysteriösen Tod des Industriellen und ENI-Bosses Enrico Mattei beteiligt gewesen sein soll. Doch das behinderte nicht seinen weiteren Aufstieg innerhalb der CIA. 1963, nach der Ermordung

Kennedys, geriet er abermals ins Gerede. Angeblich verwischte er Spuren und ließ wichtige Dokumente verschwinden. Nachweisen konnte man ihm allerdings nie etwas.
In der Verantwortung von Thomas Karamessines lag es, den griechischen Militärgeheimdienst KYP nicht nur durch die CIA zu finanzieren, sondern ebenso zu kontrollieren. Später wurde aus dem KYP der heutige EYP. Karamessines störte es nicht im Geringsten, dass der KYP munter drauflos folterte.
Außerdem baute der KYP auf Anordnung der CIA Horchposten auf, die den bulgarischen und sowjetischen Funkverkehr abhörten, mitschnitten und die Bänder umgehend an die NSA nach Amerika schickten. Später erhielt der griechische Geheimdienst von den Amis ein Computersystem für diese Abhöraktionen, da die Papierflut an Aktenbergen längst im zweistelligen Tonnenbereich lag und nicht mehr zu bewältigen war.
Mithilfe der CIA, der Hellenic Raiding Force, dem KYP und der griechischen Oberschicht, wie den schwerreichen Reedern – ich nenne nur beispielsweise Onassis[97] und Niarchos[98] –, standen die griechischen Linken und die Kommunisten unter der Knute. Demokratische Wahlen wurden zwar abgehalten, aber es drohte immer die Gefahr einer Verschiebung der jeweiligen Machtverhältnisse. Im Oktober 1961 war die Sorge extrem groß, dass die Linken gewinnen könnten. Der KYP setzte, natürlich auf Anweisung der CIA, auf Terror gegen die Bevölkerung und auf Bestechung. So kam es vor, dass in einigen Orten die Wunschkandidaten der CIA und somit des KYP mehr Stimmen abgaben, als es Wahlberechtigte gab.«
Kokoschansky grinst breit bis über beide Ohren. Sofort verfinstert sich Zeus' Gesicht, und er fährt ihn an.
»Was ist daran so lustig?«
»Gar nichts«, Kokoschansky hebt abwehrend die Hände, »das geht keineswegs gegen euch. Ich musste nur an unsere kürzlich total vergeigte Bundespräsidentenwahl denken, die uns nun zum Gespött in der Welt macht. Da ging auch einiges nicht mit rechten Dingen zu.«
»Das lasse ich gelten«, meint Zeus, und auch die anderen in der Runde müssen schmunzeln, »aber das ist doch nur ein Furz gegen unsere Probleme. Wie geplant, verloren damals die Linken, und ihr Vorsit-

zender, George Papandreou, ging in die Offensive, protestierte gegen diesen offensichtlichen Wahlbetrug. Mit großer Unterstützung durch die Bevölkerung legte er sich mit der CIA und dem KYP an. Sein Mut, seine Ausdauer und seine Hartnäckigkeit machten sich im Februar 1964 zumindest kurzfristig bezahlt. Papandreou wurde zum Premierminister gewählt. Sehr zum Unwillen der CIA und der griechischen Rechten.
Nun kam der neue CIA-Chef in Athen, Jack Maury, ins Spiel. Mit dem klaren Auftrag, Papandreou musste weg, besser heute als morgen. Heimlich führte Maury Gespräche mit König Konstantin, den Royalisten, rechten Offizieren in der griechischen Armee, der geheimen Stay-behind-Truppe und dem KYP. Konstantin wurde unter Druck gesetzt, und im Juli 1965 flog der Premierminister aus seinem Amt. Das waren bereits die ersten bösen Vorzeichen für den sich anbahnenden Sturm.
Was nach Papandreou an kurzlebigen Regierungen folgte, war nicht der Rede wert. Längst brodelte es im Untergrund. Jetzt griff KYP-Offizier Konstantin Plevris zu härteren Bandagen, um das politische Klima im Land zu kippen. Nun gingen Sprengsätze hoch, um die Bevölkerung zu verunsichern. Besonders hinterhältig war die Zerstörung der Gorgopotamosbrücke in Lamia in Mittelgriechenland durch eine Bombe. Ausgerechnet das Symbol unseres Widerstandes gegen die Nazis, das 1942 von den Partisanen in die Luft gejagt worden war. Nach Kriegsende wiedererrichtet, schlug nun der KYP im Verbund mit der CIA zu. Fünf Tote und an die hundert Verletzte war die traurige Bilanz.
Im Weißen Haus saß der Drahtzieher, Lyndon Johnson. Bereits im Zypernkonflikt machte der amerikanische Präsident mehr als deutlich, wer den Ton angibt. Das Problem könnte nur durch die Teilung der Insel in einen griechischen und türkischen Sektor aus der Welt geschafft werden. Nach dem Protest des griechischen Botschafters Alexander Matsas, der ins Oval Office zitiert worden war, bekam Johnson einen Tobsuchtsanfall. Es …«

Der Knall schmerzt in den Trommelfellen und scheint sie zu zerreißen. Che Guevara wird zum zweiten Mal erschossen, jetzt in Karavostamo auf Ikaria. Das Projektil hat ihn genau in die Stirn getroffen, das Glas splittert, die Scherben regnen herab, und das Bild fällt krachend zu Boden.
»Runter!«, brüllt Stavros Vassilakou, und es bedarf keiner Übersetzung.

Geistesgegenwärtig reißt Konstantinos Galanithrakis Veroniki Stefandopolos vom Stuhl, schützt sie mit seinem Körper, während Kokoschansky sich ebenfalls fallen lässt und flach auf dem Bauch liegt. Mit einem gewaltigen Fußtritt wirft Zeus den Tisch um, das darauf stehende Geschirr fliegt in alle Richtungen davon und zerschellt.
Aus den Augenwinkeln sieht Kokoschansky, wie Vassilakou zu dem Schrank mit einer Behändigkeit hinkriecht, die er diesem alten Mann niemals zugetraut hätte, und nach dem museumsreifen, aber schussbereiten Gewehr greift. Tatsächlich ist die Knarre geladen. Er repetiert und schießt durch das Fenster. Prompt erfolgt die bleierne Antwort. Dieses Mal geht es Fidel Castro an den Kragen, der Madonna kostet es den Kopf.
Zeus deutet etwas in Richtung Vassilakou, und der zeigt mit dem Gewehrlauf auf eine Kommode.
»Oben«, zischt er.
Der Dicke robbt hin, zieht die oberste Lade auf, greift hinein und fischt einen ebenso altertümlichen Revolver heraus, der ebenfalls einsatzbereit ist. Plötzlich existieren keine Atemprobleme mehr. Zeus schleicht sich zur Türe, deutet den anderen, am Boden zu bleiben.
Anscheinend unternehmen sie eine Zeitreise, sind wieder die kampferprobten Partisanen von damals.
Scheiße, denkt Kokoschansky, warum gerate ich immer in solche Schlamassel? Im Moment ist er nicht in der Lage, klar zu denken, es kommt ihm nur Blödsinn in den Sinn. Wenn jetzt noch einer da draußen auf der Bouzouki *Spiel mir das Lied vom Tod* klimpert, drehe ich komplett durch …
Zeus und Vassilakou tuscheln zwischendurch immer ein paar Worte.
»Kannst du verstehen, was sie sagen?«, fragt Kokoschansky den Zahnarzt, der die zitternde Veroniki zu beruhigen versucht.
»Ja«, flüstert Galanithrakis, »sie sind sich sicher, dass die Ballerei nicht ungehört bleibt und sie gleich Unterstützung von ihren Leuten erhalten werden.«
Vassilakous Neffe hörte richtig, und die beiden Alten behalten recht. Nachdem einige Minuten absolute Ruhe herrscht, beginnt die Schießerei erneut. Jedoch ist jetzt nicht das Haus das Ziel, irgendwo draußen fallen

die Schüsse. Ein ziemlich heftiger Schusswechsel, an dem sich auch Zeus und Vassilakou beteiligen. Sie haben die besseren Sichtpositionen. Der Dicke hat die Türe geöffnet und fetzt aus dem Spalt heraus, während Stavros Vassilakou das Fenster als Schießstand nützt. Da Kokoschansky am nächsten zum Kasten am Boden liegt, deutet der Alte ihm, die Patronenschachteln zu holen, aber der Journalist kapiert nicht sofort.
»Du sollst ihm die Munition holen«, macht Galanithrakis ihm klar.
In welchem Film bin ich? In einem modernen Western? Einem Greekstern?
Plötzlich ein wilder Schrei. Da draußen ist einer getroffen worden.
»*Maláka kai* … ich hab das Arschloch!«, ruft einer, »und der andere ergibt sich!«

*

In einem der Sitzungssäle im Wiener Innenministerium in der Herrengasse ist die Lage äußerst angespannt. Innenminister Walter Swoboda, erst seit wenigen Wochen im Amt, stakst in dem Raum auf und ab, während BVT-Chef Theodor Dollerer abwartend seine weiteren Reaktionen beobachtet. Die Hände in den Hosentaschen durchquert der Minister wie ein gereizter Stier das Riesenzimmer, bleibt kurz stehen, scheint nachzudenken, um dann weiter seine Runden zu ziehen, mit einem Gesichtsausdruck, als würden sämtliche Probleme dieser Welt auf seinen Schultern lasten. Momentan ist er sich nicht sicher, ob er seinen BVT-Chef wegen des Erfolges, den angeblichen Syrer Iskandar Taha al-Djazrawi dingfest gemacht zu haben, loben oder rügen soll. Immerhin hätte Dollerer seinen obersten Chef gefälligst vorher informieren sollen und nicht erst, nachdem die Amerikaner Druck ausüben.
Ist doch dieser Jeffrey Winesteen ein falscher Hund! Sofort nach dieser Unterredung wird Dollerer ihn kontaktieren und zusammenstauchen. Das wirft ein äußerst trübes Licht auf künftige Kooperationen.
Der Minister ist wie seine Vorgängerin ein Protegé des niederösterreichischen Landeshauptmanns[99] und will sich keineswegs den Groll seines Mentors zuziehen. Schließlich ist dieser Posten für Swoboda nur ein Interregnum für den weiteren politischen Aufstieg.

Obwohl in Österreich der Proporz offiziell nicht mehr existiert, handelt es sich dabei nur um einen schlechten Treppenwitz. Selbstverständlich werden in diesem Land weiterhin sämtliche wichtigen Positionen nach der politischen Farbenlehre besetzt, Swoboda gehört zur ÖVP. Mit den Schwarzen bildet die SPÖ eine Koalition, die inzwischen auf sehr tönernen Beinen steht.

Swoboda ist bestrebt, nicht den kleinsten Fehler zu begehen, der sofort von den Roten ausgeschlachtet würde. Natürlich bekommt er mit, was hinter seinem Rücken gemunkelt wird. Zu unerfahren für dieses verantwortungsvolle Amt, fehl am Platz, unfähig und so weiter. Böse Zungen behaupten sogar, dass er in St. Pölten[100] anrufen muss, wenn er auf die Toilette muss.

»Ich habe weiß Gott genug Probleme«, platzt es aus dem Minister heraus, »ich muss diese Wiederholung der Bundespräsidentenwahl stemmen, stehe nicht nur deswegen ständig unter medialer Beobachtung. Dazu die Migrantenmisere, unsere Asylpolitik, die latente Terrorismusgefahr, die wir vor der Bevölkerung geheim halten müssen, um keine Panik hervorzurufen! Und nun, dank Ihnen, rücken mir auch noch die Amis auf den Pelz! Hätten Sie doch früher ein Wort gesagt, Dollerer, was es mit diesem Syrer auf sich hat, dann wäre noch etwas zu bereinigen gewesen. Die Boltzmanngasse hat mich angerufen, die amerikanische Botschafterin war extrem ungehalten und wird eine geharnischte Protestnote an unser Außenministerium schicken. Danach ist es hochoffiziell, und Sie sind fein raus, Dollerer, doch an mir bleibt es kleben! Ich höre schon, wie die Opposition die Messer wetzt! Obama wird unserem Kanzler die Hölle heiß machen, darauf können Sie Gift nehmen! Und wer wird dafür die Schelte kassieren? Ich! Wegen Ihnen! Außerdem ist er auch noch einer von den Roten. Doch das werden Sie ausbaden, das versichere ich Ihnen. Sitzen Sie nicht steif wie ein Ölgötze herum, sagen Sie endlich auch etwas!«

»Herr Minister, denken Sie, es gelingt Ihnen, die Botschafterin zu besänftigen, oder noch besser, vorerst von ihrem Vorhaben abzuhalten? Oder soll ich mit ihr sprechen?«

»Unterstehen Sie sich, Dollerer, Sie haben bereits genug verbockt. Wieso hängt Ihr Herz so an diesem Syrer? Wenn die Amis ihn wollen, sollen sie ihn doch haben. Muss ich Sie extra an das geheime Abkommen zwischen

Österreich und der CIA erinnern?«
»Ich weiß. Nichts hören, nichts sehen, nichts reden.«
»Und sind wir bisher so schlecht damit gefahren? Österreich, insbesondere Wien und Salzburg, ist nun einmal aufgrund der geopolitischen Lage ein Agentendrehkreuz. Das ist historisch gewachsen, stammt noch aus den Tagen des Kalten Krieges und der Zeit davor. Daran gibt es nichts zu rütteln, und das wird sich auch niemals ändern. Also überlassen wir den Amerikanern diesen Syrer. Dann haben sie mit ihm ein Problem und wir eines weniger.«
»Dieser Mann entpuppt sich als hervorragende Quelle.«
»Dann schöpfen Sie ihn ab und anschließend ab zu Uncle Sam.«
So hört es sich an, wenn ein Blinder von der Farbe spricht. Es läuft genau darauf hinaus, was Dollerer so oft erleben musste. Wenn es haarig wird, putzen sich die Politiker ab, und die Suppe müssen die Rangunteren auslöffeln. Bauernopfer, die man über die Klinge springen lässt, um der Öffentlichkeit einen Schuldigen präsentieren zu können.
Daher macht es wenig Sinn, den Minister darauf hinzuweisen, dass sich in der Mühlgasse in Baden, dem beschaulichen Kurort unweit von Wien, anscheinend ein unauffälliges Terroristennest in einer Villa eingenistet hat. Es sind Tschetschenen, die offensichtlich den Bau einer Bombe planen. Die Anleitung dafür haben sie sich aus dem Internet heruntergeladen. Ob diese Bombe später in Österreich oder in einem anderen Land hochgehen soll, ist derzeit noch ungewiss.
Das BVT hat diese Terrorzelle seit Längerem im Visier, observiert die beiden mutmaßlichen Terroristen. Auch das HNaA ist informiert, hört sämtliche Gespräche mit. Bisher ist es nicht gelungen, einen Peilsender an das Auto der zwei Typen anzubringen. Die jungen Männer aus Tschetschenien agieren sehr professionell. Jedes Mal, wenn sie in ihr Fahrzeug einsteigen, untersuchen sie es vorab gründlich. Der Wagen ist ordnungsgemäß auf ihren Landsmann Tovsolta Israilow zugelassen, der vor einigen Jahren in Österreich um Asyl ansuchte und es auch gewährt bekam. Bisher fiel er polizeilich überhaupt nicht auf, betreibt in Favoriten[101] einen kleinen Laden mit russischem und tschetschenischem Lebensmittelverkauf. Selbstverständlich steht auch er inzwischen unter polizeilicher Beobachtung.

Tatsache bleibt, dass eine Verbindung zum IS über den mysteriösen Abu Omar in Doha, Katar, besteht. Das ergeben die Auswertungen der Verbindungsprotokolle von Iskandar Taha al-Djazrawis Handy.
Aufgeflogen ist diese offensichtliche Terrorzelle durch puren Zufall. Vor wenigen Wochen kam es zu einer massiven Schlägerei zwischen einer tschetschenischen Jugendbande mit Afghanen rund um die U-Bahn-Station Handelskai[102]. Einer der festgenommenen Schläger war Israilows Neffe. Das BVT interessierte sich intensiver für die näheren Umstände, und die Spur führte nach Baden.
Durch Iskandar Taha al-Djazrawi und diese tschetschenische Verbindung sind die Ermittlungen extrem heiß geworden. Mit ein Grund mehr, den Syrer nicht den Amerikanern zu überlassen. Doch das dem Minister zu erläutern, dazu fehlt es Dollerer an Nerven und vor allem an Zeit. Dafür nimmt der BVT-Chef lieber massive Probleme in Kauf. Außerdem wird er das Gefühl nicht los, dass der Minister davon überhaupt nichts wissen will, ihm ist nur seine persönliche *political correctness* wichtig.
Die Zeit drängt.
Niemand, weder Dollerer mit seinen Leuten noch das HNaA, kann auch nur annähernd abschätzen, wie viele Personen mit den Migrationsströmen in Österreich eingesickert sind, die aus völlig anderen Motiven hergekommen sind.
Oftmals ausgestattet mit erstklassig gefälschten Pässen der Flüchtlingsländer oder gänzlich ohne Personaldokumente, verfolgen sie andere Ziele, wollen ihren Kampf gegen die Ungläubigen entschlossen in Europa forcieren, auch in Österreich. Es ist nahezu unmöglich, diese Schläfer zu enttarnen, weil es schlicht an Beweisen fehlt.
»Künftig möchte ich ständig über jeden Schritt des BVTs in dieser Angelegenheit informiert werden«, spricht Swoboda Klartext, »keine Alleingänge. Wir haben uns verstanden. Ich muss ins Parlament.«
Im nahe gelegenen Café Griensteidl wartet bereits ein ungeduldiger Roland Palefka auf seinen Chef in einer Loge.
»Und? Was spricht der Häuptling?«
»Stinksauer ist er«, antwortet Dollerer, »hat mich etwas zusammengefaltet, doch das halte ich aus. Er besteht darauf, dass wir unseren Syrer an die Amis ausliefern. Angeblich sorgt bereits die Botschafterin für

erheblichen Stunk.«
»Erweisen wir ihm den Gefallen?«
Theodor Dollerer wartet, bis der Kellner außer Hörweite ist.
»Sicher nicht. Das ziehe ich durch, und sollte es mich den Kopf kosten, dann packe ich aus. Bislang hat es keine Regierung gewagt, sämtlichen Geheimdiensten, die sich bei uns tummeln, Einhalt zu gebieten. Allen voran den Amerikanern.«
Womit der BVT-Chef zweifelsfrei recht hat. Mit dem Ende des Kalten Krieges wandelten sich die Spionagetätigkeiten der unterschiedlichen Agenten für ihre Staaten grundlegend. War es zuvor die Bespitzelung zwischen West und Ost, ist jetzt die Wirtschaftsspionage einer der wichtigsten Betätigungsbereiche.
Für Touristen mag die Dritte-Mann-Story attraktiv und spannend sein, doch in der Praxis sieht es völlig anders aus. Sofort nach Kriegsende begannen die Amerikaner, sich in Wien häuslich niederzulassen.
In der Reichsratsstraße im 1. Wiener Gemeindebezirk, in einem prächtigen Gründerzeithaus, etablierte sich in den oberen Räumlichkeiten der amerikanische Offiziersclub, der zugleich Sitz der OSS, dem CIA-Vorläufer, war.
Zwar zogen 1955, nachdem Österreich seinen Staatsvertrag erhalten hatte, die Alliierten ab, doch deren Agenten blieben und verhalfen Wien zu dem bis heute eher zweifelhaften Ruf einer europäischen Spionagedrehscheibe, was offiziell gerne totgeschwiegen wird.
Im Kennedy-Haus am Stephansplatz soll die CIA, jedoch nicht einwandfrei beweisbar, Büros unterhalten. Das »Amerika«-Haus neben dem Rathaus, in unmittelbarer Reich- und Hörweite des Büros des ÖVP-Generalsekretärs, sorgt ebenfalls immer wieder für Spekulationen.
Erwiesen ist, dass die NSA hoch oben am Dach des IZD-Towers nahe der UNO-City fleißig Daten sammelt und mithört, ebenso in Pötzleinsdorf im 18. Wiener Gemeindebezirk. Auch über die Wiener Stadtgrenzen hinaus sind CIA und NSA hoch aktiv.
Der Horchposten Königswarte, unmittelbar bei Hainburg in Niederösterreich an Österreichs Grenze, war und ist besonders für Spionage im Osten wichtig. Zusätzlich startete im Jänner 2016 die IARPA[103], eine militärische Forschungsagentur im Auftrag der NSA das Projekt

»Mercury« zur Früherkennung und Vorhersage von Terrorakten. Dabei handelt es sich um ein Joint Venture zwischen NSA und HNaA. Mithilfe von SIGINT[104], einem Spezialprogramm für nachrichtendienstliche Informationsgewinnung, werden Satelliten über dem Nahen Osten und Nordafrika angezapft und die Datensätze ausgewertet. Die Königswarte ist deshalb so enorm wichtig, da weiter westlich gelegene Lauschstationen wie Bad Aibling diese Satelliten nicht erfassen können.

Im Wiener Nobelbezirk Döbling, in der Obersteinergasse 11, befindet sich die OSZE[105]-Mission der USA, sehr zum Unmut der Anrainer. Im Ringstraßenhotel Marriott unterhält die amerikanische Antidrogenbehörde DEA[106] ein Büro, und das FBI[107] ist ebenfalls mit seinen Leuten in der österreichischen Hauptstadt vertreten[108].

Anscheinend sind CIA und NSA mit ihren permanenten Spitzeltätigkeiten schwer ausgelastet, und deshalb werden gewisse Tätigkeiten ausgelagert. *SOS International*[109] mit einem Büro am Fischhof im 1. Wiener Gemeindebezirk oder die äußerst umstrittene *CSC*, *Computer Service Corporation*, die ebenfalls in Wien aktiv ist, aber deren Hauptsitz im amerikanischen Bundesstaat Virginia liegt. Und im gleichen Staat, in Langley, befindet sich das CIA-Headquarter.

Nach Meinung amerikanischer und britischer Zeitungen war CSC an den berüchtigten *extraordinary renditions*, den außerordentlichen Auslieferungen von Terrorverdächtigen nach Guantanamo und in andere Staaten, wo sich geheime *black sites*, CIA-Gefängnisse, befinden, insofern mitbeteiligt, indem sie für die Fluglogistik verantwortlich gewesen sein soll.

Das sind jedoch für die österreichische Bundesregierung keine Gründe, nicht mit CSC zu kooperieren. Für das Außenministerium wurden Visaanträge im fünfstelligen Bereich abgewickelt und der Patientenindex für ELGA, dem Elektronischen Gesundheitsakt, erstellt.[110]

Österreich mausert sich auch zu einem Tummelplatz für amerikanische Ex-Söldner wie Erik Dean Prince, dem Gründer der Privatarmee *Blackwater*, die eng mit der CIA zusammenarbeitete. Seine Männer führten im Irak, Afghanistan, Somalia und in anderen Krisenstaaten zahlreiche mehr als umstrittene Einsätze durch.

Dem ehemaligen Navy Seal Prince scheint es besonders im Burgenland sehr gefallen zu haben. 2013 wohnte der Milliardär in Neusiedl am See,

war bis 2012 in der burgenländischen Hauptstadt Eisenstadt gemeldet.[111]
Prince soll in das österreichische Unternehmen *Airborne Technologies GmbH* mit einem Wiener Büro und dem Firmensitz in Wiener Neustadt eingestiegen sein. Partner dieser Firma ist der britische Rüstungskonzern *BAE*, *British Aerospace*, die in Österreich durch deren bekanntesten Lobbyisten Alfons Mensdorff-Pouilly wegen etwas schleierhafter Geschäfte ins Zwielicht geraten war.[112]

Angeblich ist Prince mit fünfundzwanzig Prozent an Airborne Technologies beteiligt. Über die restlichen fünfundsiebzig verfügen *Generali*, die *Wiener Städtische Versicherung*, eine Bank, die Industrieholding des Ex-Politikers Josef Taus und die Wirtschaftsagentur Wien, über die die Stadt Wien über einen Fonds selbst verfügt, sowie die Wirtschaftsprüfungsagentur des ehemaligen Finanzministers Andreas Staribacher.[113]

Prince und die *Frontier Kapital GmbH* als Anteilseigner von Airborne Technologies scheinen ident zu sein. Diese Frontier soll der Anwalt Dorian Barak leiten, der wiederum im Moshe Aviv Tower im israelischen Ramat Gan seine Kanzlei betreibt.

Frontier Kapital GmbH steht wiederum in hundertprozentigem Besitz der *Frontier Opportunities Ltd.* auf den Bahamas, und deren Eigentümer ist Erik Dean Prince. Doch gegenüber Airborne Technologies gab Prince sich nie als Anteilseigner aus, sagt Airborne-Geschäftsführer Wolfgang Grumeth, und außerdem sind das Geschichten eines gekränkten Mitarbeiters, die von Airborne nicht bewertet werden.[114] Zumindest lautet so die Aussage des Geschäftsführers.

Angeblich soll es sich bei diesem Deal mit Airborne Technologies und Prince um Umrüstung sowie Bewaffnungsvorbereitung von *Trush 510*, einem Agrarflugzeugtyp, gehandelt haben.

Der Auftrag kam von *FSG*, der *Frontier Services Group*, einer weiteren Prince-Firma. Doch nach den Angaben von Airborne Technologies wurde zwar an zwei Trush-Flugzeugen einiges umgerüstet, jedoch von Bewaffnung könne keine Rede sein. Das habe Airborne auch strikt abgelehnt.[115]

Doch gibt es einen Kontakt nach Bulgarien von Airborne Technologies zu einer Firma Lasa. Sie ist zuständig für den Export der modifizierten

Flugzeuge, und auf diese Weise können österreichische Exportgenehmigungen umgangen werden. Gespräche zwischen Airborne und Lasa werden bestätigt, ob später ein Kunde jedoch einen umgebauten Flieger weiter aufrüstet, liegt außerhalb des Einflussbereiches von Airborne.
Eine dieser modifizierten Trush-Maschinen war im Oktober 2014 über Malta gesichtet worden, als sie auf dem Weg nach Kenia war. Allerdings widerspricht dagegen das Internetportal *The Intercept*, vielmehr ist von einem Flug in den bürgerkriegserschütternden Südsudan die Rede, und später soll es in einem ostafrikanischen Land gelandet sein.[116]
Natürlich wissen BVT-Chef Theodor Dollerer und seine Leute von diesen Fällen, und ebenso selbstverständlich sind diese in höheren Kreisen bestens bekannt. Doch das zählt zu den Tabuthemen in Österreich.
Nicht weniger umtriebig als die Amerikaner sind ebenso die Russen und Kasachen, wobei Letztere durch die Affäre Alijev besonders in den letzten Jahren in den Fokus der Medien gerückt sind. Nicht zu unterschätzen sind die Chinesen und sämtliche arabischen Geheimdienste, die sich in Wien ein Stelldichein geben. Vieles spielt sich unter der Decke, unter Ausschluss der Bevölkerung und der Medien ab.

»Glaubst du, Theo, dass Winesteen dich angeschwärzt hat?«, fragt Roland Palefka, der natürlich über das besondere Verhältnis zwischen dem altgedienten CIA-Mann und seinem Chef bestens Bescheid weiß.
»Wem kann man in unserem Geschäft tatsächlich über den Weg trauen?« Theodor Dollerer zuckt mit den Achseln. »Bei Gelegenheit werde ich ihn mir zur Brust nehmen.«
»Wie gehen wir weiter vor?«
»Es muss einen Grund haben, weshalb die Amerikaner auf diesen Syrer so erpicht sind«, grübelt Dollerer vor sich hin, »Abu Omar, El Zarka alias Iskandar Taha al-Djazrawi ... Da steckt mehr dahinter. Ich bin überzeugt, dass die Amerikaner mehr wissen, als sie uns gegenüber bereit sind preiszugeben. Wenn sie einen eventuellen Terroranschlag vereiteln können, wollen sie vor der Welt als alleinige Heros dastehen, die Lorbeeren einstreifen und alle anderen, einschließlich uns, im Regen stehen lassen. Die USA brauchen dringend Imagepflege. Schließlich befinden die Staaten sich mitten im Wahlkampf, und Obama hat in seiner

Amtszeit im Grunde nur teilweise das abgeliefert, was man von ihm erwartete. Dazu die Probleme mit TTIPP und CETA in Europa, wobei inzwischen auch der Dümmste begriffen hat, dass diese Handelsabkommen, sollten sie durchgesetzt werden können, sicher nicht das Gelbe vom Ei sein können. In Summe sind die USA derzeit ziemlich angeschlagen.«

»Tja, wie gehen wir weiter vor?«, wiederholt Palefka seine Frage.

»Ich werde mich noch heute mit Winesteen treffen, ihm einen Deal vorschlagen. Er bremst seine Leute, insbesondere die Botschafterin ein, damit sie uns in Ruhe lassen und wir weiterarbeiten können. Im Gegenzug darf er bei den Vernehmungen anwesend sein, Fragen stellen, darf uns aber sein Wissen auch nicht vorenthalten. Der Syrer bleibt bei uns und ist Sache der Justiz. Ein Glück, dass die Staatsanwaltschaft dahintersteht und uns den Rücken stärkt. Zwei Fliegen mit einer Klappe. Vielleicht decken wir mit den Amis ein neues Terrornetzwerk auf, vielleicht können wir rechtzeitig einen Anschlag verhindern. Beide Seiten profitieren.«

»Darauf wird er nicht einsteigen.« Palefka ist vom Plan seines Chefs überhaupt nicht überzeugt. »Wir wissen gar nicht, von wem Winesteen seine Direktiven erhält. Wer höheren Orts an dem Syrer interessiert ist.«

»Das ist mir scheißegal«, bleibt Dollerer uneinsichtig und stur. »Wenn er mir Steine in den Weg legt, schaffe ich das ebenso. Lässt er sich nicht darauf ein, gibt es noch eine andere Möglichkeit, die den Amis sicherlich nicht schmecken wird.«

»Und die wäre?«

»Denk an deinen Spezi, Roland. Er wird sich keine Exklusivstory entgehen lassen. Ein geschnappter Syrer mit offensichtlichen IS-Verbindungen, die Einmischung der CIA in österreichische Angelegenheiten ... Wenn das kein Stoff für diese *FNews* ist? Ich warte noch die Unterredung mit Winesteen ab. Sollte die ergebnislos ablaufen, gibt es von mir grünes Licht, und wir versorgen Kokoschansky mit sämtlichen Fakten.«

»Danach sitzt ihm die CIA und wer weiß noch alles im Nacken.«

»Kokoschansky hält das aus, für ihn und seine Leute ist es nicht neu. Er ist keiner dieser Brachialjournalisten, die etwas aufschnappen, sofort hinausposaunen, ohne genau zu hinterfragen und zu recherchieren. Und er kann vor allem seine Goschen halten, woher er seine Informationen

bezieht.«
Palefka kann sich nur wundern. Eine völlig neue Seite, die sein Chef jetzt zeigt. Zwar ist Dollerer kein erklärter Journalistenhasser, aber er hält sie auf Distanz, tritt vor Kameras und Mikrofone nur, wenn es sich nicht mehr vermeiden lässt. Interviews und Pressekonferenzen verursachen ihm Magenschmerzen, aber er kann sich davor nicht drücken.
Wenn der BVT-Chef nun selbst mit diesem Vorschlag herausrückt, muss einiges zwischen ihm und dem Minister vorgefallen sein. Abgesehen davon, dass Dollerer keinen Hehl daraus macht, was er vom obersten Boss hält. Im Gegensatz zum Minister hegt er keine politischen Ambitionen. In diesen unruhigen Zeiten will Dollerer weiterhin für Sicherheit in Österreich so gut als möglich mit seinen Möglichkeiten sorgen. Das ist sein Antrieb und seine Motivation, dafür gleichsam rund um die Uhr im Einsatz zu stehen.
Ständig versucht er, mehr Budget für seine Dienststelle zu lukrieren, um mit anderen Ländern halbwegs mithalten zu können, aber oft genug scheitert er und muss zähneknirschend mitansehen, wie Steuermittel anderweitig sinnlos in den Sand gesetzt werden.
»Falls die Amerikaner unseren Handel nicht akzeptieren«, schlägt Dollerer vor, »werden wir Kokoschansky um ein vertrauliches Gespräch ersuchen. Ich denke, er wird uns keinen Korb geben.«
»Bestimmt nicht«, ist Palefka überzeugt, »ich nehme an, dass er bereits auf dem Rückflug nach Wien ist.«
»Wo treibt er sich herum? Macht er Urlaub?«
»Nein, sicher nicht. Soweit mir bekannt ist, hielt er sich in Griechenland auf, weil er von einem Informanten brisante Unterlagen über die wahren Absichten der EU übernommen hat und über diese geheimnisvolle neue, völlig unbekannte Gruppe oder Organisation, diese *ROR – The Revenge of Rembetiko* recherchieren will.«
»Was kommt da bloß wieder für eine Scheiße auf uns zu?« Dollerer spielt nachdenklich mit seinem Kaffeelöffel herum. »Wissen wir etwas über diese *ROR*?«
»Absolut nichts«, muss Palefka zugeben, »auch nicht mehr, was die Medien berichten. Plötzlich ist *ROR* über Nacht wie ein Pilz aus dem Boden geschossen. Ausgelöst durch eine persönliche Tragödie in der

Familie eines in Griechenland sehr bekannten Musikers. Die betagten Eltern dieses Mannes starben indirekt aufgrund der fürchterlichen wirtschaftlichen Zustände im Land. Der Vater brachte seine schwerkranke Frau um und danach sich selbst, weil er nicht länger das Elend ertragen konnte. Ein griechischer Journalist nahm sich der Sache an und kam ebenfalls auf mysteriöse Weise ums Leben. Mehr wissen wir allerdings nicht. Sobald Kokoschansky wieder hier ist, wird er mir sicherlich mehr darüber erzählen können.«
»Eine Hand wäscht die andere«, meint Dollerer, »lass uns zahlen. Ich versuche, Winesteen zu erreichen, und werde ihm mal kräftig in den Arsch treten. Du zerlegst den Syrer in seine Einzelteile.«

*

Lena Fautner fährt ihren Computer herunter, schließt den Akt und stellt den Ordner in das Regal hinter ihrem Schreibtisch. Der Fall wird noch einige Zeit in Anspruch nehmen und erweist sich als äußerst kompliziert, erfordert eine Menge Recherche und Observierungen.
Für heute ist vorerst Schluss, ab nach Hause. Günther, für den die Detektei schon zu einem zweiten Zuhause geworden ist, muss ins Bett, und vorher gibt es noch Abendessen. Kokoschansky hätte sich auch mal zwischendurch melden können, hat er aber nicht. Irgendwie befällt Lena ein flaues Gefühl, dass etwas nicht in Ordnung ist. Ein wenig will sie noch zuwarten, dann wird sie zum Telefon greifen.
Heute ist nicht ihr Tag. Am liebsten möchte sie die Koffer packen und ab mit ihren Männern in den Urlaub. Alle viere gerade sein lassen, es sich nur gut gehen lassen und an nichts denken müssen.
Die Causa, die Wolfram Panker, ihr Chef, ihr zugeschanzt hat, erweist sich mehr und mehr als extrem harte Nuss.
Vor rund drei Wochen tauchte ein Mann in der Detektei auf, der sich als Palästinenser aus Ramallah ausgab, ausgezeichnet Deutsch sprach, weil er nach seinen Angaben mehrere Jahre in Deutschland lebte und später wegen einer Frau nach Wien übersiedelte. Inzwischen ist diese Beziehung in die Brüche gegangen. Der gelernte Flugzeugtechniker, der von den Deutschen ausgebildet wurde, lernte in Wien, in der *Passage*, einem Club,

einen Marokkaner kennen. Da sie sich sympathisch waren, freundeten sie sich an.
Vor wenigen Tagen wurde der Palästinenser von ihm angerufen und um ein Treffen gebeten, da es sehr wichtig wäre. In einem Kaffeehaus kam der Marokkaner zur Sache und fragte ihn, ob er in der Lage wäre, drei Trush 150G-Agrarflugzeuge umzurüsten, damit sie für eventuelle Kampfeinsätze verwendet werden können.
Das war dem Palästinenser zu heiß, und er lehnte ab. Vielmehr fragte er sich, warum ausgerechnet er? Warum in Österreich? Weltweit gibt es Flugzeugtechniker wie Sand am Meer, weshalb sollte er diesen Auftrag übernehmen?
Auf die Frage Wolfram Pankers, warum er nicht mit seiner Geschichte die Polizei konfrontierte, antwortete der Palästinenser, er habe in seinem bisherigen Leben aufgrund seiner Herkunft bereits zu viele schlechte Erfahrungen mit den Bullen gemacht.
Er will in Österreich bleiben, hat sich eine Existenz aufbauen können und nun Angst, dass er wegen dieses Marokkaners Probleme bekommt. Daher will er mit der österreichischen Polizei in diesem Fall nichts zu tun haben.
Warum ausgerechnet diese Detektei?
Auch dafür präsentierte der Mann das passende Argument. Die Webseite mit den entsprechenden Referenzen war ausschlaggebend. Noch zweifelte Panker, ob er diesen Auftrag annehmen sollte, doch als der Palästinenser beiläufig die Namen Prince und Blackwater erwähnte, wurde der Detektiv hellhörig.
Der Palästinenser Khaliq al-Tafara ist sauber, wie Lena inzwischen überprüfte, ordnungsgemäß in Wien gemeldet, arbeitet im Flughafen Wien-Schwechat. Keine Eintragungen im Strafregister, polizeilich ein unbeschriebenes Blatt, lebt alleine in einer kleinen Wohnung in Penzing[117], ist seit einem Jahr österreichischer Staatsbürger.
Während der zweiten Intifada floh er als junger Bursche aus dem Gazastreifen, schlug sich bis nach Europa durch, nachdem seine Eltern und einer seiner Brüder bei einem israelischen Raketenangriff ums Leben kamen. Bulldozer der Israelis walzten sein Elternhaus in Ramallah nieder, weil die Familie unter Pauschalverdacht geraten war, Terroristen zu sein.
Es gibt noch einen jüngeren Bruder, doch zu ihm verlor er leider den

Kontakt, hat keine Ahnung, wo dieser sich aufhalten könnte, obwohl er alles Mögliche versucht, ihn zu finden.
Und Khaliq al-Tafara sagt, dass er genau weiß, was Kampfjets anzurichten vermögen. Schließlich musste er das oft genug mitansehen. Daher würde es ihm niemals einfallen, sich darauf einzulassen, was der Marokkaner ihm vorgeschlagen hat. So viel Geld gibt es gar nicht.
Nachdem al-Tafara ablehnte, meldete sein vermeintlicher Freund sich nicht mehr. Der Handyanschluss ist tot. Daher befürchtet der Palästinenser, dass er für einen bevorstehenden Terroranschlag benutzt werden sollte und der Marokkaner IS-Mitglied oder zumindest ein Unterstützer ist.
Ob bei ihren Gesprächen der Name Iskandar Taha al-Djazrawi gefallen ist, will Panker wissen, doch die Antwort ist ein Kopfschütteln. Was al-Tafara ebenfalls zu denken gibt, dass der Marokkaner stets Handyfotos mit fadenscheinigen Ausreden verweigerte. Ob diese drei Flugzeuge sich in Österreich befinden, weiß der Palästinenser nicht, und ob der Marokkaner in Wien lebt, entzieht sich ebenfalls seiner Kenntnis. Sie haben sich immer nur in verschiedenen Lokalen getroffen. Nur den Namen, der aber al-Tafaras Meinung nach falsch ist, kennt er: Abu Omar.
»Lena!«, ruft Wolfram Panker aus seinem Büro heraus. »Komm doch bitte mal herüber!«
»Ja, was gibt es?«
Panker schiebt einen Artikel der Kronen-Zeitung über den Schreibtisch.
»Das glaubst du nicht.«
Lena bekommt große Augen, als sie die Zeilen überfliegt.
»… in einem städtischen Bus der Linie 31A wurden die Syrerin Zahra el-H. und ihre kleine Tochter am helllichten Tag angegriffen«, murmelt sie vor sich hin, *»nur das beherzte Eingreifen eines Fahrgastes verhinderte Schlimmeres. Der Täter Klaus L., ein polizeibekannter Neonazi, ist in Haft …«*
»Das gibt es tatsächlich nicht. Warte mal, Wolfram. Günther! Wo steckst du? Günther!«
»Ja! Bin ja schon da. Hat Papa sich gemeldet?«
»Nein, noch nicht. Aber das wird er sicher heute noch machen. Sag mal, hat Aaliyah vielleicht in der Schule erzählt, dass es ein Problem gab?«
»Welches Problem?«

»Nur so.«
»Nein, mir hat sie nichts erzählt. Warum?«
»Nicht so wichtig.«
»Fahren wir nach Hause? Ich habe Hunger.«
»Ja, gleich, mein Schatz. Pack einstweilen deine Schulsachen zusammen. Ich muss nur noch etwas besprechen.«
»Ist gut.«
Der Knirps trabt wieder aus dem Zimmer, und Lena schließt die Türe, nimmt nochmals den Bericht in die Hand.
»Das kann nur unsere Zahra sein. Wenn wir jetzt nach Hause fahren, schauen wir bei ihr vorbei. Unglaublich!« Sie sieht sich das Täterfoto näher an. »Na klar! Jetzt erkenne ich doch diesen Rotzlöffel wieder! Das ist er, der mit diesem Marcel Pruckner, den Koko zur Rede gestellt hatte, damals während des Nachbarschaftsfestes herumgelungert war und die uns drei extrem feindselig beobachteten! Verdammt, wohin soll das alles führen?«
»Soll ich euch begleiten?«
»Nein, Wolfram, das geht schon in Ordnung.«
»Wie du meinst. Aber ich bin ständig erreichbar, wenn etwas sein sollte, du weißt. Kommst du mit der Palästinensersache voran?«
»Ja, ich habe die Angaben von Khaliq al-Tafara nochmals überprüft, seine Daten in alle möglichen Datenbanken eingegeben, negativ. Der ist wirklich sauber.«
Entgegen Lenas Prinzipien und auch nur, weil Günther ständig über Hunger lamentiert, gibt es einen Zwischenstopp bei McDonalds. Sie wundert sich, was der Junge zu verdrücken imstande ist. Nach dem üppigen Nachtmahl ist die Welt für ihn wieder in Ordnung.
Es braucht eine Weile, bis Zahra el-Husseini öffnet, aber als sie Lena und Günther erkennt, lässt sie die beiden herein. Aaliyah freut sich sehr über den Besuch und zeigt ihnen stolz, wie sie sich inzwischen häuslich eingerichtet haben. Während die Kinder sich bestens unterhalten, ziehen die Frauen sich in die Küche zurück. Lena lässt sich den beschämenden Vorfall nochmals schildern. Eindringlich schärft sie Zahra el-Husseini ein, genauestens ihr Umfeld zu beobachten und beim geringsten Vorfall sofort die Polizei, sie und Panker zu verständigen.

Danach verabschieden Lena und Günther sich.
»Warum redest du mit dir selbst?«, fragt Günther während der Heimfahrt. »Ich bin ja da.«
»Was? Hab ich das?«
»Ja. Was bedeutet *U77*?«
»Ach, nichts von Bedeutung. Vergiss es.«
Ihr war eingefallen, dass Kokoschansky, nachdem er diesen Marcel Pruckner auf dem Perron der S-Bahn-Station Siemensstraße gestellt hatte, später erzählte, dass der Bursche einen Sweater mit dem seltsamen Aufdruck *U77* trug. Ein völlig unbekannter Code, auch kein neues Modelabel. Kokoschansky fand nichts darüber im Internet, dachte nicht mehr daran.
Nachdem Günther zu Bett gegangen ist, zieht Lena sich in Kokoschanskys Arbeitszimmer zurück. Noch immer kein Lebenszeichen von ihm. Kurzerhand ruft sie Freitag an, fragt nach, ob er sich vielleicht bei ihm gemeldet hat. Fehlanzeige, doch Freitag beruhigt sie, meint, sie solle sich keine Sorgen machen. Koko ist sicher okay, Unkraut vergeht nicht.
Trotzdem lässt es ihr keine Ruhe, sie versucht, Kokoschansky zu erreichen, landet nur in seiner Sprachbox. Um sich abzulenken, greift sie nach dem Buch der norwegischen Journalistin Åsne Seierstad, das auf seinem Schreibtisch liegt.
In »Einer von uns. Die Geschichte eines Massenmörders« erzählt die Norwegerin akribisch genau über die Wahnsinnstat von Anders Behring Breivik, der am 22. Juli 2011 während eines Amoklaufs in Oslo und auf der Insel Utǿya siebenundsiebzig Menschen tötete, weil er ein Zeichen gegen die in seinen Augen nicht mehr tolerierbare Überfremdung Norwegens setzen wollte.
U77 …
Breivik bleibt auch in Haft der unbelehrbare, uneinsichtige Nazi, weicht kein Jota von seinen abstrusen Thesen ab. In Lenas Kopf reift mehr und mehr eine gewagte Theorie. Zweifelsohne sind dieser Marcel Pruckner und sein verhafteter Spezi Identitäre, zumindest sympathisieren sie mit dieser Bewegung.
Stehen der Buchstabe U für Utǿya, 77 für die Opferanzahl? Dann ist dieser Aufdruck eine Sonderanfertigung auf dem Sweater, die sich leicht in jedem

Copyshop anfertigen lässt. Kein Wunder, dass Kokoschansky nicht fündig wurde. Ist dieser Pruckner ein Verehrer und Bewunderer Breiviks? War die Attacke auf Zahra el-Husseini und ihre Tochter im Bus nur der Auftakt für eine weitaus größere geplante Aktion?
Ausgerechnet jetzt muss Kokoschansky sich in Griechenland herumtreiben! Gleich morgen früh wird sie zuerst Panker, dann Freitag über ihre Vermutung informieren. Jetzt nimmt sie den Packen Papiere über die Identitären zur Hand, die Kokoschansky mitgebracht hatte, aber noch nicht dazu kam, sie durchzuackern. Schlafen kann sie ohnehin nicht, ständig kreisen ihre Gedanken um Koko.

*

Das Feuer ist eingestellt, die Schießerei vorbei.
Zeus stößt die Tür auf, tritt hinaus, den Revolver jedoch weiterhin schussbereit in der Hand. Auch Stavros Vassilakou zieht sich vom Fenster zurück, folgt Zeus, das Gewehr im Anschlag.
Kokoschansky richtet sich auf, greift sich an die Hose. Festplatte und USB-Stick sind noch an ihren Plätzen.
»Alles in Ordnung mit euch?«, fragt er Veroniki Stefandopolos und Konstantinos Galanithrakis.
Beide nicken, erheben sich vorsichtig.
Kokoschansky folgt Zeus und Vassilakou nach draußen.
»Bravo!«, murmelt er. Sofort ist ihm aufgefallen, dass der rechte Vorderreifen von Galanithrakis' Auto platt ist. Dafür hat eine verirrte Kugel gesorgt.
»Scheiße«, flucht Kokoschansky, »wie komme ich da wieder weg?«
Ein paar Meter weiter steht eine Gruppe bewaffneter Männer, alle in Zeus' und Vassilakous Altersklasse, und bewacht zwei am Boden liegende Typen. Einer ist verletzt, hält sich sein Bein, an dem Blut herunterläuft. Inzwischen haben auch Veroniki und Konstantinos sich dazugesellt, beobachten argwöhnisch und ängstlich das Szenario.
Kokoschansky erwartet jeden Augenblick Blaulichter und Folgetonhörner, ein gewaltiges Aufgebot an Polizei. Schließlich kann die Knallerei nicht ungehört geblieben sein. Nichts dergleichen geschieht.

Daher fragt er Zeus, der ihm am nächsten steht, warum keine Bullen auftauchen. Zuerst übersetzt der alte Widerstandskämpfer für seine Kameraden, die nur höhnisch lachen. Was ist daran so witzig?
»Die Polizei kommt sicher nicht«, sagt Zeus grinsend, »die trauen sich nicht hierher. Außerdem wollen wir mit diesem korrupten Gesindel nichts zu tun haben. Das machen wir unter uns selbst aus.«
Der Verletzte scheint große Schmerzen zu haben, verlangt nach einem Arzt.
»Der kommt«, Zeus ist zum Wortführer der Gruppe geworden, »sobald ihr uns verraten habt, wer ihr seid. EYP oder CIA? Oder arbeitet ihr für diese beide Scheißvereine?«
Zwei großkalibrige Pistolen liegen außer Reichweite der beiden Männer am Boden. Inzwischen sind sie durchsucht worden, aber sie haben keinerlei Personaldokumente oder Dienstausweise bei sich.
»Also, wer seid ihr?«, fragt Zeus nochmals.
»Leck mich«, lautet die Antwort.
Zeus geht einen Schritt vor, tritt plötzlich hart gegen die Schusswunde. Die Folge ist ein fürchterlicher Schmerzensschrei, der Verletzte krümmt sich zusammen. Zeus bleibt völlig emotionslos. Allem Anschein nach verfügt er über genügend Erfahrung mit diesen Brachialmethoden.
»Wo ist Spyridon Evangelistos?«, hakt er nach.
»Wer soll das sein?«, schaltet nun auch der Unverletzte sich ein, auf dessen Kopf drei Gewehrläufe gerichtet sind.
Kokoschansky hat sich bisher im Hintergrund gehalten, geht nun näher heran, sieht sich die beiden genauer an.
»Sind das die zwei, die euch verfolgt haben?«, fragt Zeus den Journalisten.
»Schwer zu sagen«, Kokoschansky ist im Zweifel, »kann sein, kann auch nicht sein. Die, die hinter uns her waren, trugen verspiegelte Sonnenbrillen … und die Kleidung? Ich weiß es nicht.«
»Einen Arzt«, wimmert der Angeschossene, »ich verblute.«
Keiner der Umstehenden rührt für ihn einen Finger. Plötzlich stürzt Veroniki Stefandopolos auf den anderen Mann, der am Boden kniet, schlägt und tritt auf ihn ein, brüllt ihn an, er soll endlich sagen, wo Spyridon ist! Nur mit Mühe kann sie von Konstantinos Galanithrakis losgerissen werden, während der Angegriffene sich mit seinen Armen vor

ihren wütenden Attacken zu schützen versucht.
»Wer seid ihr? Für wen arbeitet ihr?«, probiert Zeus es abermals. »Wo ist Spyridon Evangelistos? Habt ihr Yannis Tsakitaris umgebracht?«
Schweigen.
»Gut. Dann seid ihr für uns wertlos. Auf Ikaria gibt es viele gefährliche Straßen, kaum befestigt und viele Klippen. Wir setzen euch jetzt in euer Auto, fahren mit euch zu einer bestimmten Stelle, wo es besonders steil abwärts geht. Dort kann man sehr leicht die Herrschaft über seinen Wagen verlieren. Euer Karren stürzt über die Klippen, explodiert, ihr verbrennt bis zur Unkenntlichkeit. Ihr habt niemals existiert. Überlegt es euch, aber sehr schnell. Die Zeit läuft.«
»Wollt ihr euch wirklich mit einer Supermacht anlegen, ihr Greise?«, dabei lacht der Unverletzte dreckig.
»Was sagt er?«, will Kokoschansky von Galanithrakis wissen.
»Ob wir uns mit einer Supermacht anlegen wollen«, übersetzt der Zahnarzt.
»Jetzt haben sie sich verraten«, raunt Kokoschansky ihm zu. »Das sind tatsächlich CIA-Leute. Die müssen sich verdammt sicher fühlen.«
»Eben weil wir bereits Greise sind, legen wir uns mit euch an«, ergreift nun wieder Stavros Vassilakou das Wort, »wir haben nichts mehr zu verlieren. Dafür haben die USA und die EU bestens gesorgt. Ich stoße euch mit eurem Auto persönlich in den Abgrund. Ich habe nicht das geringste Problem damit. Letzte Chance, wo ist Spyridon Evangelistos? Lebt er noch? Oder habt ihr ihm wie Yannis Tsakitaris auch den Schädel eingeschlagen?«
»Ich verblute«, stöhnt der Angeschossene.
»Du hast es bald überstanden«, bleibt Vassilakou ungerührt.
»You are dirty bastards from the CIA«, probiert Kokoschansky es, »come on, why you follow me? What is the reason?«
Den unverletzten Mann schert es überhaupt nicht, dass Gewehre auf ihn gerichtet sind. Er setzt sich bequem hin und zündet sich eine Zigarette an, bläst arrogant den Rauch Richtung Kokoschansky.
»Mit mir kannst du Deutsch sprechen, Heinz Kokoschansky. Wir wissen längst alles über dich. Deine Alte – Lena heißt sie doch, oder? – ist ein heißer Feger. Die würde ich gerne mal vögeln.«

Im letzten Moment packt Zeus Kokoschansky am Arm, bevor der Journalist durchzudrehen beginnt.
»Ein Kind habt ihr zusammen. Günther heißt der Junge. Niedlich, der Kleine. Und du betreibst mit einem Nigger zusammen dieses Internetportal *FNews*. Das wird es aber nicht mehr lange geben, Kokoschansky. In den letzten Jahren seid ihr uns damit schwer auf die Eier gegangen. Du mischst dich zu sehr ein. Das können wir absolut nicht leiden. Du fragst dich jetzt, weshalb ich so gut Deutsch spreche. Nun, ich war ein paar Jahre in Wien stationiert. Irgendwann erhielten mein Partner und ich den Auftrag, wir sollen uns ein wenig um deine Aktivitäten kümmern. Sehr interessant, wirklich sehr interessant, womit du dich beschäftigst, Kokoschansky. Tja, und dann wurden wir abgezogen und in dieses Scheiß-Athen versetzt. Schon diese Sprache und die Schrift zu lernen, war der blanke Horror.
Aber im Leben begegnet man sich immer zweimal, wie man sieht. Genau rechtzeitig. Du und Tsakitaris habt eifrig kommuniziert, was uns natürlich sehr interessierte. Alles wäre weitergelaufen, und ihr hättet von allem nichts mitbekommen. Leider geschah etwas, was uns zu einer Planänderung zwang, als die Alten von diesem Bouzouki-Spieler den Löffel abgaben. Natürlich wussten wir auch über die Freundschaft zwischen diesem Journalisten und dem Musiker bestens Bescheid.
Plötzlich tauchte über Nacht diese *ROR* auf. *Revenge of Rembetiko*, was soll das heißen? Wir konnten uns leicht ausrechnen, dass nur Tsakitaris dahinterstecken konnte. Daher wollten wir mit ihm reden, aber er partout nicht mir uns. Anscheinend war er ein Tolpatsch, da er so unglücklich stolperte und ins Hafenbecken stürzte …«
»Du Dreckschwein!« Kokoschansky kocht vor Wut, doch Zeus' eiserner Griff hält ihn von einer unüberlegten Handlung ab.
»Irrtum, Mister CIA«, mischt Zeus sich nun ein, »ihr seid Gefangene von *ROR*.«
»Was? Ihr? Ihr alten Hosenscheißer?« Zum ersten Mal verliert der vermutliche Agent die Contenance. »Ihr müsst doch froh sein, wenn ihr noch gerade pinkeln könnt.«
»Das werdet ihr gleich erleben, wenn ihr im Freiflug über die Klippen segelt.«

»Dazu fehlt euch der Mumm«, der Typ hat sich wieder in der Gewalt und ist an Überheblichkeit kaum zu überbieten. »Uncle Sam wird sehr sauer, wenn seinen Leuten im Ausland etwas zustößt.«
»Sag's ihnen endlich!«, schreit sein verletzter Partner. »Ich will nicht auf dieser Scheißinsel verrecken! Wenn du es nicht tust, mach ich es!«
»Du hältst die Schnauze, du feiger Hund! Die haben doch Angst vor ihrer eigenen Courage, diese Tsatzikifresser!«
Er will zu seiner Pistole greifen, die rund zwei Meter von ihm entfernt liegt. Ein eiskalter Killer, der sich nicht davor scheut, seinen eigenen Partner umzulegen, wenn es sich nicht verhindern lässt. Doch der Fuß eines weiteren Alten kickt blitzschnell die Pistole noch ein paar Meter weiter, und das Repetieren eines Gewehres an seinem Hinterkopf bringt den mutmaßlichen Agenten schnell zur Räson.
»Dann spuck's endlich aus!«, schreit Kokoschansky den Verletzten an.
»Du sorgst dafür, dass ich ins Krankenhaus komme«, fordert er von dem Journalisten. »Okay?« Kokoschansky nickt. »Suche in Wien Winesteen, Jeffrey Winesteen.«
»Wer ist das?«
Sein Partner will ihn mit eindeutigen Handbewegungen am weiteren Auspacken hindern, aber der leichte Stoß mit dem Gewehrlauf an seinen Kopf verdeutlicht ihm, sich besser ruhig zu verhalten.
»Winesteen war in Wien unser Führungsoffizier. Und bei dieser Operation ist er es wieder.«
»Wo in Wien ist dieser Scheißkerl zu finden?«
»Dann denk mal scharf darüber nach, Kokoschansky. So schwer ist das doch nicht. Winesteen bist du ein Dorn im Auge. Er will dich endlich fertigmachen. Und jetzt gibt es die Gelegenheit, auf die er so lange gewartet hat. Deine *FNews* sind Geschichte, das kannst du vergessen. Unsere NSA hat bereits ganze Arbeit geleistet. Wir wissen über jeden von euch Bescheid, überwachen sämtliche Schritte, lesen bei allen E-Mails mit, egal, ob geschäftlich oder privat, hören eure Gespräche. Dein sündteures Cryptophon kannst du dir sonst wohin stecken.« Kokoschansky zittern die Knie, und ihm wird schummrig vor Augen. Der Kerl blufft nicht, der sagt die Wahrheit. »Du hast etwas, was wir wollen. Uns wirst du es nicht freiwillig geben. Aber in Wien kannst du es Winesteen aushändigen.

Wenn nicht, holen wir es uns mit unseren Leuten. Denk daran, Kokoschansky, schnell kann etwas passieren. Entweder dir, deinen Leuten oder gar deiner kleinen Familie.«
Kokoschansky muss sich sehr im Zaum halten, um nicht dem Nächstbesten ein Gewehr zu entreißen und diese beiden Typen über den Haufen zu knallen. Niemals in seinem bisherigen Leben erlebte er dieses Gefühl, jetzt und auf der Stelle einen Menschen unbedingt umzubringen zu wollen. Niemand soll jemals behaupten, dass er nicht zum Mörder werden kann. Noch siegt die Vernunft, und er reißt sich am Riemen.
»Das gleiche Schicksal wie Tsakitaris, das meinst du doch, du Hurensohn«, presst Kokoschansky hervor, »oder wie Evangelistos, der auch auf euer Konto geht.«
»Damit du beruhigt bist, Menschenfreund, der Musiker lebt.«
Konstantinos Galanithrakis, der selbstverständlich jedes Wort versteht, flüstert Veroniki Stefandopolos die positive Nachricht ins Ohr, und sie stößt einen Freudenschrei aus.
»Wo ist er?«, drängt Kokoschansky.
»Da es inzwischen scheißegal ist und ihr ohnehin bereits zu viel wisst, also von mir aus. Evangelistos ist gar nicht so weit vom ›Sophokles‹ entfernt. Seht euch mal den Schuppen vom Chef an. Dort werdet ihr ihn finden. Aber beeilt euch, der EYP hat ihn bereits ein paar Mal durch die Mangel gedreht. Lange hält er das nicht mehr durch.«
Kokoschansky geht vor dem Mann in die Hocke, packt ihn an der Schulter. »Sag mal, willst du uns verarschen? Was hat dieses ›Sophokles‹ damit zu tun?«
»Ich will jetzt endlich in ein Krankenhaus. Mir geht es dreckig.«
Zeus schiebt Kokoschansky beiseite, beugt sich zu dem Mann hinunter, spricht so leise, dass er auf keinen Fall von dem anderen Agenten verstanden werden kann.
»Hör zu. Wir bringen dich zu einem Arzt, der dich wieder zusammenflickt, ohne Fragen zu stellen. Dafür erzählst du uns alles, was du tatsächlich weißt. Wenn du wieder laufen kannst, verschwindest du. Am besten sehr weit weg. Glaub mir, ich weiß, wie Geheimdienste arbeiten. Du hast bereits verschissen. Dein Partner wird dich nicht umbringen können …«

»Wieso?«
»Du kannst es dir aussuchen. Entweder ihr verschwindet beide oder nur einer.« Zeus spricht es zwar nicht offen aus, aber er läßt klar durchblicken, was der Plan ist. »Wenn du übrig bleibst, jagen dich deine eigenen Leute. Du kennst dieses Spiel. Rede mit Kokoschansky, der verfügt über andere Möglichkeiten als wir. Steig aus diesem Scheißgeschäft aus. Geh mit ihm nach Österreich. Es wird sich bestimmt für dich eine Möglichkeit finden, in ein Zeugenschutzprogramm zu kommen. Neue Identität, neuer geheimer Wohnort. Niemand erfährt, wer du einmal warst.«
»Du willst mich zu einem Whistleblower machen wie Snowden und all die anderen. In den USA gibt es seit dem Ersten Weltkrieg den Whistleblower Act, und seither wurde dieses Gesetz erst elfmal angewandt. Aber dafür achtmal unter Obama, und noch ist er im Amt.«
»Was hast du zu verlieren?«, sagt Zeus ihm auf den Kopf zu. »Dass ihr beide Amis seid, ist uns inzwischen klar. Für wen ihr arbeitet, ebenfalls. Du kannst hier verbluten, oder du lebst weiter. Vielleicht kann der Doktor dein Bein retten? Für die CIA bist du bereits ein toter Mann. Mit unserer Hilfe bleibst du aber am Leben, dafür packst du als Gegenleistung aus. Was du danach machst und wie du überleben kannst, ist deine Sache.«
»Was ist mit ihm?«
Der angeschossene Spion deutet mit einer Kopfbewegung in Richtung seines ehemaligen Partners.
»Würde er mit uns kooperieren?«, lautet die Gegenfrage.
»Niemals. Das ist ein Irrer, ein Fanatiker. Seid froh, dass ihr schneller als wir wart. Er hätte euch alle, ohne mit der Wimper zu zucken, über den Haufen geschossen. Ich habe ihn mir nicht ausgesucht, er wurde mir zugeteilt.«
»Wir regeln es auf unsere Art.«
»Indem ihr ihn umbringt.«
»Ikaria hat so seine Tücken«, bleibt Zeus weiterhin verschlossen, obwohl sonnenklar ist, was er meint. »Was ist nun, Amerikaner? Wie hast du dich entschieden?«
»Gib mir eine Zigarette.«
Nach ein paar hastigen Zügen versucht der Agent, sich aufzurichten, und Zeus stützt ihn. In dem schmerzverzerrten Gesicht ist deutlich zu sehen,

wie es in ihm arbeitet. Er schnippt die Kippe weg.
»Okay. Bring mich zu eurem Doc … bitte.«
»Gut.«
»*Efcharistó* … danke.«

*

Dieses Mal ist der konspirative Treffpunkt eine Raststätte an der Autobahn in der Nähe von Guntramsdorf, ein paar Kilometer von Wien entfernt. Eine alte Agentenregel: niemals zweimal den gleichen Ort aufsuchen. BVT-Chef Theodor Dollerer ist ein paar Minuten vorher eingetroffen, hat daher Zeit, sich ein wenig auf dem Parkplatz umzusehen, schaut sich die abgestellten Fahrzeuge genau an, entdeckt aber nichts Auffälliges oder Verdächtiges.
Wider Erwarten hat Jeffrey Winesteen einem Treffen zugestimmt. Nach ihrer letzten Zusammenkunft, die alles andere als harmonisch ablief, hat Dollerer das nicht erwartet. Auch heute wird es keine lockere, freundschaftliche Unterhaltung sein.
Der BVT-Chef findet ein Plätzchen, wo man ungestört sprechen kann. Gerade rechtzeitig, da zwei Busladungen Schüler in das Lokal wie ein Termitenschwarm einfallen. Entsprechend groß ist der Lärmpegel der Jugendlichen. Doch das stört Dollerer nicht. Eher von Vorteil, um in dem Trubel nicht aufzufallen.
Das alte CIA-Schlitzohr ist pünktlich, findet seinen Gesprächspartner sofort. Ein kurzer Händedruck und er setzt sich Dollerer gegenüber. Zwar entgegen seiner sonstigen Gewohnheit – immer eine Wand im Rücken –, doch sein Gesprächspartner ist schneller gewesen.
»Nun, Theo«, eröffnet Winesteen das Gespräch, »bist du einsichtig geworden?«
»Hast du die Botschafterin informiert, damit ihr bekommt, was ihr unbedingt haben wollt?«, will Dollerer wissen.
»Theo, wie lange kennen wir uns? Ich bin keiner von denen«, dabei zeigt er in Richtung der ausgelassenen Schüler, »die einen beim Lehrer verpetzen, wenn ihnen etwas gegen den Strich geht. Das brauche ich nicht. Allerdings weiß ich inzwischen, dass dir euer Minister ziemlich auf die

Zehen gestiegen ist.«
»Wenn du es nicht warst, wer dann?«
»Unsere Residentur besteht nicht nur aus mir«, weicht Winesteen aus. »Natürlich hat euer Fang sich bei einigen unserer Leute herumgesprochen. Da hat wohl einer vorschnell gehandelt.«
Mit dieser Aussage muss der BVT-Chef sich vorerst zufriedengeben. Mehr ist aus dem Amerikaner nicht herauszubekommen.
»Iskandar Taha al-Djazrawi bleibt bei uns«, sagt Dollerer, »daran gibt es nichts zu rütteln.«
»Mhm.« Der CIA-Mann streicht bedächtig über seine Krawatte. »Deine Entscheidung? Ein Alleingang? Oder eine Dienstanweisung deines obersten Bosses?«
»Der Syrer bleibt, wo er ist«, stellt Dollerer nochmals fest, »aber ...«
»... aber was?«
»Wir wollen unser ausgezeichnetes Verhältnis zwischen unseren Ländern deswegen nicht belasten, daher mein Angebot. Du kannst bei sämtlichen Vernehmungen dabei sein, jedoch nur du und sonst niemand. Und du hältst deinen Mund. Dafür erzählst du uns, was ihr inzwischen über diesen Mann herausgefunden habt, besonders über diesen mysteriösen Abu Omar.«
»Jetzt sprichst du beinahe schon wie ein Politiker, Theo.« Jeffrey Winesteen spielt gedankenverloren mit ein paar Bierdeckeln, die auf dem Tisch herumliegen. »Und danach? Dann verfügt ihr über unser Wissen, der Syrer bleibt weiterhin in eurem Gewahrsam, und wir schauen abermals durch die Finger. Das wird Washington nicht schmecken.«
»Es gibt keine andere Möglichkeit«, bleibt Dollerer hart, »außer ihr schleust jemanden ein, der den Syrer in seiner Zelle oder im Gefängnishof killt. So etwas passiert ja nicht zum ersten Mal. Dann haben wir beide nichts davon.«
»Das ist auf deinem Mist gewachsen«, Jeffrey Winesteen fixiert den BVT-Chef, »du willst das alleine durchziehen.«
»Wie kommst du darauf?«
»Weil eure Regierung sich das niemals in dieser Form trauen würde. Du arbeitest ohne Netz, ohne Rückendeckung deines Ministers.«
»Nimmst du das Angebot an?« Dollerer lässt sich auf keine weiteren

Diskussionen ein.
»Ich muss ein wenig nachdenken. Außerdem habe ich Hunger. Und mit leerem Magen kann ich nicht klar überlegen.«

*

Der altersschwache Hund kämpft sich ebenso mühsam die Treppen hoch wie sein betagtes Frauchen. Ein Lift wäre längt fällig, aber der Hausherr legt sich ständig quer, obwohl die Mieter nach dem Einbau auch mit einer saftigen Mieterhöhung einverstanden wären.
Doch der Eigentümer spricht stets davon, dass es aus technischen Gründen nicht möglich ist, einen Aufzug einzubauen. Eine fadenscheinige Ausrede, finden die Bewohner, er verfolgt andere Ziele. Er spekuliert mit diesem Haus. Man braucht sich nur den Gesamtzustand anzusehen. Im Grunde ist das Gebäude eine bewohnte Ruine.
Der Mischlingsrüde bleibt am Treppenabsatz zum zweiten Stock stehen, hechelt, wartet, während seine Besitzerin sich langsam und ächzend am Geländer hochhangelt. Plötzlich beginnt der Hund zu schnüffeln und zu bellen.
»Was ist denn, Oskar? Spinnst du? Aus! Gib Ruhe!«
Der Hund denkt nicht daran, nimmt vielmehr seine letzten Kräfte zusammen, läuft die Stufen hoch und beginnt, an der Tür Nummer vierzehn zu kratzen. Bellen und Kratzen.
»Du dummer Hund! Was ist denn in dich gefahren?«
Endlich ist auch Oskars Frauchen oben angelangt. Der Hund sitzt nun winselnd auf der Türmatte.
Komisch, denkt die Alte, ein Haufen Reklamekram steckt im Briefschlitz in der Türe und liegt davor. Sonst ist es doch hier immer picobello sauber. Vielleicht ist der Mieter verreist?
»Komm jetzt, Oskar. Für heute hast du genug Wirbel verursacht. Jetzt gibt es ein gutes Pappi[118], und dann machen wir es uns vor dem Fernseher gemütlich.«
Mag der Hund zwar schlecht sehen und hören, doch sein Geruchssinn funktioniert immer noch einwandfrei. Wieder beginnt er zu schnüffeln und zu kratzen.

»Du bringst mich noch auf die Palme!«, schimpft die Alte.
Das ungewöhnliche Verhalten ihres Oskars macht sie stutzig. Daher zieht sie die Werbeprospekte aus dem Briefschlitz, versucht, durch die Öffnung einen Blick in das Innere der Wohnung zu erhaschen. Angewidert von einem fürchterlichen Gestank zieht sie sich sofort zurück, rümpft die Nase und kämpft gegen den Brechreiz an.
Diesen süßlichen, widerlichen Geruch kennt sie zur Genüge. Im Lauf ihres Lebens musste sie einige Male diese schlimme Erfahrung machen. Hinter der Tür erntete der Tod, dahinter liegt eine Leiche im Verwesungsstadium.
Sie fischt ihr altes Handy aus der Einkaufstasche und wählt den Polizeinotruf. »Braver Oskar«, tätschelt und streichelt sie ihrem Gefährten über den Kopf.

Samstag, 28. Mai 2016

Es war eine kurze Nacht, und dementsprechend gerädert ist Lena heute Morgen. Andauernd kreisen ihre Gedanken um Kokoschansky, der sich noch immer nicht gemeldet hat. Sie ihn aber ebenfalls nicht erreichen kann. Auch Günther fragt andauernd nach seinem Vater.
Irgendwann stand er im Schlafzimmer, schlüpfte zu Lena unter die Decke und sagte, dass er Angst um Papa habe. Plötzlich war er nicht mehr der große Bub, der so cool sein will, sondern das kleine Kind, das sich eng an seine Stiefmama kuschelte. Nur mit Mühe konnte sie ihn beruhigen, bis er endlich wieder eingeschlafen war.
Kokoschansky wird sich einiges anhören müssen, wenn er hoffentlich bald wieder zu Hause ist. Natürlich weiß sie, dass er es sich nicht ausgesucht hat, aber die Reißleine im richtigen Moment zu ziehen, fällt diesem Mann nicht im Traum ein. Jetzt hat er sich in etwas verbissen, wovon sie keine Ahnung hat. Das zieht er egoistisch und rücksichtslos durch, rücksichtslos gegenüber seiner kleinen Familie und gegen sich selbst.
Der Angriff auf Zahra el-Husseini und Aaliyah belastet Lena, und zusätzliche Sorgen bereitet ihr dieses *U77*. Bis weit nach Mitternacht las sie sich in Kokos Unterlagen über die Identitären ein, und mit jedem weiteren Satz spürte sie, dass ihre Theorie keineswegs ein Hirngespinst sein kann.

Inzwischen ist sie der festen Überzeugung, dass dieser Marcel Pruckner ein erklärter Fan des norwegischen Massenmörders Anders Behring Breivik ist, und es hängt mit diesem Sweater-Aufdruck *U77* zusammen. Das kommt nicht von ungefähr. Sie googelte diese Buchstaben- und Zahlenkombination, aber viel schlauer wurde sie dadurch auch nicht.
In Deutschland betreibt die *Rheinbahn* eine Linie mit dieser Bezeichnung, und im Zweiten Weltkrieg gab es ein U77-U-Boot. Das war es. Es existiert keine Band mit diesem Namen, nichts.
Lena glaubt nicht, dass Pruckner ein erklärter Eisenbahnfreak ist, der verherrlicht die Nazis. Warum sollte er sich extra diesen Aufdruck eines U-Bootes anfertigen lassen? Das passt nicht. Da verlässt sie sich auf ihr Gefühl und auf ihre Erfahrung.
Lena entdeckt im Internet einen eigenen Shop für Fan-Artikel der Identitären. Unter www.ibladen.de finden Anhänger dieser Bewegung alles, was sie benötigen, um ihre Gesinnung optisch zum Ausdruck zu bringen. Doch U77-Sweater gibt es nicht.
Den Web-Shop betreibt Nils Altmieks in Altenbeken in Nordrhein-Westfalen, registriert ist der Online-Handel beim Amtsgericht Paderborn. Zusammen mit Philippe Vardon, Lorenzo Fiato und Alexander Markovics unterhält Altmieks auch den *NEON Blog*[119]. Der Slogan *Unser Blut, unser Boden, unser Blog* spricht eine mehr als deutliche Sprache.
Dass die Identitären eng mit der AfD und der Pegida-Bewegung vernetzt sind, hat sich inzwischen herumgesprochen. In Österreich treten die Neuen Rechten unter verharmlosenden Namen wie *Partei des Volkes* oder *Verein Österreicher für Österreicher* auf. Der Verfassungsschutz und das *Dokumentationsarchiv des Österreichischen Widerstandes*[120] schätzen die Identitären als rechtsextrem ein. Springerstiefel und Bomberjacken, die bevorzugte Uniformierung der Skinheads, bleiben im Schrank. Vielmehr treten die Identitären in betont adretter Kleidung auf, was es so schwer macht, sie zu identifizieren.
In der Alpenrepublik fielen die Neuen Rechten erstmals im Sommersemester 2011 an der Wiener Universität auf, als sie am Institut für Politikwissenschaft Propagandamaterial verteilten, noch ohne das Identitären-Logo.
Zuvor war am 15. April 2011 eine Gruppe, die sich *Der Funke* nannte und

der Vorgänger der Identitären, negativ aufgefallen, als sie eine *Veranstaltung des Verbandes Sozialistischer StudentInnen*[121] störte.[122]
So neu sind die Neuen Rechten allerdings nicht. Es begann in Frankreich, und zu Beginn stand *GRECE*[123], gegründet von Dominique Venner und Alain de Benoist in den Jahren 1967 und 1968, hervorgegangen aus rechtsextremen Studentengruppen wie *Fédération des étudiants nationalistes*, der *Europe-Action* und dem *Mouvement national du progrès*.
Neben GRECE entwickelte sich auch der *Club de l'Horloge*, der »Uhrenclub«. Neben Venner und de Benoist war Guillaume Faye eine der Galionsfiguren. Im Laufe der Jahre kam es zu zahlreichen Abspaltungen, Zerwürfnissen, Neugründungen und Unstimmigkeiten wegen der politischen Botschaften. War es anfänglich ein radikaler Antisemitismus, wandelte sich diese Haltung später in einen extremen Muslimenhass.[124]
Heute sind die Identitären neben Frankreich, Deutschland und Österreich auch in der Schweiz, Italien, Schweden, Norwegen, Dänemark, Tschechien, aber auch in den USA vertreten.
Richtig fallen die Identitären in Österreich seit dem Herbst 2011 auf. Damals stellte der rechtsextreme Blog *Siegfriedskopf* seine Aktivitäten ein, benannt nach dem Gefallenendenkmal in der Aula der Wiener Universität. 1923 errichtet, wurde es von der antidemokratischen und antisemitischen Deutschen Studentenschaft aufgestellt.
Im Zuge einer Neugestaltung der Aula kam es in den 1990er-Jahren zu einer heftigen Kontroverse über die Neuaufstellung des Denkmals an seinem alten Platz. Besonders rechte Burschenschafter plädierten dafür, alles beim Alten zu belassen. Für die Gegner war dieses Denkmal zu sehr mit dem Siegfried-Mythos und der Dolchstoßlegende behaftet.
Schließlich setzte das Rektorat sich durch, und der Kopf wurde in einen hinteren Teil des Arkadenhofes verbannt.
Anstelle des aufgelösten Blogs Siegfriedskopf tauchten die Foren *Block Identität* und *Der Funke* auf. Österreichweit wurde die neue Bewegung erst im Herbst 2012 im Web tätig. Regional bildeten sich in den Universitätsstädten Gruppen, die auch Zulauf von den Burschenschaftern erhielten.
Die Dachorganisation *IBÖ – Identitäre Bewegung Österreich* –, für die Koordination zuständig, wurde später ins Leben gerufen. Exakte Mit-

gliederzahlen existieren nicht, da es keine Möglichkeit gibt, in Daten einzusehen. Schätzungen belaufen sich auf rund zweihundert Aktivisten, aber über die sozialen Medien sind die Identitären blitzartig in der Lage, ein Vielfaches an Sympathisanten für ihre Demonstrationen zu organisieren.[125]

Erstmals in den öffentlichen Fokus gerieten die Identitären österreichweit am 10. Februar 2013. Eine Gruppe Asylsuchender hatte die Wiener Votivkirche besetzt und war in den Hungerstreik getreten, um auf die prekäre Situation der Flüchtlinge, die Lebensbedingungen in Asylunterkünften und auf die Abschiebungen drastisch aufmerksam zu machen. Ende Jänner 2013 meldete die FPÖ eine Demo gegen diese hilfesuchenden Menschen in der Kirche an, zeitgleich mit den Wiener Identitären, die sich zur *W.I.R.*, *Wiens Identitäre Richtung*, zusammengeschlossen hatten.

Das blieb auch der Antifa-Szene nicht verborgen, und ungefähr fünfzig Linke fanden sich vor dem Gotteshaus ein, woraufhin die FPÖ-Kundgebung kurzfristig abgeblasen wurde. Darauf besetzten neun Identitäre die Kirche, um den Flüchtlingsprotest zu verunglimpfen.

Tatsächlich gelang den Neuen Rechten mit dieser Aktion der gewünschte Werbeeffekt, um von der Öffentlichkeit wahrgenommen zu werden. In sogenannten *Hardbass*-Videos auf YouTube, *Hardbass gegen Asylmissbrauch* und *Hardbass Votivkirche*, zeigten die Identitären offen ihre wahren Absichten und ihre Gesinnung.[126]

»Von linken Aktivisten aufgestachelt, besetzten Asylanten vor ein paar Tagen die Votivkirche. Grund genug für uns, da mal vorbeizuschauen. Aus Respekt vor der Religion blieben wir vor den Mauern und wir tanzten besser (…) Pro Border, Pro Nation ist unsere Botschaft (…) Ein Volk hat das Recht zu entscheiden, ob, wie viele und welche Zuwanderer es will.«[127]

Treibende Kraft der österreichischen Identitären ist Martin Sellner, der seit Sommer 2013 für die IBÖ den Blog *Vlog Identität* eifrig bedient. Ebenso aktiv ist Alexander Markovics, der auch im NEON-Blog der deutschen Identitären aufscheint und zum IBÖ-Obmann aufgestiegen ist. Davor leitete er W.I.R. Seine politische Karriere startete er in der FPÖ und kandidierte auch 2010 auf Bezirksebene bei der Wiener Gemeinderats- und Landtagswahl.[128]

Auch Martin Sellner ist in einschlägigen Kreisen und den Behörden bestens bekannt. Man kennt sein Gesicht von Kundgebungen der *Stolz und Frei*, einer Wiener Neonazi-Gruppe, von einer Gedenkfeier für Walter Nowotny[129] auf dem Wiener Zentralfriedhof. Ebenso aus dem Umfeld rund um Gottfried Küssel, einem mehrfach verurteilten Neonazi und Holocaustleugner.

Martin Sellner hat auch 2008 während seines Grundwehrdienstes im Bundesheer gegen das Waffen- und NS-Verbotsgesetz verstoßen und ist über seine vermeintliche Mitarbeit bei der rechtsextremen Webseite *Alpen-Donau.info* aufgefallen. Allerdings sind in dieser Angelegenheit keine Anzeigen und Ermittlungsverfahren bekannt. Zumindest wird es so auf http://kuesselskameraden.blogspot.eu kolportiert.[130]

Nachdem er zwei Jahre die Wiener Identitären leitete, ist ihm inzwischen formal die Leitung der gesamtösterreichischen Neuen Rechten übertragen worden. Ihm zur Seite steht Patrick Lenart, der davor für die steirische Gruppe zuständig war.

IB Salzburg führt Erwin Hintsteiner, der ursprünglich aus dem *RFI*, dem *Ring Freiheitlicher Jugend*, kam. Ein weiterer aktiver Identitärer ist Thomas Sellner, zuständig für *IB Niederösterreich*. Die Wiener Gruppe leitet Philipp Huemer. Dazu zählen Stephan Gerold, Christoph Haberberger, Fabian Rusnjak, Julian Utz, Julian Prohaska, Dominik Hacker, Maximilian Dvorak-Stecher.

Um die Identitären in der Steiermark kümmern sich Uwe Aulibauer und Luca Kerbl, ein ehemaliger FPÖ-Funktionär in Fohnsdorf und Gemeinderat. Für Oberösterreich ist Christian Aichinger zuständig.

Wahrscheinlich hing im Hause Lopatka für einige Zeit der Haussegen schief, als im Mai 2015 Lukas, der Sohn des ÖVP-Klubobmanns, an einer Identitären-Demo in Wien teilnahm.

Wie es sich für rechte Recken gehört, sind Frauen innerhalb der Bewegung in der Minderzahl. Sie haben sich in der *Mädelgruppe Edelweiß* zusammengeschlossen. Es sind bisher nur wenig Namen bekannt, wie Bernadette Conrads, Alina Wychera, Ingrid Weiß und Valerie Scheurecker.[131]

Die Finanzierung der österreichischen Identitären erfolgt durch Mitgliedsbeiträge und Merchandising über den Versandhandel *Phalanx Europa* in Graz, betrieben von Patrick Lenart und Martin Sellner.[132]

Die IBÖ können sich auf einflussreiche Freunde verlassen. In Linz dürfen die Identitären die Infrastruktur des *WAB*, des *Wiener Akademikerbundes*, und der Burschenschaft *Arminia Cernowitz* mitbenutzen. Früher gehörte der WAB zum *Österreichischen Akademikerbund*, der wiederum der ÖVP nahesteht, allerdings nach Streitigkeiten von der Partei 2010 ausgeschlossen wurde.

Für die Identitären sind Flüchtlinge, Asylsuchende und Migranten gleichzusetzen mit potenziellen IS-Attentätern und Terroristen.

Eifrig nahmen österreichische Identitäre an den Demonstrationen der deutschen Pegida-Bewegung teil, getarnt als »Spaziergänge«. Vor allem in Dresden waren Österreicher sehr aktiv. Im Jänner 2015 besetzten achtzehn Identitäre, darunter drei Österreicher mit Markovics und Sellner, den sächsischen Landtag.

»Es ist das bekannteste Geheimnis unserer Zeit. Alle sehen ihn, aber keiner wagt es, über ihn zu reden. Der Große Austausch findet statt. Er betrifft uns alle. Er bedroht uns alle.«[133]

Mit dem »großen Austausch« ist die sukzessive Unterwanderung der Gesellschaft durch Ausländer, vornehmlich Muslime, gemeint. Flyer mit diesem Text wurden im Frühjahr 2015 in Wohnhauslagen, vor Schulen und anderorts unter die Leute gebracht.

Österreichs Identitäre sind bestens vernetzt wie mit der *KSA*, der *Konservativen Subversiven Aktion* rund um eine der deutschen Schlüsselfiguren der Neuen Rechten, Götz Kubitschek.

Er rief auch das *IfS*, das *Institut für Staatspolitik*, zusammen mit Karl Weißmann und Erik Lehnert, ins Leben. Nach einem Streit mit Kubitschek ist Weißmann aus dem IfS ausgeschieden.[134]

Beste Kontakte bestehen auch zu *zwischentag* in Deutschland. Diese Gruppierung ist wieder mit der *Alten Breslauer Burschenschaft Raczeks zu Bonn* und der *Frankonia Erlangen* verbunden. Bei Vorträgen durften Martin Sellner und Patrick Lenart mit ihrem Fan-Shop *Phalanx Europe* die Gesinnungsgenossen mit einschlägigen Artikeln versorgen.

Die Vortragenden sind durchwegs schwere Kaliber, wie Nils Altmieks, Vorsitzender der IBD, Gereon Breuer von der *Blauen Narzisse* oder Peter Feist von *Compact*. Auch Karl-Heinz Hoffmann, Gründer der verbotenen

Wehrsportgruppe Hoffmann sitzt in der interessierten Hörerschaft.[135]
Zu dem Netzwerk zählen *Aktion Linkstrend stoppen*, der *Berliner Kreis*, das *Studienzentrum Weikersheim* und die *Projektwerkstatt Karben*.[136]
Publizistisch können Österreichs Identitäre auf eine Fülle von einschlägigen Möglichkeiten zurückgreifen. Eine davon ist der 2010 gegründete und in Großbritannien beheimatete *Arktos* Verlag, ein schwedisch-englisches Gemeinschaftsprojekt, geleitet von John Black Morgan, und führend für Publikationen der europäischen Neuen Rechten.
Der Wiener *Karolinger Verlag* in der Kutschkergasse im 18. Wiener Gemeindebezirk wurde 1980 ursprünglich als Verlag *L'Age d'Homme – Karolinger in Wien* ins Leben gerufen. Anfänglich stammten die Geldgeber aus der Schweiz. Die Wirtschaftskammer Österreich führt diesen Verlag auch als *Dr. Peter Weiß – Karolinger-Verlag*.
Recherchen des *DÖW*, des *Dokumentationsarchivs des Österreichischen Widerstands*, ergaben, dass dieser Verlag zumindest bis 2001 am *W3*-Verlag von Andreas Mölzer und Hilmar Kabas, beide FPÖ, beteiligt war.
Weiß selbst hatte so seine Probleme. Zum einen galt er als umstrittenes Mitglied im Universitätsrat der Kunstuniversität Linz, zum anderen handelte er sich eine Anzeige wegen Körperverletzung gegen ein Mitglied der *ÖH Uni Wien*[137] während einer Kundgebung des *RFS*[138] am 8. Mai 2003 ein.[139]
Der deutsche Verlag *Antaios* ist eng mit der Zeitschrift *Sezession* und dem *IfS*, dem *Institut für Staatspolitik* von Götz Kubitschek, dem auch der Verlag gehört, verbunden.
Der Grazer *Leopold Stocker* Verlag blickt auf eine lange Geschichte zurück. Gegründet 1919, fanden und finden sich im Verlagsprogramm immer wieder Publikationen mit rechtsextremem und neonazistischem Gedankengut. So fungiert Maximilian Dvorak-Stocker als Herausgeber der Zeitschrift *Neue Ordnung*. Sein Sohn Wolfgang ist Aktivist der österreichischen Identitären.[140] Er leitet auch den *Ares* Verlag, ein Tochterunternehmen des Leopold Stocker Verlags, ebenfalls in Graz.
Seit April 2012 heißt der *1848 Verlag* nun *1848 Medienvielfalt Verlags GmbH* mit Sitz in der Schlösselgasse im 8. Wiener Gemeindebezirk, in unmittelbarer Nachbarschaft zum *Wiener Akademikerbund*. Laut WKO, der Wiener Wirtschaftskammer, ist auch die Mariahilferstraße 36 als

Firmensitz genannt.
Dieser Verlag ist der Medieninhaber des rechtspopulistischen Internetforums *unzensuriert.at* und wurde im Februar 2009 ins Netz gestellt. Initiiert von dem FPÖler Martin Graf, dem ehemaligen dritten Nationalratspräsidenten. Sein Büroleiter Walter Asperl agiert als Geschäftsführer, und Grafs ehemaliger Pressesprecher Alexander Höferl ist der Chefredakteur.
In diesem Blog veröffentlichen FPÖ-Politiker wie Andreas Mölzer, Barbara Rosenkranz, Norbert Hofer, Kandidat für die österreichische Bundespräsidentenwahl; Werner Neubauer, Walter Rosenkranz, Alexander Schierhuber, Wolfgang Jung, Helmut Krünes, Heidemarie Unterreiner und Susanne Winter ihre Ansichten. Auch ausländischen Rechtspopulisten wie dem Slowaken Richard Sulík und dem Belgier Erland Pison wird hier ein Forum geboten.
Zur Zeit ist ein weiteres Medium für rechtes Gedankengut, gegründet von Andreas Mölzer, ehemaliger EU-Parlamentsabgeordneter für die FPÖ, und Hilmar Kabas, Ex-FPÖ-Nationalratsabgeordneter und Volksanwalt.
Neben der Wochenzeitung tritt dieses Unternehmen als gleichnamiger Buchverlag auf.
Die *Junge Freiheit* existiert als Wochenzeitschrift seit 1986, gegründet von Dieter Stein, der gleichzeitig nach wie vor Chefredakteur ist. Im deutschsprachigen Raum wird diese Publikation als wichtigstes Medium für die Neuen Rechten eingeschätzt.
Das publizistische Sprachrohr der deutschen AfD und der Pegida-Bewegung ist seit Dezember 2010 das in Leipzig ansässige *Compact-Magazin* des Journalisten und Aktivisten Jürgen Elsässer, zusammen mit Kai Homilius, Arne Fischer und Andreas Rieger.
Götz Kubitschek arbeitet auch mit Elsässer zusammen. Am 24. Oktober 2015 präsentierten sie im Verlauf der Compact-Jahreskonferenz die rechte NGO *Ein Prozent für unser Land*.[141]
Die Monatszeitschrift *Die Aula*, 1951 gegründet, ist das wichtigste Organ für österreichische Burschenschaftler und gerät immer wieder in die Kritik, ist den Behörden bestens bekannt.
In Deutschland erscheint seit 2003 vierteljährlich die *Sezession*, eine rechtsextreme Publikation des *IfS*, des *Instituts für Staatspolitik*, und

dahinter steckt wiederum Götz Kubitschek. In die gleiche Kerbe schlägt *BN*, die *Blaue Narzisse*, eine Zeitung für Schüler und Studenten, 2004 von Felix Menzel gegründet. Das deutsche Monatsmagazin *ZUERST!* ist in Martensrade, Schleswig-Holstein, beheimatet und wird von Dietmar Munier geleitet.

Selbstverständlich bietet das Internet eine hervorragende Kommunikationsmöglichkeit für sämtliche Aktivisten jeglicher Ausrichtung. Eine etwas schwer einzuordnende Rolle unter diesen zahlreichen Blogs nimmt *Unterbergers Tagebuch* ein. Andreas Unterberger, der ehemalige Chefredakteur der *Wiener Zeitung*, betreibt diese Plattform. In Gastkommentaren schreiben hier auch führende österreichische Identitäre wie Alexander Markovics, Alexander Schleyer und Martin Sellner.

Am 4. September 2004 ging das Internetforum *Achse des Guten* online, in Anspielung auf George W. Bushs Zitat von der »Achse des Bösen«. Hinter diesem Forum stecken Dirk Maxeiner, Michael Miersch, der 2015 ausgestiegen ist, und der bekannte Publizist Henryk M. Broder. Nach seinem Bruch mit der Linken beschäftigt er sich nun verstärkt mit dem Antizionismus und dem Islam.

www.deutschopfer.de ist ein Internetprojekt, geleitet von Felix Menzel von der *Blauen Narzisse*, basierend auf dem von Götz Kubitschek und Michael Paulwitz[142] verfassten Buch »Deutsche Opfer, fremde Täter«, erschienen im Verlag *Antaios*.

Gleichzeitig Zeitschrift und Blog ist *ef*, *eigentümlich frei*, beide von André Lichtschlag seit 1998 herausgegeben.

Wenn auch ziemlich skurril, aber nicht minder als gefährlich einzuschätzen ist *Eques Solis – Sonnenritter*, eine rechtsextreme Organisation und gleichzeitig ein deutsch-britisches Internetportal, das seit 2012 existiert. Die Mitglieder sehen sich als *Organisation Sonnenritter für den Schutz und Erhalt des europäischen Volks- und Kulturgutes*.

Korrektheiten entstand 2007 und wird von Manfred Kleine-Hartlage betrieben. Hier schreiben Martin Lichtmesz alias Martin Semlitsch, Heino Bosselmann, Elle Kositzka, Götz Kubitschek, Felix Menzel und Karlheinz Weißmann.

Die Schweden Lennart Berg und Anders Lagerström stehen hinter *Metapedia*, das 2006 online gestellt wurde. In eigener Darstellung heißt es,

»Metapedia will Aspekte aufhellen, über Wahrheiten und Fakten schreiben und nicht über das, was die politisch korrekte Mehrheit von Schreibern dafür hält und ihren Lesern oktroyiert.«[143]

PI steht für *Politically Incorrect*, einem 2004 von Stefan Herre gegründeten rechtsextremen Blog mit ausgeprägter Islamfeindlichkeit. Inzwischen hat sich durch täglich mehrere Zehntausend Klicks das PI zum »Zentralorgan« der Islamfeinde gemausert.

Zu den Autoren zählt Michael Stürzenberger, von 2003 bis 2004 Pressesprecher der Münchner CSU. Nach seinem Parteiaustritt ist er heute Bundesparteivorsitzender der rechtspopulistischen Kleinpartei *Die Freiheit*. Auch ein Polizeioberkommissar entpuppt sich als eifriger Texter. Torsten Groß, eine der Führungsfiguren der rechtsextremen *Bürger in Wut*, eng mit PI verbunden. Jan Timke führt diese Wählervereinigung in Berlin. *Bürger in Wut* ist allerdings hauptsächlich in Bremen aktiv, sitzt auch in der Bremischen Bürgerschaft.[144]

Lena ist richtig schlecht geworden. Was sie gelesen hat, muss sie erst einmal verdauen. Immer wieder blickt sie auf den Unterlagenstapel. Ob die draußen wissen, was sich hinter diesen Identitären verbirgt? Mit hoher Wahrscheinlichkeit nicht. Ob der Politik bekannt ist, was im Untergrund läuft? Sicher, wenn auch nicht bis ins letzte Detail. Warum wird nichts dagegen unternommen? Das böse Erwachen kommt immer erst, wenn etwas geschehen ist. Dann folgt das große Lamentieren.

Ihr fällt die Aussage des deutschen Innenministers Thomas de Maizière während einer Pressekonferenz im November 2015 ein, als ein Fußballländerspiel gegen die Niederlande aus Angst vor einem möglichen Terroranschlag abgesagt wurde: »… ein Teil dieser Antworten würde die Bevölkerung verunsichern.«

Nach Möglichkeit, obwohl es niemals optimalen Schutz vor Terror geben wird, bereits fünf vor zwölf reagieren und nicht erst fünf nach zwölf.

Je länger Lena sich mit diesem Thema beschäftigt, um größer ist ihre Überzeugung, dass dieser Marcel Pruckner nicht aus Jux und Tollerei dieses U77 auf seinem Sweater spazieren trägt. Der norwegische Massenmörder Breivik ist sein großes Vorbild, Pruckner will ihm nacheifern. Vielleicht will er ihn sogar übertrumpfen?

Ausgerechnet jetzt ist Kokoschansky irgendwo in Griechenland.

Toll, super!
Lena ist stinksauer. Sie muss handeln, etwas mit ihrem Wissen unternehmen, bevor es zu spät ist und ein weiterer Amoklauf Menschenleben fordert. Lieber einen Schuss in den Ofen umsonst abfeuern, als sich später ewig Vorwürfe machen, dass man nichts dagegen getan hat.
Warum unternimmt der Verfassungsschutz nichts gegen diese Identitären? Schließlich stammen die Unterlagen für Koko von einem BVT-Mann. Ihr ist schon klar, dass der Behörde die Hände gebunden sind. Solange keine strafbaren Handlungen stattfinden, beschränken die Tätigkeiten sich auf das Beobachten. Schließlich war sie lange genug Polizistin.
Dauernd guckt sie auf ihr Handy. Sonst gibt es Tage, da will dieses blöde Ding überhaupt nicht still sein. Jetzt, wo es so dringend notwendig wäre, bleibt es stumm.
Günther ist in seinem Zimmer und beschäftigt sich mit einem Videospiel, das Wolfram Panker ihm geschenkt hat.
Endlich gibt Lenas Handy Laut. Sie stürzt hin, blickt auf das Display. Die Nummer ist ihr nicht bekannt.
»Hallo! Ja, bitte? … Endlich!« Ihre Erleichterung ist nicht zu überhören, und der Stein, der von ihrem Herzen plumpst, nahezu sichtbar. Trotz der Freude, die sie empfindet, dass ihr Koko sich endlich meldet, möchte sie ihm gleich eine Schimpfkanonade an den Kopf werfen, doch er bremst sie ein. »Ja, schon gut! Ich höre dir ja zu! … Was? Wie, in Schießerei verwickelt? … Bist du okay? … Gott sei Dank! Wann kommst du endlich nach Hause? Dein Sohn wartet sehnsüchtig auf dich … Und natürlich auch ich …«

*

Hoch oben im IZD-Tower in der Wagramer Straße im 22. Wiener Gemeindebezirk nimmt einer der NSA-Abhörspezialisten die Kopfhörer ab, reibt sich die Ohren und sagt zu seinem Kollegen, dass er ihm soeben ein Audiofile geschickt hat, das er umgehend an Jeffrey Winesteen weiterleiten soll.
»Hast du wohl nicht daran gedacht, Kokoschansky«, grinst der ungebetene Lauscher, »dass wir auch im Handy von deiner Maus drinhängen.«

*

Einige der alten Kämpfer packen den angeschossenen CIA-Mann auf die Ladefläche eines Pick-ups, den einer der Männer für den Transport zur Verfügung stellt. Zeus, Stavros Vassilakou und Kokoschansky begleiten den Verletzten, wobei Zeus meint, es sehe ärger aus, als es ist. Ein glatter Durchschuss und er kenne sich bestens mit Schusswunden aus. Kokoschansky glaubt es ihm aufs Wort.

Veroniki Stefandopolos und Konstantinos Galanithrakis folgen in einem weiteren Auto, das ihnen geborgt wird. Der Besitzer bietet an, sich während ihrer Abwesenheit um den zerschossenen Reifen an Konstantinos Wagen zu kümmern.

Nirgendwo Polizei, die lässt sich tatsächlich nicht blicken. Hier herrschen andere Gesetze, nämlich jene der Alten, und anscheinend halten sich alle daran. Den unverletzten Agenten nehmen einige andere dieser Altherrenriege in Gewahrsam und schaffen ihn fort. Zeus' Worte gehen Kokoschansky nicht mehr aus dem Kopf, *wir regeln das auf unsere Art*.

Es ist vollkommen klar, wie es gemeint ist. Doch was dagegen tun? Sich mit diesen Alten anlegen? Sicher ginge das fürchterlich ins Auge. Die Bullen informieren? Wie, wenn sich keine Uniform blicken lässt? Das wäre Verrat an diesen Leuten, die ihm helfen. Ein fürchterlicher Gewissenskonflikt, er ist Mitwisser eines bevorstehenden Mordes. Da sind auch Redaktionsgeheimnis und Informantenschutz endgültig Grenzen gesetzt. Uninteressant, ob dieser Agent ein Scheißkerl ist. Mensch bleibt Mensch.

Zeus und Stavros Vassilakou sind die Bosse in dieser Ecke der Insel, ihr Wort ist Gesetz. Das hat Kokoschansky längst mitbekommen, und lehnt er sich dagegen auf, wendet das Blatt sich augenblicklich gegen ihn.

Durch die Rüttlerei auf dieser steinigen Straße und die Schmerzen ist der verletzte Spion bewusstlos geworden. Eine gute Gelegenheit, mit Zeus weiterzusprechen.

»Was habt ihr mit seinem Partner vor?«, fragt Kokoschansky. »Wollt ihr ihn tatsächlich über die Klippen in den Tod stoßen?«

Zeus blickt den Journalisten eine Weile mit seinen schwarzen Glutaugen an, in denen noch immer dieses gewisse Feuer lodert.

»Bist wohl ein Philanthrop, Heinz Kokoschansky?«

»Mit Vorbehalt, aber ich hänge ungern in einem Mord mit drin.«
»Wir haben nichts zu verlieren. Wir sind alte Knacker, die …«
»… sich um gar nichts scheißen«, bringt Kokoschansky es auf den Punkt. »Und ihr seid knallhart. Das habe ich schon begriffen, was mir auch sehr imponiert.«
»Bei unseren Zuständen im Land«, kontert Zeus, »bleibt dir nicht sehr viel anderes übrig, als gewisse Dinge selbst in die Hand zu nehmen, weil der Staat dich entweder vorne und hinten bescheißt oder hängen lässt. Was würdest du an unserer Stelle mit diesem CIA-Arsch tun?«
»Ihn ausquetschen, bis er alles, aber auch wirklich alles ausspuckt, was er weiß. Dann mit ihm zum Syntagma-Platz fahren und ihn eurem Parlament übergeben. Somit haben eure Politiker das Problem am Hals. Wenn er nicht reden will, ist es zwar nicht die feine Art, aber ein paar Faustschläge können oft sehr gesprächig machen. Mehr allerdings nicht.«
»Traust du uns zu, dass wir den Typ umbringen?«
»Ja«, spontan spricht Kokoschansky aus, was er denkt. »Wenn ich eure Geschichte so nachvollziehe, durchaus verständlich, aber mit unseren Werte- und Moralvorstellungen, unserem Rechtsempfinden und der Justiz unvereinbar. Wenn ihr ihn umbringt, seid ihr um keinen Deut besser als diese Typen und stellt euch mit denen auf eine Stufe.«
Zeus lacht bitter, räuspert sich und zündet sich eine Zigarette an.
»Wie steht es beispielsweise um die Moral der EU und alles, was dazugehört? Was man darunter im Allgemeinen versteht?«
»Punkt für dich«, gibt Kokoschansky sich geschlagen.
»Nimmst du wirklich von uns an, dass wir den Kerl killen? Und ihn da«, er deutet auf die Ladefläche, »verarzten lassen, um ihn später zu liquidieren? Wenn wir gewollt hätten, wären beide nicht mehr am Leben. Aber wir sind keine Mörder. Wir haben genug Blut vergossen. Doch das war im Krieg und den darauffolgenden düsteren Zeiten. Das ist vorbei. Zumindest für uns, denn vom Sand in unseren Lebensuhren sind nur mehr wenig Körner übrig. Und«, er zeigt Richtung Himmel, »langsam wird es Zeit, Bonuspunkte für das Danach zu sammeln. Also, mach dir nicht unnötig Sorgen, Heinz Kokoschansky, unsere Leute drehen den anderen ein wenig durch die Mangel, und den hier stellen wir wieder so halbwegs her. Danach kannst du mit ihnen machen, was du willst. Wir wollen nur

wieder unsere Ruhe auf dieser Insel.«
Der Pick-up bremst ab und biegt in eine steile Auffahrt ein, überwindet ein paar Serpentinen. Von hier aus bietet sich ein traumhafter Ausblick über die Insel, aber Kokoschansky hat weder Zeit noch Sinn dafür. Eigentlich will er nur mehr verschwinden, ab nach Hause. Zumindest Lena konnte er beruhigen. Für sie und Günther muss er sich etwas ganz Besonderes einfallen lassen, wenn alles überstanden ist.
Er hat ihr aufgetragen, so schnell wie möglich Freitag zu informieren, auch Panker soll sich nach Möglichkeit nützlich machen. Kokoschansky wird das Gefühl nicht los, dass diese Geschichte inzwischen Dimensionen erreicht, die bei Weitem seine Möglichkeiten überschreiten. Anscheinend ist er auf dem besten Wege, sich gleichzeitig mit Washington und Brüssel auf ein Duell einzulassen. Wer dabei nur der Verlierer sein kann, steht bereits fest.
»Was ist mit Spyridon Evangelistos?«, erkundigt Kokoschansky sich.
»Den holen wir raus«, beruhigt Zeus, »Wir haben Leute in Piräus. Und Vasily, dem das ›Sophokles‹ gehört, wird einiges erklären müssen. Du kannst, so lange du willst, hier auf Ikaria deiner Arbeit nachgehen.«
»Danke für euer nobles Angebot«, mehr fällt Kokoschansky im Augenblick nicht ein.
Der Pick-up biegt um die letzte Kehre. Nun ist auch der CIA-Mann wieder aufgewacht und stöhnt. Der Blutverlust ist doch ziemlich groß, aber sein Bein ist abgebunden. Dafür sorgte Konstantinos Galanithrakis. Jetzt ist es endlich geschafft. Gefühlsmäßig waren es nur einige Kilometer, aber diese Straße, die eher ein steiniger Güterweg ist, hatte es in sich.
Das Haus des Arztes ist sehr abgeschieden und nahezu von Pinienbäumen gänzlich verdeckt. Der Fahrer drückt kurz auf die Hupe. Gespannt wartet Kokoschansky darauf, was passiert. Eigentlich erwartet er, dass nun ebenfalls ein Tattergreis aus dem Haus tritt. Dieses Mal täuscht der Journalist sich gründlich. Ein drahtiger Mann in den Vierzigern, grau meliert mit Drei-Tage-Bart, kommt heraus und begrüßt Zeus und Stavros Vassilakou überschwänglich.
Wo bin ich da bloß hineingeraten, denkt Kokoschansky, das ist ja wie auf Sizilien! Nur ist ihm diese Art von Gemeinschaft um einiges lieber als die ehrenwerte Gesellschaft.

Die drei wechseln ein paar Worte, dann sieht der Arzt sich den Verletzten gleich auf der Ladefläche näher an.
»Tragt ihn hinein«, ordnet er an.
Selbstverständlich packt Kokoschansky mit an. Es stellt sich heraus, dass Konstantinos Galanithrakis und der Doktor sich sehr gut kennen. Rasch klärt der Zahnarzt den Journalisten auf. Beide arbeiteten in gleichen Krankenhaus in Athen. Dimitrios Zappas in der Chirurgie und Galanithrakis in der Zahnambulanz. Nachdem das griechische Gesundheitssystem nahezu auf null heruntergefahren worden war, nahm man dem einen das Skalpell und seinem Kollegen den Bohrer aus den Händen.
Tatsächlich ist in dem Häuschen ein passabler Behandlungsraum vorhanden, der für die Erstversorgung kleinerer und größerer Wehwehchen reicht. Wahrscheinlich behandelt Zappas die Menschen auf Ikaria ebenso unentgeltlich wie Galanithrakis seine Patienten in Athen.
Der Chirurg bestätigt Zeus' Erstdiagnose. Nachdem er dem CIA-Mann eine Betäubungsspritze verpasst hat, sieht er sich den Unterschenkel genauer an.
»Das Projektil hat das Schienbein durchschlagen und ist an der Hinterseite der Wade wieder ausgetreten«, diagnostiziert Zappas, »ich werde die Wunde reinigen, den Knochen wieder einrichten. Danach einen Gips anlegen. Der Mann muss auf schnellstem Weg ins Krankenhaus. Mehr kann ich hier für ihn nicht tun.«
Tatsächlich stellt der Arzt keine Fragen. Er verrichtet seine Arbeit, und man könnte den Eindruck gewinnen, dass die Versorgung von Schussverletzungen zu seinem Tagesgeschäft gehört.
Während der Mann behandelt wird, vertreten Kokoschansky und Zeus sich vor dem Haus ein wenig die Beine. Galanithrakis assistiert seinem Kollegen, Veroniki Stefandopolos und Stavros Vassilakou sitzen abseits auf einer Bank und unterhalten sich.
»Danke für das Handy«, sagt Kokoschansky zu dem Griechen, »darf ich es später nochmals benutzen?«
»Klar. Du hast ja ein hypermodernes Ding«, meint Zeus, »so etwas habe ich noch nie gesehen. Akku leer? Du kannst es jederzeit bei Dimitrios aufladen.«
Statt einer Antwort zeigt ihm Kokoschansky auf dem Display die SMS mit

der Warnung von Palefka.

»*Cäsar* ***I****st* ***A****ngerollt*? Was bedeutet das?«

»Eine Warnung von einem Wiener Freund«, erklärt Kokoschansky. »Sieh dir nur die jeweils ersten Buchstaben der drei Wörter an.«

»C…I…A«, Zeus ist sichtlich erstaunt, »dann muss dein Freund einiges wissen.«

»Sicher«, nickt der Journalist. »Das stammt vom österreichischen Verfassungsschutz. Ich habe es mir überlegt, Zeus. Ich kann nicht hierbleiben, obwohl ich eure Gastfreundschaft sehr zu schätzen weiß und dankbar dafür bin. Die Story wächst mir langsam über den Kopf, ist aus journalistischer Sicht im Alleingang nicht mehr zu bewältigen. Das ist eine Sache. Die andere … solange ich mich auf Ikaria aufhalte, bin ich hier nicht sicher, obwohl ihr auf mich aufpasst. Und ihr seid es auch nicht, ich bin eine Gefahr für euch. Die beiden Typen wissen zwar einiges, aber sind bestimmt nur untere Ränge innerhalb des Geheimdienstes. Wenn sie sich nicht regelmäßig melden und ihre Berichte abliefern, wird man nach ihnen suchen. Ihre Vorgesetzten werden Ikaria umkrempeln lassen. Das heißt, es werden weitere Agenten auf eurer Insel herumschnüffeln. Daher werde ich meinen Freund anrufen und ihm zu einem Griechenlandtrip verhelfen. Er wird zwar keine Freude haben, dass ich ihm als Geschenk zwei CIA-Leute überlasse, aber anders kommen wir alle aus dieser Nummer nicht mehr raus.«

»Das wird ziemlichen Staub aufwirbeln«, meint Zeus, »weltweit. Und die Amis werden ziemlich blöd dastehen.«

»Wenn schon. Das haben sie sich selbst zuzuschreiben. Darauf nehme ich sicherlich keine Rücksicht.«

»Und was ist mit uns?«

»Nichts«, beruhigt der Journalist. »Einer muss eingeweiht werden, was tatsächlich abgelaufen ist. Das ist mein Wiener Freund vom Verfassungsschutz. Der hält ebenso wie ich seinen Mund. Keiner von euch wird irgendwo aufscheinen. Das ist ein Versprechen.«

»Aber die beiden Scheißkerle werden plaudern«, zweifelt Zeus.

»Die werden von uns Österreichern übernommen, kommen vorerst mit ihren Leuten gar nicht mehr in Kontakt. Alles Weitere wird sich auf diplomatischer Ebene hinter verschlossenen Türen abspielen. Von diesen

Deals dringt nichts an die Öffentlichkeit. Weder hier in Griechenland noch sonst wo. Und die beiden haben indirekt zugegeben, dass sie Yannis Tsakitaris auf dem Gewissen haben. Den Mord mache ich von Wien aus publik, und es wird einiges auslösen. Selbst die USA können es sich nicht leisten, diese Tat, von der inzwischen so viele weltweit wissen, einfach unter den Tisch zu kehren. Daher wird Österreich zumindest einen ausliefern. Der da drin«, Kokoschansky zeigt nach hinten auf das Haus, »zeigt sich zumindest kooperationsbereit. Ob er auch seinen Leuten übergeben wird, kann ich nicht beeinflussen, und im Grunde ist es mir auch egal. Außerdem«, er deutet auf seine Hose, »habe ich noch immer ein weiteres Ass im Spiel. Zwar nicht im Ärmel, aber hier; Yannis Tsakitaris' Material. Zwar konnte ich davon überhaupt noch nichts einsehen, aber ich bin überzeugt, es ist eine Bombe. Wichtig ist, dass wir Spyridon Evangelistos herausbekommen. Und zwar lebend. Das heißt auch, dass außer diesen beiden Amis noch einige andere von der CIA in Griechenland herumschwirren. Sobald ihr den Musiker gefunden habt, trete ich die Lawine los.«
»Wir finden ihn«, sagt Zeus mit dem Brustton der Überzeugung, »darauf hast du mein Wort, Koko.« Er wirft seine Zigarettenkippe auf den Kies und tritt sie mit dem Absatz aus, greift in seine Jackentasche und holt sein Handy heraus. »Gut. Dann ruf deinen Freund an.«

*

Wie so oft in den letzten Monaten geht wieder ein Wochenende drauf.
Kein Wunder, dass in der Exekutiven die Scheidungsrate extrem hoch ist. Zwar sind Theodor Dollerers Kinder bereits erwachsen, aber rückblickend haben sie wenig von ihrem Vater gehabt. Besonders in Zeiten, wo sie ihn dringend gebraucht hätten, musste er berufsbedingt sämtliche familiären Probleme auf seine Frau abwälzen.
Nicht anders ergeht es Roland Palefka. Die beiden Töchter sind noch schulpflichtig, und seine Gemahlin ist seit einigen Wochen sehr eingeschnappt. Er kann es ihr nicht verdenken. Wenn er seine Überstunden zusammenrechnet, könnte er locker einen Monat auf Urlaub gehen. Leider bleibt es nur bei der Möglichkeit. Gerne hätte er heute mit der

Familie zusammen die neue Sitzgarnitur fürs Wohnzimmer ausgesucht, auch den Shoppingwahn seiner Kinder erduldet, aber dann klingelte sein Handy, und nun sitzt er im Büro seines Chefs.

»Was haben wir damit zu tun?«, fragt Roland Palefka ziemlich säuerlich. »Was geht uns dieser Mord an?«

»Einiges«, klärt Dollerer ihn auf, »bei dem Ermordeten handelt es sich zwar um einen österreichischen Staatsbürger, doch palästinensischer Abstammung, der ursprünglich aus Ramallah kommt. Das Opfer heißt Khaliq al-Tafara, ein Flugzeugtechniker, der am Wiener Flughafen beschäftigt war. Er wurde in seiner Wohnung in Penzing erstochen aufgefunden. Entdeckt hat den Mord indirekt eine alte Mieterin, da deren Hund anschlug und keine Ruhe mehr gab. Aufgrund seiner Herkunft ist es ein Fall für uns.«

»Haben wir nicht schon genug um die Ohren?«

»Es lässt sich nicht ändern, Roland.«

»Irgendwelche Hinweise auf den Täter?«

»Nicht die geringste Spur. Bisher ist nur bekannt, dass dem Palästinenser mit einem Küchenmesser, das wahrscheinlich aus seinem eigenen Haushalt stammt, die Kehle durchgeschnitten wurde. Die zuständige Tatortgruppe schickt mir demnächst die Fotos und die ersten Untersuchungsergebnisse.«

»Entschuldige.« Palefka zückt sein Handy. »Ja? … Ach, du bist es, Lena! Was ist los? Nein, kein Problem … Ich weiß gar nicht mehr, wie man Wochenende schreibt … Wie? Schießerei? Kokoschansky drin verwickelt? … Was noch? … Gut, ist zwar momentan etwas ungünstig, aber komm vorbei. Du weißt ja, wo du mich findest. Bis gleich.«

»Lena? Wer ist das denn?« BVT-Chef Theodor Dollerer schüttelt den Kopf. »Schießerei und Kokoschansky? Ich dachte, er ist in Griechenland?«

»Ist er auch. Lena ist seine Lebensgefährtin, eine ehemalige Polizistin, und arbeitet schon seit einigen Jahren für Wolfram Panker.«

»Der alte Panker«, lächelt Dollerer. »Der kann auch nie Ruhe geben, ein sehr guter Mann. Schade, dass er nicht mehr bei uns ist. Aber wer kann es ihm verdenken, was sich so in unserem Laden abspielt?« Er seufzt. »Egal, wir haben andere Probleme zu lösen. Wie war das nochmals mit dieser Schießerei?«

»Genaues kann ich auch noch nicht sagen. Aber gleich wissen wir mehr.«

*

Kokoschansky gibt Zeus das Handy zurück.
»Momentan komme ich nicht durch. Später versuche ich es nochmals. Der Angriff auf uns hat deine Erzählung unterbrochen. Du bist bestens informiert. Das kommt nicht von ungefähr. Wer bist du tatsächlich?«
Zeus blickt den Journalisten lange an, lächelt.
»Du bist ein cleverer Bursche, Koko. Ich bin ein alter Mann, allerdings mit großer Lebenserfahrung und einem sehr speziellen Wissen. Belassen wir es dabei.«
»Und Stavros Vassilakou?«
»Ebenfalls. Und die anderen Alten, die du gesehen hast, gehören auch zu unserer besonderen Clique. Ich habe mich schon sehr weit aus dem Fenster gelehnt, vielleicht sogar zu weit.« Plötzlich packt er Kokoschansky am Arm. »Obwohl ich dir vertraue, lass dir gesagt sein, publiziere nie etwas über uns, dass wir ROR sind. Wir wollen unsere Rache an denen, die Griechenland unterdrücken, vielleicht sogar vernichten wollen, voll auskosten. Also, nimm uns nicht diese Freude. Viel mehr ist uns nicht geblieben. Zwar sind wir inzwischen inkontinente Scheißer geworden, aber wir können noch einen Abzug betätigen, wie du selbst erlebt hast. Verliere nie ein Sterbenswörtchen über uns, auch nicht gegenüber deinem Wiener Freund, falls er tatsächlich bei uns antanzt. Oder später in Wien, weit weg von hier. Wenn wir wollen, finden wir dich. Ich denke, du hast mich verstanden.«
Zeus' Miene lässt keinen Zweifel offen.
»Keine Sorge«, versichert Kokoschansky und lenkt ab. »Du hast vorhin etwas von einem Anschlag auf eine Brücke erzählt.«
»Du meinst die Gorgopotamosbrücke. Die Unterstützung dafür kam direkt aus Washington, von Lyndon B. Johnson. Schon im Zypernkrieg hat er Griechenland mehr als deutlich zu verstehen gegeben, wer in unserem Land den Ton angab. Der amerikanische Präsident zitierte den griechischen Botschafter Alexander Matsas ins Weiße Haus und erklärte ihm klipp und klar, das Problem Zypern könne nur durch Teilung, und zwar in einen griechischen und einen türkischen Teil, gelöst werden. Natürlich erstattete Matsas Bericht. Ich kann mich noch sehr genau

erinnern, was er über den Tobsuchtsanfall Johnsons sagte, nachdem unser Botschafter entrüstet diesen Plan zurückwies.

›Dann hören Sie mir gut zu, Herr Botschafter, vergessen Sie Ihr Parlament und Ihre Verfassung. Amerika ist ein Elefant. Zypern ist eine Fliege. Griechenland ist eine Fliege. Wenn die beiden Fliegen weiterhin den Elefanten jucken, dann könnten beide durch den Rüssel des Elefanten zerquetscht werden, endgültig zerquetscht. Wir zahlen den Griechen eine ganze Menge guter Dollars, Herr Botschafter. Wenn Ihr Premierminister mir etwas über Demokratie erzählen will, über das Parlament und die Verfassung, dann könnte es sein, dass er, sein Parlament und seine Verfassung nicht lange überleben. Und vergessen Sie nicht, dem alten Papa – wie heißt er doch gleich – zu erzählen, was ich Ihnen gesagt habe. Denken Sie daran, ihm das zu sagen, hören Sie!‹[145]

Pflichtgemäß übermittelte Matsas telegrafisch den Wortlaut der Unterredung an Premier George Papandreou. Allerdings fing die NSA die Nachricht ab, und Johnson hatte neuerlich Grund auszurasten.

›Versuchen Sie, bei mir auf die schwarze Liste zu kommen, Herr Botschafter? Wollen Sie, dass ich mich wirklich über Sie ärgere? Das war eine private Unterredung, die Sie mit mir hatten. Sie hatten keinen Auftrag, alles, was ich Ihnen gesagt habe, wortwörtlich wiederzugeben. Passen Sie auf, was Sie tun.‹[146]«

Tausend Fragen geistern in Kokoschanskys Kopf herum, aber er verkneift sie sich. Diese Alten sind keineswegs zu unterschätzen. Davon ist er hundertprozentig überzeugt. Daher lässt er lieber Zeus weitersprechen. Eines Tages wird er herausfinden, wer diese verschworenen Alten sind. Nicht, um sie öffentlich zu machen, nur, um seine eigene Neugier zu befriedigen.

»Papandreous Sohn Andreas war bereits in den Dreißigerjahren im vergangenen Jahrhundert wegen Metaxas' Diktatur in die USA ausgewandert, nahm die amerikanische Staatsbürgerschaft an. Er legte eine glänzende Karriere an der University of California in Berkeley hin, stieg bis zum Dekan der wirtschaftswissenschaftlichen Fakultät auf.

Er diente in der amerikanischen Marine, wurde nach dem Ende des Zweiten Weltkriegs von der CIA angeworben, Abteilung Politik im Mittelmeerraum. Nachdem er die Machenschaften der USA, besonders im Zusammenhang mit Griechenland, durchschaut hat, quittierte er den Dienst, kehrte in seine Heimat zurück und mauserte sich zu einem der heftigsten Kritiker Amerikas. In flammenden Reden griff er die Vereinigten Staaten und die NATO an, wetterte gegen den korrupten König, die konservativen Parteien und allgemein gegen das griechische Establishment.

Das Pentagon und die CIA waren wie vor den Kopf gestoßen. Nach dem Vater erklärte nun der Sohn Amerika den Krieg. 1964 stieg Andreas Papandreou zum Ersten Staatsminister auf und kam dahinter, dass der KYP die Gespräche abhörte und die Ergebnisse umgehend an die CIA übergab. Er räumte gründlich in unserem Geheimdienst auf, aber es half nichts. Der KYP arbeitete mit dem technischen Gerät der Amerikaner, stand komplett unter der Fuchtel der CIA.

Doch Andreas Papandreou gab nicht nach, woraufhin der stellvertretende amerikanische Geheimdienstchef Norbert Anshutz ihn aufforderte, seine Anordnungen gegenüber dem KYP umgehend aufzuheben. Sollte Papandreou sich weigern müsste er schwerwiegende Folgen in Kauf nehmen. Die Antwort war eindeutig, der Amerikaner wurde hinausgeworfen.

Einen Monat vor den Wahlen, bei denen ein Erdrutschsieg für George und Andreas Papandreou prognostiziert wurde, folgte die Rache der Amis. In der Nacht vom 20. auf den 21. April 1967 startete der militärische Staatsstreich, bei dem die USA die Regie übernahmen. Die geheime Armee *Hellenic Raiding Force* führte den Putsch auf Grundlage des von der NATO entworfenen *Prometheus*-Plans durch, der vorsah, jeden Widerstand gnadenlos zu brechen. Rasch war das Verteidigungsministerium in der Hand der Putschisten, das unter dem Kommando von Oberstleutnant Costas Aslanides, einem Fallschirmjäger, eingenommen wurde.

Danach rollten die Panzer unter Brigadegeneral Sylianos Pattakos weiter. Ironie der Geschichte, nämlich genau auf der gleichen Route, die 1941 die deutsche Wehrmacht genommen hatte, als sie Athen eroberte. Der Königspalast, das Parlament, der Rundfunk und andere wichtige Institutionen wurden besetzt. Es gab keine Gegenwehr, die Griechen verschliefen den Putsch.

In seinem Haus in Kastri, außerhalb von Athen, wurde der achtundsiebzigjährige George Papandreou von den Putschisten im Schlaf überrascht und verhaftet. Ähnliches widerfuhr seinem Sohn Andreas.

Doch dessen Festnahme verlief sehr tumultartig. Als die Soldaten in sein Heim eindrangen, konnte er noch auf das Dach flüchten, gab erst auf, als einer der Männer seinem vierzehnjährigen Sohn die Pistole an den Kopf hielt. Innerhalb der folgenden fünf Stunden landeten mehr als zehntausend Menschen in unterschiedlichen Lagern, die längst vorbereitet waren.
Als Griechenland am Morgen erwachte, funktionierten die Telefone nicht mehr, und aus den Radios meldete sich der neue Machthaber von Amerikas Gnaden, Oberst George Papadopoulos. Elf Artikel aus der Verfassung waren nicht mehr gültig. Jederzeit konnten Leute auf der Stelle ohne Haftbefehl vom Militär festgenommen werden und vor einem Militärgericht landen. Streiks und Demonstrationen waren verboten, Bankkonten eingefroren.
Papadopoulos war seit 1952 KYP-Verbindungsoffizier zum CIA und sehr eng mit Jack Maury, dem Geheimdienstboss in Athen, befreundet. Allerdings häuften sich zahlreiche Stimmen in den USA, die mit der Vorgangsweise der CIA in Griechenland absolut nicht einverstanden waren. Allen voran Senator Lee Metcalf, der Johnson vorwarf, dass Amerika eine Junta aus Kollaborateuren und Nazi-Sympathisanten unterstütze.
Philips Talbot, der amerikanische Botschafter in Athen, protestierte scharf bei Jack Maury, dem CIA-Chef, und sprach von einer Vergewaltigung der Demokratie. Worauf Maury zynisch antwortete, wie kann man eine Hure vergewaltigen?[147]
Das Regime wütete mit willkürlicher Gewalt, Folter und Terror. Besonders stolz auf die barbarischen Handlungen war Basil Lambro, Chef der Geheimpolizei, der seine Opfer stets mit den launigen Worten bedachte: ›Jeder, der hierherkommt, spricht. Und du wirst unsere Erfolgsliste nicht verunzieren. Wir sind die Regierung, und du bist nichts. Die Regierung ist nicht allein. Hinter der Regierung stehen die Amerikaner. Wir sind die Amerikaner. Sei dankbar, dass wir dich nur ein wenig gefoltert haben. In Russland würde man dich umbringen.‹[148]
Letztendlich brach die Zypernkrise der Militärdiktatur das Genick, indem sie sich am 15. Juli 1974 am Putsch gegen die linksgerichtete Regierung von Erzbischof Makarios beteiligte, um eine Marionettenregierung einzusetzen. Daraufhin starteten die Türken die Operation *Atilla Harekâtı*

und marschierten auf Zypern ein. Wieder kostete es Tausende Menschenleben, und Gewaltwellen erschütterten die Insel. Die Folge war die Teilung in einen griechischen und einen türkischen Teil. Der Norden wurde zur Türkischen Republik Nordzypern, die international nur von der Türkei anerkannt und innerhalb der EU als *Sondergebiet* betrachtet wird.
Die Zypernteilung bedeutete das Ende für das griechische Militärregime. Die Anführer wurden verhaftet, Papadopoulos wurde wegen Hochverrats zum Tode verurteilt, später die Todesstrafe in lebenslängliche Haft umgewandelt. Eine Volksabstimmung brachte die Monarchie endgültig zu Fall, Griechenland erhielt eine neue Verfassung.
Nach seiner Entlassung aus griechischen Gefängnissen und Lagern sowie Exilaufenthalten in Schweden und Kanada kam Andreas Papandreou wieder nach Hause, stieg erneut in die Politik ein. Er gründete die *PASOK*-Partei[149]. Nachdem er 1981 die Wahlen gewinnen konnte, bekam Griechenland mit ihm als Premierminister die erste sozialistische Regierung der Nachkriegszeit. Im gleichen Jahr erfolgte der Eintritt in die EU. Allerdings hatte Papandreou sich nicht geändert, blieb seiner radikalen Linie treu und drohte wiederholt mit dem NATO-Austritt.
Doch er konnte noch vor seinem Tod erleben, wie das Gladio-Netzwerk in Italien aufflog, und aus erster Hand bestätigen, dass eine derartige Geheimarmee auch in Griechenland ihr Unwesen getrieben hatte. Der ehemalige Verteidigungsminister Nikos Kouris unterstützte Papandreou, erklärte, diese geheimen Strukturen existierten seit 1955, basierend auf einem Vertrag zwischen unserem Geheimdienst und der CIA.
1990 machte die sozialistische Opposition Druck, forderte lückenlose Aufklärung, doch die Regierung der Konservativen und die *Nea Dimokratia*[150] legten sich quer. Der damalige Verteidigungsminister Ioannis Varvitsiotis musste vor dem Parlament bestätigen, dass Papandreous' Informationen der Wahrheit entsprachen. Es gab die Operation *Red Sheepskin*, der Codename für die Operationen des amerikanischen Geheimdienstes.«[151] Zeus setzt sich auf einen Stein, blickt hinaus auf das Meer, spielt mit einem Grashalm in seinen Fingern. »Mein Monolog war ein kleiner Einblick in unsere jüngere Geschichte. Eine Geschichte, in der sich nahtlos ein Dilemma nach dem anderen aneinanderreiht. Obwohl es in Europa bekannt sein muss, was uns in diesen letzten Jahrzehnten an Leid

widerfahren ist, spricht niemand von offizieller Seite darüber. Wir Griechen gelten als faul, arbeitsscheu und so weiter. Vielleicht kannst du deinen Beitrag leisten, Österreicher, und von uns ein anderes Bild zeichnen? Dass wir nicht nur in eurem Urlaub ein wunderschönes Land mit gastfreundlichen Menschen darstellen, doch nach Ferienende wieder in die Ecke der Bösen abgestellt werden, die nur die EU schröpfen wollen und Fördergelder einstreifen, die in dunklen Kanälen versickern. Sofort lauthals Brüssel um Hilfe anbetteln, wenn es wieder einmal eng geworden ist. Uns nicht nur bei euch zu Hause beim Griechen um die Ecke nach der Speisekarte und der Qualität des Essens bewerten. Ihr uns nach dem feinen Speisen wieder pauschal verurteilt, weil wir doch selbst Schuld haben an unserem wirtschaftlichen Niedergang. Vor den Fernsehkameras, vor den Mikrofonen der internationalen Presse macht es sich immer gut, wenn Merkel, Schäuble, Schulz, Juncker und all die anderen, die sich als barmherzige Samariter präsentieren, von Rettungsschirmen und dem Schnüren von Rettungspaketen sprechen und uns damit gleichzeitig noch mehr das Wasser abgraben, wir doch längst in einer Dürre steckengeblieben sind.

Während der Flüchtlingstragödie auf unseren Inseln ist unsere wirtschaftliche Notlage etwas aus den Medien verschwunden, aber dadurch hat sich alles noch mehr verschlimmert. Inzwischen haben die Landeplätze sich verlagert. Nun steht Italien vor dem gleichen Problem. Und von Jordanien spricht überhaupt niemand. Das Königreich hat beinahe schon mehr Flüchtlinge als Bewohner. Eine Scheißwelt, in der wir leben. Zumindest einen Trost haben wir. Aufgrund des Alters haben meine Kumpel und ich es bald überstanden.« Was haben diese alten Männer für eine Vergangenheit? Kokoschansky bewundert Zeus' phänomenales Gedächtnis. Woher stammt dieses Wissen? »Da, in deiner Hose, Kokoschansky, ist der Schlüssel versteckt, den Tsakitaris dir vermacht hat. Stecke ihn in das richtige Schloss. Damit wäre uns bereits sehr geholfen.«

»Er schläft jetzt«, sagt Dimitrios Zappas, als er aus dem Haus tritt. »Ich habe ihm ein Schlafmittel gegeben. Aber er muss schleunigst in ein Krankenhaus, sonst besteht die Gefahr eines Wundbrandes.«

»Leihst du mir nochmals dein Handy?«, fragt Kokoschansky Zeus. Wieder kann er Palefka nicht erreichen, sendet daher eine SMS und hofft, die verschlüsselte Botschaft wird verstanden. *Der Hut brennt auf Ikaria, Koko.*

*

Es braucht eine Weile, bis Lena ins Innenministerium fahren kann. Sie kommt sich äußerst schäbig vor, weil sie wieder einmal Günther wie einen Mantel an der Garderobe abgeben muss. Diese Mal springt Freitags Familie in die Bresche. Der Junge versteht sich bestens mit den Kindern von Kokoschanskys Partner. Er freut sich, da er sie schon länger nicht gesehen hat. Dieses Problem wäre vorerst gelöst. Günther wird abgelenkt sein, kommt auf andere Gedanken und vermisst seinen Vater hoffentlich etwas weniger. Natürlich hat Lena dem Buben kein Sterbenswörtchen darüber erzählt, was in Griechenland los ist.

Als Freitag erfährt, was passierte, meint er, er hätte sich schon gewundert hat, dass sich Kokoschansky nicht bei ihm gemeldet hat, und ist heilfroh zu hören, dass seinem Freund nichts zugestoßen ist. Spontan begleitet er Lena ins Ministerium, was seiner Frau gar nicht gefällt. Nicht aus Eifersucht, sondern wegen der Einladung für eine Gartenparty am Nachmittag bei Freunden, die sie jetzt alleine mit den Kindern besuchen muss. Freitag versichert ihr, so schnell wie möglich nachzukommen, worauf sie wiederum resignierend sagt, das kenne sie zur Genüge, und Lena nur zustimmend nicken kann.

Auf dem Weg zum Verfassungsschutz ruft Lena noch Wolfram Panker an. Sofort lässt er alles stehen und liegen, schließt sich den beiden an.

BVT-Chef Theo Dollerer und Roland Palefka sind erstaunt, dass statt einer Person nun ein Trio das Sitzungszimmer betritt. Besonders freut sich Dollerer aber über das Wiedersehen mit Panker, den er seit einer Ewigkeit nicht mehr gesehen hat.

»Jetzt lerne ich auch einmal Kokoschanskys Frau kennen«, sagt der oberste Verfassungsschützer. »Sie sind also Lena Fautner. Wie ich höre, waren Sie einmal in unseren Reihen.«

»Keine Abwerbungsversuche«, stellt Wolfram Panker lächelnd klar. »Lena ist für mich unverzichtbar. Außerdem bezahle ich besser.«

»Tja, da bin ich wohl chancenlos. Keine Bange, an manchen Tagen möchte

ich auch am liebsten alles hinschmeißen und aussteigen«, und etwas leiser, »inzwischen häufen sich diese Tage.« Dann wendet er sich Freitag zu. »Und Sie betreiben mit Herrn Kokoschansky dieses *FNews*-Portal.«
»Genau.«
»Verzeihen Sie meine indiskrete Frage, aber Freitag ist doch eher ungewöhnlich für einen …«
»… Schwarzen«, fällt der Nigerianer ihm ins Wort, »ich weiß. Aber es gibt auch Österreicher, die Sonntag heißen. Nein, im Ernst, diesen Spitznamen habe ich mir selbst verpasst. Mein Name ist für euch Europäer ein Zungenbrecher. Vielleicht beantrage ich demnächst eine Namensänderung? Vielleicht auf *Schwarzer*?«
»Warum nicht? Wäre jedenfalls sehr originell«, schmunzelt Dollerer. »Nun aber zur Sache. Ich darf euch darauf hinweisen, dass es sich dabei um ein informelles Gespräch handelt. Wir verstehen uns.«
»No na«, unterbricht Panker eher unwirsch, »wenn wir später rausgehen, verkaufen wir die Story sofort an den Meistbietenden.«
»Reg dich nicht auf, Wolfram«, beschwichtigt Dollerer, »ich wollte es nur erwähnt haben. Tut mir leid, dass ist eben der pflichtbewusste Beamte in mir. Frau Fautner, was ist los in Griechenland?«
»Nun, soweit ich es verstanden habe, einiges. Zu viel konnte oder wollte mein Mann mir nicht am Telefon verraten, aber er sagte, dass man ihnen aufgelauert hatte, und dann fielen Schüsse.«
»Ist er unverletzt?«
»Ja, zum Glück.«
»Wo befindet er sich derzeit?«
»Auf der Insel Ikaria.«
»Mmh.« Der BVT-Chef kann sich noch nicht sehr viel aus dem zusammenreimen. »Wer hat geschossen? Hoffentlich nicht Kokoschansky.«
»Nein, bestimmt nicht«, sagt Lena, »es waren zwei Männer, die auf der Lauer lagen und das Feuer eröffneten.«
»Gibt es Tote oder Verletzte?«
»Einer der Angreifer ist am Bein angeschossen worden, mehr nicht. Allerdings handelt es sich nicht um gewöhnliche Strauchdiebe, sondern um CIA-Agenten.«
»Was sagen Sie da, Frau Fautner?« Plötzlich sitzt Dollerer kerzengerade in

seinem Stuhl. »Wer behauptet das?«
»Kokoschansky«, erklärt Lena weiter. »Er hat sich mit dem Verletzten unterhalten, und der hat es zugegeben. So, wie Koko es mir schilderte, hat dieser Mann ausgepackt.«
»Wo ist dieser angebliche CIA-Agent jetzt?«, bleibt Dollerer skeptisch.
»An einem sicheren Ort, Genaueres wollte er mir aus verständlichen Gründen nicht sagen.«
»Scheiße«, sagt Roland Palefka leise. »Du erinnerst dich an unser Gespräch, Theo?«
»Ja, ich weiß.«
»Ich habe Kokoschansky per SMS eine Warnung zukommen lassen, als er bereits in Griechenland war. **C**äsar **I**st **A**ngerollt. Anscheinend hat er die Warnung verstanden.«
»Der angeschossene Agent«, setzt Lena fort, »ließ auch einen Namen fallen. Er ist der Führungsoffizier der beiden und hält sich in Wien auf, Jeffrey Winesteen.«
Völlig unerwartet schlägt der BVT-Chef voller Zorn kräftig mit der Faust auf den Tisch.
»Dieser falsche, hinterhältige Scheißkerl!« Sofort hat er sich wieder in der Gewalt. »Entschuldigung …« Ein vielsagender Blick zu Palefka. »Der verdammte Ami weiß mit Sicherheit bestens Bescheid, führt uns aber an der Nase herum. Mit anderen Worten, Kokoschansky ist in großer Gefahr.«
»Das erklärt jetzt einiges.« Freitag ist todernst geworden. »*FNews* hat seit einiger Zeit massive Schwierigkeiten mit Hackerattacken. Bisher konnten wir sie immer noch erfolgreich abwehren.«
»Mein Mann meinte auch, dass es am besten wäre, wenn Herr Palefka nach Griechenland fliegt und ihn unterstützt. Schließlich hat er hochbrisantes Material über die EU bei sich und fürchtet Probleme, diese Unterlagen bei der Ausreise nicht herauszubekommen, auch nicht als EU-Bürger. Das war auch der Grund, weshalb er nach Griechenland reiste, um …«
»Mein Chef weiß darüber«, unterbricht Palefka. »ich habe ihn informiert, wie Kokoschansky überhaupt an dieses Material herangekommen ist. Ich möchte ihn auf keinen Fall hängen lassen und ihn da herausholen. Wenn

die CIA ihm auf den Fersen ist, wird sie wissen, dass er auf Ikaria ist, und nach ihm und ihren eigenen verschwundenen Leuten suchen. Das kann Kokoschansky unmöglich alleine schaffen, wenn er wieder heil zurückkehren will. Momentan, so sehe ich es, sitzt er auf der Insel fest, hat aber anscheinend Helfer.« Er richtet das Wort an Lena. »Namen der beiden Agenten hat er nicht genannt.« Sie verneint. »Aber Mister Winesteen ist deren Führungsoffizier. Das ist immerhin etwas. Theo, erteilst du mir die Genehmigung für Griechenland?«
BVT-Chef Theodor Dollerer überlegt, wiegt seinen Kopf hin und her.
»Wenn ich mit diesem Anliegen den Minister konfrontiere, kann ich gleich meinen Hut nehmen.«
»In meiner Detektei bist du herzlich willkommen, Theo.«
Bei Wolfram Panker kehren gewisse Erinnerungen zurück. Oft genug scheiterten Ermittlungen, die den Durchbruch gebracht hätten, an der Engstirnigkeit Vorgesetzter, die sich nicht der Kritik ihres obersten Chefs aussetzen und Medienschelte kassieren wollten.
»Alleine fährst du nicht, Roland«, Dollerer hat sich entschieden, »diese Mission ist viel zu heikel. Und die parlamentarische Anfrage wegen der Kosten und die übliche Frage der Opposition, warum überhaupt der Aufwand, muss ohnehin der Minister ausbaden. Er wird zwar alles auf mich abwälzen, aber das ist es wert. Und die diplomatischen Verwicklungen, die sich zwangsläufig ergeben werden, interessieren mich noch weniger. Ich rede mit dem COBRA[152]-Kommandanten, ich kann sehr gut mit ihm. Er soll uns zwei oder drei seiner Leute zur Verfügung stellen, die dich in Zivil begleiten. Aber komm mir ja nicht ohne diesen Kokoschansky und den zwei Amis zurück. Diese Sache fällt unter streng geheim, und es gibt eine Nachrichtensperre.« Sein Blick fällt auf Freitag. »Selbstverständlich gilt das auch für *FNews*.«
»Wir haben uns noch immer an gewisse Spielregeln gehalten«, kontert Freitag.
»Danke, Boss.«
»Du hast Glück, Roland, jetzt bist du von dem Mordfall abgezogen und kannst dir die Sonne auf den Bauch scheinen lassen. Mit der Palästinensercausa werde ich einen anderen Kollegen beauftragen.«
Als Lena *Mord* und *Palästinenser* hört, spitzt sie sofort die Ohren.

»Handelt es um dabei um den Mordfall im 14. Bezirk? Ich habe davon nur im Autoradio während der Fahrt gehört.«
»Ja«, Dollerer ist äußerst irritiert, ebenso Palefka. »Wo bin ich hier? Wieso wissen Sie davon?«
»Heißt das Opfer zufällig Khaliq al-Tafara?«, setzt Lena nach.
»Das müssen Sie uns jetzt erklären, Frau Fautner«, der BVT-Chef wirkt ziemlich rat- und sprachlos.
»Gern.«
Lena schildert, warum der Palästinenser sich an die Detektei wandte, und als sie den Marokkaner, der sich Abu Omar nennt, erwähnt, zucken Palefka und Dollerer zusammen.
»Bist du dir da ganz sicher, Lena?«, fragt Palefka nach.
»Natürlich.«
Palefka weiß, dass er in diesem Kreis offen sprechen kann, und daher nimmt er sich auch kein Blatt vor den Mund.
»Genau diesen Namen kennen wir von Iskandar Taha al-Djazrawis Handy. Allerdings soll dieser Abu Omar in Doha, Katar, sitzen. Gebt ihr uns eure Unterlagen über al-Tafara?«
»Selbstverständlich, ist doch klar«, zögert Wolfram Panker keine Sekunde.
»Das ist äußerst interessant«, meint Dollerer, »vielleicht kann Winesteen uns da auf die Sprünge helfen? Mit dem habe ich noch eine gewaltige Rechnung offen. Roland, du setzt dich in den Flieger, sobald ich die COBRA-Kollegen habe. Ich kümmere mich um die Penzing-Geschichte.«
»Und was ist mit dem HNaA?« Palefka versucht, jeden möglichen Störfaktor auszuschalten.
»Wer zuerst kommt, mahlt zuerst«, verschwendet Dollerer keinen weiteren Gedanken an die Konkurrenz. »Jetzt sind wir am Drücker.«
»Da wäre noch etwas«, sagt Lena.
»Was? Noch immer nicht genug?« Erstaunt blickt der BVT-Chef sie an. »Was haben Sie noch alles im Köcher verborgen?«
»Vielleicht liege ich komplett falsch, ich kann es derzeit nicht einschätzen. Indirekt hängt es sogar mit dem Syrer zusammen, der im Flüchtlingsheim Siemensstraße aufgeflogen ist und nun bei euch sitzt. Während des Festes demonstrierten die Identitären. Zu denen gehören aller Wahr-

scheinlichkeit nach ein gewisser Marcel Pruckner und ein Klaus Löscher. Löscher hat die Syrerin Zahra el-Husseini und ihre kleine Tochter in einem öffentlichen Bus attackiert, wurde aber geschnappt.«

»Ja, ja, weiß ich«, unterbricht Dollerer ungeduldig. »Worauf wollen Sie hinaus?«

»Die beiden«, Lena lässt sich nicht beirren, »Pruckner und Löscher sind Kokoschansky und mir schon aufgefallen, vor allem dieser Pruckner. Koko konnte ihn auch zur Rede stellen. Er tritt als *Tiuz*, der Name eines alten Germanengottes, im Netz auf. Bevor Koko nach Griechenland flog, erzählte er mir, dass Pruckner alias Tiuz einen Sweater mit dem Aufdruck U77 trug. Ein ungewöhnliches Logo, nirgendwo zu finden. Nun habe ich mich sehr intensiv mit den Identitären beschäftigt, und ich habe auch die Biografie über Anders Breivik genau studiert.«

»Ja, und wie soll das zusammenpassen?« Dollerer kann Lena im Moment nicht ganz folgen.

»U für Utǿya und 77 für die Todesopfer, die der Norweger auf dem Gewissen hat. Ich glaube, dass dieser Verbrecher Pruckners Idol ist, er ebenfalls einen Anschlag in dieser Größenordnung plant. Ich habe zwar keinerlei Beweise, weiß nichts über diesen Burschen, aber Koko verfügt über Material der Identitären, das sehr aufschlussreich ist.«

»Das er von mir hat«, sagt Palefka zu Dollerer, »nur, damit du nicht nachträglich sauer bist, wenn du es erfährst.«

»Ich konnte ebenfalls ein wenig beisteuern«, schließt Wolfram Panker sich an.

»Hm, eine sehr gewagte These«, seufzt der BVT-Chef und geht nicht weiter darauf ein. Kokoschansky zählt zu den wenigen Journalisten, die vertrauliche Unterlagen erhalten, weil er niemals seine Quellen preisgeben würde. »Doch rein auf Luft ermitteln wird sehr schwierig. Das wisst ihr alle. Außerdem, ihr habt mitbekommen, was los ist. Und ich habe zu wenig Leute.«

»Was dagegen, wenn ich mich dahinterklemme?«, fragt Panker. »Mein Korsett ist nicht so eng wie deines, Theo. Auch ich höre jetzt zum ersten Mal, was Lena erzählt.«

»Ich hatte vorher noch keine Gelegenheit«, kommt es nahezu entschuldigend retour.

»Schon gut, Lena.«
»Ich bin allen dankbar, die uns Arbeit abnehmen. Bei euch weiß ich, dass dieser Fall in guten Händen ist. Ich bin sehr gespannt, was ihr herausfinden könnt. Auch wenn du es nicht hören willst, Wolfram. Das BVT weiß offiziell von nichts. Seid mir nicht böse, wenn ich euch jetzt hinauskomplimentiere, ich habe noch einiges zu erledigen.«
Dollerer verabschiedet sich von seinen Besuchern, deutet Palefka zu bleiben und schließt wieder die Türe.
»Was hältst du von diesem U77, Roland?«
»Nun, eines weiß ich mit Sicherheit. Lena ist alles andere als eine Verschwörungstheoretikerin, sie hat sich das sehr gut überlegt. Wissen wir wirklich, wie viele Wahnsinnige in diesem Land derzeit etwas aushecken? Wie viele Schläfer etwas auskochen und planen?« Palefka gibt sich selbst die Antwort. »Nein, wir haben keine Ahnung. Wir wissen einiges über die Heimkehrer aus dem Dschihad. Aber wie groß die Anzahl der eingeschleusten Terroristen ist, die nur auf ihre Befehle warten, da draußen auf der Lauer liegen, ist uns unbekannt. Öffentlich dürfen wir das niemals zugeben, das wäre der vorprogrammierte Volksaufstand. Breivik fiel vorher auch nie aus dem Rahmen, und plötzlich drehte er durch.«
»Hoffentlich hat Fautner sich geirrt. Aber Panker wird mit seiner Mannschaft sicherlich einiges in Erfahrung bringen können. Ist dieser Pruckner bei uns aufgefallen?«
»Nein, aber ich lasse es nochmals überprüfen. Als Tiuz postet er wie andere Vollidioten auch auf Facebook seine ausländerfeindlichen Kommentare, mehr derzeit nicht. Bei Twitter und Instagram scheint er zumindest nicht mit diesem Nick auf.«
»Warten wir es ab«, meint der BVT-Chef. »Mehr können wir momentan in dieser Causa nicht tun. Jetzt nehmen wir uns nochmals Iskandar Taha al-Djazrawi vor.«
»Im Beisein von Jeffrey Winesteen?«
»Nein«, wehrt Dollerer ab, »sicher nicht. Den verdammten Ami lasse ich vorerst dunsten. Bisher hat er sich noch nicht bei mir gemeldet. Ich brauche die Namen dieser beiden Typen in Griechenland, dann werde ich ihm das Leben in Österreich sehr schwer machen. Somit bestätigt sich zum wiederholten Male, es gibt keine Freundschaften zwischen Agenten in

verschiedenen Geheimdiensten.«
Roland Palefka sieht auf das Display seines Handys.
»Der Hut brennt auf Ikaria, Koko«, liest er vor.
»Dann machen wir uns an die Arbeit, Roland.«

*

Nach der Unterredung lädt Wolfram Panker seine beiden Mitstreiter zum Mittagessen in den Nobelitaliener unweit des Innenministeriums ein. Zuerst wollte Lena Günther abholen und nach Hause fahren, aber Freitag konnte es ihr ausreden. Schließlich ist Günther in seiner Familie unter Kindern, hat sicher seinen Spaß. Außerdem müssen sie eine Menge besprechen.
Immer wieder überfallen sie Schuldgefühle, hält sich für eine schlechte Mutter. Der Vater düst irgendwo in der Weltgeschichte herum, und Mama ist auch keinen Deut besser. Doch im Einklang mit Panker gelingt es Freitag, Lena vom Gegenteil zu überzeugen, bis sie schließlich einwilligt.
»Jeffrey Winesteen«, sagt Wolfram Panker leise, als sie ihre Bestellungen aufgegeben haben, »ich kenne diesen Namen. Nur im Moment kann ich nicht zuordnen, in welchem Zusammenhang er mir untergekommen ist. Aber es wird mir wieder einfallen.« Dann wechselt er das Thema. »Lena, das ist ausgezeichnete Arbeit.«
»Was?«
»U77 ... Warum soll es ausgerechnet bei uns keine Fanatiker geben? Ich spiele jetzt mal den Attentäter, möchte ein Fanal setzen, ähnlich wie 9/11. Einen Anschlag, der nie wieder vergessen wird. Wie gehe ich vor? Wann ist der geeignete Zeitpunkt? Soll ich einfach aus heiterem Himmel zuschlagen? Dann ist jeder Tag, jede Zeit recht. Oder nutze ich ein besonderes Ereignis, um meine Tat noch viel spektakulärer zu machen, eben weil es an diesem historischen Tag passiert? Was steht demnächst an?«
»Nun«, überlegt Freitag, »mir fällt eigentlich nur die Wiederholung der Bundespräsidentenwahl ein. Ein Großereignis nicht nur für Österreich, nach dem Pallawatsch im ersten Durchgang sieht doch die gesamte Welt

auf uns. Wenn ich genau an diesem Tag zuschlage, dann habe ich mein Ziel erreicht.«

»Und wie würdest du vorgehen?«, will Panker wissen.

»Wenn ich mir Breivik als Vorbild nehme, stelle ich entweder einen sprengstoffbeladenen LKW in unmittelbarer Nähe der Hofburg oder am Ballhausplatz ab.«

»Dort steht Polizei und ist wegen der allgemeinen Terrorgefahr besonders wachsam und sensibilisiert«, lautet Pankers Einwand.

»Dann fahre ich mit meinem LKW über die Ringstraße zum Parlament, biege ab Richtung Hinterseite des Gebäudes, stelle das Fahrzeug ab, verschwinde und zünde die Ladung aus sicherer Entfernung mit einem präparierten Handy.«

»Sonntags herrscht LKW-Fahrverbot«, stört Lena Freitags Pläne.

»Ich komme nicht mit einem Riesentruck angedonnert, sondern mit einem größeren Kastenwagen, vollgepackt mit Sprengstoff. Damit darf ich unterwegs sein, und die Detonation reicht, um gewaltigen Schaden anzurichten und eine Menge Leute zu töten. Breivik brachte das Regierungsgebäude in Oslo auch nicht zum Einsturz.«

»Doch es war geplant«, hält Lena abermals dagegen. »Nur ein von ihm nicht einkalkuliertes Problem bei der Anfahrt durchkreuzte seinen ursprünglichen Plan.«

»Wie bereitest du dich vor? Was ist mit der Logistik für ein solches Unternehmen?«

»Breivik war der totale Einzelgänger, Wolfram«, klärt Lena ihn auf. »Da gab es keine Hintermänner. Die Organisation, die er behauptete zu vertreten, war er alleine. Ähnlich wie bei Franz Fuchs, dem Briefbombenattentäter, seinerzeit mit seiner *Bajuwarischen Befreiungsarmee.*«

»Gut«, spinntisiert Freitag weiter. »Dann sprenge ich das Parlament nicht, sondern rase mit dem LKW durch die Fußgängerzone Kärntnerstraße, durch den Graben oder den Kohlmarkt. An diesem besonders wichtigen Wahlsonntag wird eine Menge Leute unterwegs sein, und ich kann genügend Leute niedermähen wie der Typ zum Beispiel in Nizza.«

»Scheidet aus«, argumentiert der Detektiv. »Ein Identitärer ist mit Sicherheit kein Selbstmordattentäter wie ein Dschihadist und Salafist. Sollte dieser Pruckner tatsächlich einen wahnwitzigen Anschlag planen, dann hat er sich längst von den Identitären abgesondert, weil sie ihm zu zahm sind. Diese Neuen Rechten setzen auf Agitation, Demagogie, stören Veranstaltungen, prügeln sich auf Demos mit Linken und der Polizei, verbreiten ihre Hasspostings. Mehr ist da nicht. Noch nicht …«

»Wenn ich nun eure Gedankengänge fortsetze«, mischt Lena sich wieder ein, »und hoffentlich bleibt es bei der Theorie, dann sind zwei Anschlagsszenarien gleichzeitig denkbar.« Sie schiebt ihr Glas auf dem Tisch ein Stück vor. »Das ist Pruckner, der etwas auskocht, weil er Ausländer, insbesondere Flüchtlinge hasst.« Dann stellt sie Freitags Glas ihrem gegenüber. »Hier haben wir Iskandar Taha al-Djazrawi, das Phantom Abu Omar und unseren ermordeten Palästinenser Khaliq al-Tafara. Er war Flugzeugtechniker, sollte Agrarflugzeuge umrüsten, die wahrscheinlich für einen Angriff gedacht waren. Aber er wollte im Kampf gegen die Ungläubigen nicht mitspielen wollte und musste deshalb sterben. Eigentlich kommt nur dieser angebliche Marokkaner Abu Omar nach dem derzeitigen Wissensstand als Mörder infrage.«

Wolfram Panker schiebt den Teller mit der halb gegessenen Pizza von sich.

»Mir ist der Appetit gründlich vergangen. Lena. Es stimmt, was du sagst. Wir können nur hoffen, dass wir völlig falschliegen. Der Palästinensermord und alles, was damit zusammenhängt, ist Sache des BVTs. Wir machen nur, ich nenne es begleitende Ermittlungen, was diesen Winesteen betrifft und was wir sonst noch finden können. Ansonsten konzentrieren wir uns auf Marcel Pruckner, observieren ihn, überwachen jeden seiner Schritte. Falls er ein Auto fährt, verpassen wir ihm einen Peilsender. Das artet zu einem Zweifrontenkrieg im Untergrund aus.«

»Drei«, widerspricht Lena, »du vergisst, Wolfram, dass Koko gerade dabei ist, sich gleichzeitig mit Washington und Brüssel einen Fight zu liefern.«

»Falsch«, erwidert Freitag sehr ernst, »es gibt noch eine vierte Front, jene des Informationskrieges gegen unsere *FNews*, geführt von den USA. Ich wusste gar nicht, dass wir mit einem Schlag so wichtig geworden sind. Gut, in Österreich fürchten uns gewisse Leute. Aber dass wir es geschafft haben, dem mächtigen Amerika ans Bein zu pinkeln, erfüllt mich gleichzeitig mit großem Stolz und mit Furcht.«

»Wovon sprichst du?«, fragen Panker und Lena nahezu gleichzeitig.
»Wartet ab, der Reihe nach. Vorhin habe ich von Hackerangriffen gesprochen, ich wollte nicht alles sagen und schon gar nicht ins Detail gehen. Kurze Rede, langer Sinn: *FNews* kann derzeit nicht einmal ein Foto hochladen, man hat uns lahmgelegt. Koko hat es ja noch nicht in Griechenland mitbekommen, aber das wird er noch früh genug. Wer dahintersteckt, ist auch klar. Darum kann ich kaum erwarten, diesen Jeffrey Winesteen kennenzulernen, um ihm höchstpersönlich in den Arsch zu treten.«
»Mach Witze …«
»Kein Witz, Lena«, sagt Freitag todernst, »mir ist wirklich nicht zum Scherzen zumute. Die NSA, im Auftrag der CIA vermute ich, hat uns am Kieker. Wie erwähnt, Störversuche und Ähnliches kamen immer wieder vor, doch das konnten unsere Spezialisten ziemlich schnell bereinigen. Dieses Mal ist es extrem.«
»Das heißt …?«
»… wir müssen unser Portal einige Zeit stilllegen, hoffentlich den Fehler finden und absolut sichere Gegenmaßnahmen ergreifen.«
»Ihr verliert dabei sehr viel Geld, euch werden Sponsoren abspringen. Was macht ihr mit den Leuten, die euch über Crowdfounding unterstützen?«
Auch bei Lena ist die Lust aufs Essen endgültig vorüber.
»Unsere Facebook-Seite funktioniert noch, auch twittern ist möglich. In der Redaktion bereiten wir gerade einen Text vor, indem wir sinngemäß um Geduld und Verständnis ersuchen, dass *FNews* derzeit nicht berichten kann, weil wir an einer extrem gefährlichen Geschichte dran sind und man uns deshalb bereits im Vorfeld erhebliche Probleme macht. Daher sind wir gezwungen, uns darauf einzustellen. Das übliche Blabla.«
»Ausgezeichnete Idee«, lobt Panker. »Das schadet euch bestimmt nicht. Im Gegenteil, die Leute werden gierig, was da kommen wird. Und die Kohle fließt weiterhin, wahrscheinlich mehr als vorher. Darauf traue ich mich sogar zu wetten. Wenn ihr es geschickt formuliert und zwischen den Zeilen herauszulesen ist, dass euch die NSA, ohne deren Namen zu nennen, das Leben schwer macht, habt ihr die gesamte Cyberwelt auf eurer Seite.«

»Ja, das habe ich mir auch überlegt«, pflichtet Freitag ihm bei, »eine blöde Geschichte bleibt es trotzdem. Aus einer Laune heraus habe ich vor einigen Tagen das Foto von Can Dündar an die Wand gepinnt. Muss wohl eine Vorahnung gewesen sein.«
»Ah«, versteht Panker, »der Herausgeber der *Cumhurriyet*, eine der letzten mutigen und unabhängigen Tageszeitungen in der Türkei, der sich mit Erdoğan im Clinch befindet. Deswegen in Haft war und ein Schussattentat auf ihn verübt worden ist.«
»In dieser heißen Phase müssen wir extrem vorsichtig sein«, findet Freitag, »daher läuft unsere Kommunikation ab sofort nur mehr über unsere Wertkartenhandys. Die Cryptophone können wir einstweilen vergessen. Ich traue dem Zeug nicht mehr. Haltet Augen und Ohren offen. Ich kann mir leicht vorstellen, dass man uns beschattet. Unsere Leute arbeiten rund um die Uhr, einen Weg zu finden, um die NSA doch noch auszutricksen, damit wir so rasch wie möglich wieder mit *FNews* online sind. Wir müssen auch damit rechnen, dass Trolls ausgeschickt werden.«
»Was?« Wolfram Panker hat keine Ahnung, worum es sich handelt. »Was soll das sein?«
»Netzkrieger, wenn du so willst. Getürkte und gezielt eingesetzte Falschmeldungen, um negative Stimmung in den sozialen Medien zu erzeugen. Ich habe mir das von unseren Spezialisten erklären lassen. Zum Beispiel lebt Putin davon. In Moskau gibt es einen Haufen Leute, die im Auftrag des Kremls wegen des Ukrainekonflikts nichts anderes den Tag über machen, als lancierte Falschmeldungen ins Web zu stellen. Da Putin derzeit innenpolitisch kaum etwas zu bieten hat, lässt er mit diesen Methoden für sich gut Wetter in der Öffentlichkeit verbreiten. Das kann uns blühen, wenn wir mit Kokos Material und allem anderen, was wir inzwischen wissen, herausrücken. Ich beschäftige mich schon seit längerer Zeit mit der NSA, und es ist erschreckend, was die Amis tatsächlich im Hintergrund seit 9/11 treiben. Die Kontrolle über die Informationstechnologie ist der Schlüssel zur absoluten Macht im 21. Jahrhundert. Man muss nur genauer hinsehen. Wo befinden sich die Firmensitze von Facebook, Google, Yahoo, Twitter, Amazon, Apple, Microsoft und anderer Giganten im Internetbusiness? Warum sind die Zentralen von PayPal, Visa und Mastercard ausgerechnet in den USA

ansässig? Ich habe da einiges gefunden, bei dem sich die Nackenhaare sträuben. ›*Die Architektur des Internets bestimmt die politische Situation*.‹ Dieses Zitat stammt von Andy Müller-Maguhn, dem ehemaligen langjährigen Sprecher des CCC, des Chaos Computer Clubs, einer deutschen Hackervereinigung.[153] Klammheimlich wurde im Oktober 2013 in dem Kaff Bluffdale in Utah das *Utah Data Center* eröffnet, seit 2015 sind die Datenspeicher und Server im Vollbetrieb.« Freitag zieht ein Notizbuch aus seiner Tasche. »Ich habe mir das extra notiert, weil es so unglaublich ist. Die Speicherkapazitäten bewegen sich in Yottabytes, das bedeutet zehn hoch vierundzwanzig Bytes. Das geht aus einem vertraulichen Bericht der *Mitre Corporation*, einem Thinktank, der für das Verteidigungsministerium arbeitet, hervor. Zum Beispiel entspricht diese Kapazität in Bluffdale dem Inhalt von einer Quadrillion[154] Textseiten, das Fünfmillionenfache sämtlicher Buchseiten, die seit Johannes Gutenberg gedruckt worden ist. Es ist der weltweit größte Datenspeicher. Aber es ist nicht der einzige Standort für die NSA-Datensammelwut. Mit Milliardenaufwand wurde das *Texas Cryptologic Center* in San Antonio aufgerüstet, ebenso der Stützpunkt in Oahu auf Hawaii[155].«

»Und einen netten kleinen Ableger der neugierigen Amerikaner haben wir, neben anderen, mitten in Wien«, bemerkt Wolfram Panker sarkastisch, »in Währing, in der Pötzleinsdorfer Straße 126-128. Die Liegenschaft befindet sich bereits seit 1971 im Besitz der amerikanischen Botschaft, scheint jedoch offiziell nirgendwo auf. Es ist dort nicht ratsam, obwohl es sich um öffentlichen Grund handelt, die Villa vom Gehsteig oder der Straße aus zu fotografieren oder zu filmen. Sofort ist die Polizei zur Stelle, und man wird umgehend erkennungsdienstlich behandelt, das Areal wird rund um die Uhr bewacht. Dabei heißt es doch im § 319 des österreichischen Strafgesetzbuches: ›*Wer im Inland für eine fremde Macht oder eine über- oder zwischenstaatliche Einrichtung einen militärischen Nachrichtendienst errichtet oder betreibt oder einen solchen Nachrichtendienst wie auch immer unterstützt, ist mit Freiheitsstrafe bis zu zwei Jahren zu bestrafen. Der Betrieb und die Unterstützung einer solchen Einrichtung auf österreichischem Boden sind strafbar.*‹ Wie sagte der ehemalige Verfassungsschutzchef Gert-Rene Polli in einem Fernsehinterview? ›*Nachrichtendienste leben vom Geben und Nehmen. Aber nehmen Sie zum Beispiel die österreichischen Interessen, die wir im*

Ausland haben. Hier sind ausländische und befreundete Nachrichtendienste Augen und Ohren für österreichische Interessen.‹[156]«

»Was soll man dazu noch sagen?« Lena wirft ihre Serviette auf den Tisch. »Und wir alle sind wieder einmal mittendrin.«

»Wir haben es nicht herausgefordert«, versucht Freitag, sie aufzumuntern. »Weder Koko noch ich. Wir sind Journalisten, es ist unsere …«

»… Pflicht, ich weiß. Seid mir nicht böse, ich hole jetzt Günther und fahre nach Hause. Ich unternehme etwas mit dem Buben und will momentan von der ganzen Scheiße nichts hören. Sei so nett, Freitag, und gib mir sofort Bescheid, falls Koko sich bei dir meldet.«

»Ist doch klar, Lena. Und bitte sag meiner Frau, dass ich leider nicht zu dem Gartenfest kommen kann.«

»Typisch Mann«, knurrt sie, »ich darf wieder für dich die Kastanien aus dem Feuer holen.«

»Ich mach's wieder gut.«

»Ja, ja. Das sagt Koko auch immer.«

»Bevor du gehst, Lena, gibt es von diesem Marcel Pruckner eventuell ein Foto?«

»Ja, aus dem Internet. Liegt bei mir im Büro. Auf meinem Schreibtisch, in einem braunen Folder.«

»Wie passend«, grinst Freitag.

»Warum?«

»Wenn Wolfram nichts anderes zu tun hat, möchte ich mir gerne den Burschen näher ansehen.«

»Gut, können wir machen«, stimmt Panker zu, »die genaue Adresse haben wir von dem Kerl zwar nicht, aber das herauszufinden, ist ein Klacks. Wenn ich das nicht schaffe, wäre ich ein schlechter Detektiv. Außerdem war ich mal Bulle.«

*

Roland Palefka hat noch ein längeres Vier-Augen-Gespräch mit seinem Chef. Der Alleingang Dollerers, ihm grünes Licht für diese Dienstreise nach Griechenland zu geben, ringt Palefka großen Respekt ab. Ebenso geht der Begleitschutz durch zwei COBRA-Beamte klar.

Weniger erfreut, und er hat nichts anderes angenommen, ist seine Frau. Er kann es ihr nicht einmal übel nehmen, versteht sie. Leider darf er mit ihr nicht über seine geheime Mission sprechen. Er muss es durchziehen. Vielleicht gelingt es, erfolgreich einen, wenn nicht zwei Terroranschläge in Österreich zu verhindern. Die Achse Iskandar Taha al-Djazrawi – Abu Omar – Khaliq al-Tafara ist mehr als beunruhigend, wobei der ermordete Palästinenser das Zünglein an der Waage sein kann und aufgrund seines Berufes mit hineingezogen wurde. Er hat damit nichts zu tun. Da ist Palefka sich sicher. Hätte er sonst Hilfe gesucht?

Manchmal hilft Kommissar Zufall. Wäre der Flugzeugtechniker nicht in der Detektei aufgetaucht, würden sie weiterhin im Dunkeln tappen. Gut, dass Dollerer allgemeine Nachrichtensperre verhängt hat. Somit ist die übliche Formulierung von *Ermittlungen in alle Richtungen* gegenüber den Medien und der Öffentlichkeit unnötig. Der Nachteil, die Leute werden hellhörig und vor allem die Medien.
Schließlich heißt es nichts anderes, als keine Ahnung zu haben. Oder es steckt etwas Ungeheuerliches dahinter, was noch mehr die Neugierde weckt. Oder ist eine Vertuschung in Gang?
Die Ermittler der zuständigen Tatortgruppe sind auch nicht böse, wenn sie einen Mordfall weniger zu bearbeiten haben, weil sich nun darum das BVT kümmert.
Allerdings möchte Palefka nicht in Dollerers Haut stecken, wenn der Minister, und irgendwann lässt es sich nicht länger verheimlichen, von diesem Alleingang erfährt. Da liegt gewaltiger Ärger in der Luft. Auch Palefka wird einiges abbekommen, doch er weiß, dass sein unmittelbarer Chef sich noch immer vor seine Leute gestellt hat, sämtliche ministeriellen Rüffel und angedrohten Sanktionen im richtigen Moment abblocken konnte.
Außerdem setzt Palefka auf Kokoschansky und dessen Leute. Er ist fest entschlossen, ihnen, so weit es seine Möglichkeiten erlauben, zu helfen, damit *FNews* wieder online gehen kann. Es ist ein engagiertes Unternehmen, das tatsächlich objektiv berichtet. Stets fair mit allen umgeht, auch mit Gegnern, und nur wasserdichte Berichte, die mehrfach abgesichert sind und in denen jedes Wort beweisbar ist, in die Cyberwelt

hinausschickt.
Lenas Annahme über diesen Identitären Marcel Pruckner in Verbindung mit dessen möglichem Vorbild Breivik bereitet ihm zusätzliche Sorgen. Auch Palefka durchforstete und stöberte in sämtlichen Datenbanken nach diesem ominösen U77, musste w. o. geben, weil absolut nichts darüber zu finden ist.
Kaum verließ Palefka Dollerers Büro, meldete Kokoschansky sich. Aus Sicherheitsgründen sprach er es nicht direkt aus, fragte nur, ob ein Besuch möglich ist. Als Palefka bejahte und dem Journalisten mitteilte, er mache sich bereits auf den Weg, war die Freude am anderen Ende sichtlich hörbar. Auf die Frage, wohin genau, antwortete Kokoschansky, dass er eine SMS sendet. Palefka wollte gar nicht wissen, warum er nicht auf seiner Nummer anrief, die in seinem Gedächtnis abgespeichert ist. Er kann sich leicht denken, dass es eine Vorsichtsmaßnahme Kokoschanskys ist. Entweder hat er sich ein Wertkartenhandy besorgt oder eines ausgeborgt. Aus Berufsneugier checkt Palefka diesen griechischen Handyanschluss und wird tatsächlich fündig. Das Telefon ist beim Mobilfunkanbieter *Wind Hellas* registriert, der Anschluss gehört einem Egeas Androkis in Karavostamo. Auch diesen Namen überprüft Palefka, findet jedoch nichts. Zumindest nichts in den Datenbanken, die ihm zur Verfügung stehen, und für die Griechischen besitzt er keine Zugriffsberechtigung. Er würde ohnehin kläglich an Sprache und Schrift scheitern.

*

Natürlich hat Wolfram Panker kein Problem, Marcel Pruckners Anschrift herauszufinden. Der Bursche wohnt in Strebersdorf, im 21. Wiener Gemeindebezirk, in der Berlagasse. Zusätzlich suchte der Detektiv noch alles, was zu erfahren ist, über Pruckners Familie zusammen. Die Eltern leben in der Leopoldstadt, unweit des Praters. In der elterlichen Wohnung ist auch Marcels Schwester gemeldet. Eine weitere Adresse gibt es in Deutsch-Wagram. Die gesamte Familie scheint als unbescholten auf. Drei Anschriften in unterschiedlichen Richtungen.
Pankers Vorschlag, Freitag soll zu der Gartenparty und sich um seine Familie kümmern, wird abgelehnt. Er meint nur, seine Familie hat

ebensowenig Bock auf Terror und will in einem friedlichen Land leben. Daher verstehen sie sicher, dass die Party zweitrangig ist.
Die beiden entscheiden sich, zuerst die Berlagasse in Augenschein zu nehmen. Wenn Pruckner dort nicht anzutreffen ist, dann weiter nach Deutsch-Wagram. Die Elternwohnung heben sie sich auf, wenn alle Stricke reißen. Es schadet keineswegs, die Eltern, die wahrscheinlich keine Ahnung haben, ein wenig über ihren Sohn auszufragen. Auch die Schwester kann sich als Quelle erweisen. Doch der Reihe nach.
Nachdem sie in der Berlagasse mehr als dreißig Minuten vom Auto aus die Umgebung beobachten und nichts von Marcel Pruckner zu sehen ist, Freitag erfolglos an dessen Wohnungstüre klingelt, brechen sie ab. Irgendein Vorwand wäre ihm schon eingefallen, außerdem hätte er gerne die Reaktion Pruckners erlebt, wenn ein Schwarzer auf der Matte steht. Daher fahren sie die paar Kilometer weiter nach Deutsch-Wagram. Panker hat ins Navi die Rußbacherstraße eingegeben, und die Orientierungshilfe lotst sie am Bahnhof der kleinen Ortschaft vorbei.
Plötzlich zuckt Freitag zusammen.
»Fahr langsamer.«
»Was ist?«
»Da, die junge Frau! Klar, das ist sie! Ich glaube, ich spinne! Sie darf uns nicht bemerken.«
»Wer soll das sein?«
»Bettina Jölich, eine Praktikantin bei uns.«
»Nein?!«
»Doch. Ich erkenne sie an ihrer Jacke, ihr Rucksack passt ebenso wie die Statur. Folgen wir ihr unauffällig.«
»Gut, ist ja mein Geschäft«, sagt Wolfram Panker und geht vom Gas. »Meinst du, da gibt es eine Verbindung zwischen ihr und Pruckner?«
»Das werden wir bald wissen. Schon sehr merkwürdig, dass sie sich hier in Deutsch-Wagram herumtreibt.«
»Vielleicht lebt hier ihr Freund oder Verwandte? Vielleicht besucht sie eine Freundin?«
»Sicher ist das möglich, aber ich habe meine Zweifel.«
»Warum?«
»In letzter Zeit stellt sie oft in den Redaktionssitzungen komische Fragen,

schleicht in den Räumlichkeiten herum. Erschrickt richtig, wenn sie dabei ertappt wird. Auch bei mir war sie ein paar Mal. Als ich sie einmal fragte, was sie hier zu suchen hatte, fiel ihr nichts Besseres ein, als dass sie einen Markierungsstift brauchte.«

»Weiß Koko davon?«

»Natürlich, aber er nimmt es nicht ernst. Will sie jetzt sogar anstellen. Aber ich traue ihr nicht über den Weg.«

»Vielleicht lässt er sich von der äußeren Hülle blenden? Hübsch und sexy ist sie.«

»Nein, da lege ich für ihn die Hand ins Feuer. Koko hat Lena, und in sie ist er noch immer schwer verliebt. Da läuft gar nichts. Ich verstehe ihn in dieser Hinsicht auch nicht. Sonst ist er doch immer so misstrauisch, klopft alles und jeden nach allen Seiten gründlich ab.«

»Wie ist dieses Mädchen zu euch gekommen?«

»Sie hat uns ihre Bewerbungsunterlagen geschickt, die waren in Ordnung. Sie bringt auch etwas journalistische Erfahrung mit, hat für einige Lokalblätter geschrieben, aber noch keinerlei Fernseherfahrung. Aber sie verfügt über eine rasche Auffassungsgabe, hat Biss und das gewisse journalistische Gespür. Sie ist sehr talentiert.«

»Und sie scheint sehr neugierig zu sein.«

»Für mich etwas zu viel.«

»Maulwurf?«

»Leicht möglich. In letzter Zeit hat *FNews* sich ziemlich auf die Identitären eingeschossen.«

»Scheiße, du hast recht, Freitag«, sagt Panker. »Guck mal nach vorne und schau, wer gerade um die Ecke biegt.« Wie aufs Stichwort kommt Marcel Pruckner dahergeschlendert, begrüßt Bettina Jölich sehr vertraut. »Vielleicht ist er ihr Lover, und sie weiß gar nicht, in welchem Verein er sich engagiert?«

»Auch möglich. Vielleicht tue ich ihr unrecht? Wo sind wir?«

»In der Rußbacherstraße. Doch die Straße endet hier, und er hat anscheinend nicht vor, mit ihr dorthin zu gehen. Pass auf, Freitag, wir machen Folgendes. Du steigst aus, ich folge den beiden. Du siehst dir inzwischen diese Adresse an. Mich kennen sie nicht, aber das Mädchen dich. Wir bleiben in Kontakt über unsere Handys.«

*

E...lvira V...ögelt D...auernd I...tensiv L...iebt O...ral S...ex.
Kleine Denksportaufgabe für Roland Palefka von Kokoschansky per SMS und vielleicht auch für die NSA, wenn sie eventuell im Handy des BVT-Beamten drinhängen. Zusammengesetzt ergeben die Großbuchstaben Evdilos, den Ort, an dem Palefka ankommen wird. Sicherlich knackt er diese Nuss im Handumdrehen, aber was Klügeres ist Kokoschansky nicht eingefallen. Palefka wird umgehend seine Ankunftszeit senden, rechnet sicher damit, abgeholt zu werden.
»Wenn dein Wiener Freund antanzt«, sagt Zeus, »sind wir einfache Bauern, die dir geholfen haben, als dich die Männer unter Feuer nahmen. Da griffen wir zu unseren Jagdflinten und haben dich herausgehauen. Haben wir uns verstanden?«
»Sicher.«
Einer von der Altherren-Gang übergibt dem Griechen zwei Ausweise.
»Haben wir in deren Auto gefunden, lagen im Handschuhfach.«
»Was?«, will Kokoschansky wissen.
Zeus übersetzt und zeigt ihm die Papiere. Schwer zu sagen, ob es sich tatsächlich um Dienstausweise der CIA handelt. Kokoschansky hat so ein Dokument auch noch nie gesehen. Jedenfalls deutet nichts darauf hin. Kein Emblem, nichts Staatliches, keine Adresse; sieht wie ein Fake aus und am Computer gezimmert.
Gut, James Bond zeigt auch nie einen Ausweis her und kommt dennoch voran. Zumindest die Fotos stimmen. Es sind ihre Visagen, und es gibt zwei Namen: Francis Jefferson und Gary Corbucci.
»Falls das ihre echten Namen sind, handelt es sich um zwei ausgemachte Trottel, wenn sie ihre Identität im Handschuhfach liegen lassen«, meint Kokoschansky.
»Das sind Fälschungen«, ist Zeus überzeugt, »die verwenden sie nur, wenn einer es unbedingt wissen will. Dann wedeln sie ihm damit kurz vor der Nase herum und basta. Die Leute zucken doch sofort zusammen, wenn sie CIA hören.«
»Sagt der andere etwas?«, fragt der Grieche seinen Kumpanen, der etwas abseits steht.

»Was?«
»Er schweigt eisern. Aber sie bewachen ihn, lassen ihn nicht aus den Augen.«
»Und weiß man etwas über den Verbleib von Spyridon Evangelistos?« Ungeduldig wartet Kokoschansky auf die Übersetzung. Jetzt rächt es sich, dass er in der Schule ein fauler Hund war und lieber im Kaffeehaus herumhing und den Griechischunterricht schwänzte.
»Das ist der Wermutstropfen, Koko. Keine Spur von ihm. Auch Vasily, der Sophokles-Besitzer, ist wie vom Erdboden verschluckt. Natürlich bleiben wir dran.« Dann blickt er auf das Display seines Handys, liest Kokoschanskys SMS und beginnt hellauf zu lachen. »Du bist aber auch nicht von schlechten Eltern. Darauf muss einer erst kommen.« Problemlos hat Zeus sofort überrissen, was gemeint ist. »Du wärst sicherlich auch ein prima Agent.«
»Manchmal weiß ich oft selbst nicht, wer ich tatsächlich bin«, knurrt der Journalist.
Dimitrios Zappas leistet den beiden Gesellschaft.
»Jetzt ist der Patient aufgewacht.«
»Gut«, sagt Kokoschansky, »dürfen wir ihm reden?«
»Sicher«, erlaubt der Arzt, »es ist schließlich keine lebensgefährliche Verletzung. Aber er muss unbedingt in ein Krankenhaus, sonst verliert er tatsächlich sein Bein. Und ich will gar nicht wissen, worum es geht. Mein Job ist erledigt. Jetzt liegt es in eurer Verantwortung.«
»Alles klar«, sagt Zeus und geht mit Kokoschansky zurück ins Haus.
Der CIA-Mann liegt noch immer im Behandlungszimmer, macht aber durchaus einen guten Eindruck.
»Und? Wie geht es dir?«, erkundigt Kokoschansky sich. »Schmerzen?«
»Ist zum Aushalten. Jedenfalls danke. Aber ich will in ein Krankenhaus. Das sagt auch der Doc.«
»Ich weiß. Aber du bist dir im Klaren«, der Journalist sieht entschuldigend zu Zeus hinüber, »hier bist du am Arsch der Welt. Das dauert. Außerdem gibt es noch eine Menge zu besprechen. So lautet unser Deal. Also, welcher von den beiden bist du? Francis Jefferson oder Gary Corbucci?«
»Keiner von beiden«, grinst der Agent etwas gequält. »Kannst es dir aussuchen. Mir ist sowohl Francis wie auch Gary recht. Oder glaubst du,

wir laufen mit unseren richtigen Ausweisen durch die Gegend?«
»Wir haben uns das bereits gedacht«, antwortet Kokoschansky. »Dann nenne ich dich Gary. Also, warum seid ihr hinter mir her? Warum ist Jeffrey Winesteen, euer gesamter Verein, so scharf auf mich?«
»Kann ich eine Zigarette haben?« Kokoschansky reicht ihm seine Packung, gibt ihm Feuer. »Du kannst mir glauben, ich bekomme es auch ohne euch raus. Aber dann platzt unser Handel, und es interessiert mich einen Dreck, ob man dir dein Bein abschneidet oder du sonst wie verreckst. Du hast keine Wahlmöglichkeiten. Österreich wird dich an dein Heimatland ausliefern, und was es dann für dich bedeutet, kannst du dir leicht ausrechnen. Sofern du es überhaupt überlebst. Machst du dein Maul auf, dann kann ich zumindest ein gutes Wort für dich einlegen. Dass man dich eben ins Zeugenschutzprogramm aufnimmt. Natürlich kann ich dir das nicht versprechen.«
»Entweder bist du naiv oder sehr blauäugig, Kokoschansky. Du glaubst doch nicht im Ernst, dass Österreich sich mit den USA anlegt? Ihr lasst mich über die Klinge springen, und das war es für mich. Entweder gehe ich, wie du gesagt hast, vorher drauf, oder ich verrotte für den Rest meines Lebens in einer Zelle. Glaub mir, gegen unsere Gefängnisse sind eure Erholungsheime.«
»Deine Entscheidung, Gary. Zwar mischt ihr euch überall ein, hört uns ab, spioniert uns aus, aber in diesem Fall wird zu einem sehr hohen Prozentsatz Österreich nicht vor euch kuschen. Dafür sorge ich.«
»Mit deinen *FNews*, ich weiß.« Der Amerikaner lächelt mitleidig. »Ich wünsche dir dafür viel Glück.«
»Was willst du damit sagen?«
Kokoschansky hört den feinen ironischen Unterton sehr genau heraus.
»Ich will in ein Krankenhaus. Endlich runter von dieser Scheißinsel.«
»Wer von euch beiden ist der Ranghöhere?«, geht Kokoschansky nicht weiter darauf ein.
»Warum willst du das so genau wissen?«
»Weil du extrem stur bist und wahrscheinlich einiges zu verlieren hast, wenn du redest.«
»Mein Partner und ich sind beide geliefert. Es macht keinen Unterschied, wer welchen Rang bekleidet. Wir haben einen Auftrag gründlich versaut.«

»Mich umzulegen?«
»Wenn es nicht anders möglich ist«, gibt »Gary« unumwunden zu, »ja.«
»Und warum?«
»Weil du etwas hast, was wir wollen.«
»Ihr solltet es besorgen, weil Jeffrey Winesteen es will.«
»Ist der Hintergrund nicht scheißegal?«
»Vielleicht für euch, für mich nicht. Warum seid ihr so scharf auf Yannis Tsakitaris' Material? Darum geht es euch doch.«
Mann, wenn du wüsstest, dass das Objekt eurer Begierde kaum einen Meter von deiner Hand entfernt ist …
»Hast du überhaupt eine Ahnung, was passiert, wenn du diese Dinge publik machst? Was du damit auslöst?«
»Ich lasse es darauf ankommen.«
»Du löst damit eine veritable Krise aus.«
»Und? Kommt es auf einen neuen Konfliktherd in dieser verkorksten Welt noch an?«, gibt Kokoschansky Contra.
»Eurabia …«, sagt »Gary« knapp. »Ich merke an deinem Gesichtsausdruck, du hast keinen blassen Schimmer, was damit gemeint ist. Glaubst tatsächlich, der Arabische Frühling ist einfach aus heiterem Himmel ausgebrochen?«
»Nein, das glauben nur die Dummen. Natürlich habt ihr dabei im Hintergrund die Fäden gezogen.«
»Siehst du.«
»Auch bei 9/11?«
»Als die Türme in sich zusammenkrachten, alles in Schutt und Asche gefallen war, fand man später Mohammed Attas[157] Pass völlig unversehrt … Mehr sage ich dazu nicht.«
»Verstehe. Was hat das alles mit Eurabia zu tun?«
»Du musst nur kombinieren, Kokoschansky. Teil für Teil und dann ergibt sich das Ganze wie von selbst. Wenn du dieses Ganze unter die Leute bringst, bleiben dir drei Möglichkeiten. Erstens, man nimmt dich nicht ernst, und du reihst dich unter die zahllosen Verschwörungstheoretiker ein. Das ist noch die harmlose Variante. Zweitens, nach der Veröffentlichung bleibt dir nichts anderes übrig, als mit deiner Familie unterzutauchen. Doch mit deiner Zwei-Meter-Statur wird das sehr

schwierig sein. Man wird dich jagen …«
»Also ihr.«
»Nicht nur wir. An einer Veröffentlichung haben auch einige andere keinerlei Interesse.«
»Dann bleibt nur mehr eine Option, und das ist die Schlechteste, man bringt mich um.«
»Wenn du erwischt werden kannst. Ansonsten zuerst dein Junge, damit du zur Vernunft kommst. Lenkst du danach immer noch nicht ein, dann deine Frau. Und zuletzt du. Oder ihr beide gleichzeitig, aber du wirst zusehen müssen, wenn sie umgebracht wird.«
»Mafiamethoden …«
»Kokoschansky, wir sprechen über die EU, eine Mafia auf extrem hohem Niveau.«
»Und ihr seid die Cupola, die Kuppel, wie es bei der Cosa Nostra, Camorra und N'drangheta heißt. Der Capo di capi, der Boss der Bosse.«
»Ah, du kennst dich aus«, grinst »Gary« spöttisch.

*

Das Einfamilienhaus in der Rußbacherstraße wirkt verlassen. Die Rollläden sind heruntergelassen. Freitag sieht sich genau um, ob es eine Überwachungskamera oder eine Alarmanlage gibt. Der Garten sieht ungepflegt und verwildert aus.
Noch ist es hell, das ist der Nachteil. Ein Glück, dass dieses Haus abseits gelegen ist und der nächste Nachbar ein paar hundert Meter entfernt wohnt. Freitag blickt sich um, weit und breit niemand zu sehen.
Der ramponierte Lattenzaun stellt kein Hindernis dar. Zwar ist es illegal und strafbar, aber manchmal heiligt der Zweck die Mittel. Ein kurzer Anlauf und Freitag hechtet über den Zaun. Das Haus ist verschlossen, keine Möglichkeit einzudringen. Dafür ist der dahinterliegende Schuppen nur mit einem einfachen, billigen Vorhängeschloss gesichert. Freitag zieht seinen Leatherman, das Universalwerkzeug für alle Fälle, aus der Hosentasche, klappt den passenden Teil auf, und nach kaum einer Minute ist das Hindernis geknackt. Freitag zieht die Türe einen Spalt breit auf, huscht hinein und schließt wieder hinter sich. Die integrierte

Taschenlampe in seinem Handy spendet genügend Licht, und was er sieht, lässt ihm das Blut in den Adern gefrieren.
Neben allerlei Gerümpel entdeckt er eine Werkbank mit diversem Werkzeug und eine Menge unterschiedlicher Behälter, viele mit Totenkopfaufkleber oder dem Hinweis auf Feuergefahr.
»Das sind hochgefährliche Chemikalien«, führt Freitag flüsternd Selbstgespräche. »Der Scheißkerl pantscht hier irgendetwas zusammen. Überall liegt fingerdick der Staub, nur in diesem Bereich ist nichts davon. Das heißt, hier wird regelmäßig gearbeitet.«
Dann findet er einige Rohrstücke in unterschiedlichen Stärken und Größen. Bei manchen sind die offenen Enden zusammengeklemmt. Ein Haufen Kabel in verschiedenen Längen liegt herum.
»Der baut hier Rohrbomben. Woher hat er das Zeug? Woher die Kenntnisse?«
Freitag ist weder Sprengstoffsachverständiger noch Bombenexperte, doch das sieht ein Blinder, was hier los ist. Ein Leitz-Ordner sticht ihm ins Auge. Er nimmt ihn aus dem Regal, und seine Annahme bestätigt sich. Bombenbaupläne und Rezepturen für Sprengstoffmischungen aus dem Internet, wie sie zuhauf zu finden sind, wenn man sich auskennt und die entsprechenden Seiten zu finden versteht. Das chemische Zeug wird Pruckner sich über das Darknet, das verborgene Netz hinter dem Web, bestellt haben.
Freitag knipst Foto um Foto mit seinem Handy. Ausgerechnet jetzt muss *FNews* lahmgelegt sein! Zumindest Facebook und YouTube können eingesetzt werden. Besser als nichts. Er verlässt den Schuppen, er hat genug gesehen und macht sich keine Mühe, seine Einbruchsspuren zu verwischen. Jetzt muss rasch gehandelt werden, Gefahr in Verzug. Er klettert über den Zaun, zurück auf die Straße.
Zuerst ruft Freitag Wolfram Panker an.
»Ich bin es, kannst du reden?«
»Ja.«
»Wo bist du?«
»In einem kleinen Café am Hauptplatz. Sie sind noch hier, scheinen sehr angeregt zu diskutieren. Ich bin zwar außer Hörweite, habe sie aber bestens im Auge.«

In knappen Sätzen schildert Freitag, was Sache ist.
»Lena ist ein Goldschatz«, meint Panker, »dann werde ich gleich einen bestimmten Mann anrufen.«
»Gib mir noch fünfzehn Minuten«, ersucht Freitag, »ich organisiere ein Kamerateam. Das können wir uns nicht entgehen lassen. Die beiden können nicht weg.«
Nach diesem Telefonat verständigt der Nigerianer *FNews* und ordert ein Team nach Deutsch-Wagram. Zumindest ist diese Gefahr vorerst gebannt. Davon ist Freitag überzeugt, die Beweise sind zu erdrückend. Für Bettina Jölich bedeutet es das Ende einer vielleicht aufstrebenden Karriere. In kurzer Zeit wird hier der Teufel los sein.

In der Villa in der Pötzleinsdorfer Straße reicht ein Mann seinem Kollegen einen Zettel.
»Wir schicken ein paar unserer Leute in die Rußbacherstraße in Deutsch-Wagram. Der Nigger von *FNews* hat in der Redaktion angerufen und ein Kamerateam dorthin bestellt, etwas von exklusiv und einer heißen Sache gesagt. Das sehen wir uns näher an.«

Sonntag, 29. Mai 2016

Konstantinos Galanithrakis' Auto ist tatsächlich wieder fahrbereit. Die Leute rund um Zeus und Stavros Vassilakou haben es tatsächlich problemlos hinbekommen.
Wieder diese Rüttelfahrt hinunter nach Evdilos. Kokoschansky und der Zahnarzt sind das Empfangskomitee für Palefka. Noch immer trägt der Journalist die kleine Festplatte und den USB-Stick mit Yannis Tsakitaris' brisantem Material in seiner Unterhose versteckt mit sich herum. Keine Sekunde wird er es aus der Hand geben, solange es nicht veröffentlicht ist. Langsam hat er sich an die Gegenstände gewöhnt, obwohl das Zeug ziemlich drückt.
Nun warten Kokoschansky und Galanithrakis am Kai auf die Fähre.
»Wie wird das alles enden, Koko?«, fragt der Zahnarzt.
»Wenn ich das wüsste.«
»Was sagt der Amerikaner?«

»Nicht sehr viel. Außer versteckten, aber auch unverblümten Drohungen, die sich vor allem gegen mich und meine Familie richten.«

»Hängt es mit Yannis' Unterlagen zusammen?«

»Natürlich.«

»Wirst du es veröffentlichen?«

»Ich weiß es noch nicht, ob ich dieses Risiko eingehen soll.«

»Nein, ist es nicht«, meint Galanithrakis nachdenklich. »Wenn du dafür dein Leben aufs Spiel setzt und das Wohl deiner Familie dazu, nein. Deswegen wird die Welt um keinen Deut besser.«

»Untätig zusehen, wie alles vor die Hunde geht, ist auch keine Lösung. Spyridon Evangelistos im Stich lassen?«

»Ich habe auch keine schlüssige und zufriedenstellende Antwort dafür.«

Am Horizont zeichnet sich die Silhouette der Fähre ab. Wieder werden einige Touristen auf Ikaria an Land gehen, völlig unwissend, was sich hier hinter den Kulissen abspielt. Wahrscheinlich interessiert es sie auch nicht.

»Wer ist der Mann, den du erwartest?«, fragt Galanithrakis.

»Ein Beamter des österreichischen Verfassungsschutzes«, klärt Kokoschansky ihn wahrheitsgemäß auf. »Er wird dafür sorgen, dass ich unbeschadet mit dem Material wieder nach Hause zurückkehren kann.«

»Dann kommt er offiziell.«

»Vorerst als Privatmann, aber es wird sich nicht umgehen lassen, eure Behörden einzuschalten. Warten wir es erst mal ab.«

Das Schiff kommt näher und näher. Es ist die gleiche Fähre, mit der auch Kokoschansky anreiste.

»Denkst du auch das Gleiche, Koko?«

»Was meinst du?«

»Am liebsten würde ich gleich an Bord gehen und weg hier. Ich mag meinen Onkel Stavros, die Insel, aber ich möchte endlich wieder daheim sein. Ich war noch nie in einer solchen Situation. Ich kann damit nicht umgehen. Auf mich wurde noch nie geschossen. Das macht mich fertig.«

»Bald ist es ausgestanden«, Kokoschansky drückt Galanithrakis' Hand, »und ohne dich wäre ich nie so weit gekommen. Zusammen haben wir doch einiges erreichen können. Auch wenn uns dabei die Kugel um die Ohren pfiffen. Doch wir haben nichts abbekommen.«

»Deine Abgebrühtheit möchte ich auch haben, Koko.«

»Dafür haben deine Patienten Angst vor dem Bohrer und diesen Folterwerkzeugen, mich eingeschlossen.«
Diese Aussage bringt Konstantinos Galanithrakis zum Lächeln. »Du bist hart im Nehmen, Koko. Das weiß ich inzwischen. So hat jeder von uns seine Passion.«
»Wenn diese Geschichte ausgestanden ist, musst du unbedingt nach Wien kommen.«
»Ja, das wäre schön. Alles so sauber, diese prachtvollen Bauten in der Innenstadt, Ringstraße. Ach Gott, ich darf gar nicht daran denken. Wisst ihr Österreicher überhaupt zu schätzen, was für ein glückliches Land ihr seid? Wenn ich wieder auf die Füße komme und es mir leisten kann, sehr gerne.«
»Da wird sich ein Weg finden.«
Die Fähre legt an, wird vertäut und die Gangway heruntergelassen. Die ersten Leute kommen an Land, aber von Palefka ist nichts zu sehen.
Ein Auto mit Athener Kennzeichen fährt auf Kokoschansky und Galanithrakis zu, hupt. »He, Koko!«
Gott sei Dank, es ist Roland Palefka. Aber zu dritt? Was hat das jetzt wieder zu bedeuten?
Palefka parkt, steigt mit seinen Begleitern aus. Ebenso baumlange Typen und durchtrainiert. Es ist eine herzliche Begrüßung zwischen dem Journalisten und dem BVT-Mann.
»Hätte mir vor einer Woche einer gesagt, dass ich dich in Griechenland wiedertreffe«, Palefka tippt sich an die Stirn, »wenn wir wieder in Wien sind, wirst du gefälligst meiner Frau erklären, dass du Schuld an diesem unplanmäßigen Ausflug hast.«
»Mach ich«, lacht Kokoschansky.
»Meine Begleiter darf ich vorstellen. Wolfgang Preisnitz und Alexander Bossner. Sie sind von der COBRA.«
»Oh«, Kokoschansky ist ehrlich verblüfft, »quasi Begleitschutz. Freut mich, Heinz Kokoschansky.«
»Wolfgang und Alex genügen«, sagt Bossner. »Inzwischen wissen wir, wer du bist und was du machst.«
»Der Lange schaut auf uns, dass wir nicht arbeitslos werden«, fügt Palefka hinzu.

Kokoschansky stellt Konstantinos Galanithrakis vor, der sich bisher bescheiden im Hintergrund gehalten hat.

»Dieser Mann hat mir bereits sehr viel geholfen. Solltet ihr Probleme mit euren Beißerchen haben, das kann er auch.«

Galanithrakis ist sichtlich beeindruckt, mit welchen Leuten dieser Kokoschansky verkehrt. Nahezu schüchtern reicht er ihnen die Hand.

»Ich habe in Athen am Flughafen einen Mietwagen geordert«, erklärt Palefka, als Kokoschansky auf das Auto zeigt.

»Du hast mir einen gehörigen Schrecken eingejagt. Ich hatte schon gedacht, du bist nicht an Bord. Na, da werden sich der Rechnungshof, Schelling[158] und der Innenminister sehr freuen, wenn ihnen die Spesenabrechnung auf die Tische flattert.«

»Wo bist du abgestiegen, Koko?«, erkundigt Palefka sich.

»Nirgends bisher. Mich haben diese netten Leute hier aufgenommen.«

»Wir haben im Hotel Atheras, hier in der Hauptstraße, drei Einzelzimmer gebucht«, sagt Palefka. »Ich bin mir sicher, dass es dort für dich auch noch ein Zimmer gibt. Ich denke, es ist gut, wenn wir vier ab jetzt zusammenbleiben.«

Dass es sicherer ist, will er vor Konstantinos Galanithrakis nicht aussprechen, aber Kokoschansky versteht auch so. Er erklärt es dem Zahnarzt, der dafür vollstes Verständnis zeigt. Selbstverständlich steht er so lange wie nötig zur Verfügung. Aber er bleibt lieber bei Veroniki Stefandopolos in Karavostamo.

»Fahren wir«, bestimmt Palefka.

»Okay«, sagt Galanithrakis, »dann spiele ich die Vorhut, und ihr folgt mir. Es ist nicht weit.«

Ein viertes Zimmer für Kokoschansky in dem Hotel zu bekommen, ist kein Problem. Auch Palefkas Wunsch, dass die Unterkünfte nebeneinander liegen sollen, wird gerne erfüllt. Nach ein wenig Frischmachen brechen sie nach Karavostamo auf. Wieder ist Galanithrakis der Lotse und keineswegs sauer, weil Kokoschansky nun mit seinen Leuten mitfährt.

Während der Fahrt gibt es viel zu erzählen. Kokoschansky kommt aus dem Staunen nicht heraus, als Palefka ihm erzählt, dass durch Lenas intensive Recherche das Rätsel um U77 kurz vor der Lösung steht. Jedenfalls sind

Marcel Pruckner und Bettina Jölich festgenommen. Derzeit werden sie intensiv verhört. Das Haus in Deutsch-Wagram wurde auseinandergenommen, und dabei fanden sich große Mengen an Chemikalien, die für den Bombenbau geeignet sind, sowie einiges an unterschiedlichen Sprengstoffen. Pruckners Eltern und seine Schwester fielen aus allen Wolken, als die Polizei vor der Türe stand. Pruckner hat in der elterlichen Wohnung noch sein Zimmer, und dort konnten Unmengen an Propagandamaterial der Identitären sowie einschlägige Nazi-Literatur sichergestellt werden.
»Ich hätte auf meinen Partner hören sollen«, meint Kokoschansky nachdenklich. »Er hatte den richtigen Riecher bezüglich Bettina Jölich.«
»Noch ist nicht ganz sicher, ob sie in die finsteren Pläne Pruckners tatsächlich eingeweiht gewesen ist.«
»Das ist mir scheißegal. Mir reicht es, dass ich beinahe einen etwaigen Maulwurf fix eingestellt hätte. In Zukunft bin ich vorsichtiger, wenn es um neue Mitarbeiter geht.«
Indirekt ist das Komplett durch den blödsinnigen Angriff von Klaus Löscher, Marcel Pruckners Kumpel, aufgeflogen, erzählt Palefka, nachdem er Zahra el-Husseini und ihre Tochter anpöbelte. Das hatte Lena hellhörig gemacht.
»Wenigstens ein Problem vom Tisch«, sagt der Journalist. »Aber der große Brocken wartet noch auf uns.«
Dann berichtet er, was in der Zwischenzeit vorgefallen ist. Vordergründig gilt es, so schnell als möglich Spyridon Evangelistos zu finden und die beiden CIA-Agenten endlich zu bewegen, Klartext zu sprechen.
»CIA«, murmelt Palefka vor sich hin, »da ist aber die Kacke gewaltig am Dampfen. Wir können unmöglich diesen Fall weiter im Alleingang bewerkstelligen. Sonst sind wir alle fällig. Wir müssen die griechischen Behörden informieren. Das wird unumgänglich sein.«
»Somit wird auch die österreichische Regierung mitmischen müssen.«
»Das liegt auf der Hand, Koko.«
»Im Grunde werde ich gejagt, weil ich dieses Material von dem ermordeten Kollegen Yannis Tsakitaris spazieren trage.«
»Du hast es bei dir?«
»Logisch, Roland«, Kokoschansky deutet auf seine Hose, »das gebe ich

nicht aus der Hand. Deswegen ist schon viel zu viel passiert. Hinter mir sind die Amis her, doch ich bin österreichischer Staatsbürger und werde derzeit von denen behandelt wie ein Staatsfeind. Die Schüsse haben mir gegolten, und es war der CIA egal, ob dabei Unbeteiligte mit hineingezogen werden. In diesem Zusammenhang bitte ich euch, die Männer, die wir gleich treffen werden, nicht darauf anzusprechen, wer sie wirklich sind oder einmal gewesen waren. So genau weiß ich es auch nicht. Eines ist klar, sie waren ehemalige Widerstandskämpfer gegen die Nazis. Von dem einen kenne ich nur seinen Spitznamen, Zeus. Von dessen Handy habe ich dich auch angerufen, Roland.«

»Der Mann heißt Egeas Androkis.«

»Kompliment«, muss Kokoschansky erstaunt zugeben, »aber ich bitte euch, vergesst diesen Namen wieder. Ich habe es den alten Männern versprochen. Mich interessiert nicht, was sie getan haben oder wo sie noch immer vielleicht drinhängen. Mir haben sie das Leben gerettet, und das zählt für mich. Jedenfalls sind Zeus und sein Freund Stavros Vassilakou dort oben in den Bergen die Chefs. Da tanzen alle nach ihrer Pfeife. Wie ich zu dem Zahnarzt Konstantinos Galanithrakis gekommen bin, erzähle ich euch später. Und Veroniki Stefandopolos, mit der ich unterwegs hierher war, ist die Freundin von dem ermordeten Yannis Tsakitaris gewesen.«

»Wo sind jetzt die beiden CIA-Agenten?«, will Roland Palefka wissen, während die beiden COBRA-Männer mit großen Ohren zuhören.

»Im sicheren Gewahrsam dieser griechischen Rentnergang. Einen haben sie angeschossen, als die Amis uns unter Feuer nahmen. Eine Beinverletzung, nichts Tragisches. Inzwischen ist er versorgt, weil es da oben auch einen Arzt gibt, der keine Fragen stellt, aber mit allem nichts zu tun haben will. Aber der Verletzte muss auf schnellstem Weg ins Krankenhaus. Sie operieren mit falschen Namen, Francis Jefferson und Gary Corbucci. Gary ist der Angeschossene und der Kooperativere der beiden. Er weiß, dass er sein Bein verlieren wird, wenn er nicht bald im Spital liegt. Das nütze ich aus, setze ihn unter Druck, und inzwischen hat er schon einiges Aufschlussreiches von sich gegeben. Francis hingegen bleibt verschlossen wie eine Auster. Aber sie wissen, dass sie bei ihren eigenen Leuten verspielt haben. Sie haben indirekt auch bereits zugegeben,

dass sie Yannis Tsakitaris auf dem Gewissen haben. Und ihr Führungsoffizier sitzt in Wien, ein gewisser Jeffrey Winesteen. Dieser Name sagt mir überhaupt nichts.«
»Dafür mir und Dollerer umso mehr«, ergänzt Palefka. »Der Scheißami macht uns zurzeit das Leben ziemlich schwer. Somit schließt sich auch wieder der Kreis. Winesteen hat die amerikanische Botschafterin auf Dollerer gehetzt, weil das BVT derzeit nicht daran denkt, Iskandar Taha al-Djazrawi an die Amis auszuliefern. Du kannst dir denken, dass Feuer am Dach ist. Der Minister hat Dollerer zur Schnecke gemacht, aber zum Glück ließ mein Chef sich nicht einschüchtern. Er macht im Alleingang ohne Netz weiter. Winesteen bestreitet zwar vehement dahinterzustecken, aber wir glauben ihm kein Wort. Inzwischen ist in Wien ein Palästinenser ermordet worden. Wahrscheinlich steckt dieser Abu Omar aus Katar dahinter, dessen Nummer wir in Iskandar Taha al-Djazrawis Handy gefunden haben. Wieder hat uns deine Lena den entscheidenen Hinweis gegeben. Dieser Palästinenser Khaliq al-Tafara hat Pankers Detektei aufgesucht und um Hilfe gebeten, weil er von diesem Abu Omar, der sich ihm gegenüber als Marokkaner ausgab, benutzt werden sollte. Al-Tafara war Flugzeugtechniker, und er hätte Agrarmaschinen umrüsten sollen. Zu welchem Zweck muss ich nicht näher erklären. Lena erfuhr von dem Mord aus den Nachrichten und informierte uns, als sie erfuhr, dass es sich um einen Palästinenser handelte.«
»Tolles Mädchen«, Kokoschansky ist sichtlich stolz, »dann kann ich endlich beruhigt in Pension gehen, und sie soll den Laden übernehmen.«
»Da müssen aber vorher eure *FNews* wieder laufen.«
»Wie meinst du das, Roland?«
Sofort ist sämtliche Freude wieder verflogen.
»Das weißt du nicht? Das Portal ist gehackt worden. Ich habe mit Freitag gesprochen. Dieses Mal ziemlich massiv, und es wird sicher eine Zeit brauchen, bis der Schaden behoben sein wird. Freitag meint, eure Spezialisten arbeiten fieberhaft daran, und er ist überzeugt, dass sie dagegenhalten können. Derzeit werden eure Nachrichten über Facebook und YouTube verbreitet.«
»Scheiße«, flucht Kokoschansky und schlägt mit der Faust gegen das Armaturenbrett, »das brauche ich ausgerechnet jetzt wie einen rostigen

Nagel im Knie. Jetzt verstehe ich, was da abgeht. Es gab immer wieder Versuche, uns zu hacken, aber seit wir mit Yannis Tsakitaris zusammenarbeiteten, wurde es immer schlimmer. Es war unsere Schuld, dass wir nicht weiterdachten. Doch jetzt kapiere ich endlich, was dieser Gary meinte, als er, wörtlich, von der EU als einer Mafia auf höchstem Niveau sprach. Somit hängt die NSA bei uns drin, und Winesteen ist über alles informiert. Verdammt, was trage ich da in meiner Unterhose herum, dass die Amis so heiß darauf sind? Das lasse ich mir bestimmt nicht von denen bieten. Denen reiße ich den Arsch auf. Da wird mich wohl oder übel unsere Regierung unterstützen müssen.«

»Vergiss nicht, Koko, du hast auch mächtige Feinde im eigenen Land. Du bist in den Jahren sehr vielen Leuten äußerst massiv auf die Zehen getreten.«

»Ich weiß ... Wir sind da.«

Sie werden bereits von Zeus, Stavros Vassilakou und den anderen erwartet. Kokoschansky winkt Zeus und Vassilakou zu sich, erklärt ihnen, wer diese drei Männer sind. Im gleichen Atemzug sagt er Palefka und den COBRA-Leuten, dass diese netten Bauern es waren, die ihm das Leben retteten und ihm helfen wollen, Spyridon Evangelistos zu finden. Ein kurzer Blick zwischen Zeus und seinem Freund, sie akzeptieren. Kokoschansky hat sein Wort gehalten. Ob er und seine Leute in Wien weiter über sie nachforschen, kann ihnen egal sein. Ikaria ist weit weg von Österreich.

»Wo sind die Amerikaner?«, will Roland Palefka wissen.

»Einer liegt da drin«, Zeus zeigt auf das Haus des Arztes, »den anderen holen wir sofort, wenn Sie ihn sehen wollen.«

»Ich bitte darum.«

Ein Wink von Zeus und drei Männer machen sich sofort auf den Weg. Währenddessen nützt Palefka die Zeit, um den Griechen zu erklären, wie es jetzt weitergehen wird.

»Meine Herren, ich spreche nun als österreichischer Verfassungsschutzbeamter, obwohl ich offiziell noch als Privatmann hier bin. Diese Angelegenheit lässt sich nicht mehr länger unter der Decke abhandeln. Ich glaube, dass Sie das auch verstehen.« Zeus unterbricht mit einer Handbewegung, da er übersetzen muss. »Das heißt«, setzt Palefka fort,

»ich muss mich demnächst deklarieren, warum ich hier bin, und ich muss die griechischen Behörden und auch die amerikanische Botschaft in Athen einschalten. Gibt es auf der Insel einen örtlichen Polizeichef oder Polizeipräsidenten?«
»Den haben wir«, antwortet Zeus.
»Gut. Ihn verständigen wir erst, nachdem ich mit den CIA-Männern gesprochen habe. Gehen wir rein. Wenn der andere hier ist, bringen Sie ihn bitte auch ins Haus.«
Palefka, Preisnitz und Bossner folgen Zeus, Kokoschansky und Stavros Vassilakou bilden die Schlusslichter. Die Männerrunde versammelt sich um das Bett des schlafenden Patienten. Kokoschansky tippt »Gary« an der Schulter an. Der Amerikaner braucht ein paar Sekunden, um zu registrieren, was da plötzlich los ist. Roland Palefka übernimmt das Kommando.
»Ich bin Roland Palefka vom österreichischen Verfassungsschutz, die beiden anderen Herren gehören zu mir. Ich weiß, dass Sie Deutsch verstehen. Sie sind Angehöriger der CIA, geben sich als Gary Corbucci aus. Zusammen mit Ihrem Kollegen, der sich Francis Jefferson nennt, haben Sie einen Mordversuch auf den österreichischen Staats- und EU-Bürger Heinz Kokoschansky verübt. Zeugen bestätigen, dass Sie beide auch den Mord an dem griechischen Journalisten Yannis Tsakitaris zugegeben haben. Des Weiteren sollen Sie auch am Verschwinden des Musikers Spyridon Evangelistos beteiligt sein. Selbstverständlich steht es Ihnen frei, die Aussage zu verweigern. Ich werde veranlassen, dass man Sie sofort in ein Krankenhaus verlegt. Gleichzeitig informiere ich Ihre Botschaft in Athen und die griechische Polizei. Mit Sicherheit werden Sie und Ihr Kollege für den Mord an Tsakitaris vor einem griechischen Gericht zur Verantwortung gezogen werden. Selbstverständlich wird auch Österreich Ihre gemeinsame Auslieferung wegen des Mordversuchs beantragen. Ich nehme an, ebenso Ihr Heimatland.«
»Gary Corbucci« ist aschfahl geworden.
»Kokoschansky, du Arschloch, du hast mich aufs Kreuz gelegt.«
»Findest du? Du wolltest ins Krankenhaus, jetzt kommst du auch dorthin. Du hast doch nicht geglaubt, dass du ungeschoren davonkommst? Finde dich damit ab, ihr habt die Arschkarte gezogen, indem ihr euch den

Falschen, nämlich mich, für eure Scheißspielchen ausgesucht habt.«
»Ihr habt keine Ahnung, wie weit unser Arm reicht«, presst »Corbucci« hasserfüllt hervor.
»Organisieren Sie bitte einen Krankenwagen«, wendet Palefka sich an Zeus und flüstert ihm dann ins Ohr, den örtlichen Polizeichef zu verständigen.
Inzwischen ist auch »Francis Jefferson« hereingebracht worden. Nochmals wiederholt Palefka, was er soeben »Gary Corbucci« sagte. Doch dieser Agent ist aus anderem Holz geschnitzt, grinst nur verächtlich und spuckt Palefka vor die Füße.
»Okay, ihr griechischen und österreichischen Wichser, glaubt ihr wirklich, dass ihr damit durchkommt? Meint ihr tatsächlich, Uncle Sam schluckt das widerspruchslos?«
Palefka ist zu nobel, um darauf zu reagieren, zupft Kokoschansky am Ärmel, und sie gehen wieder vor das Haus, während die anderen die Amerikaner nicht aus den Augen lassen.
»Jetzt werde ich Dollerer anrufen«, informiert er den Journalisten, »damit er von Wien aus die Maschinerie anwirft.«
»Starker Auftritt vorhin da drin«, lobt Kokoschansky. »Wie wird Dollerer jetzt vorgehen?«
»Jetzt muss er den Innenminister in Kenntnis setzen, und er wird dich als Vorwand benutzen.« Palefka denkt einen Moment nach. »Vorwand ist der falsche Ausdruck. Schließlich bleibt es Tatsache, dass amerikanische Geheimdienstler auf einen österreichischen Staats- und EU-Bürger geschossen haben. Dich überwachen, beschatten, dich in deiner Arbeit massiv behindern, obwohl du in keinster Weise Interessen der USA verletzt. So wird er argumentieren, und da kann auch der Alte nichts dagegen unternehmen. Er wird den Kanzler verständigen. Dann den griechischen Botschafter und seine amerikanische Kollegin in Wien, alles Weitere kann ich nicht mehr beeinflussen. Aber dafür darf ich einen ellenlangen Bericht verfassen, dank dir.«
Doch es ist nicht böse gemeint.
»Und ich weiß, wie meine heutige Abendgestaltung aussehen wird«, sagt Kokoschansky.
»Sirtaki tanzen.«

»Blödsinn, ich schaue mir endlich das Material von Yannis Tsakitaris durch, und ihr drei seid herzlich eingeladen, dabei zu sein. Im Dorf hier habe ich es mich nicht getraut. Ich mag zwar diese Typen, aber so ganz geheuer sind sie mir nicht.«

Folgetonhörer zerreißen die Stille, ein Polizeikonvoi brettert heran, gefolgt von einem Krankenwagen.

Ein Polizeioffizier steigt aus einem Auto, ziemlich viel Lametta an die Brust geheftet. Anscheinend hat der Polizeichef sich in seine Galauniform geworfen. Zielstrebig steuert er auf Zeus zu, salutiert und reicht ihm die Hand, während die anderen Polizisten Aufstellung nehmen. Sofort fallen Kokoschansky Zeus' Worte wieder ein, dass hier die Bullen nichts zu melden haben und sie ihre Angelegenheiten unter sich auf ihre Art regeln.

Der Rettungsarzt und ein Sanitäter gehen ins Haus, kümmern sich um »Gary Corbucci«. Der Polizeichef bellt einen knappen Befehl. »Francis Jefferson« werden Handschellen angelegt, und zwei Polizisten eskortieren ihn zu einem Streifenwagen. Das verächtliche Grinsen wird ihm rasch vergehen. Am liebsten möchte Kokoschansky diesem unsympathischen Typ ein paar in die Schnauze schlagen. »Gary Corbucci« wird auf eine Tragbahre umgebettet und in den Krankenwagen geschoben, der mit Blaulicht und eingeschaltetem Horn abfährt.

Der Polizeichef und Zeus kommen auf Kokoschansky, Palefka und seine beiden Begleiter zu.

»Ich darf vorstellen, Brigadier Menelaos Xerxatopoulos. Roland Palefka vom österreichischen Verfassungsschutz und seine Begleitung; Heinz Kokoschansky, österreichischer Journalist.«

Der Reihe nach salutiert Xerxatopoulos, auch vor Kokoschansky, und reicht ihnen die Hand. Nochmals schildert Palefka, was sich zugetragen hat, und Zeus übersetzt. Dann richtet der Polizeichef direkt das Wort an Kokoschansky.

»In welcher Angelegenheit haben Sie in unserem Land recherchiert?«

Nachdem Kokoschansky verstanden hat, was man von ihm wissen will, antwortet er:

»Herr Brigadier, das fällt unter das Redaktionsgeheimnis und den Informantenschutz. Ich kann Ihnen nur so viel sagen, dass es mit dem ermordeten Journalistenkollegen Yannis Tsakitaris zusammenhängt, aber

in keinerlei Weise gegen Griechenland gerichtet ist.«
Zeus übersetzt wieder und fügt für Kokoschansky hinzu:
»Ich habe ihm auch gesagt, dass wir das nur bestätigen können und dass deine Recherchen Griechenland sicherlich in der Welt sehr helfen können, wenn du damit an die Öffentlichkeit gehst.«
»Danke.«
Damit gibt der Polizeichef sich zufrieden, ersucht aber die Österreicher, ihm in sein Büro nach Evdilos zu folgen, um ein Protokoll anfertigen zu können. Zeus schließt sich an, schließlich wird er als Dolmetscher gebraucht.
Die Zeit des Abschieds ist gekommen. Irgendwie sind Kokoschansky diese Menschen in den wenigen Stunden ans Herz gewachsen, obwohl er nicht recht schlau aus ihnen geworden ist. Doch das ist zweitrangig. Es zählt nur, dass sie sich für ihn in die Bresche geworfen haben, und das wird er ihnen niemals vergessen.
Zuerst umarmt er Stavros Vassilakou, bedankt sich. Der Doppelgänger von Alexis Sorbas und Anthony Quinn in einer Person tätschelt väterlich seine Wange, sagt etwas, und Kokoschansky schaut hilfesuchend zu Zeus.
»Stavros möchte, dass du wiederkommst. Und das gilt für uns alle. Wir wollen dich wiedersehen, aber dieses Mal mit deiner Familie. Unsere Häuser stehen dir jederzeit offen. Dann zeigen wir euch Ikarias Schönheiten und wie wir Griechen wirklich sind. Und du sollst gefälligst auf dich aufpassen.«
Einer kommt mit einer Flasche Ouzo und Gläsern herbei. So viel Zeit muss bleiben. Auch Veroniki Stefandopolos und Konstantinos Galanithrakis wollen weg und die letzte Fähre erwischen. Kokoschansky bedankt sich bei den beiden, und sie wollen über den Zahnarzt in Kontakt bleiben. Veroniki weint, und der Journalist versucht, sie zu trösten, versichert ihr, dass man Spyridon Evangelistos bald finden wird. Dann spielt er wieder im »Sophokles« auf seiner Bouzouki.
Polizeichef Menelaos Xerxatopoulos drängt zum Aufbruch. Schließlich ist Sonntag, und den hat er sich etwas anders vorgestellt. Ein Ereignis mit diesen internationalen Dimensionen gab es noch nie auf seiner Insel, und es überfordert ihn. Er will es so rasch als möglich hinter sich bringen, und um alles Weitere soll Athen sich gefälligst kümmern.

Noch vom Auto aus veranlasst er eine Großfahndung nach Vasily, dem Besitzer des »Sophokles«, und ebenso nach Spyridon Evangelistos. Kaum ist die Meldung über die Medien verbreitet, sind die Menschen wieder in den Straßen. Friedlich, um die Polizei zu unterstützen.
Ein Rettungshubschrauber fliegt »Gary Corbucci« in das nächstgelegene Krankenhaus aus, und »Francis Jefferson« sitzt in einer Zelle in Evdilos und wartet auf seine Überstellung nach Athen.
Die Protokollaufnahme nimmt noch einige Zeit in Anspruch, aber dann ist der Papierkram auch erledigt. Roland Palefka hinterlässt seine Telefonnummer, falls noch weitere Informationen gewünscht werden.
Ein Streifenwagen wird Zeus in sein Dorf Karavostamo zurückfahren. Bevor er einsteigt, reicht er Kokoschansky die Hand, umarmt ihn herzlich.
»Komm wieder, Koko, versprich es mir und den anderen«, sagt er leise. »Ich bin mir sicher, dass du inzwischen meinen richtigen Namen kennst. Vielleicht weißt du schon mehr über mich. Du bist ein durchtriebener Kerl, aber schwer in Ordnung. Eines Tages werde ich dir vielleicht erzählen, wer sich hinter Zeus verbirgt. Doch dafür musst du zurückkehren. Mach's gut, Langer.«
Kokoschansky sieht dem Polizeiauto eine Weile nach. Selbst wenn er alles über diesen Zeus wüsste, niemals würde er dann ein Wort veröffentlichen. Das ist er dem Alten schuldig.
»Na komm, Koko«, sagt Roland Palefka. »Jetzt ist es Zeit, ausgiebig zu essen. Uns allen kracht der Magen. Danach gucken wir uns an, was dich so interessant für das Weltgeschehen macht. Hoffentlich bleibt mal mein Handy still.«
Tatsächlich läutete phasenweise sein Mobiltelefon beinahe im Minutentakt, nachdem diese heikle Sache gleichsam offiziell geworden ist. Einmal ist Dollerer dran, dann wieder das Innenministerium. Wider Erwarten ist der Minister äußerst friedlich, wie Dollerer mehrmals Palefka sagt.
»*Mission impossible* vorerst *possible*«, lächelt Palefka, »in Wien wird es noch einige Zeit heiß hergehen. Ab sofort lautet hier die Parole, Hunger stillen.«

*

Es geht langsam auf Mitternacht zu, aber keiner der vier Männer zeigt Anzeichen von Müdigkeit. Nach dem üppigen Essen sind sie gestärkt, sitzen rund um Kokoschanskys Laptop in seinem Zimmer, der diese Festplatte und den USB-Stick endlich raus aus seiner Unterhose holt. Jetzt sind die Datenträger am Computer angeschlossen. Endlich kann in Yannis Tsakitaris' Unterlagen Einsicht gehalten werden.
»Unglaublich«, Kokoschansky kann nur den Kopf schütteln, »seht euch das an.«
Palefka, Preisnitz und Bossner rücken näher.
... Die Spuren führen nach Deutschland, nach Bad Harburg und Baden-Baden, auserwählte Hochburgen für deutsche Wirtschaftslenker. In Harzburg, Niedersachsen, befindet sich die *Wirtschaftsakademie für Führungskräfte*, die jedermann offensteht. In der Casinostadt Baden-Baden finden die *Baden-Badener Unternehmergespräche* für einen elitären Kreis statt ...
»Woher konnte dieser Tsa... wie?«
»Tsakitaris«, hilft Kokoschansky aus.
»Woher konnte der so perfekt Deutsch?«, fragt Palefka.
»Soviel ich weiß, studierte er Germanistik. Zumindest hat er es mir einmal via Skype erzählt. Wir sind zusammengekommen, als in Griechenland die Flüchtlingskrise extrem war, haben uns aber leider nie persönlich kennengelernt.«
»Verstehe.«
... Der Beginn dieser Unternehmergespräche geht auf die Sechziger- und Siebzigerjahre im vorigen Jahrhundert zurück. Damals wurde der Grundstein für den gegenwärtigen Neoliberalismus gelegt, das sogenannte Harzburger Modell zur Aufhebung der Gegensätze zwischen Arbeit und Kapital ...
»Und was heißt das?«, fragt Preisnitz.
»Hackeln[159] zu einem Hungerlohn, aber die Arbeitgeber stopfen sich die Taschen voll«, bringt es sein Kollege auf den Punkt.
... Erfunden wurde dieses Modell von dem altgedienten Nazi Reinhard Höhn, damals im Reichssicherheitshauptamt ein hohes Tier. Doch seine braune Vergangenheit wurde bestmöglich totgeschwiegen und verschleiert.

Die *BBUG*, diese *Baden-Badener Unternehmergespräche*, wurden 1955 gegründet. Sie *»repräsentieren das Rückgrat des Wertschöpfungsnetzwerks der deutschen Volkswirtschaft«*, ist auf der Webseite www.bbug.de zu lesen. Mehr als viertausend Manager gehören diesem Netzwerk an. Darunter die *Commerzbank* und die *Bank of America Merrill Lynch Berlin* sowie hundertzwanzig bedeutende deutsche Unternehmen und nahezu alle DAX-30-Konzerne Deutschlands.

Die Treffen sind streng geheim und finden im Palais Biron statt. Man wird auf Empfehlung eingeladen. Wer daran teilnehmen darf, hat von diesem illustren Kreis die höchsten Weihen empfangen. Diese Meetings dauern drei Wochen. Es referieren bekannte deutsche Politiker und Wirtschaftsleute, ebenso wie internationale Persönlichkeiten …

»Und zwischendurch wird eifrig gepackelt, gemauschelt und getrickst«, meint Palefka trocken.

»Davon ist auszugehen«, gibt Kokoschansky ihm recht.

… Natürlich spielen auch in diesem undurchschaubaren Treiben die *Bilderberger* eine große Rolle. Der Name leitet sich von dem Hotel de Bilderberg im niederländischen Oosterbeek ab, wo im Mai 1954 auf Einladung von Prinz Bernhard das erste Treffen stattfand …

»Das ist doch der verstorbene Gemahl von der abgedankten Königin Beatrix, der später im Lockheed-Skandal ziemlich alt ausgesehen hatte«, bemerkt Palefka.

»Richtig«, bestätigt Kokoschansky.

… Die Bilderberger tagten auch in Athen. Im vornehmen Vorort Vouliagmeini / Glyfada, wo die Reichen und Schönen das Wort Wirtschaftskrise nicht einmal buchstabieren können. In diesem mondänen Ort logiert auch der serbische Tycoon Milorad Ulemek, der 2003 den serbischen Premierminister Zoran Djindjic aus dem Weg räumen ließ. Hier befindet sich das Astir Palace Hotel, wo die betuchten Gäste im Sterne-Restaurant Galazia Hytra zu speisen pflegen. Jedes Jahr findet das Bilderberger-Treffen an einem anderen Ort statt. 2009 war es hier. Streng abgeschirmt von Polizei und Militär. Nichts dringt nach draußen, kaum ein Journalist bekommt Wind davon …

»Inzwischen ist es, soviel ich weiß«, sinniert Palefka, »nicht mehr so extrem streng. Sicherlich nicht im Sinne der Veranstalter. Seit einigen

Jahren sind die jährlichen Teilnehmerlisten im Internet abrufbar.«
... Die Führung dieses Eliteclubs besteht aus zwanzig Personen. Unter anderem zählen dazu Josef Ackermann, Ex-Chef der *Deutschen Bank*, und Thomas Enders von *EADS*, dem Raumfahrt- und Rüstungskonzern. Oberster Bilderberger-Boss ist Henri de Castries, seines Zeichens Vorstandsvorsitzender des französischen Versicherungsunternehmens *Axa*. Im Athener Nobelhotel gaben sich 2009 Führungskräfte der *Chase Manhattan Bank*, von *Goldman Sachs*, *Morgan Stanley International*, der griechischen Nationalbank, der *ING*-Gruppe aus Holland, der *Banca d'Italia*, die Franzosen von *Société Générale*, *BP*, *Royal Dutch Shell*, *Airbus*, NATO-Leute, die Weltbank, der Internationale Währungsfonds, die Europäische Zentralbank, die Welthandelsorganisation, Vertreter des Welternährungsprogramms und einige andere schillernde Persönlichkeiten ein verschwiegenes Stelldichein.

Was hier hinter den Türen ausbaldowert, beschlossen und abgewunken wird, bleibt einer nichtsahnenden Öffentlichkeit und größtenteils auch den Medien verborgen. Gewisse Entwicklungen werden in diesen Kreisen von langer Hand vorbereitet, die Pläne in den Tresoren verwahrt, um schließlich zum bestmöglichen Zeitpunkt in die Tat umgesetzt zu werden.

Griechenland wurde von der EU die traurige Rolle des Vorreiters zugedacht und dient als Versuchsballon, um auszuprobieren, wie steter Sozialbau innerhalb der Europäischen Union funktionieren kann. Das Konzept wird beinhart realisiert und ohne Rücksicht auf Verluste durchgezogen. Der wirtschaftliche Untergang Griechenlands wird bewusst von Brüssel aus inszeniert. Erweist sich dieses unglaubliche, menschenverachtende und Existenzen zerstörende Experiment als erfolgreich, sollen nach und nach Zypern, Italien, Spanien und Portugal ausgeblutet werden.

Mit dem Endziel, aus den zugrunde gerichteten Staaten Billiglohnländer zu schaffen, um mit dieser neuen Bastion auf Kosten der Bevölkerung der mächtigen asiatischen Konkurrenz, allen voran China und Indien, Paroli bieten zu können.

Nicht einmal hundertfünfzig internationale Unternehmen, Konzerne, Hedgefonds und Banken bestimmen über vierzig Prozent des Weltwirtschaftslaufs.

In Bad Harzburg und Baden-Baden werden die Grundsteine gelegt, die Bilderberger mauern die passenden Fundamente, und den Ton gibt die Troika vor, an deren Strippen wiederum sämtliche EU-Regierungschefs hängen und sich von diesem Machtkartell gängeln lassen. Keine Merkel, kein Schulz, kein Juncker, und wie sie alle heißen, wagen auch nur einen Schritt, der nicht vorher von der Troika abgesegnet worden ist. Eine der mächtigsten Figuren in der Troika ist Eduardo Catroga, mitverantwortlich aufgrund seiner Vorschläge für den wirtschaftlichen Absturz Portugals. Ein Mann, kaum in der Öffentlichkeit bekannt.

EU-Kommission, der Internationale Währungsfonds und die Europäische Zentralbank bilden diese Troika, die wiederum eng mit *European Roundtable of Industrialists* und dem *Entrepreneurs Roundtable* verbunden ist.

Hinter diesen absolut geheimen Vereinigungen verbergen sich die wahren Marionettenspieler, die entscheidenden Einfluss auf die Medien ausüben und für entsprechenden Druck zugunsten einer wohlwollenden Berichterstattung sorgen.

Die Spielwiesen des *Entrepreneurs Roundtable* sind die Finanzparadiese Zürich, Genf und Zug. Wer kein Vorstandsvorsitzender ist und dessen Konzern unter einem Jahresumsatz von fünfhundert Millionen Euro liegt, braucht sich erst gar nicht um eine Aufnahme in diese Geheimgesellschaft zu bemühen.

Es ist ein kleiner, aber umso mächtigerer Kreis von knapp zweihundert Mitgliedern in der Schweiz und in Deutschland. In Zürichs teuerster Gegend, der Bahnhofstraße, betreibt der Gründer Thomas Ladner seine renommierte Wirtschaftsanwaltskanzlei. Die tatsächliche Mitgliederliste kennen nur zwei Personen: er und sein Freund Pascal Forster. Mehr ist nicht zu erfahren.

Für besonders gefährlich wird der *ERT*, der *European Roundtable of Industrialists*, gehalten. In diesem weiteren Geheimbund entscheiden nicht mehr als fünfzig Topleute über Europas weitere politische und wirtschaftliche Zukunft.

Beteiligt daran sind deutsche Manager von *BASF*, *Bayer*, *ThyssenKrupp*, *Deutsche Telekom*, *Siemens*, *E.ON* und *BMW*. Die Franzosen mischen mit *Total*, *GDF Suez*, *Alcatel-Lucent* und *Air Liquide* mit. Italien beteiligt sich mit *Fiat, Telecom Italien* und dem umstrittenen Energiekonzern *Eni*.

Das langfristige Ziel ist die Unterwanderung des europäischen Sozialwesens und dessen endgültige Zerschlagung. Auf Kosten des Souveräns und zum Vorteil der Wirtschaftstreibenden, im Besonderen für die obersten Konzernbosse und Vorstands-vorsitzenden. Die Staatsform Demokratie verkümmert zu einer leeren Hülle und dient nur mehr für die Optik …

Genau in dieses Horn stößt das *Berggruen Institute on Governance*, ein Thinktank. Einer der wichtigsten Berater ist Nathan Gardels, der »in den neuen technokratischen Regierungen einen Gegenentwurf zur Demokratie [sieht], von dem wir alle profitieren könnten«.[160]

Am 14. Juni 2012 drückte der deutsche Bundesbankpräsident Jens Weidmann es noch um einiges drastischer aus. »Denkbar wäre zum Beispiel das Recht, Steuererhöhungen oder proportionale Ausgabenkürzungen vornehmen – und nicht bloß verlangen – zu können … auch wenn sich hierfür keine Mehrheiten in dem jeweiligen nationalen Parlament finden sollten.«[161]

Auf der Berliner CDU-Pressekonferenz am 23. September 2013 sprach Angela Merkel über Europa als Wertegesellschaft. »Es geht um Wettbewerbsfähigkeit, um das Vertrauen der Investoren in Europa.«[162]

»Falsch formuliert«, mischt Roland Palefka sich abermals ein, und die Zornesröte steigt ihm ins Gesicht. »Sie müsste von In-den-Arsch-Kriechen sprechen.«

»Interessant ist auch die Vergangenheit von Mario Draghi und José Manuel Barroso«, setzt Kokoschansky fort, »darin hat der deutsche Journalist und Autor Jürgen Roth gestöbert. Als portugiesischer Staatschef von 2002 bis 2004 hat er das flächendeckende System der Korruption in Portugal mitzuverantworten. Im August 2004 schipperte Barroso mit seiner Frau auf Einladung von Spiros Latsis[163], dem reichsten griechischen Reeder und Banker, auf dessen Yacht durch die Ägäis. Im November 2009 wurde Barroso Präsident der Europäischen Kommission. Kleine Geschenke erhalten die Freundschaft, und daher flossen drei Jahre später, im Sommer 2012, hübsche 4,2 Milliarden Euro als Zuwendung an die Bank seines griechischen Haberers[164], natürlich bezahlt vom europäischen Steuerzahler. Damit die Geschäfte auf Gibraltar, Dubai, Liechtenstein und den Caymaninseln besser florieren.[165] Auch Mario Draghi, Präsident der

Europäischen Zentralbank, hat einiges zu verbergen, und seine vielen dunklen Flecken lassen das Weiß seiner Weste verblassen.«

»Wie ich sehe, sind hier noch eine Unzahl an Dateien drauf«, meint Palefka. »Das schaffen wir heute nicht mehr. Aber dieser erste Einblick ist furchterregend. Wir als kleine Bürger sind dagegen machtlos.«

»Moment«, Kokoschansky will noch nicht aufgeben, »langsam beginne ich zu verstehen. Eurabia …«

»Woher kennst du diesen Ausdruck, Koko?«

»Der falsche Gary hat es ausgeplaudert und dabei dreckig gegrinst. Und du?«

»Jeffrey Winesteen hat dieses Wort einmal gegenüber Dollerer fallen lassen, sich jedoch auch nicht weiter dazu geäußert.«

»Vielleicht erklärt ihr mich für verrückt, und zugegeben, es ist eine gewagte These. Diese gesamten Flüchtlingsströme, die Europa überschwemmen, können doch dieser Mafia auf höchstem Niveau, wie dieser Gary die EU bezeichnete, nur recht sein bei der Umsetzung ihrer wahren Ziele, nämlich den Sozialstaat zu unterminieren, auszuhöhlen und letztendlich zu vernichten. Dass sich die Einwanderungsländer durch die Überzahl an Migranten zusätzlich erhebliche neue Probleme und Belastungen eingehandelt haben, steht wohl außer Frage. Griechenland war das erste Opfer, wenn man so will. Doch der Grund liegt darin, dass auf den Flüchtlingsrouten dieser Staat zuerst zum Handkuss kam, weil die Überfahrt am kürzesten war. Was Besseres konnte doch diesen Dunkelmännern, die Brüssel steuern, gar nicht passieren. Fußfrei und erste Reihe bequem zusehen, wie das Land sich noch mehr aufreibt, ohne deswegen auch nur einen Finger krumm machen zu müssen. Inzwischen haben die Flüchtlingswege sich verlagert, und andere Länder haben die gleichen Probleme. Wieder ein Punkt für jene in Brüssel, die nur zuzugucken brauchen, sich vor die Mikrofone stellen und ein paar weise Ratschläge absondern. Genau das ist gewollt. Ebenso, wie die Terroranschläge in Europa wunderbar in dieses Konzept passen. Doch die wahren Drahtzieher sitzen jenseits des großes Teiches.«

»Scheiße«, stöhnt Palefka auf und ist wieder hellwach, »aus diesem Blickwinkel betrachtet, ergibt das eine völlig neue Sichtweise. Wer hat letztendlich einen Islamischen Staat ermöglicht? Die Amerikaner im

Verbund mit Saudi-Arabien. Und jetzt spinne ich weiter. Eurabia, also ein muslimisch dominiertes Europa kann doch den Amis nur in den Kram passen, um es sich später irgendwann, und ich hoffe sehr, dass wir es nicht mehr erleben müssen, unter den Nagel zu reißen. Dann hätten sie ihren Traum endgültig realisiert, die absoluten Herrscher über die Welt. Was ist, wenn Leute wie Iskandar Taha al-Djazrawi und wer weiß, wie viele, noch tatsächlich gesteuert sind? Natürlich glauben er und die anderen, für den Dschihad zu kämpfen, und ihr Auftraggeber ist Allah, vertreten auf Erden durch den IS. Doch der IS ist in Wahrheit ein Geschöpf des CIA, das sich allerdings zu einem Monster entwickelte und ihnen über den Kopf wächst. Willst du wirklich dieses Material deines toten Kollegen veröffentlichen, Koko?«

»Ehrlich, Roland, ich weiß es derzeit nicht. Keine Ahnung.« Er muss immer wieder an die unverhohlene Drohung dieses »Gary« denken, behält es aber für sich. »Was wir heute Nacht hier durchgestöbert haben, ist nur ein Bruchteil von dem, was er zusammengetragen hat.«

»Hast du eine Ahnung, wer sein Informant ist?«

Kokoschansky schüttelt den Kopf. Auch dieses Geheimnis wird er irgendwann einmal mit ins Grab nehmen.

»Steckt dieser Tsakitaris hinter *ROR – Revenge of Rembetiko*?«

»Ich weiß es nicht, Roland, aber ich habe auch noch nicht alle Dateien gesichtet«, weicht der Journalist geschickt aus.

»Mir ist auch GRECE, an Hauswände geschmiert, aufgefallen«, gibt Palefka keine Ruhe.

»Auch da muss ich passen. In Griechenland gibt es so viele Parteien. Keine Ahnung, vielleicht stammt es von der Goldenen Morgenröte, den einheimischen Nazis. Vielleicht haben sich hier auch bereits die Identitären breitgemacht?« Ohne es zu wissen, trifft er mit diese Aussage genau ins Schwarze. »Leute, genug für heute. Gehen wir schlafen. Das haben wir uns redlich verdient.«

Montag, 30. Mai 2016

In der Nacht ist »Gary Corbucci« plötzlich an einer Embolie in seinem Bett verstorben, trotz Bewachung zweier Polizisten vor dem Kran-

kenzimmer. Auf Anordnung der Amerikaner stellt Athen sämtliche Ermittlungen ein.
»Francis Jefferson« wird nicht in Athen vor Gericht gestellt werden.

*

In Wien wird hinter geschlossenen Türen ein Kuhhandel beschlossen. In einem abhörsicheren Raum im Innenministerium sitzen um einen runden Tisch die amerikanische Botschafterin, ausgestattet mit den entsprechenden Befugnissen von Washington, hochrangige, in Österreich stationierte CIA-Vertreter, der Innenminister Walter Swoboda und BVT-Chef Theodor Dollerer.
»Jefferson« wird sich in den USA vor einem Richter für den Mord an Yannis Tsakitaris und dem Mordversuch an dem österreichischen Journalisten Heinz Kokoschansky in Griechenland verantworten müssen.
Jeffrey Winesteen wird sofort aus Wien abgezogen und in die USA zurückbeordert, wo er mit maßgeblichen Konsequenzen zu rechnen hat.
Iskandar Taha al-Djazrawi bleibt in österreichischem Gewahrsam.
BVT-Chef Theodor Dollerer besteht darauf, dass österreichische Journalisten in Zukunft von der NSA unbehelligt bleiben und *FNews* wieder ungestört online gehen kann.
Sollten diese Vereinbarungen in irgendeiner Form gebrochen werden, droht der Innenminister, wird die amerikanische Öffentlichkeit umgehend darüber informiert.
Zähneknirschend fügen die Amerikaner sich, schließlich befinden sich die Staaten mitten im Wahlkampf. Das Geheimtreffen inklusive Verschwiegenheitsklausel wird protokolliert, die entsprechenden Papiere danach sofort in den Tresoren deponiert.

*

Wahrscheinlich wird der Mord an dem Palästinenser Khaliq al-Tafara ungeklärt bleiben.
Der mysteriöse Abu Omar sitzt bereits wieder in Doha, Katar, und rekrutiert neue Anwärter für Selbstmordattentate.

Weltweit existiert von diesem Mann kein einziges Foto.
Die drei Agrarmaschinen, die umgerüstet werden sollen, bleiben trotz intensiver Suche verschollen.

*

Vasily, der Besitzer des »Sophokles«, wird in einer Taverne in Piräus von Jugendlichen erkannt und der Polizei übergeben.
Er gesteht, ein CIA-Spitzel zu sein. Er hatte für einige Tausend Euro seinen Lagerschuppen im Hafen zur Verfügung gestellt, in dem Spyridon Evangelistos gefangen gehalten wurde. Der Musiker wird unversehrt von der Polizei befreit und von den Massen frenetisch gefeiert. Ebenso wandern seine beiden Bewacher, angeheuert in der Athener Unterwelt, hinter Gitter. Trotz mehrmaliger brutaler Schläge blieb Evangelistos standhaft, verriet nichts. Sein größtes Kapital, seine Finger, konnte er schützen. Die blauen Flecken und Schrammen werden bald verheilt sein.
Vasily wird sich vor einem Athener Gericht verantworten müssen.

*

Lena Fautner ist mit ihrer Vermutung über U77 ein Scoop gelungen.
Nachdem Klaus Löscher, der Zahra el-Husseini und ihre Tochter Aaliyah angegriffen hatte, während der Konfrontation im Verhör mit Marcel Pruckner eingeknickt war und ausplauderte, was er wusste, bricht auch sein ehemaliger Mitstreiter zusammen.
Tatsächlich ist Österreich haarscharf an einer Katastrophe vorbeigeschrammt.
Pruckners Vorbild ist Anders Behring Breivik. Er wollte nur noch spektakulärer in die Geschichte eingehen. Die zum Teil bereits vorbereiteten Rohrbomben waren für verschiedene Wiener Flüchtlingseinrichtungen gedacht, unter anderem auch für das Heim in der Siemensstraße.
Am 4. Dezember 2016, dem Wahlsonntag für die Wiederholung der Bundespräsidentenwahl, beabsichtigte er, schwerbewaffnet mit dem Lift hinauf auf den Nordturm der Stephanskirche zu fahren. Von der Plattform

bei der Pummerin[166] aus wahllos in die Menschenmengen schießen und Handgranaten hinunterzuwerfen. Sein erklärtes Ziel war es, die Opferanzahl des norwegischen Massenmörders noch zu übertreffen.
Die Waffen besorgte er sich schon vor längerer Zeit über das Darknet. Das Geld dafür stammte aus dem Erbe seiner verstorbenen Großmutter in Deutsch-Wagram. Die Chemikalien und die Sprengstoffe organisierte er sich über diverse Freunde aus der Szene, nach denen nun gefahndet wird.
Pruckner, der sich als großer Hitler-Fan und Anhänger des Nationalsozialismus deklariert, bedauert es zutiefst, nicht in dieser Zeit gelebt zu haben. Er wäre gerne KZ-Kommandant gewesen.
Inzwischen diskutieren Gutachter und Gerichtspsychiater über seinen Geisteszustand, ob er überhaupt als schuldfähig eingestuft werden kann. Tatsache bleibt, Marcel Pruckner wird mit Sicherheit lebenslang in einer psychiatrischen Anstalt weggesperrt werden. Mit oder ohne Gerichtsverhandlung.
Die Identitären distanzieren sich in einer Aussendung von Marcel Pruckner und verurteilen sein Vorhaben.

Bettina Jölich wird wegen Mittäterschaft auf freiem Fuß angezeigt. Später wird sie erfahren, dass sie genau an dem Tag, als Freitag und Wolfram Panker sie zufällig entdeckten und Marcel Pruckner hochgehen ließen, knapp dem Tode entronnen ist. Er wollte sie noch an diesem Abend töten, weil sie für ihn als Maulwurf wertlos geworden war. Auch Klaus Löscher muss dankbar sein, dass er inhaftiert ist. Ihm hätte das gleiche Schicksal geblüht.

Ein paar Stunden später, gegen 19.30 Uhr

Erschreckt zuckt Zahra el-Husseini zusammen, als es an ihrer Türe klingelt. Wer will etwas um diese Zeit? Zitternd schaut sie durch den Türspion und öffnet.
»Guten Abend, Frau el-Husseini.«
Es ist Wolfram Panker.
»Herr Panker? Guten Abend. Was führt Sie zu mir? Ist etwas passiert? Muss ich aus der Wohnung raus?«

Dank ihrer Tochter hat sie inzwischen ziemlich gut Deutsch gelernt.
»Beruhigen Sie sich, alles ist in bester Ordnung. Vielleicht erinnern Sie sich noch? Vor einiger Zeit habe ich Ihnen etwas zugesagt, und es ist mir tatsächlich gelungen. Jemand möchte Sie sprechen.«
Der Detektiv tritt zur Seite, und ein Mann kommt auf die Frau zu. Bärtig, abgerissen, ausgemergelt, aber strahlend, und sie stößt einen Freudenschrei aus!
»Mounir!«
Minutenlang liegen sie sich in den Armen, halten sich fest, weinen und lachen gleichzeitig. Der Lärm hat Aaliyah geweckt. Mit nackten Füßen und im Nachthemdchen tapst sie in den Flur, starrt auf diesen Mann, der sich zu ihr herunterbeugt und sie hochhebt. Dann begreift sie.
»Papa?«
Wolfram Panker schleicht sich leise davon. Tränen gehören sich nicht für einen ehemaligen gestandenen Kiberer[167]. Ist doch gut, wenn man gewisse Beziehungen hat. Dann gelingt es mitunter, eine Familie wieder zu vereinen. Wie er das schaffte, wird er sicher nicht an die große Glocke hängen.

22 Uhr

Der Flieger aus Athen ist pünktlich gelandet. Großer Bahnhof am Flughafen Wien-Schwechat. Selbst Günther durfte mit. Sie sind alle da. Selbstverständlich Lena, Freitag, Wolfram Panker, einige Leute aus der *FNews*-Redaktion.
Dann kommen sie endlich heraus. Kokoschansky sieht ziemlich übernächtigt und mitgenommen aus, aber Palefka und die COBRA-Männer auch nicht viel besser.
Günther ist nicht mehr zu halten, stürmt auf seinen Vater zu, springt an ihm hoch.
»Na, mein Großer, habe ich dir gefehlt?«
»Papa, du kannst sehr dumm fragen.«
Dann nimmt er Lena in den Arm, hält sie nur fest.
»Sag jetzt nichts«, flüstert sie, »ich will nur genießen, dass du wieder zu Hause bist.«

Kokoschansky bedankt sich bei Palefka und den beiden Begleitern.
»Diese Dienstreise werde ich sicher nie vergessen«, sagt der BVT-Mann.
»Und wirst du alles berichten?«
»Ich muss mir das gründlich überlegen.«
»Würde ich an deiner Stelle auch tun. Ich muss jetzt auch nach Hause. Für mich gibt es, wie man sieht, kein Empfangskomitee. Falls mir meine Frau die Leviten lesen sollte, rede ich mich auf dich aus.«
»Kein Problem.«
Freudestrahlend berichtet Freitag, dass *FNews* wieder online ist. Als ob nie etwas gewesen wäre. Die letzten Worte hört Palefka mit und lächelt still in sich hinein. Natürlich hat er längst von seinen Chef erfahren, was hinter verschlossenen Türen ausgehandelt wurde.
»Günther«, Kokoschansky geht vor seinem Jungen in die Hocke, »dein Vater ist manchmal ein großer Depp. In der Hektik habe ich total darauf vergessen, dir und Mama etwas mitzubringen.«
»Macht nichts.«
»Aber im Flugzeug habe ich mir etwas überlegt, doch das ist eine Überraschung.«
»Und dann kommt wieder etwas dazwischen«, bemerkt Lena skeptisch.

Ein paar Tage später

»Dürfen wir da überhaupt hinein?«, fragt Aaliyah.
»Natürlich. Warum denn nicht?«
»Aber es ist keine Moschee.«
»Das spielt keine Rolle, ob Gott Allah oder anders heißt. Wir haben selbst erlebt, dass es ihn gibt. Papa ist zurückgekommen.«
»Ja, uns hat Allah besucht«, sagt Aaliyah ernst, »aber warum nicht auch die anderen? Warum hat er zum Beispiel Aleppo vergessen?«
Darauf weiß auch Zahra el-Husseini keine Antwort. Sie nimmt ihre Tochter an der Hand und betritt die kleine Kirche am Stadtrand. Zusammen zünden sie eine Kerze an.

Ein paar Wochen später

»Zwick mich«, fordert Lena Kokoschansky auf.
»Warum?«
»Weil ich noch immer nicht glauben kann, dass wir drei tatsächlich auf Urlaub in Griechenland sind.«
»Kleine Wiedergutmachung.«
»Wenn es danach geht, müsste es eine Weltreise sein. Warum ausgerechnet Ikaria? Was ist dort das Besondere?«
»Eine wunderschöne Insel, ganz liebe Menschen. Ihr werdet es erleben.«
»Und wir übernachten heute in Piräus?«
»Ja, weil die Fähre erst morgen zu der Insel fährt. Am Abend gehen wir in ein Lokal, was euch ebenso gefallen wird.«
»Und in den kommenden zwei Wochen kein Handy, kein Laptop, keine *FNews*?«
Lena mag es einfach nicht glauben, dass ihr Koko tatsächlich imstande ist, einmal den Hauptschalter umzulegen.
»Versprochen. Freitag schaukelt inzwischen das Kind. Danach geht er auf Urlaub, und ich übernehme.«
»Was du mir erzählt hast, willst du das wirklich riskieren? Dieses EU-Material veröffentlichen?«
»Jetzt sind wir in den Ferien, kein Wort von der Arbeit. Im Hotel putzen wir uns fein heraus, und dann führe ich euch aus.«
Am Abend muss Kokoschansky zweimal hinsehen und sich vergewissern, dass er tatsächlich vor dem »Sophokles« steht. Nicht wiederzuerkennen und nun heißt es »Yannis«. Noch ist nicht viel los. Die wenigen Einheimischen schauen neugierig, aber sehr freundlich. Hier gibt es zum Glück noch keine Touristen.
Plötzlich ein Jubelschrei und Veroniki Stefandopolos stürzt aus der Küche, fällt Kokoschansky um den Hals. Und gleich ein weiterer Schrei. Dieses Mal von Spyridon Evangelistos. Nach und nach, sich dabei mit Händen und Füßen verständigend, versteht Kokoschansky, was in der Zwischenzeit geschehen ist.
Vasily sitzt weiterhin in Haft. Er hat kapiert, dass er sich in Piräus nie wieder blicken lassen darf, wenn er seine Strafe abgesessen hat. Ein Spitzel

ist unten durch. Nach der zu erwartenden Gefängnisstrafe wird er Griechenland für immer verlassen.
Über seinen Anwalt ließ er Veroniki und Spyridon ein sehr faires Angebot zukommen. Die beiden haben alles zusammengekratzt, was sie aufzubringen imstande waren. Nun sind sie die neuen Besitzer. Viele Stammgäste haben mitgeholfen, das Lokal zu renovieren. Ein Platz wird immer frei bleiben, jener von Yannis Tsakitaris, und auf dem Tisch brennt jeden Abend eine Kerze. Auch zwei Kerzen auf der Bühne, für Eftychia und Angelos, gehören zum fixen Ritual.
Es wird ein spontanes, rauschendes Fest mit allem, was Griechenland bietet. Sirtaki, Tsifteteli, Stapel von Tellern gehen dabei zu Bruch. Und niemals zuvor hat *O Saltadoros* so gewaltig geklungen wie an diesem Abend. Spyridon Evangelistos und seine heißgeliebte Bouzouki scheinen miteinander verschmolzen zu sein.
Günther sitzt auf dem Schoß seines Vaters, Lena hat ihren Kopf an Kokoschanskys Schulter gelegt. Und er beobachtet das muntere Treiben, ist glücklich. Vielleicht erzählen Zeus, Stavros Vassilakou und die anderen ihm in den kommenden Tagen noch ein wenig mehr. Mit dem bisherigen Wissen und neuen Informationen – warum eigentlich nicht dieses EU-Material unter die Leute bringen? Aufklären, was Brüssel für die Zukunft Europas plant.
Doch das muss Lena noch nicht erfahren …

1 23. Wiener Gemeindebezirk

2 Viertel

3 Syriza (Synaspismos Rizospastikis Aristeras, seit Jänner 2015 in einer Koalitionsregierung mit der rechtspopulistischen *Anexartiti Ellines*.

4 (Triple) Entente: informelles Bündnis zwischen dem Vereinigten Königreich von Großbritannien und Irland, Frankreich und Russland auf der Basis der Französisch-Russischen Allianz von 1894

5 Unter Ministerpräsident Konstantin Mistokakis (1990-1993) auch Minister ohne Portfolio.

6 War auch Schauspielerin; im Kabinett von Andreas Papandreou war sie Kulturministerin (1981-1989 und 1993-1994); einer ihrer bekanntesten Filme ist »Sonntags ... nie!« von Jules Dassin (1960).

7 Europäische Zentralbank

8 Internationaler Währungsfonds

9 Vgl. Jürgen Roth, Der stille Putsch. Wie eine geheime Elite aus Wirtschaft und Politik sich Europa und unser Land unter den Nagel reißt, München 2014, S. 134.

10 Laikós Orthodóxos Synagermós

11 * 1919 in Eleochori, † 1999 in Athen

12 * 1912 in Agia Paraskevi (Präfektur Rethymno auf Kreta), 1990 aus gesundheitlichen Gründen aus der Haft entlassen; danach ist sein weiteres Schicksal unbekannt.

13 * 1919 in Gravia auf Fokia, † 2009

14 * 1910 in Nafpaktos, † 1996 in Athen

15 * 1888 in Kalentzi in Achaia, † 1968 im Hausarrest in Athen

16 * 1940 in Psychiko bei Athen; letzter griechischer König von 1964-1974; seine Schwester Sophia war frühere spanische Königin; seine Schwägerin Margarethe II. ist

Königin von Dänemark.
17 * 1871 in Ithaka, † 1941 in Athen
18 China Ocean Shipping Company
19 Vgl. Roth, S. 139.
20 Elliniki Radiofonia Tileórasi
21 Vgl. Roth, ebenda.
22 Vgl. Roth, ebenda.
23 Griechisch: Mistkerl
24 Ethniki Ypiresia Pliroforion: ziviler Geheimdienst Griechenlands; 1953 als »Kentriki Ypiresia Pliro-forion« nach USA-Vorbild und mit CIA-Unterstützung gegründet.
25 Alexis Tsipras (* 1974 in Athen), seit September 2015 zweite Amtszeit als Ministerpräsident
26 Prokopis Pavlopoulos (*1950 in Kalamata), seit März 2015 Staatspräsident
27 Kriminalbeamter, auch Polizist
28 Ganoven, Gauner
29 Wiener Dialekt für groß gewachsen; kräftig
30 auch Tyr, Tiwaz, Teiwaz, Tiw, Tiu und Ziu
31 Patriotische Europäer gegen die Islamisierung des Abendlandes
32 Franz Vranitzky (SPÖ), österreichischer Bundeskanzler 1986-1997
33 Werner Faymann (SPÖ), österreichischer Bundeskanzler 2008-2016
34 Martin Schulz, seit Jänner 2012 Präsident des EU-Parlaments
35 Bekanntes Politiker- und Journalistencafé in der Wiener Innenstadt
36 Jiddisch: Ratschläge
37 Alfred Gusenbauer (SPÖ), österreichischer Bundeskanzler Jänner 2007-Dezember 2008

38 Neolinguistisches Programmieren
39 Bundesamt für Verfassungsschutz und Terrorismusbekämpfung
40 Unabhängiger Verfassungsgerichtshof
41 Polizeisprache: Hausdurchsuchung
42 Penner, Obdachlose
43 Internationaler Währungsfonds
44 Wienerisch: Schnute
45 Freie Syrische Armee (FSA)
46 Armee der Eroberung / Armee des Sieges
47 1895-1998
48 Wiener Einsatzgruppe Alarmabteilung
49 Wienerisch: Viertel
50 Wienerisch: Gefängnis
51 Wienerisch: stöbern
52 »Lasst es euch schmecken, ich bin ohnehin viel zu dick.«
53 Bundesamt für Fremdenwesen und Asyl
54 Hizb al-Baath al-Arabi al-Ishtraki: »Sozialistische Partei der arabischen Wiedergeburt«
55 * 1910 in Damaskus, † 1989 in Paris
56 General Intelligence Directorate, arab.: Dai'rat al-Muchabarat al-Amma
57 Heeres-Nachrichtenamt; Auslandsnachrichtendienst in Österreich; steht in Konkurrenz mit dem Verfassungsschutz.
58 Wiener Polizei- und Gefängnissprache: Gefängnis
59 In der westlichen Welt als DMG bekannt.
60 Arabisch: Stützpunkte
61 * 1952 in Viersen; 1996-2011 Vorsitzender der NPD; seit 2014 Mitglied des Europäischen Parlaments
62 * 1936 in Haynau (heute Chojnów in Polen); ehe-maliger Rechtsanwalt; Mitbegründer der RAF; wech-selte später

ins Lager der Neonazis und zur NPD

63 Tagesspiegel vom 29. Oktober 2002 und Der Spiegel vom 18. November 2002

64 Deutscher Verfassungsschutzbericht 2010

65 Berüchtigtes Foltergefängnis in der Nähe von Damas-kus

66 Vgl. Garance Le Caisne, Codename Caesar. Im Her-zen der syrischen Todesmaschinerie, München 2016.

67 Vgl. ebenda, S. 243.

68 Bis 11. Februar 2016 in diesem Amt.

69 Vgl. Le Caisne, S. 27ff..

70 Conférence internationale des amis de la Syrie; Suriye HalkīnĪn Dostlarī Grubu (türk.); auch Gruppe der Freunde des syrischen Volkes; Freunde eines Demo-kratischen Syriens; Freunde des Volkes von Syrien

71 Ägypten, Frankreich, Deutschland, Italien, Jordanien, Katar, Saudi-Arabien, Türkei, Vereinigte Arabische Emirate, Großbritannien und die USA

72 Schiitische Partei und Miliz im Libanon; »Partei Gottes«

73 Auch Nationale Koalition der syrischen Revolutions- und Oppositionskräfte; al-i `tilāf al- watanī li-qiwā `l-ţawra wa-l-mu `ārada as-sūrīya

74 Offiziell Kooperationsrat der Arabischen Staaten des Golfes; Gulf Cooperation Council GCC; gegründet am 25. Mai 1981 in Abu Dhabi (Kuwait, Bahrain, Saudi-Arabien, Katar, Vereinigte Arabische Emirate und der Oman), mit dem Zweck, einen Gegenpol zur Revolution im Iran 1979 und dem ersten Golfkrieg 1980 zu schaffen; at-ta `āwun li-duwal al-halīğ al- `arabiyya.

75 Spiegel.de vom 22. Februar 2013

76 Gottfried Küssel und Gerd Honsik; bekannte österreichische Größen in der Neonazi-Szene

77 US-Botschaft im 9. Wiener Gemeindebezirk

78 Sitz der österreichischen Bundesregierung im 1. Wiener Gemeindebezirk

79 Diese Organisation wurde am 7. Oktober 2012 aufge-löst, Belkacem selbst 2015 in Antwerpen zu einer zwölfjährigen Haftstrafe verurteilt.

80 Wiener Dialekt: befreundet sein; von Haberer (Hawara) = Freund

81 Amtssitz des österreichischen Bundespräsidenten

82 22. Wiener Gemeindebezirk

83 1923-2015

84 Vgl. Arno Gruen, Wider den Terrorismus, Stuttgart 2015, S. 41ff.

85 Zwei US-Journalisten, die 1972 die Watergate-Affäre aufdeckten, die schließlich Richard Nixon sein Amt kostete.

86 Wiener Dialekt: Suchst du Streit?

87 Griechisch: Guten Tag!

88 Europäische Agentur für die operative Zusammen-arbeit an den Außengrenzen der Europäischen Union; gegründet 2004; nach dem Finnen Ilkka Laitinen (2005-2014) ist seit Jänner 2015 der Franzose Fabrice Leggeri Frontex-Direktor; Sitz in Warschau.

89 Kommounistikó Kómma Eliádas

90 Government Communications Headquarters

91 Ethnikós (Ellinikós) Laikós Apelevtherotikós Stratós

92 Griechische Gebirgsjäger

93 Hellenische Überfalltruppe

94 Harry S. Truman, 33. US-Präsident 1945-1953

95 1917-1978

96 Office of Strategic Services

97 Aristoteles Onassis (1906-1975)

98 Stavros Niarchos (1909-1996)

99 Vergleichbar mit Ministerpräsident in Deutschland.
100 Niederösterreichische Landeshauptstadt und Sitz der Landesregierung
101 10. Wiener Gemeindebezirk
102 20. Wiener Gemeindebezirk
103 Intelligence Advanced Research Projects Activity
104 Signals Intelligence
105 Organisation für Sicherheit und Zusammenarbeit in Europa
106 Drug Enforcement Administration
107 Federal Bureau of Investigation
108 Vgl. Florian Horcicka, Im Fadenkreuz der Spione. Wie Agenten Österreich unterwandern, Wien 2016, S. 131ff.
109 Vgl. ebenda und https://icwatch.wikileaks.org/search
110 Vgl. ebenda, S. 135.
111 Vgl. Der Standard, 12. April 2016.
112 Vgl. Horcicka, S. 138 und https://theintercept.com/2016/04/11/blackwater-founder-erik-prince-drive-to-build-private-arir-force
113 Vgl. ebenda.
114 Vgl. Der Standard, 12. April 2016.
115 Vgl. ebenda.
116 Vgl. ebenda.
117 14. Wiener Gemeindebezirk
118 Wiener Dialekt: Essen, Futter
119 blog.neon.de/2014/09/unser-blut-unser-boden-unser-blog/
120 DÖW
121 VSStÖ
122 Vgl. Bruns, Glösel, Strobl, Die Identitären. Handbuch zur Jugendbewegung der Neuen Rechten in Europa, Münster 2014, S. 9.

123 Groupement de Recherche et d'Études pour la Civilisation Européenne

124 Vgl. ebenda, S. 72ff.

125 Vgl. ebenda, S. 98.

126 YouTube: https://www.youtube.com/watch?v=GpH2gU-VHPA, https://www.youtube.com/watch?v=EeQrxRdpaah

127 Vgl. Bruns, Glösel, Strobl, ebenda, S. 98f.

128 Vgl. ebenda, S. 100.

129 Luftwaffenoffizier in der deutschen Wehrmacht; wird bis heute von den Rechten verehrt und als Idol gefeiert.

130 Vgl. Bruns, Glösel, Strobl, ebenda.

131 Vgl. ebenda, S. 100f.

132 Vgl. ebenda, S. 101f.

133 Vgl. ebenda, S. 107f. Und https://deraustausch.iboesterreich.at

134 Vgl. ebenda, S. 190.

135 Vgl. ebenda, S. 186f.

136 Vgl. ebenda, S. 187ff.

137 Österreichische Hochschülerschaft

138 Ring Freiheitlicher Studenten

139 Vgl. Bruns, Glösel, Strobl, ebenda, S. 153.

140 Vgl. ebenda, S. 154ff.

141 Non Government Organization

142 2012-2014 Schriftleiter der *Burschenschaftlichen Blätter*

143 Vgl. Bruns, Glösel, Strobl, ebenda, S. 181.

144 Vgl. ebenda, S. 151ff.

145 Vgl. Daniele Ganser, NATO Geheimarmeen in Euro-pa. Inszenierter Terror und verdeckte Kriegsführung, Zürich 2008, S. 340.

146 ebenda

147 Vgl. ebenda, S. 341ff.

148 Vgl. ebenda, S. 344.

149 Panellinio Sosialistiko Kinima, Pan Hellenic Socialist Movement

150 Neue Demokratische Partei

151 Vgl. Ganser, ebenda, S. 345f.

152 Österreichische Polizei-Spezialeinheit

153 Vgl. Stefan Aust, Thomas Ammann, Digitale Diktatur. Totalüberwachung Datenmissbrauch Cyberkrieg, Berlin 2014, S. 36.

154 1.000.000.000.000.000.000.000.000

155 Vgl. Aust, Ammann, ebenda, S. 32.

156 YouTube, Interview von Puls4 am 10. September 2013

157 Mohammed Atta, einer der 9/11-Attentäter

158 Hans-Jörg Schelling, österreichischer Finanzminister

159 Wiener Dialekt: arbeiten

160 Vgl. Jürgen Roth, Der stille Putsch. Wie eine geheime Elite aus Wirtschaft und Politik sich Europa und unser Land unter den Nagel reißt, München 2014, S. 20 und ff.

161 Vgl. ebenda, S. 21.

162 Vgl. ebenda, S. 22.

163 Sein Vermögen wird auf sechs Milliarden US-Dollar geschätzt.

164 Wiener Dialekt: Freund

165 Vgl. Roth, S. 15.

166 Österreichs größte Glocke

167 Wiener Dialekt: Kriminalbeamter, Polizist